Ullstein Krimi

Ullstein Krimi
Lektorat: Georg Schmidt
Ullstein Buch Nr. 10513
im Verlag Ullstein GmbH,
Frankfurt/M – Berlin
Titel der amerikanischen
Originalausgabe:
»C« is for Corpse

Deutsche Erstausgabe

Umschlaggestaltung & Fotorealisation:
Welfhard Kraiker und Karin Szekessy

Printed in Germany 1988
Gesamtherstellung:
Ebner Ulm
ISBN 3 548 10513 0

März 1988

Vom selben Autor
in der Reihe der
Ullstein Bücher:

A wie Alibi (10446)
B wie Bruch (10451)

CIP-Titelaufnahme
der Deutschen Bibliothek

Grafton, Sue:
C wie Callahan: Detektivroman / Sue
Grafton. Übers. von Birgit Herrmann. –
Dt. Erstausg. – Frankfurt/M; Berlin:
Ullstein, 1988
(Ullstein-Buch; Nr. 10513:
Ullstein-Krimi)
Einheitssacht.: C is for corpse ‹dt.›
ISBN 3-548-10513-0
NE: GT

Sue Grafton

C wie Callahan

Ein Kinsey-Millhone-Roman

Übersetzt von Birgit Herrmann

Ullstein Krimi

Für die Kinder,
die mich gewählt haben:
Leslie, Jay und Jamie

Die Autorin möchte sich bei folgenden Personen für deren unschätzbare Hilfe bedanken: Steven Humphrey; Sam Chirman, M.D., und Betty Johnson aus der Rehabilitationsgruppe in Santa Barbara; David Dallmeyer, R. P. T.; Deputies Tom Nelson und Juan Tejeda vom Santa Barbara's County Sheriff's Department; C. Robert Dambacher, Chief of Investigations, Los Angeles County Medical Examiner-Coroner; Andrew H. Bliss, Director of Medical Records, LAC-USC Medical Center; Delbert Dickson, M. D.; R. W. Olson, M. D.; Peg Ortigiesen; Barbara Stephans; Billie Moore Squires; H. F. Richards; Michael Burridge; Midge Hayes und Adelaide Gest aus der Stadtbücherei von Santa Barbara; und Michael Fitzmorris von der Security Service Unlimited, Inc.

1

Ich lernte Bobby Callahan am Montag jener Woche kennen. Am Donnerstag war er tot. Er war davon überzeugt gewesen, daß jemand ihn umzubringen versuchte, und er sollte recht behalten. Aber keinem von uns war das früh genug klar, um ihn zu retten. Nie zuvor habe ich für einen Toten gearbeitet, und ich hoffe, daß ich es nie wieder tun muß. Dieser Bericht ist für ihn, auch wenn es ihm nicht mehr helfen kann.

Mein Name ist Kinsey Millhone. Ich bin als Privatdetektiv zugelassen und gehe meinem Geschäft in Santa Teresa, Kalifornien, nach, fünfundneunzig Meilen nördlich von Los Angeles. Ich bin zweiunddreißig Jahre alt, zweimal geschieden. Ich lebe gern allein, und ich fürchte, meine Unabhängigkeit gefällt mir besser als sie sollte. Bobby stellte das in Frage. Ich weiß nicht genau wie oder warum. Er war erst dreiundzwanzig Jahre alt. Ich hatte in keiner Hinsicht ein Verhältnis mit ihm gehabt, doch ich mochte ihn, und sein Tod diente – wie die berühmte Sahnetorte im Gesicht – dazu, mich daran zu erinnern, daß das Leben manchmal ein großer, gefährlicher Scherz ist. Kein lustiges »Ha, Ha«, sondern ein grausames Lachen, wie man es von diesen Witzen kennt, die sich Schulkinder erzählen, seitdem es die Erde gibt.

Es war August, und ich trainierte im Santa Teresa Fitness Center, um die Nachwirkungen eines gebrochenen linken Armes auszukurieren. Die Tage waren heiß und voll unbarmherzigen Sonnenscheins und wolkenlosen Himmels. Ich war genervt und gelangweilt und machte meine Liegestütze und Curls und Hantelübungen. Ich hatte gerade zwei Fälle nacheinander bearbeitet und dabei größere Schäden als einen gebrochenen Oberarmknochen davongetragen. Ich fühlte mich emotional zerschlagen und brauchte eine Pause. Glücklicherweise hatte ich jetzt ein dickes Bankkonto und wußte, daß ich mir zwei Monate Urlaub leisten konnte. Gleichzeitig machte mich die Untätigkeit unruhig, und die gesunde Lebensweise durch die Krankengymnastik brachte mich an den Rand des Wahnsinns.

Das Santa Teresa Fitness Center ist wirklich kein Vergnügen: das »Sparta« der Gesundheitsvereine. Keinen Whirlpool, keine Sauna, keine Hintergrundmusik. Bloß Spiegelwände, Bodybuilding-Ausstattung und ein industrietauglicher Teppichboden in der Farbe von Asphalt. Der ganze achthundert Quadratmeter große Raum riecht nach männlichen Sportsuspensorien.

Drei Tage in der Woche erschien ich um acht Uhr morgens, wärmte mich fünfzehn Minuten lang auf und begann dann eine Serie von Übungen, die dazu dienten, meinen linken Deltamuskel, Brustmuskel, Bizeps, Trizeps und alles andere zu stärken und aufzubauen. Es saß einiges schief, seitdem man mir die Seele aus dem Leib geprügelt und ich die Flugbahn einer .22er Kugel gekreuzt hatte. Um das wieder in Ordnung zu bringen, hatte mir der Orthopäde sechs Wochen Krankengymnastik verordnet, von denen ich jetzt drei absolviert hatte. Eigentlich war nichts dabei. Ich mußte nur geduldig meinen Weg von einer Maschine zur anderen gehen. Gewöhnlich war ich dort die einzige Frau zu dieser Tageszeit, und ich neigte dazu, mich von den Schmerzen, dem Schweiß und der Übelkeit abzulenken, indem ich die Körper der Männer begutachtete, genau wie sie es mit meinem taten.

Bobby Callahan fing zur selben Zeit wie ich an. Ich war mir nicht sicher, was ihm zugestoßen war, aber egal, was es war, es hatte gesessen. Er war etwa knapp einen Meter achtzig groß und hatte die Figur eines Football-Spielers: großer Kopf, stämmiger Nacken, muskulöse Schultern, kräftige Beine. Jetzt war der struppige blonde Kopf zu einer Seite geneigt und die linke Gesichtshälfte zu einer ständigen Grimasse verzogen. Aus seinem Mund tropfte Speichel, als habe man ihn so mit Novocain vollgepumpt, daß er seine eigenen Lippen nicht mehr richtig spüren konnte. Meistens hielt er den linken Arm in Höhe der Taille und trug ein weißes, gefaltetes Taschentuch bei sich, mit dem er sich das Kinn abwischte. Ein schrecklicher dunkelroter Striemen lief über seinen Nasenrücken, ein zweiter über seine Brust, und kreuz und quer über seinen Knien waren Narben, als habe ihn ein Fechter aufgeschlitzt. Er lief in einer federnden Gangart, weil seine Achillessehne offensichtlich verkürzt war, und er zog die linke Ferse nach. Das Training muß ihm alles abverlangt haben, und doch hatte er es noch nie versäumt. An ihm war eine Zähigkeit, die ich bewunderte. Ich beobachtete ihn interessiert und gleichzeitig beschämt über meine eigenen heimlichen Klagen. Es war klar, daß meine Verletzungen heilbar waren, seine dagegen nicht. Ich hatte kein Mitleid mit ihm, aber ich war neugierig.

An jenem Montag morgen waren wir zum erstenmal allein in der Halle. Mit dem Gesicht nach unten machte er auf der Bank neben mir Beincurls. Er war in Gedanken versunken. Ich war zur Abwechslung zur Beindruckmaschine übergegangen. Ich wiege 107 Pfund und habe auch nur so viel Körper zu trainieren. Seit der Verletzung hatte ich das Joggen noch nicht wieder aufgenommen, deshalb dachte ich, ein paar

Beindruckübungen könnten mir gut tun. Ich machte sie nur mit 55 Kilogramm, aber weh tat es trotzdem. Um mich abzulenken, machte ich mir einen Spaß daraus zu überlegen, welchen Apparat ich am meisten haßte. Der Beincurler, an dem er arbeitete, war ein guter Kandidat. Ich sah zu, wie er eine Zwölferserie absolvierte und dann wieder von vorn begann.

»Ich hörte, daß Sie Privatdetektiv sind«, sagte er, ohne sich zu unterbrechen. »Stimmt das?« Seine Aussprache war ein bißchen schleppend, aber er überspielte das ganz gut.

»Ja. Suchen Sie einen?«

»So ist es. Jemand hat versucht, mich umzubringen.«

»Scheinbar hat nicht viel gefehlt. Wann war das?«

»Vor neun Monaten.«

»Warum Sie?«

»Ich weiß nicht.«

Die Rückseiten seiner Oberschenkel schwollen an, seine Kniesehnen strafften sich wie Spanndraht. Schweiß lief ihm das Gesicht hinunter. Ohne darüber nachzudenken, zählte ich mit. Sechs, sieben, acht.

»Ich hasse diese Maschine«, bemerkte ich.

Er lächelte. »Tut tierisch weh, nich?«

»Wie ist es passiert?«

»Ich fuhr spät nachts mit einem Kumpel den Paß hinauf. Ein Wagen folgte uns und begann uns von hinten zu rammen. Als wir an die Brücke gleich hinter dem Berggipfel kamen, verlor ich die Kontrolle über den Wagen, und wir gingen ab. Rick wurde getötet. Er sprang heraus, und der Wagen überrollte ihn. Ich sollte auch umgebracht werden. Das waren die längsten zehn Sekunden meines Lebens, verstehen Sie?«

»Klar.« Die Brücke, die er runtergeflogen war, überspannte einen felsigen Canyon, voller Gebüsch und hundertzwanzig Meter tief. Eine beliebte Absprungstelle für Selbstmordkandidaten. Tatsächlich hatte ich noch nie gehört, daß jemand diesen Fall überlebt hätte. »Sie machen sich großartig«, meinte ich. »Sie haben sich ganz schön abgerakkert.«

»Was bleib mir übrig? Direkt nach dem Unfall hieß es zuerst, ich würde nie mehr laufen können. Sie sagten, ich könnte überhaupt nie mehr etwas tun.«

»Wer sagte das?«

»Der Hausarzt. So'n alter Kauz. Meine Mutter feuerte ihn auf der

Stelle und holte einen Orthopädie-Spezialisten. Er kriegte mich wieder hin. Acht Monate lang war ich in einer Rehabilitationsklinik, und jetzt mache ich das hier. Was ist Ihnen zugestoßen?«

»So'n Arschloch hat mir in den Arm geschossen.«

Bobby lachte. Es war ein wunderbares, schniefendes Geräusch. Er beendete seine letzte Übung und stützte sich auf die Ellenbogen.

»Ich muß noch vier Maschinen machen, dann können wir hier abhauen. Übrigens, ich heiße Bobby Callahan.«

»Kinsey Millhone.«

Er streckte mir seine Hand hin, und ich schüttelte sie. Eine unausgesprochene Abmachung war besiegelt. Damals wußte ich bereits, daß ich, egal unter welchen Umständen, für ihn arbeiten würde.

Wir nahmen den Lunch in einem Biorestaurant ein, so einem Laden, der spezialisiert ist auf die geschickte Imitation von Fleischpasteten, die dann doch keinen täuschen können. Ich kann auch den Sinn nicht einsehen. Nach meiner Einschätzung müßte ein Vegetarier ebenso angeekelt sein von etwas, das nur so *aussieht* wie gehackte Rinderteile. Bobby bestellte ein Burrito mit Bohnen und Käse von der Größe eines zusammengerollten Saunahandtuchs, das mit Guacamole und saurer Sahne bedeckt war. Ich wählte überbackenes Gemüse und braunen Reis mit einem Glas Weißwein unbestimmter Herkunft.

Für Bobby war das Essen ein ähnlich mühsamer Vorgang wie das Training, aber seine intensive Konzentration auf diese Aufgabe erlaubte mir, ihn aus der Nähe zu studieren. Seine Haare waren sonnengebleicht und struppig, die Augen braun mit Wimpern, wie sie die meisten Frauen kaufen müssen. Die linke Gesichtshälfte war leblos, aber er hatte ein kräftiges Kinn, betont von einer Narbe, die aussah wie ein aufgehender Mond. Nach meiner Vermutung waren seine Zähne irgendwann während des mörderischen Abgangs in die Schlucht durch die Unterlippe gestoßen worden. Wie er das alles überlebt hatte, blieb ein Rätsel.

Er sah auf. Er wußte, daß ich ihn angestarrt hatte, aber er beschwerte sich nicht.

»Du kannst von Glück sagen, daß du lebst«, meinte ich.

»Das Schlimmste kommt aber noch. Große Teile meines Gehirns sind hin, verstehst du?« Das Schleppen in seiner Aussprache war wieder da, als ob schon das bloße Thema seine Stimme beeinflußte. »Zwei Wochen lang hab ich im Koma gelegen, und als ich wieder zu mir kam, wußte ich nicht, was zum Teufel überhaupt los war. Ich weiß es immer noch nicht. Aber ich kann mich daran erinnern, wie ich vorher war, und das ist es, was schmerzt. Ich war klug, Kinsey. Ich wußte eine Menge. Ich konnte mich konzentrieren, und ich hatte Ideen. Mein Verstand machte mal wieder so magische kleine Sprünge. Weißt du, was ich meine?«

Ich nickte. Mit magischen kleinen Sprüngen des Verstands kannte ich mich aus.

Er fuhr fort. »Jetzt habe ich Lücken und Zwischenräume. Löcher. Ich habe große Teile meiner Vergangenheit verloren. Sie existieren nicht mehr.« Er hielt inne und tupfte sich ungeduldig das Kinn ab, dann warf er einen verbitterten Blick auf das Taschentuch. »Mein Gott, als ob das Gesabbere nicht schon schlimm genug wäre. Wenn ich immer schon so gewesen wäre, würde ich es nicht anders kennen, und es würde mich nicht so fertig machen. Ich würde annehmen, jeder hätte so ein Gehirn wie ich. Doch ich war mal sehr clever. Das weiß ich. Ich war ein Einser-Student, auf dem Weg zur medizinischen Hochschule. Heute mache ich nur noch das Training. Ich versuche wenigstens so viel Koordinationsfähigkeit wiederzuerlangen, daß ich allein auf die verdammte Toilette gehen kann. Wenn ich nicht in der Halle bin, gehe ich zu diesem Seelenklempner namens Kleinert und versuche, mit dem ganzen Rest fertig zu werden.«

Plötzlich hatte er Tränen in den Augen. Er verstummte und kämpfte um seine Beherrschung. Er nahm einen tiefen Atemzug und schüttelte abrupt den Kopf. Als er weitersprach, war seine Stimme von Selbstekel erfüllt.

»So. Auf diese Art habe ich also meine Sommerferien verbracht. Und du?«

»Bist du überzeugt davon, daß es ein Mordanschlag war? Warum könnte es nicht irgendein Witzbold oder ein Betrunkener gewesen sein?«

Er dachte einen Moment lang darüber nach. »Ich kannte den Wagen. Zumindest glaube ich das. Offensichtlich kenne ich ihn jetzt nicht mehr, aber es kommt mir vor ... damals habe ich das Fahrzeug erkannt.«

»Aber den Fahrer nicht?«

Er schüttelte den Kopf. »Kann ich jetzt nicht mehr sagen. Vielleicht kannte ich ihn damals, vielleicht nicht.«

»Weiblich? Männlich?« fragte ich.

»Nee. Das ist auch weg.«

»Woher weißt du, daß du das Opfer sein solltest und nicht Rick?«

Er schob seinen Teller weg und bestellte einen Kaffee. Er gab sich Mühe. »Ich wußte etwas. Irgend etwas war geschehen, und ich hatte es herausgefunden. Soviel weiß ich noch. Ich kann mich sogar daran erinnern, gewußt zu haben, daß ich in Schwierigkeiten steckte. Ich hatte Angst. Mir fällt bloß nicht mehr ein warum.«

»Was ist mit Rick? War er daran beteiligt?«

»Ich glaube nicht, daß es irgend etwas mit ihm zu tun hatte. Das kann ich zwar nicht beschwören, aber ich bin ziemlich sicher.«

»Was ist mit dem Fahrtziel in jener Nacht? Paßt das irgendwie hinein?«

Bobby sah auf. Die Kellnerin stand mit einer Kaffeekanne in Höhe seines Ellenbogens. Er wartete, bis sie uns beiden Kaffee eingeschenkt hatte. Als sie gegangen war, lächelte er unbehaglich. »Ich weiß nicht, wer meine Feinde sind, verstehst du? Ich weiß nicht, ob die Leute um mich herum über die ›Sache‹ Bescheid wissen, die ich vergessen habe. Ich will nicht, daß jemand mithört, was ich sage ... vorsichtshalber. Ich weiß, daß ich paranoid bin, aber ich kann's nicht ändern.«

Sein Blick folgte der Kellnerin, als sie zur Küche zurückging. Sie stellte die Kaffeekanne wieder auf die Theke, nahm am Fenster eine Bestellung auf und sah sich nach ihm um. Sie war jung, und sie schien zu merken, daß wir über sie sprachen. Nachträglich tupfte Bobby sich das Kinn ab. »Wir waren auf dem Weg zur Stage Coach Tavern hoch. Da spielt gewöhnlich eine Bluegrass-Band, die Rick und ich hören wollten.« Er zuckte die Achseln. »Vielleicht gab es noch einen anderen Grund, aber ich glaube nicht.«

»Was lief zu diesem Zeitpunkt sonst noch in deinem Leben ab?«

»Ich hatte gerade die Universität in Santa Teresa abgeschlossen. Ich machte so einen Halbtagsjob im St. Terry und wartete auf einen Bescheid von der medizinischen Hochschule.«

Das Santa Teresa Hospital wurde St. Terry genannt, solange ich denken konnte. »War das nicht ein bißchen spät? Ich dachte, die Anwärter auf einen Platz an der medizinischen Hochschule bewerben sich im Winter und bekommen dann im Frühling die Antwort.«

»Tja, tatsächlich *hatte* ich mich schon beworben und war nicht angenommen worden, also versuchte ich es noch mal.«

»Was für eine Arbeit hast du im St. Terry gemacht?«

»Nun ja, ich war eine Art ›Springer‹. Ich machte alles mögliche. Eine Weile arbeitete ich in der Aufnahme und kümmerte mich um die Papiere der Neuzugänge. Ich telefonierte herum und erfragte Daten zur Vorgeschichte, zu Versicherungsfragen und so'n Kram. Dann habe ich eine Weile im Krankenhausarchiv gearbeitet, wo ich Tabellen zusammenstellte, bis es mich langweilte. Beim letzten Job war ich als Schreibkraft in der Pathologie. Hab für Dr. Fraker gearbeitet. Der war prima. Hat mich gelegentlich Labortests durchführen lassen. Natürlich bloß so'n simplen Kram.«

»Klingt nicht nach einer besonders gefährlichen Arbeit«, meinte ich. »Wie steht's mit der Universität? Könnte sich die Gefahr, in der du dich befunden hast, irgendwie bis zur Schule zurückverfolgen lassen? Fakultät? Seminare? Aktivitäten außerhalb des Unterrichts, an denen du beteiligt warst?«

Er schüttelte unentwegt den Kopf und verstand offenbar gar nichts mehr. »Ich wüßte nicht wie. Ich war seit Juni fertig. November war der Unfall.«

»Aber du hast das Gefühl, daß du der einzige warst, der diese Information hatte, egal, was es war.«

Sein Blick wanderte durch das Café und kehrte dann wieder zu mir zurück. »Ich glaube ja. Ich und der, der versucht hat, mich zu töten, um mich zum Schweigen zu bringen.«

Ich saß da, starrte ihn eine Weile lang an und versuchte die Sache klar zu sehen. Ich schüttete etwas, das wahrscheinlich Rohmilch war, in meinen Kaffee. Gesundheitsfanatiker essen gerne Mikroben und so'n Zeug. »Hast du eine Vorstellung davon, wie lange du von dieser Sache schon wußtest? Weil ich mich frage ... warum du nicht gleich geplaudert hast.«

Interessiert sah er mich an. »Zum Beispiel? Zu den Cops gehen oder so was?«

»Klar. Wenn du über einen Diebstahl gestolpert wärst, oder du hättest herausgefunden, daß jemand ein russischer Spion ist ...« Ich ratterte die Möglichkeiten so runter, wie sie mir in den Sinn kamen. »Oder du hättest eine Verschwörung zur Ermordung des Präsidenten aufgedeckt ...«

»Warum hätte ich nicht vom nächstbesten Telefon aus um Hilfe rufen sollen?«

»Genau.«

Er wurde still. »Vielleicht habe ich das ja getan. Vielleicht ... Scheiße, Kinsey, ich weiß es nicht. Du kannst dir nicht vorstellen, wie sehr mich das frustriert. Ganz am Anfang, in diesen ersten zwei, drei Monaten im Krankenhaus, konnte ich nur an die Schmerzen denken. Ich brauchte all meine Energie, um zu überleben. Über den Unfall habe ich überhaupt nicht nachgedacht. Aber als es mir besser ging, begann ich die Sache Stück für Stück zurückzuverfolgen und versuchte mich an die Vorgänge zu erinnern. Vor allem, als sie mir sagten, daß Rick tot war. Davon hatte ich wochenlang keine Ahnung. Ich vermute, sie fürchteten, daß ich mir die Schuld geben würde und daß das meine Genesung verzögern könnte. Mir wurde ganz übel, nachdem ich es erfahren hatte. Angenommen, ich wäre betrunken gewesen und ganz einfach von der Straße abgekommen? Ich mußte herausfinden, was geschehen war, oder ich wäre auch noch verrückt geworden. Na, jedenfalls war das der Punkt, an dem ich anfing, mir das ganze andere Zeug zusammenzureimen.«

»Vielleicht fällt dir der Rest auch wieder ein, wenn du dich schon an so viel erinnerst.«

»Aber das ist es doch«, meinte er. »Was, wenn es mir wirklich einfällt? Ich nehme an, das einzige, was mich zur Zeit am Leben hält, ist die Tatsache, daß ich mich an nichts erinnere.«

Seine Stimme war lauter geworden, und er hielt inne. Sein Blick zuckte zur Seite. Seine Furcht war ansteckend, denn ich merkte, daß ich mich schon genau wie er umschaute und mich bemühte, meine Stimme gedämpft zu halten, damit unser Gespräch nicht belauscht werden konnte.

»Bist du tatsächlich mal bedroht worden, nachdem dir das Ganze wieder eingefallen ist?« fragte ich.

»Nein.«

»Keine anonymen Briefe oder merkwürdigen Telefonanrufe?«

Er schüttelte den Kopf. »Aber ich *bin* in Gefahr. Ich weiß es einfach. Seit Wochen habe ich dieses Gefühl. Ich brauche Hilfe.«

»Hast du es mit den Cops versucht?«

»Sicher. Für sie war es ein Unfall. Es gibt keinen Hinweis auf ein Verbrechen. Na gut, Fahrerflucht. Sie wissen, daß mich jemand von hinten angefahren und von der Brücke abgedrängt hat, aber vorsätzlicher Mord? Ich bitte dich. Und selbst wenn sie mir glauben würden, sie haben nicht genügend Leute für so etwas. Ich bin nur ein normaler Bürger. Ich habe keinen Anspruch auf Polizeischutz rund um die Uhr.«

»Vielleicht solltest du einen Leibwächter engagieren –«

»Vergiß es! Ich will dich.«

»Bobby, ich sage ja nicht, daß ich dir nicht helfen will. Natürlich werde ich das tun. Ich gehe nur die Möglichkeiten durch. Es klingt, als bräuchtest du mehr als mich.«

Angespannt beugte er sich vor. »Du sollst bloß dieser Sache auf den

Grund gehen. Sag mir, was los ist. Ich will wissen, warum Leute hinter mir her sind, und ich will, daß sie aufgehalten werden. Dann brauche ich weder die Cops noch einen Leibwächter oder sonstwas.« Erregt klappte er den Mund zu und lehnte sich schwankend zurück.

»Scheiß drauf«, stieß er hervor. Unruhig bewegte er sich und stand dann auf. Aus seiner Brieftasche zog er einen Zwanziger, den er auf den Tisch warf. Dann machte er sich in dieser federnden Gangart Richtung Tür auf. Sein Humpeln war deutlicher, als ich bisher bemerkt hatte. Ich schnappte mir meine Handtasche und holte ihn ein.

»Mein Gott, nicht so schnell. Laß uns zu mir ins Büro fahren und einen Vertrag aufsetzen.«

Er hielt mir die Tür auf, und ich ging hinaus.

»Hoffentlich kannst du dir meine Dienste leisten«, sagte ich über die Schulter hinweg.

Er lächelte schwach. »Nur keine Sorge.«

Wir bogen nach links ab und gingen zum Parkplatz.

»Tut mir leid, daß ich die Beherrschung verloren habe«, murmelte er.

»Geschenkt. Mir macht das nichts aus.«

»Ich war mir nicht sicher, ob du mich ernst nimmst«, meinte er.

»Warum sollte ich nicht?«

›Meine Familie denkt, bei mir wär 'ne Schraube locker.«

»Tja, deshalb hast du ja auch mich engagiert und nicht sie.«

»Danke«, sagte er leise. Er hakte sich bei mir unter, und ich sah ihn an. Sein Gesicht war rosa angelaufen, und Tränen standen in seinen Augen. Gleichgültig tupfte er sie ab, ohne mich anzusehen. Zum erstenmal wurde mir bewußt, wie jung er war. Mein Gott, er war noch ein Kind, ruiniert, konfus und zu Tode geängstigt.

Langsam gingen wir zu meinem Wagen zurück, und ich war mir der starrenden Blicke der Neugierigen bewußt, die ihre Gesichter voller Mitleid und Unbehagen abwandten. Am liebsten hätte ich jemanden verprügelt.

2

Gegen zwei Uhr nachmittags war der Vertrag unterzeichnet, und Bobby hatte mir einen Spesenvorschuß in Höhe von zweitausend Dollar überlassen. Ich ließ ihn an der Sporthalle raus, wo er vor dem Lunch seinen BMW stehenlassen hatte. Seine Behinderung gab ihm das Recht zur Benutzung des Behindertenparkplatzes, aber ich stellte fest, daß er keinen Gebrauch davon gemacht hatte. Vielleicht hatte jemand anders dort geparkt, als er angekommen war, oder er hatte es, halsstarrig wie er war, vorgezogen, die zwanzig Meter weiter zu laufen.

Als er ausstieg, lehnte ich mich über den Vordersitz. »Wer ist dein Anwalt?« fragte ich. Er hielt die Tür an der Beifahrerseite geöffnet und den Kopf geneigt, so daß er zu mir hineinsehen konnte.

»Varden Talbot von Talbot & Smith. Warum? Willst du mit ihm reden?«

»Frage ihn, ob er Kopien des Polizeiberichts hat, die er mir überlassen könnte. Das würde mir eine Menge Arbeit ersparen.«

»Okay, wird gemacht.«

»Ach ja, und wahrscheinlich ist es das beste, wenn ich mit deinen nächsten Angehörigen beginne. Sie könnten die eine oder andere Theorie über die Vorgänge haben. Wie wär's, wenn ich euch später mal anrufe und nachfrage, ob jemand Zeit für mich hat?«

Bobby verzog das Gesicht. Auf dem Weg zu meinem Büro hatte er mir erzählt, daß ihn seine Verletzungen gezwungen hatten, vorübergehend wieder in seinem Elternhaus zu wohnen, was ihm nicht besonders paßte. Seine Eltern hatten sich vor einigen Jahren scheiden lassen, und seine Mutter hatte wieder geheiratet; genau genommen war das schon Ehe Nummer drei. Offensichtlich kam Bobby mit seinem gegenwärtigen Stiefvater nicht zurecht, aber er hatte eine siebzehnjährige Stiefschwester namens Kitty, die er zu mögen schien. Ich wollte mit allen dreien reden. Meistens fangen meine Untersuchungen mit Schreibkram an, aber diese war von Anfang an etwas Besonderes.

»Ich habe eine bessere Idee«, meinte Bobby. »Komm heute nachmittag bei uns vorbei. Mama erwartet so gegen fünf ein paar Leute. Mein Stiefvater hat Geburtstag. So hättest du Gelegenheit, alle gleichzeitig zu treffen.«

Ich zögerte. »Bist du sicher, daß das in Ordnung geht? Vielleicht hat sie etwas dagegen, wenn ich zu einem so besonderen Anlaß einfach reinplatze.«

»Das geht klar. Ich werde ihr sagen, daß du kommst. Es wird sie nicht stören. Hast 'n Stift? Ich erklär dir den Weg.«

Ich durchwühlte meine Handtasche nach einem Kugelschreiber und meinem Notizbuch und notierte mir die Einzelheiten. »So gegen sechs bin ich da«, sagte ich.

»Großartig.« Er warf die Wagentür zu und ging.

Ich beobachtete, wie er zu seinem Wagen humpelte, und fuhr dann nach Hause.

Ich wohne in einer ehemaligen einfachen Garage, die jetzt zu einem etwa zwanzig Quadratmeter großen Studioappartement für zweihundert Dollar monatlich umgewandelt worden ist. Es dient mir als Wohnzimmer, Schlafzimmer, Küche, Bad, Toilette und Waschraum. Alles, was ich besitze, ist vielseitig verwendbar und winzig. Ich habe eine Kombination aus Kühlschrank, Spülbecken und Kochplatte, eine Mini-Waschmaschine mit aufgesetztem Trockner, eine Couch, aus der man ein Bett machen kann (obwohl ich mir selten die Mühe mache, sie auszuklappen), und einen Schreibtisch, den ich manchmal als Eßtisch benutze. Ich neige zur Arbeitswut, und deshalb scheinen meine Wohnräume im Laufe der Jahre auf diese Miniaturgröße geschrumpft zu sein. Eine Zeitlang wohnte ich in einem Wohnwagen, aber das schien mir dann doch zu teuer. Ich bin oft auf Reisen und habe etwas dagegen, mein Geld für Räume auszugeben, die ich nicht nutze. Möglich, daß ich eines Tages meinen persönlichen Bedarf auf einen Schlafsack reduziere, den ich auf den Rücksitz meines Autos werfen kann, um völlig dem Zwang zu Mietzahlungen zu entgehen. Wie die Dinge liegen, sind meine Ansprüche gering. Ich habe weder Haustiere noch Pflanzen. Ich habe zwar Freunde, aber ich gehe keine gesellschaftlichen Verpflichtungen ein. Wenn ich überhaupt Hobbys habe, dann bestehen sie aus dem Reinigen meiner kleinen Halbautomatik und dem Aktenstudium. Ich bin nicht gerade ein Glückspilz, aber ich zahle meine Rechnungen, habe ein bißchen Geld auf die Seite gelegt und bin mit einer Krankenversicherung ausgestattet, um mich vor den Risiken meines Gewerbes zu schützen. Ich mag mein Leben so wie es ist, obwohl ich mir Mühe gebe, mich dieses Umstands nicht allzu sehr zu rühmen. Ungefähr alle sechs oder acht Monate treffe ich auf einen Mann, der mich sexuell aus der Fassung bringt, aber zwischen diesen »Seitensprüngen« lebe ich solo und unverheiratet, was meiner Ansicht nach keine besondere Leistung ist. Nach zwei erfolglosen Ehen bin ich in der Lage, die Augen offen und die Beine geschlossen zu halten.

Mein Appartement liegt an einer bescheidenen, mit Palmen gesäumten Straße einen Block vom Strand entfernt, und es gehört einem Mann namens Henry Pitts, der das Hauptgebäude auf dem Grundstück bewohnt. Henry ist einundachtzig Jahre alt und ein pensionierter Bäcker, der sein Einkommen jetzt durch die Herstellung von Brot und Kuchen aufbessert, die er bei den ortsansässigen Kaufleuten gegen andere Waren und Dienstleistungen tauscht. Er richtet Teegesellschaften für die alten Damen in der Nachbarschaft aus und schreibt in seiner Freizeit Kreuzworträtsel, die irre schwer zu lösen sind. Er ist ein sehr gutaussehender Mann: groß, schlank und braungebrannt, mit schneeweißem Haar, das weich ist wie Babyflaum, und einem schmalen, aristokratischen Gesicht. Seine Augen sind veilchenblau, in der Farbe von Zwergpurpurwinden, und sie strahlen Intelligenz aus. Er ist teilnahmsvoll, mitfühlend und süß. Deshalb hätte es mich nicht so überraschen sollen, ihn in der Gesellschaft eines »Schätzchens« vorzufinden, das mit ihm zusammen Mint Juleps im Garten trank, als ich nach Hause kam.

Wie immer hatte ich meinen Wagen vor dem Grundstück geparkt und lief ums Haus herum nach hinten auf meine Eingangstür zu. Mein Appartement geht zum Hof hinaus und gibt den Blick auf ein kleines Stück malerischer Landschaft frei. Henry hat ein Stückchen Rasen dahinten, eine Trauerweide, Rosensträucher, zwei Zwergzitronenbäumchen und einen kleinen gepflasterten Innenhof. Er kam gerade aus seiner Hintertür, ein Tablett in der Hand, als er mich sah.

»Oh, Kinsey. Das trifft sich gut. Komm mal rüber. Da ist jemand, dem ich dich vorstellen möchte«, meinte er.

Mein Blick folgte dem seinen, und ich sah eine Frau, die auf einem der Klubsessel ausgestreckt lag. Sie muß Mitte Sechzig gewesen sein, plump, mit einer Krone aus braun getönten Locken. Ihr Gesicht war gefurcht wie weiches Leder, aber sie hatte geschickt Make-up aufgetragen. Es waren ihre Augen, die mich störten; ein samtiges Braun, recht groß und, nur einen Moment lang, boshaft.

Henry stellte das Tablett auf dem runden Metalltisch zwischen den Sesseln ab. »Das ist Lila Sams«, meinte er und nickte dann in meine Richtung. »Meine Mieterin, Kinsey Millhone. Lila ist gerade erst nach Santa Teresa gezogen. Sie hat ein Zimmer bei Mrs. Lowenstein am Ende der Straße gemietet.«

Mit einem Rasseln ihrer roten Plastikarmreifen streckte sie mir ihre Hand entgegen und machte Anstalten, auf die Füße zu kommen.

Ich überquerte den Hof. »Bleiben Sie sitzen«, sagte ich. »Willkommen bei uns.« Ich schüttelte ihre Hand und lächelte freundlich. Das Lächeln, das zurückkam, nahm die Kühle aus ihrem Gesicht, und ich merkte, wie ich in Gedanken einen zweiten Anlauf machte und mich fragte, ob ich sie falsch eingeschätzt hatte. »Aus welcher Gegend stammen Sie?«

»Heute hier, morgen dort«, antwortete sie und blickte verstohlen zu Henry hinüber. »Ich war mir nicht sicher, wie lange ich bleiben würde, aber Henry macht es mir seeehr angeneeehm.«

Sie trug ein kurzgeschnittenes Sommerkleid aus Baumwolle mit einem hellgrünen und gelben geometrischen Druck auf weißem Untergrund. Ihre Brüste sahen aus wie zwei Fünf-Pfund-Mehlsäcke, deren Inhalt etwas verschüttet worden war. Sie trug ihr Übergewicht vor allem an Busen und Taille, und ihre stämmigen Hüften und Oberschenkel liefen zu einem passablen Paar Waden und fast zierlichen Füßen aus. Sie trug rote Leinenschuhe und dicke rote Ohrklipse aus Plastik. Wie beim Betrachten eines Gemäldes kehrte mein Blick genau auf den Ausgangspunkt zurück. Ich wollte ihr noch mal in die Augen schauen, aber sie war dabei, das Tablett zu untersuchen, das Henry ihr darbot.

»Herrje. Ja, was haben wir denn da? Du bist vielleicht ein süßer Schatz!«

Henry hatte einen Teller mit Appetithappen zubereitet. Er ist einer jener Leute, die in die Küche sausen und mit Hilfe der Konserven aus der hintersten Schrankecke einen Feinschmeckerimbiß kreieren können. Alles, was in meiner Schrankecke steht, ist eine alte Schachtel Müsli mit Innenleben.

Lilas rote Fingernägel bildeten einen winzigen Kran. Sie hob einen der Happen an und beförderte ihn zum Mund. Es sah aus wie ein Kräcker mit einem Häppchen geräucherten Lachs und einem Tupfer Remoulade darauf. »Hmm, das ist *fantastisch*«, bemerkte sie mit vollem Mund und leckte sich die Fingerspitzen ab, eine nach der anderen. Sie trug ein paar billige Ringe, deren Steine wie verklebte Rubine aussahen und einen viereckig geschliffenen Smaragd in der Größe einer Briefmarke mit Diamanten auf jeder Seite. Henry bot mir den Teller mit den Happen an. »Wie wär's, wenn du jetzt mal einen davon probierst, während ich dir einen Mint Julep mixe?«

Ich schüttelte den Kopf. »Lieber nicht. Wahrscheinlich versuche ich gleich zu joggen, und dann muß ich noch arbeiten.«

»Kinsey ist Privatdetektivin«, sagte er zu ihr.

Lilas Augen weiteten sich, und ihre Lider klapperten verwundert. »Du meine Güte. Das ist ja interessant!« Sie sprach überschwenglich und mit größerer Begeisterung, als es der Situation entsprach. Ich war nicht gerade besonders beeindruckt von ihr, und ich bin sicher, daß sie es gespürt hat. In der Regel mag ich ältere Frauen. Ich mag eigentlich fast alle Frauen. Ich finde sie von Natur aus offen und vertrauenswürdig und von einer amüsanten Freimütigkeit, wenn das Gespräch auf Männer kommt. Diese hier war eine von der alten Schule: albern und kokettierend. Mich hat sie auf Anhieb verachtet.

Sie schaute Henry an und klopfte auf das Sesselkissen. »Komm, setz dich hierher, du böser Junge. Ich will nicht, daß du wie ein Diener auf mich wartest. Können Sie sich das vorstellen, Kinsey? Alles, was er heute nachmittag gemacht hat, war, mir einmal dies, einmal jenes zu holen.« Sie beugte sich über den Teller mit den Appetithappen und war wieder hingerissen. »Und was ist das für einer?«

Ich sah zu Henry und erwartete halb, daß er mir einen gequälten Blick zuwerfen würde, aber er hatte wie befohlen auf dem Sessel Platz genommen und schielte zum Teller. »Das ist geräucherte Auster. Und das ist ein bißchen Rahmkäse mit Chutney. Das wird dir schmecken. Hier.«

Offensichtlich war er nahe dran, sie zu füttern, doch sie gab ihm einen leichten Klaps.

»Laß das. Du nimmst jetzt selbst mal einen. Du verwöhnst mich bis zum Umfallen und, was noch schlimmer ist, du wirst mich dick und rund füttern.«

Ich fühlte mein Gesicht vor Unbehaglichkeit erstarren, als ich sah, wie sich ihre Köpfe näherten. Henry ist fünfzig Jahre älter als ich, und unsere Beziehung war immer höchst anständig gewesen. Jetzt fragte ich mich, ob er sich bei den wenigen Gelegenheiten in der Vergangenheit genauso gefühlt hatte, wenn er morgens um sechs einen Typen aus meiner Wohnung wanken sah.

»Wir sehen uns später, Henry«, sagte ich und ging auf meine Eingangstür zu. Ich glaube, er hatte mich gar nicht gehört.

Ich zog mir ein Turnhemd und Shorts an, schnürte mir die Joggingschuhe zu und schlüpfte dann wieder hinaus, ohne daß jemand auf mich aufmerksam wurde. In flottem Tempo ging ich einen Block weiter zur Cabana, dem breiten Boulevard, der parallel zum Strand verläuft, und verfiel in einen Trab. Der Tag war heiß, und es gab nicht die geringste Bewölkung. Es war jetzt drei Uhr, und sogar die Brandung wirkte träge. Die Brise, die einem vom Meer her zugefächelt wurde, war voller Salz. Der Strand war mit Schutt verschmutzt. Ich wußte nicht mehr, warum ich mir eigentlich die Mühe machte zu rennen. Ich war nicht mehr in Form, schnaufte und prustete, und meine Lungen brannten innerhalb der ersten Viertelmeile wie Feuer. Mein linker Arm schmerzte, und meine Beine fühlten sich an wie Holz. Immer wenn ich arbeite, laufe ich auch, und ich nehme an, das war der Grund für den heutigen Versuch. Ich lief, weil es an der Zeit war zu laufen und weil ich den Rost und die Steifheit aus meinen Gliedern schütteln mußte. So pflichtbewußt ich das Joggen auch machte, war ich doch nie ein wirklicher Fan dieses Trainings gewesen. Mir fällt bloß keine bessere Methode ein, mir dieses gewisse Wohlbefinden zu verschaffen.

Die erste Meile bestand nur aus Schmerzen, und ich haßte jede einzelne Minute. Bei der zweiten Meile fühlte ich die Endorphinen einrasten, und ab der dritten Meile hatte ich meinen Rhythmus gefunden und hätte für immer und ewig so weiterlaufen können. Ich sah auf meine Jogginguhr. Es war 3.33. Ich habe nie behauptet, ich sei schnell. Ich verringerte mein Tempo auf ein Gehen. Der Schweiß lief. Morgen würde ich dafür büßen, da war ich mir ziemlich sicher, doch im Moment fühlte ich mich locker. Meine Muskeln waren weich und warm. Ich benutzte den Heimweg, um mich abzukühlen.

Als ich zurück zu meiner Wohnung kam, hatte der verdunstende Schweiß mich zum Frösteln gebracht, und ich freute mich auf eine heiße Dusche. Der Innenhof war verlassen. Nur die leeren Mint Julep-Gläser standen dort Seite an Seite. Henrys Hintertür war geschlossen, und die Jalousien waren heruntergelassen. Ich schloß meine Tür mit dem Schlüssel auf, den ich mir ans Schuhband geknüpft hatte.

Ich wusch mir die Haare, rasierte mir die Beine, schlüpfte in ein Kleid und fuhrwerkte eine Weile herum. Die Küche wurde aufgeräumt, der Schreibtisch geleert. Schließlich zog ich mir eine Hose, eine Tunika und Sandalen an und parfümierte mich. Um Viertel vor sechs schnappte ich mir meine große Lederhandtasche, ging wieder hinaus und schloß ab.

Ich sah mir die Wegbeschreibung zu Bobbys Haus an, bog links in die Cabana Richtung Vogelschutzgebiet ein und folgte der Straße, die sich nach Montebello hineinschlängelte. Von Montebello sagt man, es habe mehr Millionäre pro Quadratmeile als irgendeine andere Gemeinde im Land. Ich weiß nicht, ob das stimmt oder nicht. Die Bewohner von Montebello sind ein bunter Haufen. Obwohl die großen Grundstücke jetzt mit Häusern der Mittelschicht durchzogen sind, bleibt der Gesamteindruck von Geld. Sorgsam kultiviertes und haltbar gemachtes Geld, eine gereifte Eleganz, die zurückgeht auf Zeiten, in denen Wohlstand mit Diskretion behandelt wurde und materielle Zurschaustellung den finanziell Ebenbürtigen vorbehalten war. Die Reichen von heute sind nur noch geschmacklose Imitatoren ihrer früheren kalifornischen Pendants. Montebello *hat* seine »Slums«, einen merkwürdigen Streifen voller Schindelhütten, die für 140 000 Dollar das Stück verkauft werden.

Die Adresse, die Bobby mir gegeben hatte, lautete West Glen, eine schmale Straße, von Eukalyptusbäumen und Platanen beschattet, gesäumt von niedrigen, handbehauenen Steinen, die sich zu weit zurückliegenden, von vorbeifahrenden Motoristen nicht einsehbaren Villen schlängelten. Hin und wieder wies ein Pförtnerhaus auf die Prunkhütten im Hintergrund hin. Aber zumeist schien sich West Glen durch immergrüne Eichenhaine zu ziehen und aus nichts als gesprenkeltem Sonnenschein, dem Geruch französischen Lavendels und brummenden Honigbienen in den knallrosa Geranien zu bestehen. Es war jetzt sechs Uhr, und in den nächsten zwei Stunden würde es nicht dunkel werden.

Ich erspähte die gesuchte Hausnummer und bog langsam in die Einfahrt ein. Zu meiner Rechten standen weißverputzte Häuschen, die von den drei kleinen Schweinchen hätten gebaut sein können. Ich starrte durch die Windschutzscheibe, konnte aber keinen Parkplatz sehen. Ich rollte weiter, in der Hoffnung, irgendwo hinter der vor mir liegenden Kurve könnte eine Parkmöglichkeit sein. Über die Schulter hinweg schaute ich zurück. Ich fragte mich, warum keine anderen Autos zu sehen waren und überlegte, welcher der kleinen Bungalows wohl Bobbys Familie gehören konnte. Einen Moment lang fühlte ich mich unbehaglich. Er hatte doch heute nachmittag gesagt, oder? Ich konnte mir nur zu gut vorstellen, daß ich am falschen Tag kam. Ich zuckte die Achseln. Nun gut. Ich habe schon schlimmere Peinlichkeiten in meinem Leben erlitten, obwohl mir im Moment keine einfallen wollte. Ich bog um die Kurve und suchte nach einer Stelle zum Anhalten. Unwillkürlich stieg ich voll auf die Bremsen, und der Wagen schlitterte zum Stillstand. »Ach du liebe Scheiße!« flüsterte ich.

Der Weg hatte sich zu einem großen gepflasterten Hof verbreitert. Genau gegenüber sah ich ein Haus. Irgendwie wußte ich in meinem Innern, daß Bobby Callahan hier wohnte und nicht in einem dieser gemütlichen kleinen Nester vorn. Das waren wahrscheinlich Angestelltenwohnungen. Hier stand das richtige Haus.

Das Gebäude war so groß wie die Schule, die ich besucht hatte, und wahrscheinlich vom selben Architekten entworfen worden. Das war ein Mann namens Dwight Costigan, der nicht mehr lebte, aber in den über vierzig Jahren seines Schaffens ganz Santa Terese auf eigene Faust wiederbelebt hatte. Der Stil heißt, wenn ich mich nicht irre, Neuspanisch. Zugegeben, ich spotte gern über weißverputzte Mauern und rote Ziegeldächer. Ich verachte Rundbögen und Hortensien, und Balken und Balkone quälen mich, aber ich hatte sie noch nie in einer solchen Zusammenstellung gesehen.

Der Mittelteil des Hauses war zwei Stockwerke hoch und von zwei gedeckten Säulengängen flankiert. Bogen auf Bogen auf Bogen, getragen von graziösen Säulen. Es gab Gruppen zarter Palmen, mit Skulpturen geschmückte Portale, gotische Fenster mit Sprossen. Sie hatten sogar einen Glockenturm wie bei einer alten Missionskirche. War Kim Novak nicht aus etwas Ähnlichem verstoßen worden? Der Ort sah aus wie eine Mischung aus Kloster und Filmkulisse. Im Hof parkten vier Mercedes wie für eine Hochglanzreklame, und aus dem Springbrunnen in der Mitte schoß ein fünf Meter hoher Wasserstrahl.

So weit rechts wie möglich hielt ich an. Dann sah ich an mir herunter. Die Hose hatte, wie ich jetzt bemerkte, einen Flecken auf einem Knie, den ich nur verbergen konnte, wenn ich mich ständig geduckt hielte, so daß die Tunika weit genug hinunterhing. Die Tunika selbst war gar nicht so schlecht: schwarzer, hauchdünner Stoff, mit einem tiefen, eckigen Ausschnitt, langen Ärmeln und einem passenden Stoffgürtel. Einen Moment lang zog ich in Erwägung, noch mal nach Hause zu fahren, um mich umzuziehen. Dann wurde mir klar, daß ich zu Hause auch nichts hatte, das besser als das hier aussah. Ich drehte mich zum Rücksitz um und wühlte die unglaubliche Krimskrams-Kollektion durch, die ich dort aufbewahre. Ich fahre einen VW, eine dieser nichtssagenden beigen Limousinen, die sich in den meisten Gegenden prima für Observierungsarbeiten eignet. Hier allerdings hätte ich mir besser einen Straßenkreuzer gemietet. Wahrscheinlich fuhren die Gärtner Volvos.

Ich schob die Gesetzestexte, die Karteikästen, das Werkzeug und die Aktentasche, in der ich meine Waffe unter Verschluß hielt, zur Seite. Ah, genau danach hatte ich gesucht: eine alte Nylonstrumpfhose, im Notfall gut als Filter zu gebrauchen. Auf dem Boden fand ich noch ein Paar schwarzer, hockhackiger Schuhe, die ich mir mal in der Absicht gekauft hatte, mich in einem schäbigen Teil von Los Angeles als Nutte auszugeben. Als ich hinkam, machte ich natürlich die Entdekkung, daß die Huren alle wie Collegeschülerinnen aussahen, also verzichtete ich auf die Verkleidung.

Ich warf die Sandalen, die ich trug, auf den Rücksitz und strampelte mich aus der Hose. Dann schlüpfte ich in die Strumpfhose, polierte die Pumps kurz mit Spucke und sprang hinein. Ich nahm den Gürtel von der Tunika und schlang ihn mir mit einem exotischen Knoten um den Hals. Auf dem Grund meiner Handtasche fand ich einen Eyeliner und etwas Rouge und veranstaltete damit eine Schnellrenovierung, zu der ich den Rückspiegel herabdrehte, damit ich mich sehen konnte.

Meiner Ansicht nach sah ich ulkig aus, aber woher sollten die das wissen? Außer Bobby hatte mich keiner von denen jemals vorher gesehen. Hoffte ich.

Ich stieg aus dem Wagen und stützte mich ab. Ich hatte keine so hohen Absätze mehr getragen, seit ich mit den ausrangierten Sachen meiner Tante Verkleiden gespielt hatte, als ich in die erste Klasse ging. Ohne Gürtel reichte die Tunika bis zur Mitte der Oberschenkel, der federleichte Stoff haftete auf meinen Hüften. Wenn ich vor eine Lichtquelle geriet, würde man meinen Bikinislip sehen. Na und? Wenn ich es mir schon nicht leisten konnte, mich gut zu kleiden, konnte ich zumindest davon ablenken. Ich atmete tief durch und stelzte Richtung Tür.

3

Ich läutete und hörte das Geräusch durch das Haus hallen. Nach einer angemessenen Zeit wurde die Tür von einem schwarzen Dienstmädchen geöffnet, das eine weiße Uniform wie eine Krankenschwester trug. Am liebsten wäre ich ihr in die Arme gesunken, um mich zum Krankenhaus schleppen zu lassen, so sehr schmerzten mir die Füße. Statt dessen nannte ich meinen Namen und murmelte, Bobby Callahan erwarte mich.

»Ja, Miss Millhone. Wollen Sie nicht nähertreten, bitte?«

Sie trat zur Seite, und ich ging in die Halle. Die Wand am Eingang war zwei Stockwerke hoch, und Licht drang durch eine Reihe von Fenstern herein, die der Linienführung der breiten Steintreppe folgte, welche sich zur Linken hinaufwand. Die hellroten Bodenfliesen waren zu einem seidigen Schimmern poliert. Perserteppiche hingen von dekorativen schmiedeeisernen Stäben herab, die wie antike Waffen aussahen. Die Raumtemperatur war perfekt, kühl und ruhig, von einem riesigen Blumenarrangement parfümiert, das auf einem schweren Beistelltisch zu meiner Rechten stand. Ich kam mir vor wie in einem Museum.

Das Mädchen führte mich den Gang hinab in ein derart großes Wohnzimmer, daß die Gruppe von Menschen auf der gegenüberliegenden Seite in einem kleineren Maßstab gebaut zu sein schien als ich. Der offene Kamin muß drei Meter breit und gut vier Meter hoch gewesen sein, und er hatte eine Öffnung, die groß genug war, um einen Ochsen zu grillen. Die Möbel wirkten bequem; nichts war affektiert oder klein. Die Sofas, vier Stück, wirkten wuchtig, und die Sessel waren groß und dick gepolstert. Mit ihren breiten Lehnen erinnerten sie mich irgendwie an die Flugzeugsessel in der Ersten Klasse. Es gab keine bestimmte Farbskala, und ich fragte mich, ob nur die Mittelschicht hingeht und jemanden damit beauftragt, alles passend zusammenzustellen.

Ich erspähte Bobby, der glücklicherweise gleich in meine Richtung gehumpelt kam. Offenbar hatte er an meinem Gesichtsausdruck abgelesen, daß ich auf diesen ganzen Pomp nicht vorbereitet gewesen war.

»Ich hätte dich warnen sollen. Tut mir leid«, begann er. »Ich besorge dir was zu trinken. Was möchtest du haben? Wir haben Weißwein, aber wenn ich dir sage, was für einen, hältst du uns sicher für Angeber.«

»Wein ist genau das Richtige«, erwiderte ich. »Ich bin ganz verrückt auf die Angebersorte.«

Ein anderes Mädchen, nicht das, das an der Tür gewesen war, sondern eines, das speziell für den Service ausgebildet war, ahnte Bobbys Wünsche und näherte sich mit vollen Weingläsern. Ich hoffte inniglich, daß ich mich nicht blamieren würde, indem ich mir mein Getränk über das Kleid kippte oder mich mit dem Absatz im Teppich verfing. Er reichte mir ein Glas Wein, und ich nahm einen Schluck.

»Bist du in diesem Haus aufgewachsen?« fragte ich. Es war schwierig, sich Legosteine, Kasperlepuppen und Spielzeugautos in einem Raum vorzustellen, der wie ein Kirchenschiff aussah. Plötzlich nahm ich wahr, was in meinem Mund vor sich ging. Dieser Wein würde mir den Geschmack an dem Zeug aus Pappschachteln, das ich normalerweise trinke, für immer verderben.

»Ja, allerdings«, sagte er und sah sich jetzt interessiert um, als sei ihm dieses Mißverhältnis gerade erst aufgefallen. »Ich hatte natürlich ein Kindermädchen.«

»Oh, natürlich, warum auch nicht. Was machen deine Eltern? Oder soll ich raten?«

Bobby lächelte mich schief an und tupfte sich das Kinn ab. Beinahe verlegen, dachte ich. »Mein Großvater, der Vater meiner Mutter, gründete um die Jahrhundertwende ein großes Chemieunternehmen. Ich vermute, er hatte schließlich das Patent für ungefähr die Hälfte aller lebenswichtigen Produkte der Menschheit. Spülungen und Mundwasser und Verhütungsmittel. Auch freiverkäufliche Drogeriewaren. Lösungsmittel, Legierungen, Industrieprodukte. Die Liste ist noch ein bißchen länger.«

»Brüder? Schwestern?«

»Nur ich.«

»Wo ist dein Vater jetzt?«

»Tibet. Neuerdings steht er auf Bergsteigen. Letztes Jahr lebte er in einem Ashram in Indien. Seine Seele entfaltet sich im selben Tempo wie seine VISA-Rechnung.«

Ich legte eine Hand ans Ohr. »Höre ich da Feindseligkeit heraus?«

Bobby zuckte die Achseln. »Er kann es sich leisten, sich hobbymäßig mit dem großen Weltmysterium zu befassen, wegen der Abfindung, die er bei der Scheidung von meiner Mutter bekommen hat. Er tut, als wäre er auf dem großen spirituellen Trip, während er sich in Wirklichkeit einfach hängenläßt. Eigentlich war unser Verhältnis ganz okay, bis er direkt nach dem Unfall zurückkam. Er pflegte an meinem Bett zu sitzen, wohlwollend zu lächeln und mir zu erklären, daß meine Verkrüppelung eben etwas sei, durch das ich durch müßte in diesem Leben.« Er betrachtete mich mit einem seltsamen Lächeln. »Weißt du, was er sagte, als er hörte, daß Rick tot ist? ›Das ist schön. Das bedeutet, daß er seine Arbeit beendet hat.‹ Ich habe mich dermaßen aufgeregt, daß Dr. Kleinert ihm weitere Besuche bei mir untersagte, also zog er ab, um den Himalaya zu erklimmen. Wir hören nicht viel von ihm, aber ich glaube, das ist auch gut so.«

Bobby brach ab. Einen Moment lang schwammen Tränen in seinen Augen, und er kämpfte um Beherrschung. Er starrte auf die Gruppe von Menschen, die am Kamin standen, und ich folgte seinem Blick. Schnell überschlagen, schätzte ich sie auf ungefähr zehn Personen.

»Wer von denen ist deine Mutter?«

»Die Frau in der cremefarbenen Kleidung. Der Typ, der direkt hinter ihr steht, ist mein Stiefvater, Derek. Sie sind seit drei Jahren verheiratet, aber ich glaube nicht, daß es klappt.«

»Wie kommt's?«

Bobby schien verschiedene Antworten zu erwägen, entschied sich schließlich aber doch für ein leichtes Kopfschütteln und Schweigen. Er sah mich wieder an. »Bist du bereit, sie kennenzulernen?«

»Erzähl mir erst noch etwas über die anderen Leute.« Reine Zeitschinderei, aber ich konnte nicht anders.

Er studierte die Gruppe. »Von einigen habe ich den Namen vergessen. Diese Frau in Blau kenne ich überhaupt nicht. Der große Typ mit den grauen Haaren ist Dr. Fraker. Er ist der Pathologe, für den ich vor dem Unfall gearbeitet habe. Er ist mit der Rothaarigen verheiratet, die gerade mit meiner Mutter spricht. Meine Mutter sitzt im Treuhänderausschuß von St. Terry, daher kennt sie alle diese Medizintypen. Der stämmige Mann mit der beginnenden Glatze ist Dr. Metcalf, und der, mit dem er redet, ist Dr. Kleinert.«

»Dein Psychiater?«

»Genau. Er denkt, ich sei verrückt, aber das ist in Ordnung, weil er glaubt, er kriegt mich wieder hin.« Bitterkeit hatte sich in seine Stimme geschlichen, und mir wurde plötzlich schrecklich bewußt, mit was für einem Wutpegel Bobby Tag für Tag umgehen mußte.

Als sei das sein Stichwort gewesen, drehte Dr. Kleinert sich um und starrte uns an. Dann glitt sein Blick weiter. Er sah aus, als sei er Anfang Vierzig, hatte feines, graugelocktes Haar und einen kummervollen Gesichtsausdruck.

Bobby feixte. »Ich habe ihm erzählt, daß ich einen Privatdetektiv engagieren würde. Aber er hat sicher noch nicht gemerkt, daß es sich um dich handelt, sonst wäre er längst hergekommen, um uns bei einem kleinen Plausch zu analysieren.«

»Was ist mit deiner Stiefschwester? Wo ist sie?«

»Wahrscheinlich in ihrem Zimmer. Sie ist nicht sehr gesellig.«

»Und wer ist die kleine Blonde?«

»Die beste Freundin meiner Mutter. Sie ist OP-Schwester. Komm«, meinte er ungeduldig. »Du kannst genausogut jetzt den Sprung wagen.«

Ich folgte Bobby und paßte meinen Schritt seinem an, während er durch den Raum zum Kamin humpelte, wo man sich versammelt hatte. Seine Mutter beobachtete unser Näherkommen, und die beiden Frauen bei ihr hielten mitten im Gespräch inne, um zu sehen, was ihre Aufmerksamkeit so in Anspruch nahm.

Für die Mutter eines Dreiundzwanzigjährigen sah sie jung aus, mager, mit schmalen Hüften und langen Beinen. Sie hatte dichte, schimmernde Haare in einem hellen Rehbraun und trug sie nicht ganz schulterlang. Ihre Augen waren klein und tiefliegend, ihr Gesicht schmal und der Mund breit. Sie hatte elegante Hände mit langen, schlanken Fingern. Sie trug eine cremefarbene Seidenbluse und einen Rock aus reinem Leinen, der eng an der Taille anlag. Die zarten Ketten um Handgelenk und Hals waren aus Gold. Der Blick, den sie Bobby zukommen ließ, war angespannt, und ich glaubte den Schmerz zu spüren, mit dem sie sein verkrüppeltes Äußeres betrachtete. Sie sah von ihm zu mir herüber und lächelte höflich.

Mit ausgestreckter Hand trat sie auf mich zu. »Ich bin Glen Callahan. Sie müssen Kinsey Millhone sein. Bobby erwähnte, daß Sie vorbeikommen würden.« Ihre Stimme klang tief und kehlig. »Sie sollen erst mal Gelegenheit haben, sich ein wenig zu amüsieren. Wir sprechen uns dann später.«

Ich schüttelte ihre Hand und war überrascht, wie knöchern und warm sie sich in meiner anfühlte. Ihr Griff war eisern.

Sie sah die Frau zu ihrer Rechten an und stellte mich vor. »Das ist Nola Fraker.«

»Angenehm«, meinte ich beim Händeschütteln.

»Und Sufi Daniels.«

Gemurmelte Höflichkeiten wurden ausgetauscht. Nola war ein Rotschopf mit einer reinen, fein gemaserten Haut und strahlend blauen Augen. Sie trug einen dunkelroten Overall, der ihre Arme freiließ und ein tiefes V aus nacktem Fleisch vom Hals bis zur Taille sichtbar machte. Ich hätte ihr auf gar keinen Fall geraten, sich hinabzubeugen oder plötzliche Bewegungen zu machen. Ich hatte das Gefühl, sie von irgendwoher zu kennen. Vielleicht hatte ich ihr Foto in der Klatschspalte gesehen oder etwas Ähnliches. Die Erinnerungslämpchen hörten jedenfalls auf zu blinken, und ich überlegte, was das wohl für eine Geschichte gewesen war.

Die andere Frau, Sufi, war klein und irgendwie unförmig, gleichmäßig dick und mit einem krummen Rücken. Sie trug einen malvenfarbigen Jogginganzug aus Velours, der nicht aussah, als habe sie jemals in ihm gejoggt. Ihre blonden Haare waren dünn und fein, und sie trug sie zu lang, wahrscheinlich um ihrem Gesicht zu schmeicheln.

Nach einer Anstandspause nahmen die drei, sehr zu meiner Erleichterung, ihr Gespräch wieder auf. Ich hatte nicht die leiseste Idee gehabt, über was ich mit ihnen sprechen sollte. Nola erzählte von einem Stoffrest für dreißig Dollar, den sie aufmotzte, um ihn bei einer Weinprobe in Los Angeles zu tragen. »Ich war in allen Geschäften in Montebello, aber es war einfach lächerlich! Ich zahle doch keine vier Scheine für ein Kleidungsstück. Ich würde nicht mal *zwei* zahlen«, sagte sie energisch.

Das überraschte mich. Sie sah aus wie eine Frau, die Spaß an Extravaganzen hatte. Wenn ich mir so etwas nicht einbilde. Meine Vorstellung von Frauen mit Geld ist, daß sie nach Beverly Hills fahren, um sich die Beine enthaaren zu lassen, am Rodeo Drive noch ein oder zwei Nippes kaufen und dann zu einem Wohltätigkeitsessen für 1500 Dollar pro Gericht gehen. Ich konnte mir Nola Fraker nicht beim Durchstöbern der Sonderangebotskiste unseres örtlichen Second-Hand-Ladens vorstellen. Vielleicht war sie als junges Mädchen arm gewesen und hatte sich nicht daran gewöhnen können, die Frau eines Doktors zu sein.

Bobby nahm meinen Arm und lotste mich zu den Männern. Erst stellte er mich seinem Stiefvater, Derek Wenner, vor, und dann schnell nacheinander den Doktoren Fraker, Metcalf und Kleinert. Bevor ich noch darüber nachdenken konnte, brachte er mich bereits zum Flur. »Laß uns raufgehen. Wir werden Kitty suchen, und dann zeige ich dir den Rest des Hauses.«

»Bobby, ich will mit diesen Leuten reden!« protestierte ich.

»Nein, das wirst du nicht tun. Sie sind dumm, und sie wissen gar nichts.«

Als wir an einem Beistelltisch vorbeikamen, wollte ich mein Weinglas abstellen, aber er schüttelte den Kopf. »Nimm es mit.«

Er schnappte sich eine volle Flasche Wein aus einem silbernen Kühler und klemmte sie sich unter den Arm. Er hatte tatsächlich ein ziemliches Tempo drauf, trotz des Humpelns und so, und ich hörte meine hohen Absätze nicht sehr elegant hinterherklappern, als wir zum Foyer gingen. Ich blieb für einen Moment stehen, um mir die Schuhe auszuziehen, und holte ihn dann ein. Etwas an Bobbys Haltung brachte mich fast zum Lachen. Er war daran gewöhnt, sich unter den gleichen Leuten, vor denen man mir Respekt beigebracht hatte, ganz nach Belieben zu benehmen. Meine Tante wäre von der Gesellschaft beeindruckt gewesen. Bobby schien es nicht zu sein.

Wir gingen die Stufen hinauf. Bobby zog sich an dem glatten Steingeländer hoch.

»Trägt deine Mutter den Namen Wenner nicht?« fragte ich, während ich ihm folgte.

»Nee. Tatsächlich ist Callahan ihr Mädchenname. Als sie und mein Vater sich scheiden ließen, habe ich meinen Namen auch in Callahan ändern lassen.«

»Das ist ungewöhnlich, oder?«

»Kommt mir nicht so vor. Er ist ein Trottel. Auf diese Art habe ich mit ihm genauso wenig zu tun wie sie.«

Die Galerie oben bildete einen Halbkreis, von dem auf jeder Seite Flügel abgingen. Wir passierten einen Bogengang auf der rechten Seite und kamen in einen breiten Korridor, an dem sich in regelmäßigen Abständen Zimmer befanden. Die meisten Türen waren geschlossen. Das Tageslicht ließ langsam nach, und es war düster hier oben. Ich habe einmal eine Morduntersuchung an einer exklusiven Mädchenschule geführt, die die gleiche Atmosphäre ausstrahlte. Man hatte das

Gefühl, das Haus sei in eine Art Anstalt umfunktioniert worden, in irgend etwas Unpersönliches und Kühles. Bobby klopfte an die dritte Tür auf der rechten Seite.

»Kitty?«

»Einen Moment«, rief sie.

Er strahlte mich an. »Sie wird stoned sein.«

Klar, warum auch nicht? dachte ich mit einem Achselzucken. Siebzehn.

Die Tür öffnete sich, und sie spähte heraus. Mißtrauisch glitt ihr Blick von Bobby zu mir. »Wer ist das?«

»Nun komm aber, Kitty. Würdest du bitte den Scheiß sein lassen?«

Gleichgültig trat sie zur Seite. Bobby und ich gingen hinein, und er schloß die Tür hinter uns. Sie war magersüchtig – groß und extrem dünn, mit Knie- und Ellbogengelenken, die herausstanden wie bei einer Gliederpuppe. Ihr Gesicht war hager. Sie war barfuß und trug Shorts und ein weißes Schlauchhemd, das ungefähr die Größe einer Männer-Mannschaftssocke hatte.

»Was glotzt du denn so?« meinte sie. Da sie keine Antwort zu erwarten schien, gab ich mir keine Mühe, ihr eine zu geben. Sie ließ sich auf ein ungemachtes französisches Bett fallen und starrte mich an, während sie sich eine Zigarette nahm und sie ansteckte. Ihre Nägel waren bis aufs Fleisch abgekaut. Das Zimmer war schwarz gestrichen und wirkte wie eine Parodie auf ein Jungmädchenzimmer. Es gab eine Menge Poster und Stofftiere, aber sie hatten alle Alptraumqualitäten. Die Poster zeigten Rockbands in aufgemotztem Make-up, finster und höhnisch und in größtenteils frauenfeindlichen Posen dargestellt. Die Stofftiere kamen eher Satyrn nah als Winnie dem Bären. Die Luft war parfümiert mit Eau de Dope, und meiner Vermutung nach rauchte sie hier so viel Gras, daß man nur die Nase ins Bettzeug stecken mußte, um high zu werden.

Bobby genoß offenbar ihre Widerborstigkeit. Er zog mir einen Stuhl heran und fegte ohne weitere Umstände ein paar Kleidungsstücke auf den Boden. Ich setzte mich, und er streckte sich auf dem Fußende des Bettes aus und umfaßte mit einer Hand ihren linken Fußknöchel. Seine Finger überschnitten sich, als halte er statt dessen ihr Handgelenk. Das erinnerte mich an Hänsel und Gretel. Vielleicht befürchtete Kitty, man würde sie in den Kochtopf stecken, wenn sie zu fett würde. Ich dachte: Bevor es soweit kommt, wird man sie in ein Grab stecken, und das war beängstigend. Sie lehnte sich auf ihre Ellbogen zurück und lächelte mich über ihre langen, zerbrechlichen Beine hinweg schwach an. Alle Venen waren sichtbar, wie bei einem anatomischen Schaubild mit Zelluloidauflage. Ich konnte erkennen, wie ihre Fußknochen miteinander verbunden waren. Ihre Zehen sahen fast aus wie Greiforgane.

»Und, was ist da unten los?« fragte sie Bobby. Ihr Blick war immer noch auf mich gerichtet. Ihre Aussprache war ganz geringfügig verschwommen, und ihre Augen schienen die Scharfeinstellung immer wieder zu verlieren. Ich fragte mich, ob sie betrunken war oder gerade ein paar Pillen eingeworfen hatte.

»Sie stehen rum und ziehen sich den Alc rein, wie immer. Apropos Alkohol, ich hab uns Wein mitgebracht«, meinte er. »Haste 'n Glas?«

Sie beugte sich zu ihrem Nachttisch hinüber, durchwühlte das Chaos und holte einen Becher hervor, dessen Boden etwas Klebriges und Grünes enthielt, Absinth oder Crème de Menthe. Sie hielt ihm das Glas hin. Der Wein, den er hineingoß, färbte sich von den Likörresten.

»Also, wer ist die Alte?«

Ich hasse es, Alte genannt zu werden.

Bobby lachte. »O Gott, tut mir leid. Das ist Kinsey. Sie ist der Privatdetektiv, von dem ich dir erzählt habe.«

»Hätt' ich auch selbst drauf kommen können.« Ihr Blick wanderte wieder zu mir. Die Pupillen waren so erweitert, daß ich die Farbe der Iris nicht bestimmen konnte. »Und, wie gefällt dir unsere kleine Nebenvorstellung? Bobby und ich sind die Familienfreaks. Was für ein Paar, stimmt's?«

Dieses Kind ging mir auf die Nerven. Sie war weder klug genug noch schnell genug, um die dicke Luft, die sie produzierte, auch wieder zu reinigen. Die Spannung war spürbar, wie bei einem Slapstick-Streifen mit zweitklassigen Gags.

Bobby mischte sich sanft ein. »Dr. Kleinert ist unten.«

»Ah, Dr. Destructo. Was hältst du von dem?« Sie nahm einen Zug aus ihrer Zigarette und heuchelte Nonchalance, doch ich fühlte, daß sie auf meine Antwort wirklich gespannt war.

»Ich hab nicht mit ihm gesprochen«, erwiderte ich. »Bobby wollte, daß ich dich zuerst kennenlerne.«

Sie starrte mich an, und ich starrte zurück. Mir fiel ein, wie ich in der sechsten Klasse solche Spielchen mit meinem Todfeind Tommy Jancko getrieben hatte. Heute hab ich vergessen, warum wir uns nicht leiden konnten, aber Wettbewerbe im Starren gehören jedenfalls immer zu den Waffen unserer Wahl.

Sie sah wieder Bobby an. »Er will mich ins Krankenhaus kriegen. Schon erzählt?«

»Gehst du?«

»Kommt *nicht* in Frage! Soll ich all diese Nadel in mich reinstecken lassen? O nee, nein danke. Kein Interesse.« Sie schwang ihre langen Beine über die Bettkante und stand auf. Sie ging durch das Zimmer zu einer Frisierkommode mit einem goldgerahmten Spiegel darüber. Dort studierte sie ihr Gesicht und sah mich wieder an. »Findest du, daß ich dünn aussehe?«

»Sehr.«

»Wirklich?« Die Vorstellung schien sie zu faszinieren, und sie drehte sich leicht, so daß sie ihren flachen Hintern sehen konnte. Wieder studierte sie ihr Gesicht und betrachtete sich dabei, wie sie einen Zug von der Zigarette nahm. Sie zuckte kurz die Achseln. Sie gefiel sich, wie sie war.

»Können wir über diesen Mordversuch reden?« begann ich.

Sie tapste zum Bett zurück und ließ sich wieder drauf fallen. »Jemand ist hinter ihm her. Ganz bestimmt«, erklärte sie. Mit einem Gähnen drückte sie ihre Zigarette aus.

»Wie kommst du darauf?«

»Intuition.«

»Abgesehen von der Intuition«, meinte ich.

»Ach Mist, du glaubst uns auch nicht«, sagte sie. Sie drehte sich zur Seite, lehnte sich gegen die Kissen und legte einen Arm unter den Kopf.

»Ist hinter dir auch jemand her?«

»Nee. Ich glaub nicht. Nur hinter ihm.«

»Aber warum sollte das jemand tun? Ich sage ja nicht, daß ich euch nicht glaube. Ich suche einen Ausgangspunkt, und ich möchte wissen, was du dazu zu sagen hast.«

»Ich muß einen Moment darüber nachdenken«, erwiderte sie. Dann war sie still.

Ich brauchte einige Minuten, bis mir klar wurde, daß sie bewußtlos geworden war. Mein Gott, auf was für einem Trip war sie?

4

Mit den Schuhen in der Hand wartete ich in dem Flur, während Bobby ihr eine Decke überlegte und auf Zehenspitzen aus dem Zimmer kam. Sanft schloß er die Tür.

»Was hat das zu bedeuten?« fragte ich.

»Es geht ihr gut. Sie war gestern abend nur ein bißchen zu lange auf.«

»Was meinst du damit? Sie ist halbtot!«

Er bewegte sich unbehaglich. »Glaubst du wirklich?«

»Bobby, so schau sie dir doch an! Sie ist ein Skelett. Sie nimmt Drogen, Alkohol, Zigaretten. Und obendrein raucht sie auch noch Dope, wie du weißt. Wie soll sie das überleben?«

»Ich weiß nicht. Ich habe wohl nie geglaubt, daß es ihr so schlecht geht«, meinte er. Er war nicht nur jung, er war *naiv.* Oder vielleicht war sie so langsam zugrunde gegangen, daß er nicht mehr wahrnehmen konnte, in welcher Verfassung sie sich befand.

»Seit wann ist sie magersüchtig?«

»Seitdem Rick tot ist, vermute ich. Vielleicht etwas früher. Er war ihr Freund, und es hat sie ganz schön getroffen.«

»Geht sie deshalb zu Dr. Kleinert? Wegen der Magersucht?«

»Nehme ich an. Ich habe nie nachgefragt. Sie war seine Patientin, bevor ich anfing, zu ihm zu gehen.«

Eine Stimme mischte sich ein. »Gibt es Probleme?«

Derek Wenner näherte sich von der Galerie aus, den Highball in der Hand. Er war ein Mann, der einmal gut ausgesehen hatte. Von mittlerer Größe, hellhaarig, graue Augen, die von einer Brille mit Stahlfassung vergrößert wurden. Wohlwollend geschätzt, war er jetzt Ende Vierzig und hatte solide dreißig Pfund Übergewicht. Er hatte das aufgedunsene, gerötete Gesicht eines Mannes, der zuviel trinkt. Seine Haargrenze hatte sich auf ein breites U zurückgezogen, das einen Ausläufer dünner werdenden Haares in der Mitte zurückgelassen hatte, kurz geschoren und zur Seite gekämmt. Die überzähligen Pfunde hatten ihm ein Doppelkinn und einen breiten Hals eingebracht, der den Kragen seines Frackhemdes zu eng erscheinen ließen. Seine Gabardinehose mit Bügelfalte sah teuer aus, genau wie seine Slipper, die braun-weiß waren und ins Leder gestanzte Löcher hatten. Vorher hatte er noch ein Sakko getragen, aber das hatte er zusammen mit seiner Krawatte abgelegt. Erleichtert knöpfte er sich den Kragen auf.

»Was ist los? Wo ist Kitty? Deine Mutter möchte wissen, warum sie sich nicht zu uns gesellt hat.«

Bobby schien verwirrt. »Ich weiß nicht. Sie hat mit uns gesprochen, und sie ist eingeschlafen.«

»Eingeschlafen« schien mir ein bißchen untertrieben. Kittys Gesicht hatte die Farbe eines Plastikrings gehabt, den ich als Kind mal weggegeben habe. Der Ring war weiß gewesen, aber wenn man ihn eine Weile ans Licht hielt und dann die Hand darüber hielt, leuchtete er schwach grün. Das zeugte in meinen Augen nicht gerade von guter Gesundheit.

»Mist, ich rede lieber mal mit ihr«, sagte er. Ich mußte nicht erst raten, daß er alle Hände voll mit ihr zu tun hatte. Er öffnete die Tür und betrat Kittys Zimmer.

Bobby sah mich mit einem Blick an, der zum Teil Bestürzung, zum Teil Angst ausdrückte. Ich schaute durch die offene Tür hinein. Derek stellte seinen Drink auf den Tisch und setzte sich auf Kittys Bett.

»Kitty?«

Er legte ihr eine Hand auf die Schulter und schüttelte sie sanft. Keine Reaktion. »He, komm schon, Liebling. Wach auf.«

Er warf mir einen besorgten Blick zu.

Dann schüttelte er Kitty etwas rauher. »Los, komm. Wach auf.«

»Möchten Sie, daß ich einen der Ärzte von unten hole?« fragte ich. Er schüttelte sie wieder. Ich wartete die Antwort nicht ab.

Ich zog meine Schuhe aus, ließ meine Handtasche an der Tür stehen und lief zur Treppe.

Als ich zum Wohnzimmer kam, schaute Glen Callahan zu mir herüber. Offensichtlich spürte sie, daß etwas nicht stimmte.

Sie kam näher. »Wo ist Bobby?«

»Oben bei Kitty. Ich glaube, es wäre vielleicht besser, wenn mal jemand nach ihr sieht. Sie ist bewußtlos geworden, und Ihr Mann hat Mühe, sie wachzubekommen.«

»Ich hole Leo.«

Ich beobachtete, wie sie sich Dr. Kleinert näherte und flüsternd mit ihm sprach. Er sah zu mir herüber und entschuldigte sich dann bei seinen Gesprächspartnern. Wir drei gingen hinauf.

Bobby leistete Derek auf Kittys Bettkante Gesellschaft, das Gesicht vor Sorge zerknittert. Derek versuchte, Kitty in eine sitzende Haltung zu ziehen, doch sie sackte zur Seite weg. Dr. Kleinert lief eilig hin und schob die beiden Männer aus dem Weg. Schnell checkte er ihre Lebenszeichen und zog eine kleine Taschenlampe aus der Innentasche seines Anzugs. Ihre Pupillen hatten sich auf Stecknadelkopfgröße zusammengezogen, und die grünen Augen wirkten aus meiner Sicht milchig und leblos. Augenscheinlich reagierten sie kaum auf das Licht, das er erst in dem einen, dann in dem anderen aufblitzen ließ. Ihr Atem war flach und langsam und ihre Muskeln schlaff. Dr. Kleinert langte nach dem Telefon, das am Bett auf dem Fußboden stand, und wählte 911.

Glen blieb in der Tür stehen. »Was ist los?«

Kleinert ignorierte sie und sprach mit der Unfallstation.

»Hier ist Dr. Leo Kleinert. Ich brauche einen Krankenwagen, zur West Glen Road in Montebello. Ich habe einen Patienten hier, der eine Barbituratvergiftung hat.« Er gab die Adresse und eine kurze Beschreibung des Weges durch. Dann legte er auf und sah Bobby an. »Hast du eine Ahnung, was sie genommen hat?«

Bobby schüttelte den Kopf.

Derek reagierte und sagte an Glen gewandt: »Vor einer halben Stunde ging es ihr noch gut. Ich habe selbst mit ihr gesprochen.«

»O Derek. Um Gottes willen«, sagte er verärgert.

Kleinert lehnte sich vor und öffnete die Nachttischschublade. Er wühlte sich durch einigen Krempel, zögerte dann und zog einen Pillenvorrat heraus, der einen Elefanten abgefüllt hätte. Sie befanden sich in einer Reißverschlußtasche, vielleicht zweihundert Kapseln: Nembutal, Seconal, blau-orangefarbene Tuinal, Antidepressiva, Aufputschmittel – wie das farbenfrohe Lager einer exotischen Baumwollfirma.

Kleinerts Gesichtsausdruck war voller Verzweiflung. Er sah zu Derek auf, die Tasche an einer Ecke haltend. Beweisstück A in einer Verhandlung, die nach meiner Vermutung schon eine Zeitlang dauerte.

»Was sind das für Dinger?« fragte Derek. »Wie ist sie drangekommen?«

Kleinert schüttelte den Kopf. »Laß uns erst einmal allein sein, dann können wir uns darüber Gedanken machen.«

Glen Callahan hatte sich bereits umgedreht und den Raum verlassen. Ich hörte ihre Absätze zielbewußt zur Treppe klappern. Bobby nahm meinen Arm, und wir beide gingen in den Flur hinaus.

Anscheinend hatte Derek immer noch Mühe, zu verstehen, was hier geschehen war. »Wird sie wieder gesund werden?«

Dr. Kleinert murmelte eine Antwort, aber ich konnte nicht verstehen, was er sagte.

Bobby brachte mich in ein Zimmer auf der anderen Seite des Flurs und schloß die Tür. »Wir sollten ihnen nicht im Weg sein. Nachher gehen wir hinunter.« Er rieb sich die Finger seiner kranken Hand, als seien sie ein Talisman. Das Schleppen in seiner Stimme war wieder da.

Das Zimmer war riesig. Die tiefliegenden Fenster führten auf die Rückseite des Grundstücks hinaus. Der weiße Teppichboden hatte einen dichten, kurzen Flor, der so frisch gesaugt war, daß Bobbys Fußabdrücke darin sichtbar blieben. Sein Doppelbett erschien geradezu winzig in diesem etwa hundert Quadratmeter großen Raum, an den sich zur Linken ein Ankleidezimmer anschloß, hinter dem noch etwas lag, das offensichtlich ein Badezimmer war. Auf einer antiken Fichtentruhe für Bettzeug am Fußende des Bettes stand ein Fernsehgerät. An der Wand zu meiner Rechten befand sich ein langer, eingebauter Schreibtisch mit einer weißen Kunststoffoberfläche. Eine IBM Selectric II und die Tastatur, der Monitor und der Printer für einen Heimcomputer waren darauf aufgebaut. Die Bücherregale waren ebenfalls aus weißem Kunststoff und fast ausschließlich mit Medizinbüchern angefüllt. Auf der gegenüberliegenden Seite befand sich eine Sitzecke: zwei gepolsterte Sessel und ein Liegesofa, das mit einem karierten Stoff in weiß, rostfarben und schieferblau überzogen war. Der Kaffeetisch, die Leselampe, die Bücher und Zeitschriften, die sich daneben stapelten, deuteten darauf hin, daß Bobby hier seine Freizeit verbrachte.

Er ging zu einer Gegensprechanlage an der Wand und drückte einen Knopf.

»Callie, wir verhungern hier oben. Würdest du uns wohl ein Tablett raufschicken? Wir sind zu zweit, und wir brauchen auch etwas Weißwein.«

Ich hörte ein dumpfes Klappern im Hintergrund – Geschirr, das in die Geschirrspülmaschine geräumt wurde. »Ja, Mr. Bobby. Ich werde Alicia etwas hochbringen lassen.«

»Danke.«

Er humpelte zu einem Sessel und setzte sich. »Ich esse, wenn ich aufgeregt bin. Das hab ich schon immer getan. Komm, setz dich. Scheiße, ich hasse dieses Haus. Früher habe ich es geliebt. Als Kind fand ich es großartig. Platz zum Rennen. Platz, sich zu verstecken. Ein Hof, der ins Unendliche ging. Heute fühle ich mich hier wie in einem Kokon. Isoliert. Aber es kann das Schlechte nicht abhalten. Man friert hier. Frierst du?«

»Mir geht's gut«, erwiderte ich.

Ich setzte mich in den anderen Sessel. Er schob das Sofa hinüber, und ich legte die Füße hoch. Ich fragte mich, wie es sein mußte, in einem Haus wie diesem zu leben, wo man sich um alle Bedürfnisse kümmerte, wo jemand anders für den Einkauf und das Kochen verantwortlich war und für das Waschen, die Abfallbeseitigung, die Gartenpflege. Welche Freiheiten bleiben einem da?

»Wie ist es, wenn man aus einer so gut gestellten Umgebung kommt? Ich kann mir das nicht einmal vorstellen.«

Er zögerte und hob den Kopf.

Aus der Ferne hörten wir den Krankenwagen näherkommen. Die Sirene schwoll zum Crescendo an und leierte dann mit einem Seufzer des Bedauerns herunter. Er sah mich an und tupfte sich unsicher das Kinn ab. »Glaubst du, daß wir überheblich sind?« Die beiden Hälften meines Gesichts schienen widersprüchliche Botschaften auszusenden: die eine lebhaft, die andere tot.

»Woher soll ich das wissen? Ihr lebt entschieden besser als die meisten anderen Menschen«, meinte ich.

»Hör mal, wir leisten unseren Beitrag. Meine Mutter führt eine Menge Spendensammlungen für örtliche Wohltätigkeitsvereine durch, und sie sitzt im Vorstand des Kunstmuseums und der Historischen Gesellschaft. Ich weiß nicht, wie es mit Derek aussieht. Er spielt Golf und hängt im Club herum. Na gut, das ist nicht fair. Er hat ein paar Anlagen, um die er sich kümmert, so haben sie sich kennengelernt. Er war der Testamentvollstrecker des Treuhandvermögens, das mein Großvater mir hinterlassen hat. Als Mom und er geheiratet hatten, hat er an der Bank aufgehört. Jedenfalls unterstützen sie eine ganze Menge Sachen, also ist es nicht so, daß sie nur hemmungslos die Armen unter ihren Füßen zermalmen. Meine Mutter hat fast ganz allein den Santa Teresa Girl's Club ins Leben gerufen. Und das Frauen-Krisencenter ebenfalls.«

»Wie ist es mit Kitty? Was fängt sie mit sich an, wenn sie sich gerade mal nicht vollpumpt?«

Er sah mich vorsichtig an. »Du solltest keine Urteile fällen. Du weißt nicht, was irgendeiner von uns durchgemacht hat.«

»Du hast recht. Tut mir leid. Ich wollte nicht, daß es so selbstgerecht klingt. Ist sie in einer Privatschule?«

Er schüttelte den Kopf. »Nicht mehr. Sie haben sie dieses Jahr zur Santa Teresa High School wechseln lassen. Alles Versuche, sie wieder auf die rechte Bahn zu bringen.«

Unbehaglich schaute er zur Tür. Das Haus war so massiv gebaut, daß man nicht beurteilen konnte, ob die Sanitäter schon heraufgekommen waren.

Ich ging durch den Raum und öffnete sie einen Spalt breit. Sie kamen gerade mit der fahrbaren Trage aus Kittys Zimmer. Die Räder quietschten wie bei einem Einkaufswagen, als sie mit ihr in den Flur einbogen. Sie war mit einer Decke zugedeckt, unter der sie sich kaum abzeichnete, so zart war sie. Ein dünner Arm ragte unter den Decken hervor. Sie hatten ihr einen Tropf angelegt, und einer der Sanitäter hielt eine Plastiktüte mit einer klaren Lösung hoch. Durch ein Nasenloch wurde ihr Sauerstoff zugeführt. Dr. Kleinert ging ihnen voran zur Treppe, und Derek bildete das Schlußlicht. Er hatte seine Hände verlegen in die Taschen gesteckt, sein Gesicht war blaß. Er wirkte nutzlos und fehl am Platze und blieb stehen, als er mich erblickte.

»Ich werde in meinem Wagen hinterher fahren«, meinte er, obwohl niemand ihn gefragt hatte. »Sagen Sie Bobby, wir werden im St. Terry sein.«

Er tat mir leid. Die ganze Szene schien wie aus einer Fernsehserie, so ausdruckslos und geschäftsmäßig verhielt sich das medizinische Personal. Hier wurde seine Tochter davongetragen, und sie konnte tatsächlich sterben, aber diese Möglichkeit schien keiner anzusprechen. Keine Spur von Bobbys Mutter, keine Spur von den Leuten, die zum Drink gekommen waren. Alles schien irgendwie fehlgelaufen zu sein, wie bei einer sorgfältig ausgearbeiteten Vorstellung, die dann danebengeht. »Möchten Sie, daß wir mitkommen?« fragte ich.

Derek schüttelte den Kopf. »Sagen Sie meiner Frau, wo ich bin«, erwiderte er. »Ich rufe an, sobald ich Näheres weiß.«

»Viel Glück«, wünschte ich, und er lächelte mich so schwach an, als sei Glück nicht gerade etwas, mit dem er viel Erfahrung hatte.

Ich beobachtete, wie die Prozession die Treppe hinunter verschwand. Dann schloß ich die Tür zu Bobbys Zimmer. Ich setzte zum Sprechen an, aber Bobby unterbrach mich.

»Ich hab's gehört«, sagte er.

»Warum hält sich deine Mutter da raus? Steht sie mit Kitty auf Kriegsfuß?«

»Gott, das ist alles zu kompliziert, um es dir erklären zu können. Nach dem letzten Zwischenfall wollte Mom nichts mehr mit Kitty zu tun haben, und das ist nicht so herzlos, wie es klingt, ganz am Anfang hat sie getan, was sie konnte, aber vermutlich gab es einfach eine Krise nach der anderen. Das ist zum Teil die Ursache dafür, daß sie und Derek solche Schwierigkeiten haben.«

»Was ist der andere Teil?«

Sein Blick war trübe. Es war klar, daß er das Gefühl hatte, gleichermaßen die Schuld zu tragen.

Es klopfte an der Tür, und eine Chicanofrau mit geflochtenen Haaren erschien mit einem Tablett. Ihr Gesicht war ausdruckslos, und sie sah niemanden an. Falls sie wußte, was vor sich ging, ließ sie es sich nicht anmerken. Sie fuhrwerkte eine Weile mit Tischtüchern und Besteck herum. Ich dachte schon, gleich würde sie uns eine Quittung präsentieren, zum Unterschreiben fürs Trinkgeld.

»Danke, Alicia«, sagte Bobby.

Sie murmelte etwas und verschwand. Ich fühlte Unbehagen darüber, daß alles so unpersönlich war. Ich wollte sie fragen, ob ihre Füße genauso weh taten wie meine, oder ob sie eine Familie habe, über die wir reden könnten. Ich wollte, daß sie Neugier oder Entsetzen äußerte über diese Leute, für die sie arbeitete und die zu den unmöglichsten Tageszeiten auf Liegen weggekarrt werden. Statt dessen schenkte Bobby uns Wein ein, und wir aßen.

Das Mahl sah aus wie aus einer Illustrierten. Pralle kalte Hähnchenviertel mit Senfsauce, winzige Blätterteigtörtchen mit Spinat und einem rauchigen Cheddarkäse gefüllt, hier und da ein paar Weintrauben und Petersiliensträußchen. Zwei kleine Porzellanschalen mit Dekkel enthielten geeiste Tomatensuppe mit frisch geschnittenem Dill und einem Tupfer Crème fraiche obenauf. Wir beendeten das Essen mit einem Teller kleiner, verzierter Kekse. Ob diese Leute jeden Tag so aßen? Bobby würdigte all dies keines Blickes. Ich weiß nicht, was ich von ihm erwartete. Er konnte kaum jedesmal in ein Freudengeheul ausbrechen, wenn eine Mahlzeit serviert wurde. Aber ich war beeindruckt, und vermutlich wollte ich, daß er sich genauso wunderte wie ich, damit ich mir nicht ganz wie ein Bauerntrottel vorkam.

Als wir schließlich hinunter gingen, war es fast acht Uhr, und die Gäste waren verschwunden. Das Haus schien ausgestorben, mit Ausnahme der beiden Mädchen, die schweigend das Wohnzimmer aufräumten, als wir vorbeikamen. Bobby führte uns zu einer schweren, eichengetäfelten Tür auf der anderen Seite der großen Halle. Er klopfte, und von innen kam eine gemurmelte Antwort. Wir betraten ein kleines Studierzimmer, in dem Glen Callahan mit einem Buch saß, ein Weinglas zu ihrer Rechten auf dem Tischende. Sie trug jetzt schokoladenbraune Wollhosen und einen passenden Kaschmir-Pullover. In dem Kupferrost brannte ein Feuer. Die Wände waren tomatenrot gestrichen, und die passenden Vorhänge waren zugezogen, um die kühle

Dämmerung abzuhalten. In Santa Teresa sind die meisten Abende, unabhängig vom Monat, kalt. Dieser Raum war gemütlich, eine intime Rückzugsgelegenheit vom Rest des Hauses mit seinen hohen Decken und kalkweiß verputzten Wänden.

Bobby setzte sich in den Sessel seiner Mutter gegenüber. »Hat Derek schon angerufen?«

Sie schloß ihr Buch und legte es beiseite. »Vor ein paar Minuten. Sie ist über den Berg. Sie haben ihr den Magen ausgepumpt, und wenn sie außer Gefahr ist, wird man sie ins Krankenhaus aufnehmen. Derek wird dableiben, bis die Papiere unterschrieben sind.«

Ich sah Bobby an. Er senkte seinen Kopf in die Hände und seufzte einmal vor Erleichterung, ein Geräusch wie ein tiefer Ton aus dem Dudelsack. Er schüttelte den Kopf und starrte auf den Fußboden.

Glen beobachtete ihn. »Du bist erschöpft. Warum gehst du nicht einfach zu Bett? Ich wollte sowieso mit Kinsey allein sprechen.«

»In Ordnung, könnte ich eigentlich machen«, meinte er. Das Schleppen in seiner Stimme war überdeutlich geworden, und jetzt sah ich, wie die feinen Muskeln neben seinen Augen zuckten, als würden sie elektrisch stimuliert. Offenbar wurde seine Behinderung durch Müdigkeit verschlimmert. Er stand auf und ging zu ihrem Sessel hinüber. Glen nahm sein Gesicht in ihre Hände und sah ihn aufmerksam an.

»Ich werde es dich wissen lassen, wenn Kittys Zustand sich ändern sollte«, murmelte sie. »Ich will nicht, daß du dir Sorgen machst. Schlaf gut.«

Er nickte und legte die gesunde Seite seines Gesichts an ihres. Dann ging er zur Tür. »Ich ruf dich morgen früh an«, sagte er zu mir gewandt und ging hinaus. Einen Moment lang konnte ich seinen schlurfenden Gang im Flur hören, dann erstarb das Geräusch.

5

Ich setzte mich in den Sessel, aus dem Bobby aufgestanden war. Das Daunenkissen war noch warm und der Form seines Körpers angepaßt. Glen beobachtete mich, um sich, so schloß ich, ein Urteil zu bilden. Im Licht der Lampe konnte ich erkennen, daß ihre Haarfarbe die Schöpfung eines Experten war, der sie beinah exakt dem sanften Braunton ihrer Augen angepaßt hatte. Alles an ihr war wunderschön aufeinander abgestimmt: Make-up, Kleidung, Accessoires. Offensichtlich war sie ein Mensch, der aufs Detail achtete, und ihr Geschmack war perfekt.

»Es tut mir leid, daß Sie uns so kennenlernen mußten.«

»Ich bin mir nicht sicher, ob ich die Menschen je von ihrer besten Seite sehe«, erwiderte ich. »Das hinterläßt ein ziemlich schiefes Bild der Menschheit bei mir. Wird er meine Rechnungen begleichen, oder Sie?«

Die Frage veranlaßte sie, ihr ganzes Interesse auf mich zu konzentrieren, und ich nahm an, daß sie einen beträchtlichen Scharfsinn für alle Themen, die Geld betrafen, mitbrachte. Kaum sichtbar zog sie eine Augenbraue hoch.

»Er. Er verfügt über sein Vermögen, seit er einundzwanzig ist. Warum fragen Sie?«

»Ich weiß immer gern, wem ich Bericht erstatten muß«, meinte ich. »Wie denken Sie über seine Behauptung, daß jemand versucht, ihn umzubringen?«

Sie brauchte einen Moment für die Antwort und zuckte dann sanft die Achseln. »Es ist möglich. Die Polizei scheint davon überzeugt zu sein, daß ihn jemand die Brücke hinuntergedrängt hat. Ob das vorsätzlich geschehen ist? Ich hab keine Ahnung.« Sie sprach leise, deutlich und eindringlich.

»Nach dem, was Bobby erzählt hat, waren es lange neun Monate.«

Sie fuhr mit dem Daumennagel an ihrem Hosenbein entlang und richtete ihre Äußerung an die Hosennaht. »Ich weiß nicht, wie er das überlebt hat. Er ist mein einziges Kind, der Lichtblick in meinem Leben.«

Sie hielt inne, lächelte ein wenig in sich hinein und schaute mich dann mit einer unerwarteten Scheu an. »Ich weiß, alle Mütter müssen so reden, aber er war etwas Besonderes. War er wirklich. Schon von Kindheit an. Klug, aufgeweckt, umgänglich, schnell. Und großartig. So ein hübscher kleiner Junge, unbeschwert und herzlich, witzig. Er war zauberhaft.

In der Nacht dieses Unfalls kam die Polizei zu uns ins Haus. Sie waren nicht in der Lage gewesen, uns vor vier Uhr morgens zu benachrichtigen, weil sie das Auto erst eine Weile lang suchen mußten und es Stunden dauerte, bis sie die beiden Jungen den Bergabhang hinaufgeschafft hatten. Rick war natürlich sofort tot.«

Sie brach ab, und ich dachte schon, sie habe den Faden verloren. »Egal. Jedenfalls klingelte es an der Tür. Derek ging hinunter, und als er nicht wieder kam, schnappte ich mir einen Bademantel und ging selbst hinunter. Ich sah zwei Polizisten im Foyer. Ich dachte, sie wären gekommen, um uns von einem Einbruch in der Nachbarschaft oder einem Unfall vorn auf der Straße zu berichten. Derek drehte sich um, und er hatte so einen schrecklichen Ausdruck auf dem Gesicht. Er sagte, ›Glen, es ist Bobby.‹ Ich dachte, mir blieb das Herz stehen.«

Sie schaute zu mir hoch, und ihre Augen glänzten vor Tränen. Sie faltete die Finger ineinander, formte mit den beiden Zeigefingern eine Spitze und legte sie an die Lippen. »Ich dachte, er sei tot. Ich dachte, sie seien gekommen, um mir zu sagen, daß er gestorben ist. Ich fühlte eine Spitze aus Eis in mir, als würde ich durchbohrt. Es begann in meinem Herzen und ging durch meinen Körper, bis meine Zähne klapperten. Zu dem Zeitpunkt war er im St. Terry. Alles, was wir wußten, war, daß er noch lebte, aber kaum noch. Als wir zum Krankenhaus kamen, machte uns der Arzt überhaupt keine Hoffnungen. Nicht eine. Sie sagten uns, es gebe umfassende Verletzungen. Gehirnschäden und unendlich viele gebrochene Knochen. Sie sagten, er würde nie wieder gesund, und daß er nur noch dahinvegetieren könnte, wenn er überlebte. Ich starb. Ich starb, weil Bobby dabei war zu sterben, und das dauerte noch tagelang. Ich wich nicht mehr von seiner Seite. Ich war verrückt, schrie jeden an, Schwestern, Ärzte . . .«

Ihr Blick wurde flacher, und sie hob einen Zeigefinger, wie ein Lehrer, der einen bestimmten Punkt ganz klar machen will. »Ich werde Ihnen sagen, was ich gelernt habe«, begann sie vorsichtig. »Ich habe verstanden, daß ich Bobbys Leben nicht kaufen konnte. Geld kann kein Leben kaufen, aber es kann alles andere kaufen, was man haben will. Ich hatte Geld nie in diesem Sinne verwendet, was mir jetzt seltsam erscheint. Meine Eltern hatten Geld. Die Eltern meiner Eltern hatten Geld. Ich habe immer die Macht des Geldes begriffen, doch hatte ich sie nie mit diesem Zweck ausgeübt. Er hatte das Beste von allem. Das Beste! An nichts war gespart worden. Und er fiel heraus. Nachdem ich soviel durchgemacht habe, hasse ich den Gedanken, jemand könnte das absichtlich gemacht haben. Gemessen an all den Zielen und Plänen, ist Bobbys Leben ruiniert. Er wird in Ordnung kommen, und wir werden für ihn eine Möglichkeit finden, sein Leben produktiv zu verbringen, aber nur, weil wir in einer Position sind, die uns das möglich macht. Die Verluste sind unermeßlich. Es ist ein Wunder, daß er so weit gekommen ist.«

»Haben Sie eine Ahnung, warum jemand versuchen könnte, ihn umzubringen?«

Sie schüttelte den Kopf.

»Sie sagten, Bobby habe sein eigenes Geld. Wem kommt es zugute, wenn er stirbt?«

»Das müssen Sie ihn fragen. Er hat ein Testament, da bin ich sicher, und es war die Rede davon, daß er sein Geld verschiedenen wohltätigen Zwecken hinterlassen könnte ... es sei denn, natürlich, daß er heiratet und eigene legitime Erben hat. Glauben Sie, daß Geld das Motiv sein könnte?«

Ich zuckte die Achseln. »In der Regel verfolge ich diese Spur zuerst, besonders in einer Situation wie dieser, wenn es sich so anhört, als gebe es eine Menge.«

»Was könnte es sonst sein? Was könnte irgend jemand gegen ihn haben?«

»Menschen morden aus absurden Gründen. Jemand gerät über irgend etwas in Wut und rächt sich. Leute sind eifersüchtig, oder sie wollen sich vor einem realen oder eingebildeten Angriff schützen. Oder sie haben etwas Verbotenes getan und morden, um das zu vertuschen. Manchmal gibt es einfach keinen Sinn. Vielleicht hatte Bobby an jenem Abend jemanden beim Überholen geschnitten, und der Fahrer folgte ihm den ganzen Paß hoch. Autofahrer drehen schnell durch. Ich gehe davon aus, daß er sich nicht gerade in einem Streit mit jemandem befand?«

»Nicht, daß ich wüßte.«

»Keiner, der sauer auf ihn war? Eine Freundin vielleicht?«

»Das bezweifle ich. Zu der Zeit ging er zwar gerade mit einem Mädchen, doch es war eine recht lockere Beziehung, soweit ich das beurteilen kann. Nachdem das passiert war, ließ sie sich nicht mehr so oft blicken. Natürlich hat Bobby sich verändert. Man kommt dem Tode nicht so nahe, ohne dafür zu bezahlen. Der gewaltsame Tod ist wie ein Monster. Je näher man ihm kommt, desto mehr Schaden nimmt man ... wenn man überhaupt überlebt. Bobby mußte sich selbst aus dem Grab ziehen, Stück für Stück. Er ist jetzt anders. Er hat dem Monster ins Gesicht gesehen. Man kann die Spuren seiner Klauen noch überall an Bobbys Körper erkennen.«

Ich schaute zur Seite. Es stimmte. Bobby sah aus, als sei er angegriffen worden: zerfetzt und zerbrochen und mißhandelt. Der gewaltsame Tod hinterläßt eine gewisse Aura, wie ein Energiefeld, das den Betrachter abstößt. Ich habe bisher noch nie ein Mordopfer betrachtet, ohne schnell zurückzuschrecken. Sogar die Fotografien der Toten stoßen mich ab und lassen mich frösteln.

Ich kam auf das naheliegende Thema zurück. »Bobby sagte, er habe zu jener Zeit für Dr. Fraker gearbeitet.«

»Das stimmt. Jim Fraker ist ein langjähriger Freund von mir. Deshalb ist Bobby eigentlich auch im St. Terry angestellt worden. Um mir einen Gefallen zu tun.«

»Wie lange hat er da gearbeitet?«

»Im Krankenhaus an sich, vielleicht vier Monate. Bei Jim in der Pathologie hat er zwei Monate gearbeitet, glaube ich.«

»Und was genau hat er da gemacht?«

»Geräte gereinigt, Botengänge ausgeführt, das Telefon bedient. Alles Routine. Sie lehrten ihn, einige Labortests durchzuführen, und manchmal überwachte er die Apparaturen, aber ich kann mir nicht vorstellen, daß sein Job irgend etwas mit sich brachte, das sein Leben gefährden konnte.«

»Zu dem Zeitpunkt hatte er bereits seinen Abschluß von der UCTS, nehme ich an«, sagte ich und wiederholte damit, was Bobby mir erzählt hatte.

»Das stimmt. Er arbeitete nur nebenbei, in der Hoffnung, an der medizinischen Hochschule angenommen zu werden. Seine ersten Bewerbungen waren abgelehnt worden.«

»Wie kam das?«

»Oh, er war übermütig geworden und hatte sich nur an ungefähr fünf Schulen beworben. Er war immer schon ein exzellenter Student gewesen und hatte nie in seinem Leben versagt. Er hatte sich verkalkuliert. Die medizinischen Hochschulen stehen furchtbar in Konkurrenz zueinander und die, an denen er es versucht hatte, nahmen ihn einfach nicht an. Das warf ihn eine Weile lang zurück, aber er erholte sich wieder, glaube ich. Ich weiß, daß er den Job bei Dr. Fraker als nützlich ansah, weil er ihm Einblick in Disziplinen geben konnte, mit denen er normalerweise erst sehr viel später in Berührung gekommen wäre.«

»Was passierte zu dem Zeitpunkt sonst noch in seinem Leben?«

»Nicht viel. Er ging zur Arbeit. Er traf Freunde. Er machte ein bißchen Gewichtheben und surfte dann und wann. Er ging ins Kino und mit uns zum Essen aus. Es schien alles sehr normal zu sein, damals, und es scheint auch sehr normal zu sein, wenn man jetzt zurückblickt.«

Es gab da noch eine andere Fährte, die ich untersuchen mußte, und ich fragte mich, wie sie reagieren würde. »Hatten Kitty und er sexuell miteinander zu tun?«

»Ah. Tja, die Frage kann ich wirklich nicht beantworten. Ich habe keine Ahnung.«

»Aber es wäre möglich.«

»Nehme ich an, obwohl ich es für nicht sehr wahrscheinlich halte. Derek und ich sind zusammen, seit sie dreizehn war. Bobby war achtzehn, neunzehn, so um den Dreh. Er wohnte sowieso nicht mehr zu Hause. Ich glaube, daß Kitty in ihn verknallt war. Ich weiß nicht, was er ihr für Gefühle entgegenbrachte, aber ich kann mir nicht vorstellen, daß ihn eine Dreizehnjährige auch nur im mindesten interessiert haben könnte.«

»Sie ist ja recht schnell erwachsen geworden, soweit ich gesehen habe.«

Unruhig schlug sie die Beine übereinander und schlang eins um das andere. »Ich verstehe nicht, warum sie diesen Punkt verfolgen.«

»Ich muß wissen, was los war. Er hatte heute abend Angst um sie und war mehr als erleichtert, als er hörte, daß sie über den Berg war. Ich fragte mich, wie tief ihre Beziehung zueinander geht.«

»Oh, verstehe. Eine Menge seiner Emotionalität ist eine Folge des Unfalls. Wie man mir sagte, ist das bei Menschen, die Kopfverletzungen erlitten haben, nichts Ungewöhnliches. Er ist jetzt launisch. Ungeduldig. Und er reagiert überempfindlich. Er weint leicht, und er ist sehr unzufrieden mit sich.«

»Liegt das zum Teil an dem Gedächtnisschwund?«

»Ja«, sagte sie. »Was die Sache so schwer macht, ist, daß er nie vorhersagen kann, wann die Lücken auftreten. Manchmal kann er sich an die größten Belanglosigkeiten erinnern, und dann dreht er sich um und hat sein eigenes Geburtsdatum vergessen. Oder er erkennt jemanden einfach nicht wieder, vielleicht sogar jemanden, den er sein Leben lang gekannt hat. Das ist einer der Gründe, warum er zu Leo Kleinert geht. Damit ihm geholfen wird, mit den Persönlichkeitsveränderungen fertigzuwerden.«

»Er hat mir erzählt, Kitty gehe ebenfalls zu Dr. Kleinert. Ist das wegen der Magersucht?«

»Kitty war von Anfang an unmöglich.«

»Gut, soviel habe ich mir schon zusammengereimt. Worum ging es?«

»Fragen Sie Derek. Ich bin der falsche Ansprechpartner, was sie angeht. Ich habe es versucht, aber jetzt ist sie mir verdammt egal. Sogar diese Geschichte heute abend. Ich weiß, es klingt brutal, aber ich kann das nicht ernst nehmen. Sie tut es sich selbst an. Es ist ihr Leben. Soll sie doch machen, was sie will, so lange es uns nicht betrifft. Von mir aus kann sie tot umfallen.«

»Es scheint, als würde ihr Benehmen Sie berühren, ob es Ihnen gefällt oder nicht«, wagte ich vorsichtig zu sagen. Dies war ein eindeutig heikles Thema, und ich wollte sie mir nicht zur Feindin machen.

»Ich fürchte, das stimmt, aber es geht nicht anders. Es muß etwas geschehen. Ich bin es leid, Spielchen zu treiben, und es macht mich krank, zuzusehen, wie sie Derek um den Finger wickelt.«

Vorsichtig wechselte ich das Thema und ging einer anderen Frage nach, die mich interessierte. »Glauben Sie, daß diese Drogen wirklich ihr gehörten?«

»Natürlich. Sie ist stoned, seitdem sie über meine Schwelle getreten ist. Sie war immer ein solcher Zankapfel zwischen Derek und mir, daß ich es kaum beschreiben kann. Sie ruiniert unsere Beziehung.« Sie preßte die Lippen aufeinander und nahm sich zusammen, dann fragte sie: »Warum haben Sie die Frage so gestellt?«

»Wegen der Drogen? Es erschien mir seltsam, das ist alles«, erwiderte ich. »Ich kann mir zum einen nicht vorstellen, daß sie sie in einem Reißverschlußtäschchen in ihrer Nachttischschublade aufbewahrt, und dann kann ich mir auch nicht vorstellen, daß sie Pillen in dieser Menge besitzt. Wissen Sie, was dieses Zeug wert ist?«

»Sie bekommt ein Taschengeld von zweihundert Dollar monatlich«, sagte Glen steif. »Ich habe diskutiert und geschmeichelt, bis mir die Luft ausging, aber wozu? Derek besteht darauf. Das Geld kommt von seinem eigenen Konto.«

»Selbst dann ist es noch ein ganz schön hochkarätiges Zeug. Sie muß unglaubliche Beziehungen haben.«

»Ich bin sicher, daß Kitty ihre Connections hat.«

Ich ließ das Thema fallen und machte mir eine gedankliche Notiz. Kürzlich hatte ich die Bekanntschaft eines Drogendealers der Santa Teresa High-School gemacht, der Unternehmerqualitäten aufwies, und er könnte in der Lage sein, ihre Quelle herauszufinden. Er könnte sogar ihre Quelle *sein*, wenn man mich fragte. Er hatte mir versprochen, sein Geschäft aufzugeben, aber das ist genauso, als ob ein Penner verspricht, sich von dem Dollar, den du ihm im guten Glauben gespendet hast, ein Sandwich zu kaufen. Wem kann man so was noch vormachen?

»Vielleicht sollten wir es für heute dabei belassen«, meinte ich. »Ich bin sicher, dieser Tag war lang genug für Sie. Ich hätte noch gern den Namen und die Telefonnummer von Bobbys alter Freundin, wenn Sie die haben, und ich werde wohl auch mal mit Ricks Eltern sprechen. Können Sie mir sagen, wie ich sie erreichen kann?«

»Ich gebe Ihnen die beiden Nummern«, erwiderte sie. Sie stand auf und ging zu einem kleinen antiken Schreibtisch aus Rosenholz mit Fächern und winzigen Schubladen entlang der Schreibfläche. Sie öffnete eine der großen unteren Schubladen und nahm ein ledernes Adreßbuch mit Monogramm heraus.

»Ein wunderschöner Schreibtisch«, murmelte ich. Ebenso gut hätte ich der englischen Königin sagen können, sie habe hübsche Juwelen.

»Danke«, meinte Glen beiläufig, während sie in dem Adreßbuch blätterte. »Ich habe ihn letztes Jahr auf einer Auktion in London gekauft. Ich zögere, Ihnen zu sagen, was ich dafür bezahlt habe.«

»Oh, lassen Sie's doch drauf ankommen«, sagte ich fasziniert. Das Zusammensein mit diesen Menschen machte mich langsam schwindelig.

»Sechsundzwanzigtausend Dollar«, murmelte sie und fuhr mit dem Finger eine Seite entlang.

Ich merkte, wie ich philosophisch die Achseln zuckte. Na, prima Geschäft. Sechsundzwanzig Riesen waren so gut wie nichts für sie. Ich überlegte, was sie für Unterwäsche ausgab. Ich überlegte, was sie erst für *Autos* ausgab.

»Hier steht's.« Sie kritzelte die Informationen auf einen Notizblock, riß das Blatt ab und gab es mir.

»Sie werden Ricks Eltern etwas schwierig finden, nehme ich an«, meinte sie.

»Warum?«

»Weil sie Bobby für Ricks Tod verantwortlich machen.«

»Wie kommt er damit zurecht?«

»Nicht besonders. Manchmal denke ich, er glaubt selbst daran – ein Grund mehr, der Sache auf den Grund zu gehen.«

»Kann ich Sie noch etwas fragen?«

»Natürlich.«

»Ist das ›Glen‹ wie in ›West Glen‹?«

»Anders herum«, erwiderte sie. »Ich bin nicht nach der Straße benannt worden. Die Straße ist nach mir benannt.«

Als ich zu meinem Wagen zurückkam, hatte ich eine Menge Informationen zu verdauen. Es war halb zehn, total dunkel und zu kühl für eine Gaze-Tunika, die fünfzehn Zentimeter über dem Knie endet. Ich nahm mir ein paar Minuten Zeit, um aus der Strumpfhose zu schlüpfen und in meine lange Hose zu springen. Die Absatzschuhe warf ich auf den Rücksitz und zog statt dessen wieder meine Sandalen an; dann ließ ich den Wagen an und legte den Rückwärtsgang ein. Ich fuhr einen Halbkreis und suchte nach einer Ausfahrt. Dann sah ich den zweiten Abzweig der Einfahrt und fuhr ihm nach, wobei ich einen kurzen Blick auf die Rückseite des Hauses erhaschte. Vier beleuchtete Terrassen, jede mit einem reflektierenden Pool, der in der Nacht schwarz schimmerte und tagsüber wahrscheinlich aufeinanderfolgende Bilder der Berge widerspiegelte wie eine Serie übereinander gelegter Fotografien.

Ich erreichte West Glen und bog nach links Richtung Stadt ab. Es hatte kein Zeichen dafür gegeben, daß Derek nach Hause gekommen war, und ich dachte, ich könnte ihn im St. Terry zu erwischen versuchen, bevor er nach Hause fuhr. Nebenbei überlegte ich, wie es wohl wäre, wenn es eine nach mir benannte Straße gäbe. Kinsey Avenue. Kinsey Road. Nicht schlecht. Ich kam zu dem Schluß, daß ich wohl mit dieser Bürde leben könnte, wenn es mal dazu kommen sollte.

6

Das Krankenhaus von Santa Teresa sieht bei Nacht aus wie ein enormer Hochzeitskuchen im Art-Deco-Stil mit Außenlichtern aus Eis: drei Lagen in einem cremigen Weiß mit einem fehlenden rechteckigen Stück vorn, wo man den Eingang herausgeschnitten hatte. Die Besuchszeit war wohl schon vorbei, denn ich bekam einen Parkplatz gleich gegenüber. Ich verschloß den Wagen, überquerte die Straße und ging die kreisförmige Einfahrt hinauf. Oben war ein großer überdachter Säulengang, der zu mehreren Doppeltüren führte, die aufglitten, als ich mich ihnen näherte. Im Inneren des Gebäudes waren die Flurlichter gedämpft wie in einem Flugzeug auf Nachtflug. Zu meiner Linken befand sich die verlassene Cafeteria, in der immer noch eine Kellnerin arbeitete. Sie trug eine weiße Uniform, die fast wie eine Krankenschwesterntracht aussah. Zu meiner Rechten war ein Geschenkeladen mit einer Schaufensterdekoration, die aus dem bestand, was Krankenhäuser unter unanständiger Unterwäsche verstehen. Überall roch es nach toten Nelken aus der Kühlbox eines Blumenhändlers.

Das Design sollte besänftigen und beruhigen, vor allem drüben in dem Bereich, der als »Kasse« gekennzeichnet war. Ich ging zum Informationsschalter, an dem eine Frau, die meiner alten Lehrerin aus der dritten Klasse ähnelte, in einer rosa gestreiften Schürze saß und mich erwartungsvoll ansah.

»Hallo«, begrüßte ich sie. »Können Sie mir sagen, ob Kitty Wenner schon aufgenommen wurde? Man hat sie vor einer Weile in die Notaufnahme gebracht.«

»Na, da muß ich mal nachschauen«, erwiderte sie.

Ich bemerkte, daß auf ihrem Namensschild »Roberta Choat, freiwillige Helferin« stand. Das klang nach einer Folge aus einer Romanserie, die heute doch arg überholt wirkte. Roberta mußte Mitte Sechzig sein, und sie hatte alle möglichen Medaillen für gute Leistungen an ihren Schürzenlatz geheftet.

»Hier haben wir's. Sie heißt Katherine Wenner. Sie liegt auf der Drei Süd. Gehen Sie einfach diesen Flur entlang und um die Aufzüge herum zu der Bank auf der gegenüberliegenden Seite. Dritter Stock, und dann halten Sie sich links. Allerdings ist das eine geschlossene psychiatrische Station, und ich weiß nicht, ob Sie sie sehen dürfen. Die Besuchszeit ist vorbei, wissen Sie. Gehören Sie zur Familie?«

»Ich bin ihre Schwester«, log ich leichthin.

»Na schön, meine Güte, warum sagen Sie das nicht einfach der Krankenschwester vom Dienst oben auf der Station, und vielleicht wird sie Ihnen sogar glauben«, entgegnete Roberta Choat ebenso leichthin.

»Das hoffe ich«, meinte ich. Eigentlich wollte ich Derek treffen.

Ich ging wie angewiesen den Flur hinunter und um die Aufzüge herum zu der Bank auf der gegenüberliegenden Seite. Tatsächlich, da hing ein Schild, auf dem SÜDFLÜGEL stand, was ich beruhigend fand. Ich drückte den »Auf«-Knopf, und prompt öffneten sich die Türen. Ein Mann betrat hinter mir den Fahrstuhl, zögerte dann und beäugte mich, als sehe ich aus wie eine der Personen, vor denen ihn sein Merkblatt für die Verhütung von Vergewaltigungen gewarnt hatte. Er drückte »2« und blieb dann dicht an der Knopftafel stehen, bis er die zweite Etage erreicht hatte und aussteigen konnte.

Der Südflügel sah besser aus als die meisten Hotels, in denen ich schon mal übernachtet habe. Natürlich war es hier auch teurer, und es wurden mehr Dienstleistungen angeboten, die mich allerdings nicht interessierten, zum Beispiel Autopsie. Alle Lampen brannten. Der Teppichboden war ein Feuermeer aus verbrannten Orangetönen, und an den Wänden hingen Van-Gogh-Reproduktionen – eine seltsame Auswahl für die Psychiatrische, wenn man mich fragt.

Derek Wenner saß in einer Besucherecke vor einem Paar Doppeltüren mit kleinen, hinter Maschendraht eingeschlossenen Fenstern und einem Schild mit den Worten FÜR ZUTRITT BITTE KLINGELN und eine Klingel darunter.

Er rauchte gerade eine Zigarette, eine Ausgabe des *National Geographic* offen auf den Knien. Er sah mich ausdruckslos an, als ich mich neben ihn setzte.

»Wie geht's Kitty?« fragte ich.

Langsam dämmerte es ihm. »Oh, tut mir leid. Ich habe Sie nicht erkannt, als Sie da um die Ecke kamen. Ihr geht's besser. Sie haben sie soeben wieder zu Bewußtsein gebracht und beruhigen sie jetzt. In einer Weile werde ich zu ihr dürfen.« Sein Blick glitt zu den Aufzügen. »Glen ist nicht zufällig mitgekommen, oder?«

Ich schüttelte den Kopf und beobachtete, wie eine Mischung aus Erleichterung und momentaner Hoffnung aus seinem Gesicht verschwand.

»Erzählen Sie ihr nicht, daß Sie mich mit einer Zigarette erwischt haben«, meinte er verlegen. »Sie hat mich im vergangenen März dazu gebracht, daß ich aufhöre. Ich werfe die hier wieder weg, bevor ich heute nach Hause fahre. Es ist ja bloß, weil Kitty so krank ist, und dann noch all das andere –« Mit einem Achselzucken brach er ab.

Ich brachte es nicht übers Herz, ihm zu sagen, daß er nach Tabak stank. Glen müßte schon ohnmächtig sein, um das nicht zu bemerken.

»Was führt Sie hierher?« fragte er.

»Ich weiß nicht. Bobby ist ins Bett gegangen, und ich habe mich eine Weile mit Glen unterhalten. Ich dachte einfach, ich komme mal vorbei und schau nach, wie es Kitty geht.«

Er lächelte und wußte wohl nichts damit anzufangen. »Ich habe gerade hier gesessen und daran gedacht, wie sehr mich das an die Nacht ihrer Geburt erinnert. Das stundenlange Warten im Flur und die Ungewißheit, wie das alles ausgehen würde. Damals ließ man die Väter noch nicht in den Kreißsaal, wissen Sie. Heute, so weit ich weiß, wird praktisch darauf bestanden.«

»Was ist aus ihrer Mutter geworden?«

»Sie hat sich zu Tode getrunken, als Kitty fünf war.«

Er verfiel in Schweigen. Mir fiel keine Bemerkung ein, die nicht entweder trivial oder fehl am Platze schien. Ich beobachtete, wie er seine Zigarette ausdrückte. Er streifte die heiße Glut ab, eine leere Hülse hinterlassend wie bei einem gezogenen Zahn.

»Wird man sie der Entgiftung zuführen?« fragte ich schließlich.

»Eigentlich ist das hier die psychiatrische Abteilung. Ich glaube, die Entziehungsstation ist davon unabhängig. Leo will sie erst beruhigen und dann eine Einschätzung vornehmen, bevor er etwas unternimmt. Im Moment ist sie ein bißchen außer Fassung.«

Er schüttelte den Kopf und zog an seinem Doppelkinn. »Gott, ich weiß nicht, was ich mit ihr machen soll. Glen hat Ihnen wahrscheinlich erzählt, was für ein Reibungspunkt das zwischen uns ist.«

»Ihr Drogenkonsum?«

»Ja, das und ihre Zensuren, ihr Tagesablauf, ihr Gewichtsverlust. Das war ein Alptraum. Ich glaube, sie ist inzwischen auf vierundvierzig Kilo runter.«

»Also ist sie hier vielleicht gerade richtig«, meinte ich.

Eine der Doppeltüren wurde geöffnet, und eine Krankenschwester schielte heraus. Sie trug Jeans und ein T-Shirt. Keine Haube, doch eine Schwesternnadel und ein Namensschild, das ich aber von meinem Platz aus nicht lesen konnte. Ihre Haare waren schlecht getönt, in einem Orangeton, den ich bisher nur von Ringelblumen kannte, aber ihr Lächeln war wach und freundlich.

»Mr. Wenner? Würden Sie mir bitte folgen?«

Derek erhob sich mit einem Blick auf mich. »Möchten Sie warten? Es dauert nicht lange. Leo sagte, mehr als fünf Minuten würde er mir angesichts ihres Zustands nicht erlauben. Ich könnte Ihnen eine Tasse Kaffee oder einen Drink spendieren, sobald ich hier fertig bin.«

»In Ordnung. Das ist nett. Ich werde hierbleiben.«

Er nickte und ging mit der Krankenschwester davon. Einen Moment lang, als sie die Station betraten, konnte ich Kitty dabei hören, wie sie einige phonstarke Flüche recht fantasievoller Art ausstieß. Dann wurde die Tür geschlossen, und der Schlüssel drehte sich geräuschvoll im Schloß. Keiner auf der Drei Süd würde heute nacht schlafen. Ich nahm mir das Exemplar des *National Geographic* und starrte auf eine Serie von Fotos.

Fünfzehn Minuten später saßen Derek und ich in einer Motelbar einen halben Block vom Krankenhaus entfernt. Das Plantación ist ein aus der Art geschlagenes Trinketablissement, das aussieht, als sei es aus einem anderen Teil der Stadt hierher gekrochen. Das Motel selbst war augenscheinlich mit dem Hintergedanken gebaut worden, die Verwandten der Kranken und Gebrechlichen aus den umliegenden Kleinstädten, die zur Behandlung ins St. Terry gingen, zu beherbergen. Die Bar war nachträglich hinzugefügt worden, unter Verletzung von

Gott weiß was für Gemeindegesetzen, denn sie befindet sich mitten in einer Wohngegend. Natürlich ist die Umgebung inzwischen durchsetzt von medizinischen Gebäuden, Kliniken, Genesungsheimen, Apotheken und verschiedenen anderen Versorgungseinrichtungen der Gesundheits- und Pflegeindustrie, einschließlich einer Leichenhalle zwei Blocks weiter als Dienstleistung für die Leute, bei denen alles andere versagt hat. Vielleicht hatte die Stadtplanungskommission irgendwann beschlossen, bei der Linderung der Schmerzen behilflich zu sein, indem sie zusammen mit dem anderen Zeug auch hochprozentigen Alkohol zugänglich machte.

Das Innere war schmal und düster. Hinter der Bar erstreckte sich das Diorama einer Bananenplantage, dort, wo sich normalerweise ein langer Spiegel, Likörflaschen und eine Neonreklame für Bier befinden. Angeordnet wie auf einer kleinen, beleuchteten Bühne waren statt dessen maßstabgetreue Bananenpflanzenmodelle in ordentlichen Reihen, und kleine mechanische Arbeiter machten sich in einer Serie von Bildern an die Obsternte. Alle Arbeiter sahen aus wie Mexikaner, einschließlich der kleinen geschnitzten Frau, die mit einem Wasserfaß und einer Kelle dazukam, als gerade die Pfeife zur Mittagspause ertönte. Ein Mann winkte von einem Baumwipfel herunter, während ein winziger hölzerner Hund bellte und mit dem Schwanz wedelte.

Eine Weile lang saßen Derek und ich fast wortlos an der Theke, so vertieft waren wir in die Szene. Selbst der Barkeeper, der sie sicher schon Hunderte von Malen gesehen hatte, hielt inne, um zu beobachten, wie der mechanische Esel eine Ladung Bananen um die Kurve zog, und ein anderer Karren seinen Platz einnahm. Nicht verwunderlich, daß die Hausspezialitäten sich auf Cuba Libres und Banana Daiquiries beschränkten, doch es hatte auch keiner was dagegen, wenn man etwas für Erwachsene bestellte. Derek trank einen Beefeater-Martini, und ich ein Glas Weißwein, von dem sich mir der Mund zusammenzog wie eine Vorhangkordel. Ich hatte gesehen, wie der Barkeeper ihn aus einer Literflasche eingegossen hatte, die man an jedem Kiosk für drei Steine bekommt. Das Etikett war von einer der Kellereien, bei denen die Traubenpflücker ständig streiken, und ich erwog die Möglichkeit, daß sie auf die Ernte gepinkelt hatten, um sich für die unfairen Arbeitsbedingungen zu rächen.

»Was denken Sie über diese Geschichte mit Bobby?« fragte ich Derek, als ich meinen Mund schließlich entkräuselt hatte.

»Seine Behauptung, daß es ein Mordversuch war? Ach Gott, ich weiß nicht. Mir klingt es ganz schön weit hergeholt. Er und seine Mutter glauben daran, aber ich kann mir nicht vorstellen, warum jemand so was machen sollte.«

»Was ist mit Geld?«

»Geld?«

»Ich habe überlegt, wem es finanziell zugute kommt, wenn Bobby stirbt. Ich habe Glen schon das gleiche gefragt.«

Derek begann sich über sein Doppelkinn zu streichen. Das Übergewicht ließ ihn aussehen, als habe er ein normal großes Gesicht über ein viel größeres gestülpt. Die Wangen waren nichts als überflüssiges Fleisch, das ihm an den Seiten hinunterhing. »Das wäre aber ein ziemlich auffälliges Motiv, würde ich sagen«, meinte er. Er hatte den skeptischen Gesichtsausdruck eines Mannes, der in einem Bühnenstück spielt: ein übertriebener Effekt für das Publikum fünfundzwanzig Reihen weiter hinten.

»Ja, aber ihn die Brücke hinunterzudrängen, war ebenfalls auffällig. Klar, wenn er in dem Wrack gestorben wäre, hätte niemand etwas gemerkt«, sagte ich. »Es kommt sowieso jedes halbe Jahr oder so ein Wagen von der Paßstraße ab, weil jemand die Kurve zu schnell genommen hat, also hätte es als ein einfacher, selbstverschuldeter Unfall abgetan werden können. An der hinteren Stoßstange, wo der andere Fahrer aufgefahren ist, wären ein paar Beulen gewesen, aber wenn sie Bobbys Wagen erstmal den Berg hochgehievt hätten, wäre wohl keiner mehr darauf gekommen, was wirklich passiert war. Ich nehme an, es gab keine Zeugen.«

»Nein, und ich bin nicht sicher, ob man darauf zählen kann, was Bobby sagt.«

»Und das heißt?«

»Nun, er hat offensichtlich ein begründetes Interesse daran, jemand anderem die Schuld in die Schuhe zu schieben. Der Junge will nicht offen zugeben, daß er getrunken hatte. Er ist sowieso fast immer zu schnell gefahren. Sein bester Freund wurde getötet. Rick war Kittys fester Freund, wissen Sie, und sein Tod warf sie völlig aus der Bahn. Ich habe nicht die Absicht, an Bobbys Version der Geschichte zu zweifeln, aber sie kam mir immer schon in einem gewissen Maße eigennützig vor.«

Erstaunt über seinen veränderten Tonfall betrachtete ich Dereks Gesicht. Das war eine interessante Theorie, und ich hatte den Eindruck, daß er eine Weile darüber nachgedacht hatte. Doch es schien ihm Unbehagen zu bereiten, daß er vorgab, beiläufig und objektiv zu sein, während er tatsächlich dabei war, Bobbys Glaubwürdigkeit zu untergraben. Ich war sicher, daß er nicht gewagt hatte, seine Theorie Glen gegenüber zu erwähnen. »Sie meinen, Bobby hat das erfunden?«

»*Das* habe ich nicht gesagt«, entgegnete er ausweichend. »Ich denke schon, daß *er* daran glaubt. Aber nebenbei kann er auf diese Art den Kopf aus der Schlinge ziehen, oder?« Sein Blick glitt von meinem fort, und er signalisierte dem Barkeeper, daß er noch mal das gleiche wolle. Dann sah er mich wieder an. »Sind Sie bereit für das nächste Glas?«

»Sicher, warum nicht?« Ich hatte zwar meinen Wein noch nicht ausgetrunken, aber ich hoffte, er würde sich wohler fühlen, wenn er glaubte, daß ich Drink für Drink mit ihm mitzog. Martinis bringen einen zum Reden, und ich war neugierig, was dabei herauskommen würde, wenn seine Zunge erst gelöst war. Ich konnte bereits diesen besonderen Blick in seinen Augen ausmachen, etwas Schlüpfriges und Rosafarbenes, das auf seinen Hang zum Alkohol hinwies. Er fummelte in seiner Hemdtasche herum und nahm die Schachtel Zigaretten heraus. Sein Blick war auf das Diorama geheftet, wo ein kleiner mechanischer Mexikaner mit einer Machete gerade wieder den Baum hinaufkletterte. Derek steckte sich eine Zigarette an, ohne sie anzusehen. Die Geste hatte etwas Komisches, als ob man ihm die Zigarette nicht vorwerfen könne, so lange er sie selbst ignorierte. Wahrscheinlich war er einer von den Menschen, die beim Fernsehen essen und sich ihren Scotch immer wieder auffüllen, damit es so aussieht, als tränken sie nur einen.

»Wie ging es Kitty, als Sie sie gesehen haben? Sie haben gar nichts erzählt.«

»Sie war... wissen Sie, sie war außer sich, schätze ich, sich im Krankenhaus wiederzufinden, aber ich habe ihr gesagt,... ich sagte: ›Sieh doch, Kind. Du sollst einfach nur wieder in Form kommen.«‹ Derek war in seine Elternrolle geschlüpft, doch schien sie ihm ebenfalls nicht zu behagen. Ich konnte mir gut vorstellen, wie erfolgreich er bei dem Mädchen gewesen sein mußte.

»Glen schien nicht sehr verständnisvoll«, meinte ich.

»Nein, ist sie wohl nicht. Ich kann ihr deshalb keinen Vorwurf machen. Aber andererseits hatte Kitty es sehr schwer, und ich glaube, Glen kann nicht verstehen, wie sehr so etwas ein Kind wie sie mitnehmen kann. Bobby hatte jeden Vorteil, den man für Geld kaufen kann. Warum hätte er scheitern sollen? Ich sage Ihnen, was mich ärgert. Ich meine, alles, was Bobby macht, wird entschuldigt. Alles, was Kitty macht, ist ein Jahrhundertverbrechen. Bobby hat Mist gebaut. Machen Sie sich nichts vor. Aber wenn er Scheiße macht, findet Glen immer eine Möglichkeit, sein Verhalten zu erklären. Verstehen Sie, wie ich das meine?«

Ich zuckte neutral die Achseln. »Ich weiß nicht, was er getan hat.«

Die Drinks kamen, und Derek nahm einen Schluck von seinem, als sei es sein Beruf, Martinis zu probieren. Er nickte weise und stellte das Glas behutsam in die Mitte seines Cocktaildeckchens. Mit dem Fingerknöchel betupfte er seine Mundwinkel. Seine Bewegungen wurden langsam schwankender, und seine Augen begannen in den Höhlen zu schwimmen wie Murmeln im Öl. Kitty war offenbar auf genau die gleiche Art und Weise besoffen geworden, bloß mit Downers anstelle von Gin.

Der Barkeeper nahm ein Paar Flaschen Bier aus dem Kühlschrank und ging zur anderen Seite der Theke, um einen Kunden zu bedienen.

Derek senkte seine Stimme. »Das ist jetzt ganz im Vertrauen«, meinte er. »Aber der Junge ist zweimal wegen Trunkenheit am Steuer vorgeladen worden, und vor über einem Jahr hat er ein kleines Mädchen geschwängert. Glen möchte das als Jugendsünden behandelt sehen – Jungs sind nun mal Jungs und diesen ganzen Quatsch – aber wehe, Kitty schlägt einmal über die Stränge, dann ist sofort die Hölle los.«

Langsam wurde mir klar, warum Bobby meinte, ihre Ehe würde nicht mehr lange dauern. Hier wurde mit harten Bandagen gespielt, Elternteil gegen Elternteil im Halbfinale. Derek versuchte sich mit einem Lächeln, das charmant wirken sollte, um auf neutralen Boden zurückzugelangen.

»Und wo fangen Sie bei einem solchen Fall an?« fragte er.

»Ich weiß es noch nicht. Normalerweise schnüffele ich herum, untersuche die Hintergründe, finde einen Faden und sehe nach, wo er hinführt.« Ich sah ihn an und beobachtete sein verständiges Nicken, als hätte ich tatsächlich etwas Bedeutendes gesagt.

»Nun, ich wünsche Ihnen Glück. Bobby ist ein guter Junge, aber da ist einiges im Gange. Hinter dem Kind steckt mehr, als man denkt«, sagte er mit einem wissenden Ausdruck. Er sprach nicht undeutlich, aber die Konsonanten wurden weicher. Das gewinnende Lächeln flakkerte wieder auf, zusammen mit seiner heimlichen Botschaft. Sein ganzes Verhalten signalisierte, daß er eine Menge sagen könnte, ihn die Diskretion jedoch zurückhielt. Ich nahm ihn nicht ernst. Er versuchte sich da an einer List, ohne sich bewußt zu sein, wie durchsichtig er war. Ich nahm einen Schluck Wein und überlegte, ob es von ihm noch etwas zu erfahren geben könnte.

Derek schaute auf seine Uhr. »Ich fahre lieber heim. Die Suppe auslöffeln.« Er kippte den Rest seines Martini runter und kletterte vorsichtig von seinem Barhocker. Dann zog er seine Brieftasche heraus und ging einige Lagen Geldscheine durch, bis er einen Fünfer und einen Zehner gefunden hatte, die er auf die Theke legte.

»Wird Glen sauer sein?«

Er lächelte in sich hinein, als wäge er verschiedene Antworten ab. »Glen ist zur Zeit ständig sauer. Es war die Hölle von einem Geburtstag, das kann ich Ihnen sagen.«

»Vielleicht wird das nächste Jahr besser. Vielen Dank für die Drinks.«

»Ich danke Ihnen, daß Sie hergekommen sind. Ich schätze Ihre Anteilnahme. Wenn ich Ihnen irgendwie behilflich sein kann, lassen Sie es mich wissen.«

Wir gingen den halben Block zu meinem Wagen und trennten uns dann. In meinem Rückspiegel beobachtete ich, wie er zum Besucherparkplatz gegenüber dem Krankenhaus schlenderte. Ich hatte den Verdacht, daß er mehr Fahrtüchtigkeit vortäuschte, als er tatsächlich besaß. Wir waren nur eine halbe Stunde im Plantación gewesen, und ich hatte gesehen, wie er zwei Martinis gekippt hatte. Ich ließ den Wagen an, wendete und hielt neben ihm. Ich beugte mich über den Sitz und öffnete die Beifahrertür. »Soll ich Sie nicht mitnehmen?«

»Nein, nein, mir geht's gut«, meinte er. Einen Moment lang stand er da, leicht schwankend. Ich konnte sehen, wie die Botschaft durch sein zentrales Nervensystem weitergegeben wurde. Stirnrunzelnd legte er den Kopf schief, stieg in den Wagen und zog die Tür zu. »Ich habe genug Probleme, stimmt's?«

»Stimmt«, bestätigte ich.

7

Als ich am nächsten Morgen um neun ins Büro kam, hatte mir Bobbys Anwalt bereits Kopien des ersten Unfallberichtes zugesandt. Dabei lagen Notizen über die nachfolgenden Untersuchungen sowie etliche Farbfotografien im Format zwanzig mal dreißig, die in glänzenden

Einzelheiten zeigten, wie total demoliert Bobbys Wagen und wie tot Rick Bergen als Folge davon war. Seine Leiche war auf halber Höhe des Abhangs gefunden worden, zerquetscht und verstümmelt. Ich schreckte vor dem Anblick zurück, als hätte man mir mit einem grellen Licht in die Augen geleuchtet, und als Reaktion darauf fuhr mir ein heftiger Schock durch die Knochen. Ich mußte mich gegen einen weiteren Blick wappnen, damit ich die Details nüchtern studieren konnte. Etwas an der Art, wie die Lampen des Polizeifotografen gegen die grelle Dunkelheit der Nacht eingesetzt worden waren, ließ den Tod hier schrill erscheinen, wie in einem Low-Budget-Horrorfilm, der so gut wie keine Handlung hat. Ich wühlte mich durch den Stapel, bis ich Fotografien des eigentlichen Unfallorts gefunden hatte.

Bobbys Porsche hatte ein Stück Leitplanke herausgerissen, eine Zwergeiche entwurzelt, Felsblöcke geschrammt und einen langen Graben durchs Unterholz gepflügt. Offensichtlich hatte sich der Wagen fünf- oder sechsmal überschlagen, bevor er am Grunde der Schlucht als chaotische Masse aus verbeultem Metall und zersplittertem Glas zum Stillstand gekommen war. Es gab mehrere Ansichten des Wagens, frontal und von der Seite, die seine Position im Verhältnis zu verschiedenen Orientierungspunkten der Gegend zeigte, und dann die Nahaufnahmen von Bobby, bevor ihn die Unfallmannschaft aus den Trümmern geborgen hatte. »Ach du Scheiße«, keuchte ich. Ich legte den Stapel einen Moment lang weg und hielt mir eine Hand vor die Augen. Da hatte ich noch nicht einmal meinen Kaffee getrunken und sah mir schon menschliche Körper an, deren Inneres mit Gewalt nach außen gekehrt war.

Ich öffnete die Schiebetüren, trat auf den Balkon hinaus und sog etwas Frischluft ein. Unter mir lag ordentlich und ruhig die State Street. Es gab nur wenig Verkehr, und die Fußgänger befolgten die Ampelsignale, als würden sie in einem Lehrfilm für Grundschulkinder auftreten, der ihnen beibringen soll, wie man sich auf der Straße zu benehmen hat. Ich beobachtete, wie all diese gesunden Menschen hin und her gingen. Ihre Glieder waren intakt und ihre Knochen noch von Fleisch umgeben. Die Sonne schien, und die Palmen wurden durch keinen Windstoß gestört. Alles sah völlig normal aus, aber nur in diesem Moment und nur von meinem Blickwinkel aus. Der Tod kann jederzeit hervorspringen, als kreischender Springteufel mit einem starren, blutigen Grinsen.

Ich ging wieder hinein, machte mir eine Kanne Kaffee und setzte mich dann an den Schreibtisch, um die Fotos nochmal durchzugehen und mir jetzt die Zeit zu nehmen, die Polizeiberichte zu studieren. Eine Kopie des Autopsieberichts über Rick Bergen war beigefügt, und mir fiel auf, daß sie von Jim Fraker durchgeführt worden war, dessen Pflichten im St. Terry wohl auch solche Dienstleistungen umfaßten. Santa Teresa ist eine zu kleine Stadt, als daß sie sich eine eigene Leichenhalle und einen eigenen Leichenbeschauer für ihre Polizei leisten könnte, also werden diese Aufträge nach draußen vergeben.

Der Bericht, den Dr. Fraker diktiert hatte, reduzierte Ricks Tod eindrucksvoll auf Bemerkungen über das kraniozerebrale Trauma, das er erlitten hatte. Dazu kam ein Katalog von Hautabschürfungen, Kontusionen, Dünndarmavulsionen, Mesenterialzerreißungen und einer Vielzahl von Knochenbrüchen, durch den Ricks Übergang in die ewigen Jagdgründe glaubhaft attestiert wurde.

Ich zog meine Schreibmaschine hervor und eröffnete eine Akte zu Bobby Callahan. Es beruhigte und tröstete mich, all die verwirrenden Fakten in einen knappen Bericht über die feststehenden Ereignisse zu übersetzen. Ich heftete seinen Scheck ein, notierte die Nummer der Quittung und fügte eine Kopie des Vertrages, den er unterzeichnet hatte, hinzu. Dann tippte ich die Namen und Adressen von Rick Bergens Eltern und Bobbys Exfreundin sowie eine Liste derer, die am Abend zuvor bei Glen Callahan gewesen waren. Ich spekulierte nicht. Ich formulierte nicht. Ich tippte einfach alles nieder, lochte das obere Ende des Blattes und klemmte es dann in einen Hefter, den ich in meinen Aktenschrank stellte.

Fertig geworden, sah ich auf meine Uhr. Zehn Uhr zwanzig. Bobbys Krankengymnastikplan sah ein tägliches Pensum vor, während meiner auf Montag, Mittwoch und Freitag verteilt war. Möglicherweise war er noch in der Halle. Ich verschloß das Büro und ging über die Hintertreppe zu dem Platz, auf dem ich meinen Wagen immer abstelle. Ich fuhr zum Santa Teresa Fitness Center, tankte auf dem Weg und erwischte Bobby, als er gerade aus dem Gebäude kam. Seine Haare waren noch feucht vom Duschen, und seine Haut verbreitete den Geruch von Coast-Seife. Trotz der Gesichtslähmung, dem verkrüppelten linken Arm und dem Hinken, schien etwas von dem ursprünglichen Bobby Callahan durch, der jung und kräftig war und die blonde Schönheit eines kalifornischen Surfers besaß. Ich hatte ihn auf den Fotos derart verletzt gesehen, daß er im Vergleich dazu jetzt wunderbar gesund erschien, sogar mit den Narben, die immer noch in sein Gesicht geätzt waren wie von einem Amateur ausgeführte Tätowierungen. Als er mich sah, lächelte er schief und tupfte sich automatisch das Kinn ab. »Ich habe nicht erwartet, dich heute hier zu treffen«, meinte er.

»Wie war das Training?«

Er neigte sich von einer Seite zur anderen, um anzudeuten »so lala«. Ich hakte mich bei ihm unter.

»Ich habe eine Bitte, aber du mußt nicht darauf eingehen«, sagte ich.

»Was für eine?«

Ich zögerte einen Moment. »Ich möchte, daß du mit mir zum Paß hochfährst und mir zeigst, wo dein Wagen abging.«

Das Lächeln verschwand. Er sah von mir weg, setzte sich wieder in Bewegung, und ging in seiner federnden Gangart zu seinem Wagen. »In Ordnung, aber zuerst will ich bei Kitty vorbei und mit ihr reden.«

»Darf sie Besuch haben?«

»Ich komm schon rein, wenn ich lange genug rede«, erwiderte er. »Die Leute verhandeln nicht gern mit Krüppeln, so daß ich normalerweise alles bekomme, was ich haben will.«

»Bist du verdorben!« neckte ich ihn.

»Nutze jeden Vorteil, den du haben kannst«, gab er verlegen zurück.

»Willst du fahren?«

Er schüttelte den Kopf. »Laß uns meinen Wagen bei uns am Haus abstellen und mit deinem fahren.«

Ich hielt auf dem Besucherparkplatz am St. Terry und wartete im Auto, während er zu Kitty hineinging. Ich konnte mir vorstellen, daß sie wieder auf den Beinen war, immer noch stinksauer, und dem Stationspersonal die Hölle heiß machte. Damit wollte ich nicht unbedingt etwas zu tun haben. Ich hatte die Hoffnung, in ein paar Tagen mit ihr sprechen zu können, im Moment zog ich es vor, ihr Zeit zu geben, sich zu beruhigen. Ich stellte das Autoradio ein und klopfte im Takt der Musik aufs Lenkrad. Zwei Krankenschwestern gingen über den Parkplatz. Sie trugen weiße Uniformen, weiße Schuhe und Hosen und ein dunkelblaues Cape, das aussah, als sei es aus dem Ersten Weltkrieg übriggeblieben. Zur verabredeten Zeit kam Bobby aus dem Gebäude heraus und humpelte mit gedankenverlorener Miene über den Parkplatz. Dann stieg er in den Wagen. Ich stellte das Radio ab, ließ den Motor an und fuhr rückwärts aus der Parkbox.

»Alles klar?«

»Ja, sicher.«

Er schwieg, während ich die Stadt durchquerte und links in die Nebenstraße einbog, die hinter Santa Teresa am Fuße der Gebirgsausläufer entlangführt. Der Himmel war von einem seichten Blau und wolkenlos. Er sah aus wie mit der Rolle aufgetragene Mattlackfarbe. Es war heiß, und die braunen, verdorrten Berge lagen dort ausgebreitet wie ein Stapel Anmachholz. Die hohen Gräser am Straßenrand waren zu einem blassen Goldton verblichen, und von Zeit zu Zeit erspähte ich auf großen Steinen thronende Eidechsen, die grau und unbeweglich wie Zweige dalagen.

Die Straße wand sich, und man sah zwei Spuren Asphaltdecke, die sich hin und her den Berg hochschlängelten. Zweimal schaltete ich runter, aber mein kleiner VW beschwerte sich immer noch über die Steigung.

»Ich glaube, mich an etwas erinnern zu können«, sagte Bobby nach einer Weile. »Aber ich kann es nicht genau festmachen. Deshalb mußte ich mit Kitty sprechen.«

»Um was geht's?«

»Ich hatte ein Adreßbuch. Eines dieser kleinen ledergebundenen Dinger in der Größe einer Spielkarte. Billig. Rot. Ich habe es jemandem zur Aufbewahrung gegeben, und jetzt habe ich keine Ahnung mehr wem.« Er hielt inne und schüttelte verwirrt den Kopf.

»Und du weißt nicht mehr, warum das so wichtig war?«

»Nein. Ich weiß, daß ich deswegen Angst hatte und dachte, ich sollte es besser nicht bei mir haben, weil es mir gefährlich werden konnte, also gab ich es weg. Damals – und daran erinnere ich mich genau – dachte ich, ich könnte es ja später zurückholen.« Er zuckte die Achseln und schnaubte verächtlich. »Soviel also dazu.«

»War das vor oder nach dem Unfall?«

»Weiß nicht. Ich erinnere mich bloß, es jemandem gegeben zu haben.«

»War es denn für den, dem du es gegeben hast, nicht gefährlich?«

»Ich glaube nicht. O Gott.« Er rutschte so weit im Sitz herunter, daß er seinen Kopf anlehnen konnte. Dann starrte er durch die Windschutzscheibe und folgte den Umrissen der grauen Berge zu seiner Linken, dort wo der Paß den Gipfel durchtrennt. »Ich *hasse* dieses Gefühl. Ich hasse es, zu spüren, daß ich mal etwas gewußt habe und jetzt keinen Zugang mehr dazu habe. Es ist bloß ein Bild, mit dem ich nichts mehr verbinden kann. Es gibt keine Anhaltspunkte in meinem Gedächtnis, deshalb habe ich keine Möglichkeit, etwas zeitlich einzuordnen. Es ist wie mit lauter Puzzleteilen, von denen ein großer Haufen auf den Boden gefallen ist.«

»Und wie sieht das aus, wenn du auf diese Art etwas vergißt? Gibt es eine Möglichkeit, die Information ins Gedächtnis zurückzurufen, oder ist sie einfach weg?«

»Oh, manchmal kommt sie wieder, aber gewöhnlich ist alles leer ... wie bei einem Loch auf dem Grund einer Kiste. Alles, was früher drin war, ist im Laufe der Zeit verlorengegangen.«

»Warum ist es dir denn ursprünglich wieder eingefallen?«

»Ich weiß nicht. Ich sah eine Schreibtischschublade durch, und da kam mir der rote Ledernotizblock unter, der auch ein Teil dieses Sets war. Plötzlich hatte ich diesen Gedankenblitz.« Er schwieg. Ich sah zu ihm hinüber und bemerkte, wie angespannt er war. Er massierte seine kranke Hand und molk die Finger, als seien sie lange Gummizitzen.

»Kitty wußte auch nichts darüber?«

Er schüttelte den Kopf.

»Wie geht es ihr?«

»Sie ist wieder fit. Ich glaube, Derek wird nachher bei ihr reinschauen ...« Er hielt inne. Wir kamen zum Berggipfel, und ein Muskel neben seinem linken Auge begann zu zucken.

»Wirst du das hier aushalten können?« fragte ich.

Er starrte konzentriert auf den Straßenrand. »Ziemlich genau hier. Fahr langsamer und halt dann an, wenn du kannst.«

Ich prüfte die Situation im Rückspiegel. Drei Wagen waren hinter mir, doch die Straße verengte sich jetzt von drei auf zwei Spuren. Ich fuhr vorsichtig rechts ran und fand einen Schotterstreifen, auf dem ich parken konnte. Die Brücke mit ihrer niedrigen, auf Betonpfeilern ruhenden Leitplanke lag ungefähr zehn Meter vor uns. Bobby saß da und starrte nach rechts hinaus. Dort, wo die Straße vom Gipfel hinabführte, eröffnete sich dem Auge das ganze Tal. Soweit man sehen konnte, gaben die Hügel den Blick frei auf eine lavendelfarbene Bergkette, die sich vor dem Himmelsrand erhob. Die Augusthitze schimmerte schweigend. Das Land schien riesig und ursprünglich. So mußte es schon vor Tausenden von Jahren ausgesehen haben. In der Ferne war die Landschaft mit immergrünen Eichen gesprenkelt, struppig und düster und bucklig wie ein Büffel. Es hatte seit Monaten nicht mehr geregnet, und die Sicht schien blaßweiß wie Kreide, die Farben ausgewaschen.

Ein kurzes Stück vor uns fiel der Straßenrand in den tückischen Canyon ab, der Bobby vor neun Monaten beinahe den Tod gebracht hätte. Ein Stück des metallenen Geländers war ersetzt worden, aber zu Beginn der Brücke fehlte immer noch ein Betonpfeiler.

»Der andere Wagen begann uns von hinten zu rammen, als wir gerade über den Bergkamm hinaus waren«, sagte Bobby. Ich dachte, er wollte weiterreden, also wartete ich.

Er ging ein paar Meter vor. Kies knirschte unter seinen Schuhen. Ihm war eindeutig nicht wohl, als er den felsigen Abhang hinunterschaute. Über die Schulter hinweg sah ich mich nach den wenigen vorbeifahrenden Autos um. Keiner achtete auch nur im geringsten auf uns.

Ich studierte die Gegend und erkannte einen der abgeschrammten Felsen wieder, den ich auf den Fotos gesehen hatte. Weiter unten war der nackte, gezackte Stumpf der entwurzelten Zwergeiche. Ich wußte, daß die Polizei von Santa Teresa das Gebiet von allen Unfalltrümmern gereinigt hatte, so daß es nicht nötig war, eine Lupe hervorzuzaubern oder im Gebüsch herumzukriechen, um es nach Hinweisen abzusuchen.

Bobby drehte sich zu mir um. »Warst du jemals dem Tode nah?«

»Ja.«

»Ich erinnere mich, daß ich dachte: ›Das war's. Ich bin tot.‹ Ich fühlte mich losgelöst wie eine an den Wurzeln ausgerissene Pflanze. Schwebend.« Er hielt inne. »Und dann war mir kalt, und alles tat weh, und Leute redeten auf mich ein, aber ich verstand kein einziges Wort. Das war im Krankenhaus, nachdem zwei Wochen vergangen waren. Seitdem überlege ich, ob sich neugeborene Babys so fühlen. So verwirrt und desorientiert. Hilflos. Es war ein solcher Kampf, mit der Welt in Kontakt zu bleiben. Neue Wurzeln auszustrecken. Ich wußte, daß ich wählen konnte. Ich hatte kaum einen Halt, kaum eine Verbindung, und ich fühlte, wie leicht es wäre, sich einfach fallenzulassen und wie ein Ballon davonzusegeln.«

»Aber du hast nicht aufgegeben.«

»Nein, aber es war meine Mutter, die das geschafft hat. Jedesmal, wenn ich die Augen öffnete, sah ich ihr Gesicht. Und wenn ich die Augen schloß, hörte ich ihre Stimme. Sie sagte: ›Wir werden das schaffen, Bobby. Wir werden das hinkriegen, du und ich.‹«

Er schwieg wieder. Ich dachte, meine Güte, was muß das für ein Gefühl sein, eine Mutter zu haben, die einen so lieben kann? Meine Eltern waren bei einem grotesken Verkehrsunfall gestorben, als ich fünf war. Wir hatten uns auf einem Sonntagsausflug befunden und fuhren nach Lompoc hoch, als ein riesiger Felsbrocken den Berg heruntergestürzt kam und durch die Windschutzscheibe knallte. Mein Vater war auf der Stelle tot, und der Wagen prallte vor die Felswand. Ich hatte auf dem Rücksitz gesessen und war bei dem Aufprall auf den Boden geworfen worden. Der gebrochene Rahmen hatte mich eingekeilt. Meine Mutter lebte noch eine Weile; sie stöhnte und schrie und verfiel schließlich in ein Schweigen, das, wie ich spürte, unheilvoll und endgültig war. Man brauchte Stunden, um mich aus dem Wrack zu befreien, in dem ich mit den geliebten Toten eingeschlossen war, die mich für immer verlassen hatten. Danach wurde ich von einer äußerst sachlichen Tante aufgezogen, die ihr Bestes tat und mich innig liebte, aber mit einer Nüchternheit, die einen Teil meiner Persönlichkeit vernachlässigte.

Bobby war eine Liebe von solcher Größe eingeflößt worden, daß sie ihn aus dem Grab zurückgeholt hatte. Es war seltsam, aber obwohl er so krank war, erfuhr ich plötzlich einen Neid, der mir die Tränen in die Augen trieb. Ich fühlte ein Lachen sprudeln, und er sah sich verwirrt nach mir um.

Ich zog ein Kleenex hervor und putzte mir die Nase. »Mir wurde gerade bewußt, wie sehr ich dich beneide«, meinte ich.

Er lächelte wehmütig. »Da bist du die erste.«

Wir stiegen wieder ins Auto. Es hatte keine erhellende Erinnerung gegeben, kein plötzliches Wiederaufleben von Tatsachen, doch ich hatte den schmutzigen Abgrund gesehen, in den er geschleudert worden war, und ich spürte das Band zwischen uns stärker werden.

»Bist du nach dem Unfall schon mal hier oben gewesen?«

»Nein. Ich hatte nicht den Nerv dazu, und es hat nie jemand vorgeschlagen. Hatte Angst.«

Ich ließ den Wagen an. »Wir wär's mit einem Bier?«

»Wie wär's mit einem Bourbon on the rocks?«

Wir fuhren zur Stage Coach Tavern gleich an der Hauptstraße und redeten den ganzen Nachmittag lang.

8

Als ich Bobby um fünf bei ihm zu Hause absetzte, zögerte er, nachdem er aus dem Wagen gestiegen war. Wie er es schon einmal getan hatte, stand er da, eine Hand auf die Tür gelegt, und schaute zu mir hinein.

»Weißt du, was ich an dir mag?« fragte er.

»Was?« fragte ich zurück.

»Wenn ich mit dir zusammen bin, fühle ich mich nicht so verunsichert, nicht so verkrüppelt oder häßlich. Ich weiß nicht, wie du das machst, aber es tut gut.«

Ich sah ihn einen Moment lang an und fühlte mich jetzt selbst verunsichert. »Ich werde es dir erklären. Du kommst mir vor wie ein Geburtstagsgeschenk, das jemand per Post geschickt hat. Das Papier ist zerrissen, und die Schachtel ist kaputt, aber es ist immer noch etwas ganz Tolles drin. Ich bin gern mit dir zusammen.«

Ein halbes Lächeln zeigte sich und verschwand wieder. Er sah erst zum Haus hinüber und dann wieder zu mir. Er hatte noch etwas anderes im Kopf, doch es schien ihm peinlich zu sein, es zuzugeben.

»Und?« ermunterte ich ihn.

Er legte den Kopf schief, und dieser Ausdruck in seinen Augen war mir nicht unbekannt. »Wenn ich okay wäre ... wenn ich intakt wäre, hättest du dann mal über eine Beziehung zu mir nachgedacht? Ich meine, Mann-Frau-mäßig?«

»Willst du die Wahrheit wissen?«

»Nur wenn sie schmeichelhaft ist.«

Ich lachte. »Die Wahrheit ist, wenn ich dich vor dem Unfall zufällig kennengelernt hätte, wäre ich eingeschüchtert gewesen. Du bist zu gut aussehend, zu reich und zu jung. Also hätte ich nein sagen müssen. Wenn du ›intakt‹ wärst, wie du es ausdrückst, hätte ich dich wahrscheinlich überhaupt nicht kennengelernt. Du bist wirklich nicht mein Typ, weißt du?«

»Was ist dein Typ?«

»Das habe ich noch nicht rausgefunden.«

Er sah mich eine Minute lang mit einem komischen Lächeln an.

»Würdest du mir vielleicht mal verraten, was in deinem Kopf vorgeht?« forderte ich ihn auf.

»Wie schaffst du es, alles so rumzudrehen, daß ich froh bin, so deformiert zu sein?«

»Mein Gott, du bist nicht deformiert. Jetzt hör auf damit! Wir sehen uns später.«

Er lächelte und warf die Wagentür zu. Dann trat er zurück, damit ich wenden und auf der anderen Seite der Einfahrt hinausfahren konnte.

Ich fuhr zu meiner Wohnung zurück. Es war erst Viertel nach fünf. Ich hatte noch Zeit, einen Lauf einzuschieben, obwohl ich mich fragte, ob das so klug wäre. Bobby und ich hatten den größten Teil des Nachmittags damit zugebracht, Bier und Bourbon und schlechten Chablis zu trinken und gegrillte Spareribs und Sauerteigbrot zu kauen, das einem die Plomben aus den Zähnen ziehen konnte. Ich hatte wirklich mehr Lust auf ein Schläfchen als auf einen Lauf, aber ich dachte, die Selbstdisziplin könnte mir gut tun.

Ich zog mir die Joggingsachen an und absolvierte drei Meilen mit gleichzeitiger geistiger Gymnastik, bei der ich mich mit der Organisierung dieses Falls beschäftigte. Das schien eine wacklige Geschichte zu sein, und ich wußte nicht, wo ich anfangen sollte. Ich dachte, am besten ginge ich zuerst zu Dr. Fraker in die Pathologische Abteilung des St. Terry und besuchte vielleicht bei dieser Gelegenheit auch Kitty. Dann würde ich es mit dem Zeitungsarchiv versuchen und mir die mühselige Arbeit machen, die Lokalnachrichten aus der Zeit vor dem Unfall durchzusehen, um zu überblicken, was damals los war. Vielleicht würde ein Vorfall von damals Licht auf Bobbys Behauptung werfen, daß jemand versucht hatte, ihn umzubringen.

Um sieben ging ich auf ein Glas Wein zu Rosie hinüber. Ich fühlte mich unruhig und überlegte, ob Bobby nicht irgend etwas in mir in Bewegung gesetzt hatte. Es war schön, mit jemandem so befreundet zu sein, schön, sich einen Nachmittag in netter Gesellschaft zu vertreiben, schön, jemanden zu haben, auf dessen Gesicht ich mich freuen konnte. Ich war nicht sicher, wie ich unsere Beziehung einzuordnen hatte. Meine Zuneigung zu ihm war keinesfalls mütterlicher Art. Schwesterlich vielleicht. Er war ein guter Freund, und ich brachte ihm all die Bewunderung entgegen, die man einem guten Freund entgegenbringt. Er war amüsant, und das Zusammensein mit ihm war entspannend. Ich war schon so lange allein, daß eine Beziehung, egal welcher Art, verführerisch erschien.

Ich holte mir an der Theke ein Glas Wein, setzte mich dann in die hintere Nische und inspizierte das Lokal. Für einen Dienstagabend war ganz schön was los. Und das bedeutet, daß zwei Typen näselnd an der Theke diskutierten und ein altes Paar aus der Nachbarschaft sich einen großen Teller Pfannkuchen mit Schinken teilte. Rosie blieb mit einer Zigarette hinter der Theke sitzen. Der aufsteigende Rauch bildete um ihren Kopf herum einen Ring aus Nikotin und Haarspray. Sie ist Mitte Sechzig, Ungarin und herrisch. Ein Geschöpf aus getönten kastanienbraunen Locken, die sie in der Mitte gescheitelt trägt. Festgeklebt hat sie sie mit Sprays, die auf den Regalen von Lebensmittelgeschäften gestanden hatten, seit 1966 die Duttfrisuren aus der Mode gekommen waren. Rosie hat eine lange Nase, eine kurze Unterlippe und

Augen, die sie zu schmalen, mißtrauisch wirkenden Schlitzen schminkt. Sie ist klein, oberlastig und starrsinnig. Außerdem neigt sie zum Schmollen, was bei einer Frau ihres Alters lächerlich, aber effektiv ist. Die Hälfte der Zeit mag ich sie nicht besonders, aber sie hört auch nie auf faszinierend zu sein.

Ihr Laden hat die gleiche rauhe, aber anziehende Wirkung. Die Theke erstreckt sich längs der linken Wand, einen ausgestopften Speerfisch darüber gewölbt, von dem ich vermute, daß er nie wirklich gelebt hat. Ein großer Farbfernseher steht auf der anderen Seite der Theke und läuft mit abgeschaltetem Ton, so daß die Bilder umhertanzen wie Botschaften von einem anderen Planeten, wo das Leben voller Energie und Verrücktheit ist. Das Lokal riecht immer nach Bier, Zigarettenrauch und Bratfett, das schon vor einer Woche hätte gewechselt werden müssen. Die sechs oder sieben Tische in der Mitte des Raums werden ergänzt durch Eßtischstühle der Chrom- und Plastikkategorie aus den vierziger Jahren. Die acht Sitznischen an der rechten Wand sind aus Sperrholz, das in der Farbe von Walnußholz gebeizt ist. Einige Missetäter hatten geschmacklose Sprüche in das Holz geritzt und es offenbar auch auf der Damentoilette versucht. Möglicherweise kann Rosie nicht genug Englisch, um die wahre Bedeutung dieser primitiven Slogans zu erraten. Genauso gut ist es möglich, daß sie exakt ihre eigenen Gedanken wiedergeben. Schwer zu sagen bei ihr.

Ich sah zu ihr hinüber und entdeckte, daß sie kerzengerade und sehr ruhig dasaß und mit zusammengekniffenen Augen zur Eingangstür starrte. Ich folgte ihrem Blick. Henry war gerade mit seiner neuen Freundin, Lila Sams, hereingekommen. Rosies Antennen waren wohl automatisch ausgefahren, wie bei einem Marsmännchen, das Gefahr wittert. Henry suchte einen einigermaßen sauberen Tisch und zog einen Stuhl hervor. Lila setzte sich und legte sich ihre große Plastiktasche auf den Schoß wie einen kleinen Hund. Sie trug ein leuchtendes Baumwollkleid mit einem geschmacklosen Muster, fetter roter Klatschmohn auf blauem Grund. Ihre Haare sahen aus, als seien sie am gleichen Nachmittag im Schönheitssalon aufgedreht worden. Henry setzte sich und sah sich zu der Nische um, von der er weiß, daß ich gewöhnlich dort sitze. Ich winkte leicht mit dem Finger, und er winkte zurück. Lilas Kopf schwenkte in meine Richtung, und ihr Lächeln nahm den Ausdruck falscher Freude an.

Inzwischen hatte Rosie ihre Abendzeitung beiseite gelegt und ihren Barhocker verlassen und glitt jetzt wie ein Hai hinter der Theke hervor. Ich konnte nur mutmaßen, daß sie und Lila sich bereits kannten. Mit

Interesse sah ich zu. Das hier konnte fast so interessant werden wie *Godzilla trifft Bambi* in meinem Kino um die Ecke. Von meinem Beobachtungsposten aus fand die ganze Begegnung natürlich als Pantomime statt.

Rosie hatte ihren Bestellblock hervorgezogen. Sie stand da und starrte Henry an. Sie benahm sich, als wäre er alleine, wie sie es auch immer mit mir macht, wenn ich einen Freund mitbringe. Rosie redet nicht mit Fremden. Sie sieht nur jemandem in die Augen, den sie schon eine Zeitlang kennt. Das gilt vor allem, wenn diese »jemands« weiblich sind. Lila war total aufgeregt. Henry beriet sich mit ihr und bestellte für sie beide. Eine große Diskussion entstand. Daraus folgerte ich, daß Lila einen Vorschlag gemacht hatte, der nicht mit Rosies Vorstellungen von ungarischer Feinschmeckerküche zusammenpaßte. Vielleicht wollte Lila keine Peperoni oder etwas gegrillt statt gebraten. Lila sah mir nach der Art Frau aus, die eine Menge Ernährungstabus hat. Rosie hatte nur das eine. Entweder aß man, wie sie es zubereitet hatte, oder man ging woanders hin. Lila konnte offensichtlich nicht begreifen, daß man ihre Wünsche nicht befriedigen wollte. Schrille und zänkische Geräusche kamen auf, alle von Lila. Rosie sagte kein Wort. Es war ihr Lokal. Sie konnte tun, was sie wollte. Die beiden Männer an der Bar, die über Politik diskutiert hatten, drehten sich um, damit sie der Show folgen konnten. Das Paar, das die *sonkás palacsinta* aß, hielt gleichzeitig inne, die Gabeln mitten in der Luft.

Lila sprang von ihrem Stuhl auf. Einen Moment lang dachte ich, sie wollte Rosie mit ihrer Tasche schlagen. Statt dessen sah es aus, als gebe sie eine verletzende Bemerkung von sich. Dann marschierte sie Richtung Tür, und Henry stürzte hinterher. Rosie blieb ungerührt. Sie lächelte geheimnisvoll wie eine Katze mitten in einem Mäusetraum. Wir Gäste im Lokal wurden alle fünf sehr still und widmeten uns beflissentlich unseren eigenen Gedanken, damit Rosie nicht auf die Idee kam, sich unerklärlicherweise uns zuzuwenden und uns mit lebenslangem Lokalverbot zu belegen.

Zwanzig Minuten vergingen, bevor Rosie einen Vorwand fand, in meine Richtung zu kommen. Mein Weinglas war leer, und sie brachte mir mit beispielloser Bereitwilligkeit ein volles. Sie stellte das zweite Glas auf den Tisch, faltete dann die Hände vor sich und wackelte ein bißchen auf der Stelle. Das macht sie, wenn sie Aufmerksamkeit erregen möchte, oder das Gefühl hat, man habe ihre kulinarischen Fertigkeiten nicht ausgiebig genug mit Lob gewürdigt.

»Scheint, Sie haben sich Ihrer angenommen«, bemerkte ich.

»'ne vulgäre Frau. Schreckliches Geschöpf. Sie war schon einmal hier, und ich kann sie kein bißchen ausstehen. Henry muß total übergeschnappt sein, mit 'nem Flittchen wie der mein Lokal zu betreten. Wer ist sie?«

Ich zuckte die Achseln. »Schauen Sie, ich weiß nur, daß sie Lila Sams heißt. Sie hat ein Zimmer bei Mrs. Lowenstein gemietet, und Henry scheint verknallt zu sein.«

»Ich werde *ihr* eine knallen, wenn sie nochmal hier reinkommt! Sie hat irgend etwas Komisches an ihren Augen.« Rosie verzog das Gesicht und brachte mich mit ihrer Imitation von Lila zum Lachen. Rosie ist im allgemeinen ein humorloser Mensch, und ich hatte keine Ahnung von ihrer scharfen Beobachtungsgabe, geschweige denn von ihren schauspielerischen Fähigkeiten. Natürlich meinte sie es todernst. Sie nahm sich zusammen. »Was will sie überhaupt von ihm?«

»Wie kommen Sie darauf, daß sie etwas von ihm will? Vielleicht sind die beiden einfach bloß an ein bißchen Gesellschaft interessiert. Henry ist sehr attraktiv, wenn Sie mich fragen.«

»Ich hab dich nicht gefragt! Er ist sehr attraktiv. Er ist auch ein guter Kumpel. Also, wozu braucht er die Gesellschaft dieser kleinen Schlange?«

»Wie man so sagt, Rosie, läßt sich über Geschmack nicht streiten. Vielleicht besitzt sie ausgleichende Qualitäten, die nicht auf Anhieb offensichtlich sind.«

»O nein. Nicht die. Die führt nichts Gutes im Schilde. Ich werde mit Mrs. Lowenstein reden. Was ist mir ihr los, daß sie an so eine Frau untervermietet?«

Das fragte ich mich auch, als ich den halben Block nach Hause ging. Mrs. Lowenstein ist eine Witwe, die über beträchtlichen Grundbesitz in der Gegend verfügt. Ich konnte mir nicht vorstellen, daß sie Geld brauchte, und ich war neugierig, wie Lila den Schritt über ihre Schwelle geschafft hatte.

Als ich zu meiner Wohnung kam, brannte Henrys Küchenlampe noch, und ich hörte den gedämpften Klang von Lilas Stimme, schrill und untröstlich. Der Zusammenprall mit Rosie hatte sie offensichtlich komplett aus der Fassung gebracht, und Henrys gemurmelte Beruhigungen halfen nicht. Ich schloß meine Tür auf, ging in die Wohnung und sperrte das Gezänk erfolgreich aus.

Ich las eine Stunde lang – sechs spannende Kapitel in einem Buch über Einbruch und Diebstahl – und ging dann früh zu Bett und wickelte mich in meine Steppdecke. Ich machte das Licht aus und lag eine

Weile im Dunkeln. Ich hätte schwören können, daß ich das entfernte Auf und Ab von Lilas Gejammere immer noch hörte, wie eine Mücke um mein Ohr kreisend. Die Worte konnte ich nicht heraushören, aber der Ton war eindeutig ... zänkisch und zickig. Vielleicht würde Henry merken, daß sie nicht so nett war, wie sie vorgab. Obgleich, vielleicht auch nicht. Ich bin immer wieder verblüfft darüber, wie lächerlich sich Männer und Frauen machen können, wenn sie hinter Sex her sind.Um sieben wachte ich auf und trank eine Tasse Kaffee, während ich die Zeitung las. Dann fuhr ich zu meinem Mittwochstraining zum Santa Teresa Fitness Center. Ich fühlte mich stärker, und das zweitägige Jogging ließ meine Beine wohlig schmerzen. Der Morgen war heiter und noch nicht heiß, und der Himmel war leer wie eine Leinwand vor dem Bemalen. Der Parkplatz an der Halle war fast schon besetzt, und ich schnappte mir die letzte freie Lücke. Ich entdeckte Bobbys Wagen zwei Plätze weiter und lächelte, weil ich mich auf ihn freute.

Die Halle war überraschend voll für einen Tag mitten in der Woche: fünf oder sechs Einhundertzwanzig-Kilo-Typen beim Gewichtheben, zwei Frauen in hautengen Gymnastikanzügen an den Nautilusgeräten und ein Trainer, der die Übungen einer Schauspielerin überwachte, deren Hintern auseinanderging wie langsam schmelzendes Kerzenwachs. Ich erspähte Bobby bei Beinübungen an einem Universalgerät gegenüber. Er mußte schon eine Weile dabei gewesen sein, denn sein T-Shirt zeigte Schweißringe, und sein blondes Haar hatte sich in feuchte Strähnen geteilt. Ich wollte ihn nicht unterbrechen, also stellte ich einfach meine Sporttasche weg und kam selbst zur Sache.

Mit einigen Bizepscurls begann ich das Training. Ich nahm Hanteln, die kaum Gewicht hatten, und begann mich aufs Aufwärmen zu konzentrieren. Inzwischen hatte ich eine Menge Routine und mußte eine gewisse wachsende Ungeduld bekämpfen. Ich bin kein Mensch, der Spaß an den Vorgängen selbst hat. Ich mag Ziele und Abschlüsse, die Ankunft anstelle der Reise. Wiederholungen machen mich rebellisch. Wie ich es schaffe, tagein, tagaus zu joggen, ist mir selbst nicht klar. Ich machte weiter mit Handgelenkscurls und ging in Gedanken mein Programm durch. Ich wünschte, ich wäre bereits am Ende gewesen und hätte nicht erst zwei Übungen hinter mir. Vielleicht konnten Bobby und ich nachher wieder zusammen Mittag essen, wenn er Zeit hatte.

Ich hörte ein Geklapper, dann einen dumpfen Schlag und blickte rechtzeitig auf, um zu sehen, daß er sein Gleichgewicht verloren hatte und gegen einen Stapel Fünf-Pfund-Scheiben gestolpert war. Es war klar, daß er sich nicht verletzt hatte, aber sein Blick schien jetzt zum erstenmal auf mich zu fallen, und seine Verlegenheit war extrem. Er wurde rot und versuchte, sich wieder auf die Beine zu strampeln. Einer der Typen am nächsten Gerät beugte sich beiläufig zu ihm hinüber und gab ihm Hilfestellung. Unsicher stand er auf und winkte jede weitere Unterstützung ab. Er hinkte zur Beindruckmaschine hinüber. Sein Auftreten war schroff und in sich gekehrt. Ich machte mit meinen Übungen weiter, als hätte ich nichts bemerkt, aber ich behielt ihn unauffällig im Auge. Selbst auf diese Entfernung hin konnte ich sehen, daß seine Laune düster und seine Gesichtszüge angespannt waren. Ein paar Leute warfen Blicke in seine Richtung, aus denen als Besorgnis getarntes Mitleid sprach. Er tupfte sich das Kinn ab, seine Konzentration ganz nach innen gerichtet. Sein linkes Bein begann vor Muskelkrämpfen irgendwelcher Art zu zucken, und frustriert umklammerte er sein Knie. Das Bein war wie ein von ihm getrenntes Wesen, das launenhaft herumsprang und sich jeder willentlichen Beherrschung entzog. Bobby stöhnte und hämmerte auf sein Fleisch ein, als könne er es mit seiner Faust bändigen. Ich kämpfte mit der Versuchung, durch den Raum zu ihm zu gehen, aber ich wußte, das würde die Sache nur noch schlimmer machen. Er hatte sich geschunden, und sein Körper vibrierte vor Erschöpfung. Genauso plötzlich, wie er begonnen hatte, schien der Krampf zu verschwinden. Bobby bedeckte seine Augen und hielt den Kopf gesenkt. Sobald er wieder in der Lage war zu laufen, schnappte er sich ein Handtuch und steuerte den Umkleideraum an. Damit verzichtete er auf den Rest seines Trainings.

Ich jagte meine restlichen Übungen durch und duschte so schnell ich konnte. Ich hatte nicht erwartet, seinen Wagen noch vorzufinden, aber er stand immer noch auf dem Platz, auf dem ich ihn gesehen hatte. Bobby saß drin, seine Arme umschlangen das Lenkrad, der Kopf lag auf den Armen, und seine Schultern zuckten unter den trockenen, stoßweisen Schluchzern. Ich zögerte einen Moment und näherte mich dann dem Wagen auf der Beifahrerseite. Ich stieg ein, schloß die Tür und saß bei ihm, bis er fertig war. Ich hatte keinen Trost für ihn. Ich konnte nichts machen. Ich hatte keine Möglichkeit, seine Angst oder seine Verzweiflung anzusprechen, und meine einzige Hoffnung war, ihn durch meine Gegenwart wissen zu lassen, daß ich mit ihm fühlte und ihn gern hatte.

Schrittweise ging es besser, und als es vorbei war, trocknete er sich mit einem Handtuch die Augen und putzte sich die Nase. Sein Gesicht hielt er von mir abgewandt.

»Möchtest du einen Kaffee trinken gehen?«

Er schüttelte den Kopf. »Laß mich einfach allein, in Ordnung?« meinte er.

»Ich habe Zeit«, erwiderte ich.

»Vielleicht rufe ich dich später an.«

»Okay. Ich mache schon mal weiter und kümmere mich ums Geschäft, und vielleicht können wir uns heute nachmittag sprechen. Brauchst du in der Zwischenzeit irgend etwas?«

»Nein.« Der Ton war gleichgültig, sein Verhalten lustlos.

»Bobby –«

»Nein! Hau jetzt verdammt noch mal ab, und laß mich in Ruhe. Ich brauche deine Hilfe nicht.«

Ich öffnete die Wagentür. »Ich rufe dich später an«, meinte ich. »Paß auf dich auf.«

Er langte hinüber, packte den Türgriff und knallte die Tür zu. Dann ließ er den Motor aufheulen, und ich sprang zur Seite, als er mit quietschenden Reifen rückwärts aus der Parkbox fuhr. Ohne sich noch mal umzublicken, schoß er vom Parkplatz.

Es war das letzte Mal, daß ich ihn sah.

9

Die Pathologische Abteilung des St. Terry liegt unter der Erde, im Herzen eines Labyrinths kleiner Büroräume. Kilometerlange Flure zweigen in alle Richtungen ab und verbinden die nichtmedizinischen Abteilungen, die mit dem Betrieb der Einrichtung betreut sind: Instandhaltung, Verwaltung, Technik, Betriebsführung. Während die oberen Stockwerke geschmackvoll renoviert sind, beschränkt sich das Design hier unten auf braune Kunststoffliesen und glänzende Wandfarbe in einem Farbton, der an lackierte Knochen erinnert. Die Luft riecht heiß und trocken, und etliche offene Türen geben den Blick auf ominöse Apparaturen und elektrische Leitungen, groß wie Abzugsrohre, frei.

An diesem Tag gab es einen beständigen Fußgängerstrom; Menschen in Krankenhausuniformen, blaß und ausdruckslos wie Bewohner einer unterirdischen Stadt, nach Sonnenlicht lechzend. Die Pathologische Abteilung selbst war ein erfreulicher Gegensatz: geräumig, gut beleuchtet, schick in Königsblau und Grau eingerichtet. Fünfzig bis sechzig Laboranten arbeiteten daran, Blut, Knochen und Gewebeteile, die von oben ausgefiltert wurden, zu behandeln. Die Computeranlage schien zu klicken, zu summen und zu surren: eine Armee von Experten zur Steigerung der Effektivität. Der Lärm war verstummt, die Telefone klingelten sanft in der künstlichen Luft. Sogar die Schreibmaschinen wirkten gedämpft, während sie diskret die Geheimnisse des menschlichen Leidens protokollierten. Hier herrschten Ordnung, Professionalität und Ruhe – das Gefühl, zumindest hier den Schmerz und die Entwürdigung durch Krankheit unter Kontrolle zu haben. Der Tod wurde in Schach gehalten, vermessen, graduiert und analysiert. Wo er einen Sieg zu beanspruchen hatte, zerlegte dasselbe Spezialistenteam die Folgen und fütterte die Maschinen damit. In einer langen, mit Hieroglyphen gepflasterten Straße ergoß sich das Papier. Einen Moment lang stand ich, beeindruckt von der Szene, im Eingang. Das hier waren Mikroskop-Detektive, die Mörder einer anderen Kategorie verfolgten als solche, wie ich sie jagte.

»Kann ich Ihnen behilflich sein?«

Ich sah zur Anmeldung hinüber, von wo aus ich beobachtet wurde.

»Ich bin auf der Suche nach Dr. Fraker. Wissen Sie, ob er hier ist?«

»Sollte er. Diesen Gang hinunter bis zur ersten links, dann wieder links, und dort hinten können Sie jemanden fragen.«

Ich fand ihn in dem Abteil eines Baukastensystems, gerahmt mit Bücherregalen und möbliert mit einem Schreibtisch, einem Schaukelstuhl, Pflanzen und Druckgrafiken. Er hatte sich mit seinem Stuhl zurückgelehnt, die Füße auf den Schreibtischrand gelegt und blätterte ein Medizinbuch in der Größe des *Oxford English Dictionary* durch. In der Hand hielt er eine randlose Zweistärkenbrille, auf deren Bügel er beim Lesen kaute. Er war kompakt gebaut – breite Schultern, kräftige Oberschenkel. Seine Haare waren von einem dicken, silbrigen Weiß, und die Haut hatte den warmen Ton fleischfarbener Kreide. Das Alter hatte seinem Gesicht ein leicht verknittertes Aussehen gegeben, wie ein frisch gewaschenes Baumwollaken, das noch gestärkt und gebügelt werden muß. Er trug grüne OP-Kleidung mit passenden Schuhüberziehern.

»Dr. Fraker?«

Er sah zu mir auf, und seine grauen Augen zeigten Wiedererkennen. Er deutete mit einem Finger auf mich. »Bobby Callahans Freundin.«

»Stimmt. Ob ich Sie mal sprechen könnte?«

»Aber selbstverständlich. Kommen Sie herein.«

Er sprang auf, und wir gaben uns die Hand. Er deutete auf einen Stuhl an seinem Schreibtisch, und ich setzte mich.

»Wir können auch einen anderen Gesprächstermin vereinbaren, wenn ich ungelegen komme«, meinte ich.

»Überhaupt nicht. Was kann ich für Sie tun? Glen hat mir erzählt, daß Bobby jemanden damit beauftragt hat, den Unfall zu untersuchen.«

»Er ist davon überzeugt, daß es ein Mordversuch war. Fahrerflucht. Hat er mit Ihnen darüber gesprochen?«

Dr. Fraker schüttelte den Kopf. »Ich habe ihn am Montagabend das erstemal seit Monaten wieder gesehen. Mord. Ist die Polizei derselben Ansicht?«

»Ich weiß es noch nicht. Ich habe eine Kopie des Unfallberichts, und soweit ich das beurteilen kann, haben sie nicht viel in der Hand, um weiterzumachen. Es gab keine Zeugen, und ich glaube, sie haben am Unfallort auch keine besonderen Hinweise gefunden.«

»Das ist ungewöhnlich, oder?«

»Nun, gewöhnlich gibt es wenigstens *einen* Anhaltspunkt. Glassplitter, Bremsspuren, Spuren am Fahrzeug des Opfers. Vielleicht ist der Kerl aus seinem Wagen gesprungen und hat sämtliche Erd- und Farbspuren beseitigt, ich weiß es nicht. Aber ich vertraue Bobbys Intuition in diesem Fall. Er sagt, er hat sich in Gefahr befunden. Er kann sich nur nicht mehr daran erinnern warum.«

Dr. Fraker schien das kurz zu erwägen, dann bewegte er sich auf seinem Stuhl. »Ich bin geneigt, ihm meinerseits zu glauben. Er ist ein heller Kopf. Er war auch ein begabter Student. Es ist eine verdammte Schande, daß so wenig davon übriggeblieben ist. Was ist denn seiner Ansicht nach vorgegangen?«

»Er hat überhaupt keine Ahnung, und er ist, wie er betonte, in dem Moment, in dem er sich erinnert, in noch größeren Schwierigkeiten als jetzt. Er vermutet, daß immer noch jemand hinter ihm her ist.«

Er säuberte sich mit einem Taschentuch die Brille und überdachte die Sache. Er war ein Mann, der offensichtlich den Umgang mit Rätseln gewöhnt war, aber ich konnte mir vorstellen, daß seine Lösungen eher von Symptomen als von Umständen hergeleitet waren. Krankheiten erfordern nicht unbedingt ein Motiv, wie es bei einem Mord der Fall ist.

Er schüttelte leicht den Kopf, und unsere Blicke trafen sich. »Seltsam. Das Ganze liegt ein bißchen außerhalb meines Gesichtskreises.«

Er setzte die Brille auf und wurde geschäftsmäßig. »Na schön. In diesem Falle sollten wir besser herausfinden, was los ist. Wie kann ich Ihnen dabei behilflich sein?«

Ich zuckte die Achseln. »Mir fällt auch nichts Besseres ein, als ganz vorn, bei Planquadrat eins, anzufangen. Ich muß herauszufinden versuchen, in welchen Schwierigkeiten er sich befunden hat. Er hat wie lange bei Ihnen gearbeitet? Zwei Monate?«

»Ungefähr. Er hat im September angefangen, glaube ich. Marcy kann das nachsehen, wenn Sie die genauen Daten haben wollen.«

»Ich nehme an, daß er wegen Ihrer Beziehung zu seiner Mutter eingestellt wurde.«

»Nun, ja und nein. Normalerweise haben wir immer einen Platz für einen angehenden Medizinstudenten frei. Diesmal war es zufällig Bobby, der den Ansprüchen genügte. Glen Callahan ist ein sehr hohes Tier hier bei uns, aber wir hätten ihn nicht eingestellt, wenn er eine Niete gewesen wäre. Möchten Sie einen Kaffee? Ich wollte selbst gerade welchen trinken.«

»Ja, gerne.«

Er lehnte sich etwas zur Seite und rief zu seiner Sekretärin hinüber, deren Schreibtisch in seinem Blickfeld lag. »Marcy?« Könnten Sie uns bitte Kaffee bringen?«

Er wandte sich zu mir. »Möchten Sie Milch und Zucker?«

»Schwarz reicht.«

»Beide schwarz«, rief er.

Es kam keine Antwort, aber ich vermutete, sie kümmerte sich darum. Er konzentrierte sich wieder auf mich. »Entschuldigen Sie die Unterbrechung.«

»Schon in Ordnung. Hatte er einen eigenen Schreibtisch hier unten?«

»Er hatte vorne einen Schreibtisch, aber der wurde ausgeräumt, hm, ich würde sagen, einen Tag nach dem Unfall. Keiner glaubte, daß er überleben würde, wissen Sie, und wir mußten schnell jemand anders finden. Diese Abteilung ist die meiste Zeit über das reinste Irrenhaus.«

»Was geschah mit seinen Sachen?«

»Ich habe sie selbst bei ihm zu Hause vorbeigebracht. Es war nicht viel, und wir haben alles in einen Pappkarton gepackt, den ich Derek gegeben habe. Ich weiß nicht, was er damit angefangen hat. Glen war seinerzeit vierundzwanzig Stunden am Tag im Krankenhaus.«

»Erinnern Sie sich daran, was drin war?«

»In seinem Schreibtisch? Krimskrams. Bürozeug.«

Ich merkte mir vor, nach dieser Kiste zu forschen. Vermutlich gab es eine Chance, daß sie sich noch irgendwo im Haus befand. »Können Sie mir Bobbys Tagesablauf schildern und mir erklären, welche Art Arbeit er machte?«

»Sicher. Eigentlich teilte er seine Zeit zwischen dem Labor und dem Leichenschauhaus draußen in dem alten Landkrankenhaus in der Frontage Road. Ich muß sowieso später da raus. Sie können mitkommen, wenn Sie wollen, oder in Ihrem eigenen Wagen hinterherfahren, wenn Ihnen das lieber ist.«

»Ich dachte, das Leichenschauhaus sei hier.«

»Wir haben ein kleines hier, gleich hinter dem Autopsieraum. Wir haben noch ein anderes da draußen.«

»Mir war nicht klar, daß es mehr als eines gibt.«

»Wir brauchten den zusätzlichen Raum für die Vertragsarbeiten, die wir machen. St. Terry unterhält auch noch ein paar Büros da draußen.«

»Tatsächlich? Ich hätte nicht gedacht, daß das alte Gebäude noch eine Funktion hat.«

»O doch. Es gibt eine private Röntgengruppe, die dort arbeitet, und wir haben Lagerräume für Medizinische Archive da. Es ist ein ziemlicher Mischmasch, aber ich wüßte nicht, was wir ohne das machen sollten.«

Er blickte zur Seite, als Marcy mit zwei Bechern hereinkam. Ihr Blick war sorgfältig auf die Oberfläche des Kaffees geheftet, der an den Seiten überzulaufen drohte. Sie war jung, dunkelhaarig und trug kein Make-up. Sie wirkte wie der Typ Mensch, von dem man die Hand gehalten haben möchte, wenn die Labortechniker einen foltern.

»Danke, Marcy. Gleich hier auf den Rand des Schreibtischs.«

Sie stellte die Becher ab und lächelte mich beim Hinausgehen kurz an.

Dr. Fraker und ich unterhielten uns über die Bürotätigkeiten, während wir den Kaffee tranken. Dann machte er mit mir eine Runde durch das Laboratorium und erläuterte Bobbys verschiedene Aufgaben, die in diesem Moment alle nach Routine klangen und nicht sehr wichtig zu sein schienen. Ich notierte mir die Namen einiger seiner Kollegen und dachte, ich könnte zu einem späteren Zeitpunkt mit ihnen sprechen.

Ich wartete, während er sich noch um ein paar Einzelheiten kümmerte und sich dann bei Marcy abmeldete und ihr sagte, wo er zu erreichen war.

In meinem Wagen folgte ich ihm zum Freeway, Richtung früheres Landkrankenhaus. Der Komplex war von der Bahn aus zu sehen: ein ausladendes Labyrinth aus vergilbtem Putz und roten Ziegeldächern, die mit zunehmendem Alter fast rostbraun geworden waren. Wir fuhren daran vorbei, nahmen die nächste Ausfahrt und drehten zurück in die Frontage Road, von der wir links in die Haupteinfahrt abbogen.

Das County General war früher mal ein blühendes Krankenhaus gewesen, das die gesamte Gemeinde von Santa Terese versorgen sollte. An zweiter Stelle war es als Behandlungszentrum für Bedürftige gedacht gewesen, das von verschiedenen sozialen Einrichtungen finanziert wurde. Im Laufe der Jahre wurde es immer mehr mit den Unterprivilegierten in Verbindung gebracht: Sozialhilfeempfänger, illegale Einwanderer und all die unglücklichen Opfer der Samstagnacht-Verbrechenswelle. Nach und nach wurde das County General sowohl von der Mittelschicht als auch von den Wohlhabenden gemieden. Nachdem die nationale und die bundesstaatliche Krankenversicherung in Kraft getreten waren, wählten sogar die Armen das St. Terry und andere örtlichen Privatkliniken, wodurch dieses Haus in eine Art Geisterstadt verwandelt worden war.

Auf dem Parkplatz standen vereinzelt ein paar Wagen. Provisorische Holzschilder in Pfeilform zeigten dem Besucher den Weg zum Medizinischen Archiv, zu den Krankenpflegeräumen, zur Radiologie, der Leichenhalle und anderen Abteilungen, die obskure Zweige der Medizin vertraten.

Dr. Fraker stellte seinen Wagen ab, und ich fuhr in die Lücke neben ihm. Er stieg aus, schloß ab und wartete, während ich das gleiche tat. Man hatte einen halbherzigen Versuch unternommen, das Gelände instandzuhalten, doch die Einfahrt selbst war rissig, und grobes Unkraut begann unter dem Asphalt hervorzusprießen. Ohne viel zu sprechen, gingen wir beide Richtung Haupteingang. Er schien diesen Ort nicht als außergewöhnlich hinzunehmen, aber ich fand das ganze irgendwie irritierend. Die Architektur war selbstverständlich im allgemein verbreiteten spanischen Stil: breite Veranden entlang der Vorderseite und weit zurückgesetzte Fenster mit schmiedeeisernen Gitterstäben.

Wir gingen hinein und blieben in einer geräumigen Vorhalle stehen. Es war ersichtlich, daß man im Laufe der Jahre einige Versuche unternommen hatte, das Gebäude zu »modernisieren«. Jetzt hingen Leuchtstoffröhren an den hohen Wänden, die eine zu diffuse Beleuchtung abgaben, um zufriedenstellend zu sein. Einstmals großzügige Vorräume waren abgeteilt worden. Zwischen zwei Innenbalken waren Schalter errichtet worden, aber es gab keine Möbel im Rezeptionsbereich, und niemanden, der auf Anmeldungen wartete. Selbst die bloße Luft war mit dem Geruch nach Verlassenheit und Verwahrlosung durchdrungen. Von der gegenüberliegenden Seite des düsteren Flurs zu unserer Rechten hörte ich eine Schreibmaschine klappern; es klang nach einer alten mechanischen, die von einem Laien benutzt wurde. Es gab keinen weiteren Hinweis auf Menschen hier.

Dr. Fraker unternahm einen oberflächlichen Rundgang mit mir. Ihn zufolge war Bobby je nach Bedarf zwischen diesem Haus und St. Terry hin und her gefahren und hatte Akten über Patienten, die nach ein paar Jahren wieder ins Krankenhaus eingeliefert worden waren, aus dem Archiv geholt oder Röntgenaufnahmen und Autopsieberichte hingebracht. Alte Aufzeichnungen wurden automatisch in den Lagerräumen hier draußen abgelegt. Natürlich wurden die meisten Daten heutzutage im Computer gespeichert, aber es gab immer noch einen Überhang an Papieren, die irgendwo aufbewahrt werden mußten. Bobby hatte offensichtlich noch ein bißchen schwarz gearbeitet, indem er den Friedhofsdienst für Bedienstete des Leichenschauhauses übernahm, die wegen Krankheit oder Urlaub fehlten. Dr. Fraker deutete an, daß das größtenteils Laufburschenfunktionen waren, daß Bobby aber in den zwei Monaten, die er hier gearbeitet hatte, eine beträchtliche Stundenzahl für den Job aufgewendet hatte.

Inzwischen waren wir auf dem Weg nach unten. Wir stiegen eine breite Treppe aus roten spanischen Fliesen hinab, und unsere Schritte schallten in einem dumpfen, verzerrten Klang. Weil das Krankenhaus gegen einen Berg gebaut ist, liegt die hintere Seite des Gebäudes unter der Erde, während die vordere auf teilweise mit Sträuchern überwachsene Wege hinausführt. Es war dunkel hier unten, als ob man aus wirtschaftlichen Erwägungen die Stromzufuhr beschränkt habe. Die Temperatur war niedrig, und die Luft war mit Formaldehyd parfümiert – diesem ätzenden Deodorant für Verstorbene. Ein Pfeil an der Wand wies Richtung Autopsie. Ich begann mich gegen die Bilder, die mein Hirn heraufbeschwor, zu rüsten.

Dr. Fraker öffnete die Tür mit ihren Milchglasscheiben. Ich zögerte nicht direkt, bevor ich eintrat, aber ich verschaffte mir einen schnellen Überblick, um mich zu vergewissern, daß wir niemanden dabei störten, wie er gerade mit dem Nivelliermesser eine Leiche zu Filet verarbeitete. Dr. Fraker schien meine Befürchtungen zu spüren, und er berührte mich kurz am Ellbogen.

»Es ist nichts vorgesehen«, versicherte er und ging voran.

Ich lächelte unbehaglich und folgte ihm. Auf den ersten Blick schien der Ort verlassen zu sein. Ich bemerkte Wände aus apfelgrünen Keramikfliesen und lange Nirostatheken mit viel Raum für Schubladen. Es sah aus wie die High-Tech-Küche aus einer Zeitschrift für Innenarchitektur, einschließlich einer Nirosta-Insel in der Mitte, die mit einem großen Abwaschbecken protzte, sowie mit langen, gebogenen Hähnen, einer Hängewaage und einer Abtropffläche. Ich fühlte, wie sich mein Mund vor Abscheu verzog. Ich wußte, was hier zubereitet wurde, und es war keine Nahrung.

Auf der anderen Seite des Raums wurde eine Schwingtür aufgestoßen, und ein junger Mann in grüner OP-Kleidung kam rückwärts herein und zog eine Bahre hinter sich her. Die Leiche auf dem Wagen war in dickes, gelbbraunes Plastik gehüllt, das Alter und Geschlecht verbarg. Am Zeh hing ein Schild, und ich konnte ein Stück des dunklen Kopfes erkennen, das ausdruckslose Gesicht wie bei einer Mumie in Plastik gewickelt. Das erinnerte mich entfernt an die Warnung, die neuerdings auf den Tüten von chemischen Reinigungen zu lesen ist: »ACHTUNG: Um Erstickungsgefahr zu vermeiden, von Säuglingen und Kindern fernhalten. Nicht in Wiegen, Betten, Kinderwagen oder Laufställchen verwenden. Diese Tüte ist kein Spielzeug.« Ich wandte den Blick ab und atmete tief durch, einfach um mir zu beweisen, daß ich es noch konnte.

Dr. Fraker stellte mich seinem Gehilfen vor, der Kelly Borden hieß. Er war Mitte Dreißig, groß und weich gebaut, und hatte sein krauses, vorzeitig ergrauendes Haar in einem dicken Zopf zurückgebunden, der bis zur Mitte seines Rückens hinabreichte. Er trug einen Bart, einen geschwungenen Schnurrbart, hatte sanfte Augen und eine Armbanduhr, die aussah, als würde sie auch am Grunde des Meeres noch die richtige Zeit anzeigen.

»Kinsey ist Privatdetektiv und untersucht Bobby Callahans Unfall«, erklärte Dr. Fraker.

Kelly nickte mit unbewegter Miene. Er schob die Bahre zu etwas hinüber, das wie ein großer Gefrierschrank aussah, und bugsierte sie neben eine weitere, ebenfalls besetzte Liege. Zimmergenossen, wie ich annahm.

Dr. Fraker sah mich wieder an. »Ich habe oben noch ein paar Dinge zu erledigen; wie wär's, wenn ich Sie beide allein lasse. Sie können ihn fragen, was Sie wissen wollen. Kelly hat mit ihm gearbeitet. Vielleicht kann er Ihnen Auskunft geben, und dann können wir uns nochmal unterhalten, wenn Sie Bescheid wissen.«

»Großartig«, stimmte ich zu.

10

Nachdem Dr. Fraker gegangen war, nahm sich Kelly Borden eine Sprühflasche mit Desinfektionsmittel und begann es auf die Nirostatheken zu spritzen und methodisch wieder abzuwischen. Ich war mir nicht sicher, ob er das wirklich machen mußte, aber es gestattete ihm, den Blick abgewandt zu halten. Es war eine höfliche Art, mich zu ignorieren, doch ich hatte nichts dagegen. Ich nutzte die Zeit, um durch den Raum zu gehen und durch gläserne Schranktüren zu spähen, hinter denen sich Skalpelle, Pinzetten und schreckliche kleine Metallsägen verbargen.

»Ich dachte, es sind mehr Leichen hier«, überlegte ich laut.

»Da drin.«

Ich sah zu der Tür hinüber, durch die er gekommen war. »Kann ich hineingehen?«

Er zuckte die Achseln.

Ich ging durch den Raum und öffnete die Tür, neben der ein Thermometer hing, das fünf Grad anzeigte. Der Raum, der ungefähr die Größe meines Apartments hatte, war von Fiberglaspritschen gesäumt, die wie bizarre Kojen in Reihen angeordnet waren. Acht Leichen waren zu sehen, die meisten in das gleiche gelbliche Plastik gehüllt, durch das ich in einigen Fällen Arme und Beine und offene Wunden ausmachen konnte. Blut und Körperflüssigkeiten kondensierten an der Oberfläche der Plastikhüllen. Zwei Leichen waren mit Laken bedeckt. Auf der mir am nächsten stehenden Pritsche lag eine alte Frau, die nackt und reglos wie Holz war und ein wenig dehydriert wirkte. In der Mitte ihres Körpers war ein dramatischer, Y-förmiger Schnitt gemacht und mit großen, plumpen Stichen wieder zugenäht worden, wie bei einem gefüllten und aufgespießten Hühnchen. Ihre Brüste breiteten sich seitwärts aus wie alte Bohnensäcke, und ihre Schamgegend war so haarlos wie die eines jungen Mädchens. Ich wollte sie bedecken, aber wozu? Sie war jenseits von Kälte, jenseits von Schmerz, Scham und

Sex. Ich beobachtete ihre Brust, aber es gab kein beruhigendes Heben und Senken. Der Tod wirkte allmählich wie ein Gesellschaftsspiel – wer kann am längsten den Atem anhalten? Ich merkte, daß ich selbst wieder tief eingeatmet hatte, weil ich daran nicht teilhaben wollte. Ich schloß die Tür und ging in die Wärme des Autopsieraums zurück. »Wieviele können Sie hier unterbringen?«

»Im Notfall vielleicht fünfzig. Ich habe nie mehr als acht oder so erlebt.«

»Ich dachte, die meisten Toten werden direkt zur Leichenhalle gebracht.«

»Das ist auch so, wenn sie eines natürlichen Todes gestorben sind. Wir bekommen alles andere. Mordopfer, Selbstmörder, Unfälle, jeden Tod, dessen Ursache zweifelhaft oder ungewöhnlich ist. Die meisten werden obduziert und dann innerhalb recht kurzer Zeit für die Leichenhalle freigegeben. Von den zehn, die wir hier haben, sind einige mittellos. Ein paar sind Unbekannte, die wir in der Hoffnung hierbehalten, eines Tages eine positive Identifizierung zu erhalten. Manchmal dauern die Begräbnisvorbereitungen länger, so daß wir die Leiche für den nächsten Angehörigen aufbewahren. Zwei haben wir jetzt seit Jahren hier. Franklin und Eleanor. Wie Maskottchen.«

Ich legte meine Arme übereinander, weil ich fröstelte. Dann brachte ich das Thema wieder auf die Lebenden. »Kannten Sie Bobby gut?« fragte ich. Ich drehte mich um, lehnte mich gegen die Wand und beobachtete ihn beim Polieren der Wasserhähne an dem Nirosta-Bekken.

»Ich kannte ihn fast gar nicht. Wir haben in verschiedenen Schichten gearbeitet.«

»Wie lange arbeiten Sie schon hier draußen?«

»Fünf Jahre.«

»Was fangen Sie sonst mit Ihrer Zeit an?«

Er hielt inne und sah zu mir hoch. Anscheinend mochte er diese persönlichen Fragen nicht, war aber zu höflich, das zu sagen. »Ich bin Musiker. Ich spiele Jazzgitarre.«

Einen Moment lang starrte ich ihn zögernd an. »Haben Sie schon mal was von Daniel Wade gehört?«

»Klar. Er war Jazzpianist hier in der Gegend. Jeder hat von ihm gehört. Er war allerdings seit Jahren nicht mehr in der Stadt. Ein Freund von Ihnen?«

Ich ging von der Wand weg und nahm meine Runden wieder auf. »Ich war mal mit ihm verheiratet.«

»Mit ihm *verheiratet*?«

»Ja, genau.« Da standen ein paar Einmachgläser mit einer brackigen Flüssigkeit darin, in die man Körperteile eingelegt hatte. Ich fragte mich, ob unter all diesen Lebern, Nieren und Milzen vielleicht auch ein gepökeltes Herz steckte.

Kelly ging wieder an die Arbeit. »Fantastischer Musiker«, bemerkte er in einem Ton, der halb Vorsicht, halb Respekt ausdrückte.

»Das ist er«, erwiderte ich und lächelte über die Ironie. Ich hatte nie über diesen Kram geredet, und es schien etwas seltsam, es jetzt in einem Autopsieraum zu tun, mit einem Bediensteten des Leichenschauhauses in OP-Kleidung.

»Was ist aus ihm geworden?« fragte Kelly.

»Nichts. Als ich das letztemal von ihm hörte, war er in New York. Spielte immer noch seine Musik, war immer noch auf Drogen.«

Er schüttelte den Kopf. »Gott, dieses Talent, das der Junge hatte. Ich habe ihn nie persönlich gekannt, aber ich habe jede Möglichkeit genutzt, ihn zu sehen. Ich kann nicht verstehen, warum er nicht weiter gekommen ist.«

»Die Welt ist voll talentierter Menschen.«

»Ja, aber er ist klüger als die meisten. Zumindest sagte man das von ihm.«

»Schade, daß ich nicht auch so klug war wie er. Ich hätte mir eine Menge Kummer ersparen können«, meinte ich. Tatsächlich hatte diese Ehe, so kurz sie war, die besten Monate meines Lebens enthalten. Daniel hatte damals das Gesicht eines Engels ... helle blaue Augen, eine Wolke blonder Locken. Er erinnerte mich immer an die künstlerische Umsetzung eines katholischen Heiligen – mager und schön, asketisch aussehend, mit eleganten Händen und einer bescheidenen Art. Er strahlte Unschuld aus. Er konnte bloß nicht treu sein, konnte seine Drogen nicht sein lassen, konnte nicht an einem Ort bleiben. Er war wild und komisch und korrupt, und wenn er heute wiederkäme, könnte ich nicht dafür garantieren, daß ich ihm einen Wunsch abschlagen würde, egal, was für einen.

Ich ließ das Gespräch einschlafen, und Kelly, angetrieben durch das Schweigen, sprach schließlich.

»Was macht Bobby denn jetzt?«

Ich sah ihn an. Er thronte auf einem hohen hölzernen Hocker, Lappen und Desinfektionsmittel links neben ihm auf der Theke.

»Er versucht immer noch, sein Leben wieder hinzukriegen«, erwiderte ich. »Er trainiert jeden Tag. Ich weiß nicht, was er sonst noch mit seiner Zeit anfängt. Ich nehme an, Sie haben keine Ahnung, was damals vor sich ging, oder?«

»Was würde das jetzt noch ändern?«

»Er sagt, er habe sich in irgendeiner Gefahr befunden, aber sein Gedächtnis ist weg. Solange, bis ich die Lücken gefüllt habe, ist er wahrscheinlich immer noch in Schwierigkeiten.«

»Warum?«

»Wenn sie einmal versucht haben, ihn umzubringen, werden sie es vielleicht wieder versuchen.«

»Warum haben sie es bis jetzt nicht getan?«

»Ich weiß nicht. Vielleicht denken sie, sie sind sicher.«

Er sah mich an. »Das ist verrückt.«

»Hat er sich Ihnen nie anvertraut?«

Kelly zuckte die Achseln und schien wieder ein bißchen auf der Hut zu sein. »Wir haben nur ein paarmal zusammen gearbeitet. Einen Teil der Zeit, in der er hier war, war ich in Urlaub, und den Rest war ich hier, während er Friedhofsdienst verrichtete.«

»Besteht die Möglichkeit, daß er ein kleines rotes Adreßbuch aus Leder hiergelassen haben könnte?«

»Das bezweifle ich. Wir haben hier nicht mal Schließfächer für unser Zeug.«

Ich nahm eine Visitenkarte aus meiner Brieftasche. »Würden Sie mich anrufen, wenn Ihnen irgend etwas einfällt? Ich wüßte gern, was damals los war, und Bobby würde etwas Hilfe sehr zu schätzen wissen.«

»Sicher.«

Ich machte mich auf die Suche nach Dr. Fraker, vorbei an der Nuklearmedizin, den Pflegeräumen, den Büros der örtlichen Radiologengruppe, die alle im Keller lagen. Ich traf Fraker, als er gerade wieder die Treppe herunterkam.

»Alles klar?« fragte er.

»Ja, und bei Ihnen?«

»Ich habe für heute nachmittag eine Obduktion, aber wir können uns ein leeres Büro suchen und uns weiter unterhalten, wenn Sie möchten.«

Ich schüttelte den Kopf. »Im Moment habe ich keine weiteren Fragen. Vielleicht werde ich Ihre Hilfe später noch einmal benötigen.«

»Aber sicher, rufen Sie mich einfach an.«

»Danke. Das werde ich machen.«

Auf dem Parkplatz setzte ich mich in meinen Wagen und notierte mir auf ein paar zehn mal fünfzehn Zentimeter großen Karteikarten, die ich im Handschuhfach aufbewahre, Datum, Zeit und die Namen der beiden Leute, mit denen ich gesprochen hatte. Ich hielt Dr. Fraker für eine gute Quelle, obwohl das Gespräch mit ihm nicht viel gebracht hatte. Kelly Borden war auch keine große Hilfe gewesen, doch immerhin war ich dieser Spur nachgegangen. Manchmal sind die Neins genauso wichtig wie die Jas, weil sie Sackgassen darstellen, die einem erlauben, das Untersuchungsgebiet so weit einzugrenzen, bis man in das Herz des Irrgartens vorgedrungen ist. In diesem Fall hatte ich nicht die geringste Ahnung, wo es liegen könnte oder was dort verborgen sein würde. Ich sah auf die Uhr. Es war Viertel vor zwölf, und ich dachte ans Mittagessen. Ich habe immer Schwierigkeiten, meine Mahlzeiten zur richtigen Zeit einzunehmen. Entweder bin ich nicht hungrig, wenn ich es sein sollte, oder ich bin hungrig und befinde mich nicht an einem Ort, wo ich anhalten und essen kann. Das Ganze wird zu einem Taktieren mit der Gewichtskontrolle, aber ich glaube kaum, daß es gut für meine Gesundheit ist. Ich ließ den Wagen an und fuhr Richtung Stadt.

Ich ging wieder in das Biorestaurant, in dem Bobby und ich am Montag gegessen hatten. Ich hoffte aufrichtig, ihn dort zu treffen, aber er war nirgends zu sehen. Diesmal bestellte ich einen Salat »Langes Leben«, der meinen Nahrungsbedarf für den Rest meiner Tage zu 100 Prozent abdecken sollte. Was die Kellnerin mir brachte, war ein Teller voll Unkraut und Keimen, überzogen mit einem reizenden, rosafarbenen Dressing mit Pünktchen. Es schmeckte nicht annähernd so irre wie ein Viertelpfünder mit Käse, aber ich fühlte mich tugendhaft bei dem Gedanken an all dieses Chlorophyll, das jetzt durch meine Venen jagte.

Als ich wieder in den Wagen stieg, untersuchte ich im Rückspiegel meine Zähne, um sicherzugehen, daß sie nicht mit Alfalfasprossen gesprenkelt waren. Ich ziehe es vor, keine Gespräche mit Leuten zu führen, wenn ich aussehe, als sei ich grade vom Grasen auf dem Feld zurück. Ich blätterte mein Notizbuch nach der Adresse von Rick Bergens Eltern durch und zog dann meine Straßenkarte hervor. Ich hatte keine Ahnung, wo die Turquesa Road war. Schließlich entdeckte ich sie, eine Straße von der Größe eines eingewachsenen Haares, die von einem gleichermaßen obskuren Weg in den Gebirgsausläufern abging, die sich über das hintere Ende der Stadt erstrecken.

Das Haus war klein und schlicht, lauter senkrechte Linien, und hatte eine Einfahrt, die so steil war, daß ich sie lieber mied und meinen

Wagen zwischen das unterhalb wachsende Eiskraut quetschte. Eine schmucklose Schlackensteinmauer verhinderte, daß der Hang auf die Straße rutschte. Sie schlängelte sich im Zickzack den Berg hoch und wirkte, als ob sie mit einer Reihe von Barrikaden gesichert sei. Als ich die Terrasse erreicht hatte, konnte ich eine imposante Aussicht genießen, ein Panoramabild Santa Teresas von einem Ende zum anderen mit dem Meer im Hintergrund. Ein Drachenflieger schwebte hoch oben zu meiner Rechten und segelte in trägen Runden zum Strand. Der Tag war voll grellen Sonnenscheins. Die dürftigen Wolken sahen aus wie gerade verdunstender weißer Meerschaum. Es herrschte Totenstille. Kein Verkehr, keine Spur von direkten Nachbarn. Ich sah zwar ein oder zwei Dachgiebel, aber man hatte nicht das Gefühl von menschlicher Präsenz. Die Landschaft war karg und bestanden mit Trockenpflanzen: Feuerdorn, Glyzinen und Sukkulenten.

Ich klingelte. Der Mann, der an die Tür kam, war klein, nervös und unrasiert.

»Mr. Bergen?«

»Ja.«

Ich reichte ihm meine Visitenkarte. »Ich bin Kinsey Millhone. Bobby Callahan hat mich beauftragt, den Unfall zu unter-«

»Wozu?«

Ich sah ihm in die Augen. Sie waren klein und blau mit roten Rändern. Seine Wangen waren stachlig von einem Zwei-Tage-Bart, mit dem er aussah wie ein Kaktus. Er war ein Mann Mitte Fünzig, von dem ein Geruch nach Bier und Schweiß ausging. Sein sich lichtendes Haar hatte er glatt aus dem Gesicht gekämmt. Er trug eine Hose, die aussah, als habe er sie aus einer Kiste der Heilsarmee hervorgefischt, und ein T-Shirt mit der Aufschrift »Das Leben ist wie eine Hühnerleiter: kurz und beschissen.« Seine Arme waren weich und formlos, aber sein Bauch stand hervor wie ein Baseball, den man auf Maximaldruck aufgepumpt hatte. Ich wollte ihm schon in dem gleichen rüden Ton antworten, den er mir gegenüber anschlug, aber ich zügelte meine Zunge. Dieser Mann hatte einen Sohn verloren. Keiner sagte, daß er höflich sein müßte.

»Er glaubt, der Unfall war ein Anschlag auf sein Leben«, erklärte ich.

»Quatsch. Ich will ja nicht unhöflich sein, meine Dame, aber ich will Ihnen mal was sagen. Bobby Callahan ist ein reicher Junge. Er ist verwöhnt, verantwortungslos und kennt keine Hemmungen. Er hat verdammt noch mal zu viel getrunken und ist von der Straße abgekommen, wobei er meinen Sohn tötete, der rein zufällig sein bester Freund war. Alles andere, was man Ihnen erzählt hat, ist Blödsinn.«

»Ich bin mir da nicht so sicher«, beharrte ich.

»Ich aber, und das sage ich Ihnen ganz offen. Schauen Sie in die Polizeiberichte. Da steht alles drin. Haben Sie die gelesen?«

»Bobbys Anwalt hat mir gestern Kopien geschickt«, meinte ich.

»Keine handfesten Beweise, stimmt's? Sie haben Bobbys Behauptung, daß ihn jemand von der Straße gedrängt hat, aber es gibt für kein Wort von dem, was er sagt, einen Beweis, und deshalb ist seine Geschichte meiner Ansicht nach reinster Mist.«

»Die Polizei scheint ihm zu glauben.«

»Glauben Sie, die könnten nicht gekauft werden? Glauben Sie, die Cops könnten nicht mit ein paar Scheinchen überzeugt werden?«

»Nicht in dieser Stadt«, behauptete ich. Dieser Mann hatte mich richtig in die Defensive gedrängt, und mir gefiel die Art nicht, wie ich damit umging.

»Wer ist das?«

»Mr. Bergen, ich weiß eine Menge über die örtliche Polizei. Ich habe selbst da gearbeitet –« Es klang lahm, aber ich meinte es ernst.

Er unterbrach mich wieder. »Dreck!« Er machte eine abweisende Handbewegung und drehte angewidert den Kopf weg. »Ich hab für so was keine Zeit. Vielleicht wird meine Frau mit Ihnen sprechen.«

»Ich würde mich lieber mit Ihnen unterhalten«, meinte ich. Das schien ihn zu überraschen, als ob noch nie jemand ein Gespräch mit ihm vorgezogen hätte.

»Scheiß drauf. Ricky ist tot. Jetzt ist alles vorbei.«

»Und wenn nicht? Angenommen, Bobby sagt die Wahrheit, und es war nicht seine Schuld?«

»Und was schert mich das noch? Er ist mir verdammt scheißegal.«

Fast hätte ich ihm eine Erwiderung gegeben, hielt aber statt dessen den Mund und vertraute auf einen anderen Instinkt. Ich wollte mich nicht in einen endlosen Streit um Bagatellen verwickeln lassen, der nur dazu diente, seine Wut anzuheizen. Seine Erschütterung war tiefgreifend, doch ich vermutete, daß sie sowohl anschwellen wie abflauen konnte. »Dürfte ich zehn Minuten Ihrer Zeit in Anspruch nehmen?«

Einen Moment lang dachte er nach, dann stimmte er genervt zu. »Meine Güte, kommen Sie rein. Ich esse grade zu Mittag. Reva ist sowieso nicht da.«

Er entfernte sich von der Tür und überließ es mir, sie hinter uns zu schließen und ihm durchs Haus zu folgen. Es war graubraun ausgelegt und roch, als sei es länger verschlossen gewesen. Die Rollos waren gegen die Nachmittagssonne heruntergezogen, und das Licht im Haus hatte einen bernsteinfarbenen Ton. Ich bekam einen flüchtigen Eindruck von den Polstermöbeln: zwei passende Lehnsessel, die mit grünem Plastik überzogen waren, und ein zwei Meter langes Sofa aus Einzelteilen, auf dessen Ende eine Wolldecke ausgebreitet war, die von einem großen schwarzen Hund in Beschlag genommen wurde.

Die Küche war mit einem dreißig Jahre alten Linoleumboden ausgelegt und hatte grellrosa gestrichene Schränke. Die Haushaltsgeräte ließen den Raum aussehen wie eine Illustration aus einer alten Ausgabe des *Ladies' Home Journal.* Auf der Bank in einer kleinen, eingebauten Frühstücksecke stapelten sich Zeitungen. Das feststehende Mittelteil eines schmalen Holztisches bestand aus einem Zuckerschälchen, einem Papierserviettenspender, Salz- und Pfefferstreuer in Entenform, einem Senftopf, einer Ketchupflasche und einer Flasche A-1 Sauce. Ich sah auch seine Sandwichvorbereitungen: ein Sortiment Schmelzkäsescheiben und Aufschnitt, der mit Oliven und ominösen Teilen in Form von Tiermäulern gespickt war.

Er setzte sich und bedeutete mir, mich auf der ihm gegenüberliegenden Bank niederzulassen. Ich schob ein paar Zeitungen an die Seite und setzte mich hin. Er schmierte sich bereits dick *Miracle Whip* auf jene Art von weichem Weißbrot, das bis auf Schaumschwammgröße aufgehen kann. Diskret blickte ich in eine andere Richtung, als beschäftige er sich mit pornographischen Praktiken. Er legte eine dünne Scheibe Zwiebel auf das Brot und schälte dann die Zellophanhülle vom Käse. Das Ganze wurde mit einer Schicht Salat, eingelegten Gurken, Senf und Wurst vervollständigt. Reichlich spät sah er zu mir auf. »Hunger?«

»Schon verhungert«, gab ich zu. Ich hatte kaum eine halbe Stunde vorher gegessen, und es war nicht meine Schuld, daß ich jetzt schon wieder Hunger hatte. So wie ich die Sache sah, steckte das Sandwich voller Konservierungsstoffe, und genau die konnte mein Körper jetzt gebrauchen, wenn er nicht krank werden wollte. Er schnitt das erste Meisterstück diagonal durch und reichte mir eine Hälfte. Dann machte er ein zweites Sandwich, das noch reichlicher belegt war als das erste, und schnitt es ebenfalls durch. Geduldig sah ich ihm zu, wie ein gut erzogener Hund und wartete auf sein Kommando zum Essen.

Drei Minuten lang saßen wir schweigend da und schlangen unser Mittagessen hinunter. Er öffnete mir erst ein Bier, dann machte er sich ein zweites auf. Ich halte nichts von *Miracle Whip*, doch in diesem Falle schien es eine Feinschmeckersauce zu sein. Das Brot war so weich, daß unsere Fingerspitzen Beulen an der Kruste hinterließen.

Zwischen zwei Bissen tupfte ich mir die Mundwinkel mit einer Papierserviette ab. »Ich kenne Ihren Vornamen gar nicht«, sagte ich.

»Phil. Was ist denn Kinsey für ein Name?«

»Der Mädchenname meiner Mutter.«

Und das sollte alles an höflichen Nettigkeiten bleiben, bis wir beide mit einem Seufzer der Erleichterung unsere Teller von uns schoben.

11

Nach dem Mittagessen saßen wir draußen auf der Veranda in buntgestrichenen Klappstühlen aus Metall, die mit Rost wie mit Pockennarben übersät waren. Die Veranda war eigentlich eine Art Gußbetonbrett und bildete das Dach der Garage, welche in den Berg hineingebaut war. Hölzerne Blumenkübel, mit einjährigen Pflanzen bestückt, standen als niedrige Schutzmauer um den Rand herum. Eine leichte Brise kam auf und hob die schwere Decke aus Sonnenschein an, die sich auf meine Arme gelegt hatte. Phils Streitlust war verflogen. Vielleicht hatten ihn ja die vielen Chemikalien in seinem Essen so besänftigt, obwohl es wahrscheinlich eher an den beiden Bieren und der Aussicht auf eine Zigarre lag, die er gerade mit einem kleinen Abschneider kappte. Er zog ein großes Küchenstreichholz aus einer Dose neben ihm und beugte sich hinab, um es auf dem Boden zum Leben zu bringen. Er paffte an der Zigarre, bis sie zog, wedelte dann das Streichholz aus und warf es in den flachen Zinnaschenbecher. Einen Moment lang saßen wir beide da und starrten hinaus aufs Meer.

Die Aussicht ähnelte einem Wandgemälde auf blauem Hintergrund. Die Inseln im Kanal, sechsundzwanzig Meilen entfernt, sahen wild und verlassen aus. Auf dem Festland waren die kleinen Strände gerade noch zu erkennen, an denen sich die Brandung wie weiße Spitzenrüschen kräuselte. Die Palmen wirkten nicht größer als junger Spargel. Ich konnte ein paar markante Punkte ausmachen: das Gericht, die High School, eine große katholische Kirche, ein Theater, das einzige Bürohaus in der Stadt mit mehr als drei Stockwerken. Von diesem Aussichtspunkt aus gab es keinen Hinweis auf viktorianische Einflüsse oder einen der anderen, späteren Baustile, die jetzt mit dem spanischen verschmolzen.

Dieses Haus, erzählte er mir, war im Sommer 1950 fertiggestellt worden. Er und seine Frau Reva hatten es gerade gekauft, als der Koreakrieg ausbrach. Er wurde eingezogen und mußte zwei Tage nach ihrem Einzug weg. So ließ er Reva mit Stapeln von Kartons zum Auspacken zurück und kehrte vierzehn Monate später mit einer Kriegsverletzung heim. Er ging nicht weiter darauf ein, was es war, und ich fragte ihn nicht, doch hatte er seit seiner krankheitsbedingten Entlassung offenbar nur sporadisch gearbeitet. Sie hatten fünf Kinder, und Rick war das jüngste gewesen. Die anderen waren inzwischen über den ganzen Südwesten verstreut.

»Wie war er?« fragte ich. Ich war mir nicht sicher, ob er antworten würde. Das Schweigen zog sich hin, und ich fragte mich, ob das die falsche Frage gewesen war. Mir gefiel der Gedanke nicht, das wie auch immer geartete Gefühl von Kameradschaft, das sich zwischen uns aufgebaut hatte, jetzt zerstört zu haben.

Schließlich schüttelte er den Kopf. »Ich weiß nicht, was ich darauf sagen soll«, erklärte er. »Er war eines dieser Kinder, bei denen man glaubt, daß man niemals auch nur eine Minute lang Probleme mit ihnen haben wird. Immer heiter, machte Sachen, ohne daß man es ihm sagen mußte, hatte gute Noten in der Schule. Dann, als er sechzehn oder so war – sein letztes Jahr auf der High School –, schien er den Halt zu verlieren. Sein Abschluß war noch in Ordnung, aber er wußte wohl nicht, was er mit sich anfangen sollte. Er ließ sich treiben. Hatte die Zensuren fürs College, und, weiß Gott, irgendwo hätte ich das Geld dafür aufgetrieben, aber es interessierte ihn nicht. Nichts interessierte ihn. Oh, er hat gearbeitet, aber das reichte hinten und vorn nicht.«

»Nahm er Drogen?«

»Ich glaube nicht. Zumindest gab es dafür keine Anzeichen, die ich erkennen konnte. Der Junge trank sehr viel. Reva dachte, es läge daran, aber ich weiß nicht. Er ging gern weg. Er war die ganze Nacht unterwegs, verschlief das Wochenende und hing mit Typen wie Bobby Callahan herum, die gesellschaftlich weit über uns stehen. Dann fing er an, mit Bobbys Stiefschwester Kitty zu gehen. Gott, dieses Mädchen ist vom Tag ihrer Geburt an ein Problem gewesen. Da war ich es dann leid, ihn zu beherbergen. Wenn er nicht zur Familie gehören wollte, auch gut. Dann geh aber woanders hin und verdien dir deinen eigenen Unterhalt. Glaube nicht, du könntest dieses Haus ausnutzen, um dir das Essen und die Wäsche machen zu lassen.« Er hielt inne und sah zu mir herüber. »War das falsch? Das frage ich Sie.«

»Ich weiß nicht«, erwiderte ich. »Wie kann man so eine Frage überhaupt beantworten? Kinder kommen von der Bahn ab, und dann fangen sie sich wieder. In vielen Fällen hat das gar nichts mit den Eltern zu tun. Wer weiß schon, woran das liegt?«

Er schwieg und starrte zum Horizont hinaus. Seine Lippen umschlossen die Zigarre wie das Verbindungsstück eines Schlauchs. Er sog Nikotin ein und blies dann eine Rauchwolke aus. »Manchmal frage ich mich, wie helle er war. Vielleicht hätte er zu einem Therapeuten gehen sollen, aber woher sollte ich das wissen? Reva sagt das jetzt immer. Was macht ein Psychiater mit einem Kind, das keinen Antrieb hat?«

Auf all das hatte ich keine Erwiderung, also gab ich verständnisvolle Laute von mir und beließ es dabei.

Kurzes Schweigen. Dann: »Ich hörte, Bobby ist total fertig.«

Sein Ton war zögernd, eine vorsichtige Frage nach einem verhaßten Rivalen. Er hatte Bobby wahrscheinlich mehr als hundert Mal den Tod gewünscht und sein Glück, überlebt zu haben, verflucht.

»Ich bin mir nicht sicher, ob er nicht mit Rick tauschen würde, wenn er könnte«, gab ich zurück, indem ich mein eigenes Gefühl dazu äußerte. Ich wollte keine neue Woge der Aufregung in Gang setzen, doch ich wollte auch nicht, daß er den Verdacht hegte, Bobby könne irgendwie »glücklicher« sein als Rick. Bobby mußte alles geben, um sein Leben in Griff zu kriegen, und das war ein Kampf.

Unterhalb von uns kam ein hellblauer alter Ford in Sicht, der ratternd Auspuffgase spuckte. Der Fahrer drehte weit um mein Auto herum und blieb stehen, offenbar, um eine automatische Garagentür zu bedienen. Der Wagen tastete sich vorsichtig an uns vorbei außer Sicht, und einen Moment später hörte ich den gedämpften Klang einer Wagentür, die zugeworfen wurde.

»Das ist meine Frau«, meinte Phil, als der Mechanismus der Garagentür unter unseren Füßen rumpelte.

Reva Bergen stapfte, beladen mit Einkaufstüten, mühsam den steilen Weg hinauf. Mit Befremden registrierte ich, daß Phil keinerlei Anstalten machte, ihr zu helfen. Sie sah uns, als sie die Veranda erreicht hatte, und zögerte. Ihr Gesicht war völlig ausdruckslos. Selbst auf diese Entfernung hatte ihr Blick etwas Unbestimmtes, das deutlicher wurde, als sie schließlich kurze Zeit später aus der Hintertür trat. Sie hatte spülwasserblonde Haare und den erschöpften Ausdruck, den Frauen um die fünfzig manchmal bekommen. Ihre Augen waren klein und fast ohne Wimpern. Blasse Augenbrauen, blasse Haut. Sie war zart und dürr, und die Hände an ihren schmalen Gelenken wirkten plump wie Arbeitshandschuhe. Die beiden schienen so extrem wenig zusammenzupassen, daß ich das ungebetene Bild ihres Ehebetts schnell wegschob.

Phil erklärte, wer ich war, und die Tatsache, daß ich den Unfall untersuchte, bei dem Rick ums Leben gekommen war.

Ihr Lächeln war gemein. »Bobby hat also Gewissensbisse?«

Phil sprang ein, bevor ich eine Antwort formuliert hatte. »Ich bitte dich, Reva. Es kann doch nichts schaden. Du hast selbst gesagt, daß die Polizei –«

Abrupt wandte sie sich um und ging wieder hinein. Verlegen schob Phil die Hände in die Taschen. »Scheiße. So ist sie, seitdem es passiert ist. Die Dinge haben sie aufgebracht. Es war schon keine Freude, mit mir zusammenzuleben, aber diese Geschichte hat ihr das Herz gebrochen.«

»Ich muß los«, meinte ich. »Aber wenn Sie möchten, können Sie mir einen Gefallen tun. Ich habe herauszufinden versucht, was damals vor sich ging, und hatte bisher nicht viel Glück. Hat Rick Ihnen irgendeinen Hinweis gegeben, daß Bobby in Schwierigkeiten oder durcheinander war? Oder daß er selbst irgendein Problem gehabt hat?«

Er schüttelte den Kopf. »Ricks ganzes Leben war ein Problem für mich, aber das hatte nichts mit dem Unfall zu tun. Aber ich werde Reva fragen, vielleicht weiß sie etwas.«

»Danke«, sagte ich. Ich schüttelte ihm die Hand und fischte dann eine Karte aus meiner Tasche, damit er wußte, wo er mich erreichen konnte.

Er brachte mich zur Straße, und ich dankte ihm noch mal fürs Essen. Als ich in den Wagen stieg, schaute ich hoch. Reva stand auf der Veranda und starrte zu uns hinunter.

Ich fuhr wieder in Richtung Stadt. Am Büro machte ich halt, um meinen Anrufbeantworter auf Nachrichten abzuhören (keine) und die Post durchzusehen, die nur aus Reklame bestand. Ich machte mir eine frische Kanne Kaffee und zog meine Reiseschreibmaschine hervor, um die Untersuchungsergebnisse bis zu diesem Punkt einzeln aufzulisten. Es war eine mühsame Arbeit, zumal absolut nichts dabei herauskam. Dennoch, Bobby hatte ein Recht darauf, zu erfahren, wie ich meine Zeit verbrachte, und er hatte ein Recht darauf, zu erfahren, wo das Geld blieb.

Um drei Uhr verschloß ich das Büro und ging zu Fuß zur Stadtbücherei, die zwei Blocks geradeaus und zwei Blocks hoch lag. Ich ging zum Zeitschriftenleseraum hinunter und fragte nach den Zeitungen vom vergangenen September, die jetzt auf Mikrofilm gespeichert waren. Dann suchte ich mir eine Lesemaschine, setzte mich und fädelte die erste Spule ein. Die Schrift war weiß auf schwarz, so daß alle Fotografien wie Negative aussahen. Ich hatte keine Vorstellung davon, was ich entdecken könnte, also war ich gezwungen, jede Seite zu überfliegen. Aktuelle Ereignisse, Inlandsnachrichten, lokalpolitische Themen, Feuer, Verbrechen, Sturm, Geburten, Todesfälle und Scheidungen irgendwelcher Leute. Ich las die Spalte »Verloren und Gefunden«, und die Klatsch-, Gesellschafts- und Sportseiten. Der Mechanismus zum Weiterdrehen des Films war irgendwie nicht in Ordnung, so daß die jeweiligen Abschnitte mit leicht verzerrter Scharfeinstellung auf den zweiundzwanzig mal dreißig Zentimeter großen Bildschirm sprangen und eine Art Seekrankheit hervorriefen. Um mich herum schmökerten Leute in Zeitschriften oder saßen in niedrigen Stühlen und lasen Zeitungen, die auf hölzernen Ständern angebracht waren. Die einzigen Geräusche in dem Raum waren das Summen des Apparates, den ich benutzte, ein gelegentliches Husten und das Rascheln der Zeitungen.

Ich schaffte es, die Zeitungen der ersten sechs Tage jenes Septembers durchzusehen, bevor mich die Entschlossenheit verließ. Ich würde das Ganze in kleinen Dosen erledigen müssen. Mein Hals war steif, und mein Kopf begann zu schmerzen. Ein Blick auf die Uhr zeigte mir, daß es fast fünf Uhr war, und ich war zu Tode gelangweilt. Ich notierte mir das Datum der letzten Zeitung, die ich durchgesehen hatte und floh dann in den Sonnenschein des späten Nachmittags. Ich ging zu meinem Bürogebäude zurück und holte den Wagen vom Parkplatz, ohne hinaufzugehen.

Auf dem Nachhauseweg hielt ich am Supermarkt, um bei einer schnellen Runde mit dem Einkaufswagen Milch, Brot und Toilettenpapier zu kaufen. Im Hintergrund wurde soviel lyrische Musik gespielt, daß ich mir vorkam wie die Heldin in einer romantischen Komödie. Nachdem ich gefunden hatte, was ich brauchte, stellte ich mich in die Expreßreihe für zwölf Teile oder weniger. Mit mir standen fünf Leute an und alle zählten verstohlen den Inhalt der anderen Wagen. Der Mann vor mir hatte einen zu kleinen Kopf für seine Gesichtsgröße und wirkte wie ein zu schwach aufgeblasener Ballon. Er hatte ein kleines Mädchen bei sich, das vielleicht vier Jahre alt war und ein nagelneues Kleid trug, das etliche Nummern zu groß war. Irgend etwas daran schrie »arm«, aber ich weiß nicht warum. Es gab ihr das Aussehen eines Zwerges; die Taille hing auf ihren Hüften, der Saum um ihre Fußgelenke. Sie hielt die Hand des Mannes in vollkommenem Vertrauen und zeigte mir ein schüchternes Lächeln, das so voller Stolz war, daß ich, ohne es zu wollen, zurücklächelte.

Als ich nach Hause kam, war ich müde, und mein linker Arm schmerzte. Es gibt Tage, an denen ich kaum an den Unfall denke, und Tage, an denen mich ein ständiger dumpfer Schmerz fertig macht. Ich beschloß, auf meinen Lauf zu verzichten. Zur Hölle damit. Ich nahm ein paar Tylenol mit Kodein, trat mir die Schuhe von den Füßen und kroch in die Falten meiner Bettdecke. Da befand ich mich auch noch, als das Telefon klingelte. Jäh schreckte ich hoch und langte automatisch nach dem Hörer. Mein Appartement war dunkel. Der unerwartete schrille Ton hatte mir einen Adrenalinstoß durch den Körper gejagt, und mein Herz klopfte heftig. Mit Unbehagen sah ich auf die Uhr. Viertel nach elf.

Ich murmelte »Hallo« und fuhr mir mit einer Hand übers Gesicht und durch die Haare.

»Kinsey, hier ist Derek Wenner. Haben Sie schon gehört?«

»Derek, ich schlafe fest.«

»Bobby ist tot.«

»Was?«

»Ich vermute, er hatte getrunken, obwohl wir im Moment nicht mal das sicher wissen. Sein Wagen kam von der Straße ab und prallte gegen einen Baum in der West Glen. Ich dachte, ich sollte Sie informieren.«

»Was?« Ich wußte, daß ich mich wiederholte, aber ich konnte nicht begreifen, worüber er sprach.

»Bobby ist bei einem Autounfall ums Leben gekommen.«

»Aber wann denn?« Ich wußte nicht, warum das wichtig sein sollte. Ich stellte einfach Fragen, weil ich mit der Nachricht anders nicht fertig wurde.

»Kurz nach zehn. Er war tot, als man ihn ins St. Terry schaffte. Ich muß noch hinfahren und ihn identifizieren, aber es gibt keinen Zweifel.«

»Kann ich irgend etwas tun?«

Er schien zu zögern. »Nun, vielleicht könnten Sie das wirklich. Ich habe versucht, Sufi zu erreichen, aber sie scheint nicht da zu sein. Dr. Metcalfs Personal versucht ihn gerade aufzutreiben, also wird er wahrscheinlich in Kürze hier sein. Vielleicht könnten Sie ja in der Zwischenzeit bei Glen bleiben. Dann kann ich zum Krankenhaus rüber fahren und sehen, was los ist.«

»Komme sofort«, stimmte ich zu und legte auf.

Ich wusch mir das Gesicht und putzte mir die Zähne. Ich sprach die ganze Zeit über mit mir selbst, doch ich fühlte überhaupt nichts. All meine Körperfunktionen schienen zeitweise auszusetzen, während mein Hirn mit den Tatsachen kämpfte. Die Nachricht prallte immer wieder ab. Unmöglich. Nein, nein. Wie konnte Bobby tot sein? Stimmt alles nicht.

Ich schnappte mir eine Jacke, meine Handtasche und die Schlüssel. Dann schloß ich ab, stieg in den Wagen, ließ den Motor an und fuhr los. Ich fühlte mich wie ein gut programmierter Roboter. Als ich in die West Glen Road abbog, sah ich die Einsatzfahrzeuge und fühlte, wie mich ein Frösteln am Ende meiner Wirbelsäule kitzelte. Es war genau in der großen Kurve, einem toten Winkel nahe den »Slums«. Der Krankenwagen war schon fort, aber noch standen Streifenwagen da, deren Funkgeräte in der Nachtluft quäkten. Passanten standen im Dunkeln am Straßenrand, und der Baum, gegen den er gefahren war, wurde von grellem Flutlicht angestrahlt. Der tiefe Schnitt in seinem Stamm sah aus wie eine tödliche Wunde. Der BMW wurde gerade von einem Abschleppwagen abtransportiert. Die Szene wirkte seltsamerweise wie eine Kulisse für Filmaufnahmen. Ich fuhr langsamer und sah mir den Ort mit einem unheimlichen Gefühl von Distanz an. Da ich nicht noch zur allgemeinen Konfusion beitragen wollte und mir Sorgen um Glen machte, fuhr ich weiter. Eine leise Stimme murmelte: »Bobby ist tot.« Eine zweite Stimme sagte: »O nein, so etwas wollen wir gar nicht denken. Ich will nicht, daß es wahr ist, verstanden?«

Ich bog in die schmale Einfahrt und folgte dem Weg, bis er auf dem großen Vorplatz endete. Das gesamte Haus erstrahlte taghell, als sei eine riesige Party im Gange, aber es gab weder ein Geräusch, noch waren Menschen oder Autos zu sehen. Ich parkte und ging zum Eingang. Eines der Mädchen öffnete mir wie auf Knopfdruck die Tür, als ich mich näherte. Es trat zurück und ließ mich kommentarlos ein.

»Wo ist Mrs. Callahan?«

Sie schloß die Tür und ging den Flur entlang. Ich folgte ihr. Sie klopfte an die Tür zu Glens Studierzimmer, drehte dann den Knopf um und trat wieder zurück, um mich an ihr vorbei in den Raum gehen zu lassen.

Glen trug einen hellrosa Morgenrock und saß zusammengekauert und mit angezogenen Knien in einem der Ohrensessel. Sie hob den

Kopf, ihr Gesicht war verquollen und naß. Sie sah aus, als seien all ihre emotionalen Dämme gebrochen: auslaufende Augen, tränenverwaschene Wangen, triefende Nase. Sogar ihre Haare waren feucht. Einen Moment lang stand ich immer noch ungläubig da und sah sie an, und sie sah mich an, senkte dann wieder den Kopf und streckte eine Hand aus. Ich ging zu ihr und kniete mich neben den Sessel. Ich nahm ihre Hand – klein und kalt – und drückte sie an meine Wange.

»Oh, Glen, es tut mir leid. Es tut mir so leid«, flüsterte ich.

Sie nickte zur Bestätigung und machte ein tiefes Geräusch in ihrer Kehle, das nicht einmal ein deutlich artikuliertes Weinen war. Es war ein viel primitiveres Geräusch. Sie begann zu sprechen, aber sie bekam nur einen in die Länge gezogenen, stotternden Satz heraus, Halbsprache ohne jeden Sinn. Was konnten ihre Worte auch schon ändern? Es war geschehen, und nichts konnte es rückgängig machen. Sie begann zu weinen wie Kinder weinen, mit tiefen, bebenden Schluchzern, die nicht mehr aufhörten. Ich hielt weiter ihre Hand und bot ihr so ein Ankertau in diesem aufgewühlten Meer des Kummers an.

Schließlich spürte ich, daß sich der Sturm verzog, wie eine leichter werdende Regenwolke weitertreibt. Die Krämpfe lösten sich. Sie ließ mich los, lehnte sich zurück und atmete tief ein. Dann nahm sie ein Taschentuch heraus, tupfte sich die Augen trocken und putzte sich die Nase. Wie man es nach einer Schluckaufattacke macht, hielt sie inne und konzentrierte sich offenbar auf ihr Inneres.

Dann seufzte sie. »Mein Gott, wie soll ich das überleben?« rief sie, und wieder stiegen ihr Tränen in die Augen und rollten das Gesicht hinab. Einen Moment später hatte sie ihre Fassung wiedergewonnen und führte kopfschüttelnd noch einmal den Trockenvorgang durch. »Jesus. Scheiße. Ich glaube nicht, daß ich das schaffe, Kinsey. Verstehen Sie? Es ist einfach zu viel, und ich bin nicht stark genug dafür.«

»Soll ich jemanden rufen?«

»Nein, jetzt nicht. Es ist zu spät, und wozu auch? Morgen früh soll Derek sich mit Sufi in Verbindung setzen. Sie wird kommen.«

»Wie ist es mit Kleinert? Möchten Sie, daß ich ihm Bescheid gebe?«

Sie schüttelte den Kopf. »Bobby konnte ihn nicht ausstehen. Lassen Sie nur. Er wird es früh genug erfahren. Ist Derek zurück?« Ihre Stimme klang jetzt ängstlich, ihre Gesichtszüge waren angespannt.

»Ich glaube nicht. Möchten Sie einen Drink?«

»Nein, aber bedienen Sie sich, wenn Sie möchten. Der Alkohol ist da drüben.«

»Später vielleicht.« Ich wollte etwas, aber ich war mir nicht sicher was. Keinen Drink, Ich fürchtete, der Alkohol könnte die dünne Schicht meiner Selbstbeherrschung zerreißen. Das Allerletzte, was sie jetzt gebrauchen konnte, wäre, sich mir zuwenden und mich trösten zu müssen. Ich setzte mich in den Sessel ihr gegenüber, und mir schoß ein Bild in den Sinn. Ich dachte daran, wie Bobby sich vor just zwei Abenden zu ihr hinabgebeugt hatte, um ihr gute Nacht zu sagen. Er hatte sich automatisch umgedreht, damit er ihr die gesunde Seite seines Gesichts darbieten konnte. Es war einer seiner letzten Abende auf dieser Erde gewesen, aber weder hatte es einer von ihnen geahnt noch ich. Ich schaute zu ihr auf, und sie sah mich an, als wüßte sie, was in meinem Kopf vorging. Ich sah weg, aber nicht schnell genug. Etwas in ihrem Gesicht ergoß sich über mich wie Licht durch eine Schwingtür. Trauer schoß durch den Spalt und erwischte mich ungeschützt. Ich brach in Tränen aus.

12

Nichts geschah ohne Grund, aber das heißt nicht, daß es auch einen Sinn gibt. Die nächsten paar Tage waren ein Alptraum, zumal ich nur eine Nebenrolle in diesem Schauspiel um Bobbys Tod hatte. Weil ich in den ersten Minuten ihres Leids erschienen war, schien Glen Callahan auf mich fixiert zu sein, als könnte ich ihr in ihrem Schmerz Trost spenden.

Dr. Kleinert hatte eingewilligt, Kitty bis nach der Bestattung zu entlassen. Man hatte auch einen Versuch unternommen, Bobbys leiblichen Vater in Übersee zu erreichen, doch er hatte nicht reagiert, und es schien keinem etwas auszumachen. Inzwischen strömten Hunderte von Menschen durch die Leichenhalle: Bobbys Freunde, alte Klassenkameraden von der High-School, Freunde der Familie und Geschäftspartner, all die Würdenträger der Stadt, Mitglieder der verschiedenen Ausschüsse, in denen Glen saß. Ein Who's Who von Santa Teresa. Nach jener ersten Nacht war Glen total gefaßt – ruhig und freundlich kümmerte sie sich um jedes Detail, das Bobbys Beerdigung betraf. Sie würde angemessen sein. Sie würde von einem Höchstmaß an Geschmack gekennzeichnet sein. Ich würde die ganze Zeit zur Verfügung stehen.

Ich hatte angenommen, Derek und Kitty würden meine permanente Anwesenheit mißbilligen, doch sie schienen beide erleichtert. Glens

Zielstrebigkeit muß für sie eine erschreckende Aussicht gewesen sein.

Glen hatte angeordnet, daß Bobbys Sarg geschlossen wurde, doch ich konnte ihn noch einen Moment lang in der Leichenhalle sehen, nachdem er »zurechtgemacht« worden war. In gewisser Beziehung brauchte ich diesen letzten Blick, um mich zu vergewissern, daß er wirklich tot war. Gott, diese Stille des Fleisches, wenn kein Leben mehr drin ist. Glen stand neben mir. Ihr Blick war auf Bobbys Gesicht gerichtet, und ihr eigener Gesichtsausdruck war genauso leer und leblos wie seiner. Etwas hatte sie mit seinem Tod verlassen. Sie blieb standhaft, aber ihr Griff um meinen Arm wurde fester, als der Sargdeckel geschlossen wurde.

»Leb wohl, Baby«, flüsterte sie. »Ich liebe dich.«

Ich drehte mich schnell um.

Derek näherte sich von hinten, und ich sah, wie er eine Bewegung machte, als wolle er sie berühren. Sie bewegte sich zwar nicht, strahlte aber eine dermaßen grenzenlose Wut aus, daß er Abstand hielt, eingeschüchtert von dieser Kraft. Kitty stand an der hinteren Wand, versteinert. Ihr Gesicht war fleckig von einsam vergossenen Tränen. Irgendwie vermutete ich, daß sie und ihr Vater nicht mehr lange in Glens Leben weilen würden. Bobbys Tod hatte den Verfall des Haushalts beschleunigt. Glen schien ungeduldig darauf zu warten, allein zu sein, und verhielt sich unduldsam, unfähig zu einem normalen Umgang miteinander. Sie waren Nehmer. Sie hatte nichts mehr zu geben. Ich kannte diese Frau kaum, aber mir war klar, daß sie plötzlich unter ganz anderen Voraussetzungen agierte als früher. Derek beobachtete sie unbehaglich und fühlte vielleicht, daß er kein Bestandteil ihrer neuen Pläne war, wie immer sie aussehen mochten.

Bobby wurde am Samstag beerdigt. Der Gottesdienst war glücklicherweise kurz. Glen hatte die Musik und ein paar Abschnitte aus verschiedenen nichtbiblischen Quellen ausgewählt. Ich tat es ihr gleich und überlebte den Nachruf, indem ich sorgfältig eine innere Distanz zu dem schaffte, was gesagt wurde. Ich würde mich nicht heute mit Bobbys Tod auseinandersetzen. Ich würde nicht in einer öffentlichen Veranstaltung wie dieser die Beherrschung verlieren. Dennoch gab es Momente, in denen ich mein Gesicht heiß werden fühlte und sich ein Tränenschleier vor meine Augen zog. Es war mehr als dieser eine Verlust. Es waren alle Toten, jeder Verlust – meine Eltern, meine Tante.

Der Trauerzug muß zehn Blocks lang gewesen sein. Gemessenen Tempos ging er quer durch die Stadt. An jeder Kreuzung war der Verkehr gezwungen, so lange anzuhalten, bis wir vorbei waren, und ich konnte die Kommentare in den Gesichtern lesen, die wir passierten. »Ooh, eine Beerdigung. Wessen wohl?« »Ein herrlicher Tag dafür.« »Mein Gott, schau dir bloß all diese Wagen an.« »Los, los. Macht, daß ihr vorbeikommt.«

Wir fuhren auf den Friedhof, der so grün und landschaftlich so sorgfältig gestaltet war wie ein Wohngebiet. Grabsteine erstreckten sich in alle Richtungen, eine abwechslungsreiche Ausstellung, wie der mit Arbeitsproben bestückte Hof eines Steinmetz. Hier und da wuchsen immergrüne Pflanzen, standen Gruppen von Eukalyptusbäumen oder Platanen. Die Friedhofsparzellen waren durch niedrige Hecken abgeteilt und hatten auf einem Lageplan wahrscheinlich Namen wie Ewiger Frieden und Himmlische Wiese.

Wir parkten, und alle marschierten über den frisch gemähten Rasen. Es war wie bei einem Grundschulausflug: Jeder zeigte sich von seiner besten Seite, keiner wußte, was als nächstes zu tun war. Gelegentlich kam es zu gemurmelten Gesprächen, doch die meiste Zeit herrschte Schweigen. Personal des Bestattungsunternehmens in dunklen Anzügen eskortierte uns zu unseren Plätzen wie Brautjungfern bei einer Trauung.

Der Tag war heiß, die Nachmittagssonne brannte. Eine Brise raschelte in den Baumwipfeln und hob kokett die Seiten der Zeltplane an. Pflichtbewußt saßen wir da, während der Pfarrer die Schlußzeremonie durchführte. Hier draußen fühlte ich mich wesentlich wohler, und mir wurde klar, daß das an der fehlenden Orgelmusik lag, die die Grabfeierlichkeiten weniger mächtig erscheinen ließ. Selbst das banalste aller Kirchenlieder kann einem bei solchen Gelegenheiten das Herz brechen. Ich zog das Geräusch des Windes vor.

Bobbys Sarg war ein wuchtiges Ding aus glänzendem Walnußholz und Messing, wie eine übergroße Bettzeugtruhe, die zu groß für den ihr zugeteilten Raum wirkte. Natürlich würde der Sarg in die Gruft passen, die speziell erworben worden war, um ihn unter der Erde zu beherbergen. Über der Grabstätte war ein komplexer Mechanismus aufgebracht, mit dessen Hilfe der Sarg schließlich in das Loch hinabgelassen worden sollte, doch ich nahm an, das würde erst später geschehen.

Der Stil von Begräbnissen hat sich geändert, seit meine Eltern beerdigt wurden, und ich fragte mich beiläufig, wovon der Wandel diktiert worden war. Von der Technik, ohne Zweifel. Vielleicht war der Tod heutzutage sauberer und einfacher zu regeln. Die Gräber wurden von

Maschinen ausgehoben, die ein ordentliches Loch gruben, das dann von solch niedrigen Geräten überragt wurde, wie das, auf dem der Sarg jetzt ruhte. Vorbei die Zeiten, als lebende Liebende sich noch ins offene Grab stürzten. Durch den Aufbau dieses neuen Apparates mußte man sich schon auf den Bauch legen und in das Loch robben, was der Geste ihren theatralischen Effekt raubte.

Auf der einen Seite sah ich Phil und Reva Bergen unter den Trauernden. Er schien aufgeregt zu sein, doch sie war ungerührt. Ihr Blick wanderte vom Gesicht des Pfarrers zu meinem, und sie starrte mich ausdruckslos an. Hinter ihnen glaubte ich Kelly Borden zu erkennen, doch sicher war ich mir nicht. Ich bewegte mich auf meinem Stuhl und hoffte, seinem Blick zu begegnen, aber das Gesicht war fort. Die Menge begann sich zu verteilen, und überrascht stellte ich fest, daß alles vorbei war. Der Pfarrer in seinen schwarzen Gewändern warf Glen einen feierlichen Blick zu, doch die ignorierte ihn und ging Richtung Limousine. Um nicht unhöflich zu sein, verweilte Derek noch so lange, daß ein paar Worte gewechselt werden konnten.

Kitty saß bereits auf dem Rücksitz, als wir zum Wagen kamen. Ich hätte wetten mögen, daß sie mit irgend etwas gedröhnt war. Ihre Wangen waren gerötet, und die Augen glänzten fiebrig. Unruhig hatte sie die Hände in den Schoß gelegt, wo sie an ihrem schwarzen Baumwollrock zupften. Die Kleidung, die sie für diesen Anlaß gewählt hatte, war von exotischem, zigeunerhaftem Aussehen. Das schwarze Baumwolloberteil war mit Reihen von Rüschen abgesetzt, die in grellen Türkis- und Rottönen bestickt waren. Glen hatte langsam die Augen zugekniffen, als sie Kitty das erstemal so gesehen hatte. Dann war ein fast unmerkliches Lächeln auf ihre Lippen getreten, bevor sie ihre Aufmerksamkeit etwas anderem zuwandte. Sie hatte sich offenbar entschieden, diese Sache nicht zu einem Thema werden zu lassen. Kittys Verhalten war herausfordernd gewesen, aber ohne einen Widerstand von Glens Seite verlor das Drama den Schwung, noch bevor sie zum ersten Akt angesetzt hatte.

Ich stand in der Nähe des Wagens, als Derek kam. Er kletterte auf den Rücksitz, zog einen der Klappstühle herunter und streckte sich, um die Tür zuzuziehen.

»Laß sie offen«, murmelte Glen.

Der Chauffeur war immer noch nirgendwo zu sehen. Es gab einen Stau, während die Leute wieder ihre Plätze in den entlang der Straße geparkten Wagen einnahmen. Andere liefen ohne erkennbaren Sinn auf der Wiese herum.

Derek versuchte Glen in die Augen zu sehen. »Also, ich denke, daß doch alles recht gut gelaufen ist.«

Scharf drehte Glen den Kopf weg und sah aus dem gegenüberliegenden Fenster. Wenn einem das einzige Kind gestorben ist, wen interessiert das schon wirklich?

Kitty nahm sich eine Zigarette und zündete sie an. Ihre Hände sahen aus wie Vogelkrallen mit einer fast schuppigen Haut. Der mit einem Gummiband versehene Ausschnitt ihrer Bluse enthüllte einen so mageren Brustkorb, daß sich Brustbein und Rippenknochen abzeichneten wie bei einem Jux-T-Shirt.

Derek verzog das Gesicht, als der Rauch über den Rücksitz zog. »Mein Gott, Kitty, mach das Ding aus. Um Himmels willen!«

»Ach, laß sie nur«, sagte Glen träge. Kitty schien überrascht von der unerwarteten Unterstützung, doch sie drückte trotzdem die Zigarette aus.

Der Fahrer erschien und schloß die Tür auf Dereks Seite. Dann ging er hinten um den Wagen herum und glitt hinter das Lenkrad. Als er losfuhr, ging ich zu meinem Wagen.

Nachdem wir am Haus angekommen waren, hob sich die Stimmung erheblich. Getröstet von gutem Wein und reichlich Hors d'æuvres, schien man den Tod abzuschütteln. Ich weiß nicht, warum Begräbnisse immer noch diese kleinen Têtes-à-Têtes nach sich ziehen. Alles andere ist modernisiert worden, doch irgendein Überrest bleibt hängen. Es müssen sich zweihundert Menschen im Wohnzimmer und in der Halle gedrängt haben, aber das mußte wohl so sein. Es war Füllmasse, einfach etwas, um den schrecklichen Übergang von der Beerdigung zu dem knöchernen Schlaf, der anschließend folgen würde, zu glätten.

Ich erkannte die meisten der Leute, die bei Dereks Geburtstagstreffen am vergangenen Montagabend gewesen waren: Dr. Fraker und seine Frau Nola; Dr. Kleinert und eine ziemlich farblose Frau, die ich für Mrs. K. hielt; der andere Doktor, der dagewesen war, Metcalf, im Gespräch mit Marcy, die kurz mit Bobby in der Pathologischen Abteilung gearbeitet hatte. Ich schnappte mir ein Glas Wein und tastete mich langsam durch den Raum in Frakers Nähe. Er und Kleinert hatten die Köpfe zusammengesteckt, und sie hielten inne, als ich mich zu ihnen gesellte.

»Hallo«, begrüßte ich sie und war plötzlich verlegen. Vielleicht war die Idee doch nicht so gut gewesen. Ich nahm einen Schluck Wein und bemerkte, wie die beiden Blicke tauschten. Ich nehme an, sie entschieden, daß ich in ihre Unterhaltung eingeweiht werden könne, weil Fraker den Gesprächsfaden wieder aufnahm.

»Jedenfalls kann ich die mikroskopische Untersuchung nicht vor Montag durchführen, aber grob betrachtet, scheint die unmittelbare Todesursache eine Aortenklappenruptur gewesen zu sein.«

»Durch den Aufprall auf das Lenkrad«, meinte Kleinert.

Fraker nickte und nahm einen Schluck Wein. Er fuhr mit der Erläuterung seiner Ergebnisse fort, fast, als würde er sie noch mal diktieren. »Sternum und mehrere Rippen waren gebrochen, und die aufsteigende Aorta war genau an der oberen Kante der Aortenklappe angerissen. Außerdem gab es einen linken Hämatothorax von achthundert Kubikzentimetern und eine schwere Hämorrhagie in die Aortenadventitia.«

Kleinerts Miene zeigte, daß er mitkam. In meinen Ohren klang das alles ekelhaft, und außerdem wußte ich nicht einmal, was es bedeutete.

»Wie steht es mit Blutalkohol?« fragte Kleinert.

Fraker zuckte die Achseln. »Der war negativ. Er war nicht betrunken. Wir werden die restlichen Ergebnisse erst heute nachmittag bekommen, aber ich glaube kaum, daß wir etwas finden. Natürlich könnte es noch eine Überraschung geben.«

»Nun, wenn Sie mit der CSF-Blockierung recht haben, war ein Anfall wahrscheinlich unvermeidlich. Bernie hatte ihn gemahnt, auf die Symptome zu achten«, fügte Kleinert hinzu. Sein Gesicht war lang und von einem Ausdruck permanenter Trauer geprägt. Wenn ich psychische Probleme hätte und einen Seelenklempner brauchte, würde es mir kaum helfen, Woche für Woche in ein solches Gesicht zu schauen. Ich bräuchte jemanden mit ein bißchen Schwung, Energie, jemanden mit ein bißchen Hoffnung.

»Bobby hatte einen Anfall?« fragte ich. Inzwischen war klar, daß sie die Autopsieergebnisse besprachen. Fraker mußte mitbekommen haben, daß ich keine Ahnung hatte, worüber sie tatsächlich redeten, denn er bot eine Übersetzung an.

»Wir glauben, daß sich bei Bobby Komplikationen aus der ursprünglichen Kopfverletzung ergeben haben könnten. Manchmal kommt es zu einer Blockierung im normalen Fluß der cerebrospinalen Flüssigkeit. Es entsteht ein intrakranieller Druck, und ein Teil des Gehirns beginnt zu atrophieren, was eine posttraumatische Epilepsie zur Folge hat.«

»Und deshalb ist er von der Straße abgekommen?«

»Meiner Ansicht nach ja«, bestätigte Fraker. »Ich kann das nicht kategorisch behaupten, aber wahrscheinlich fühlte er Kopfschmerzen, Angst, vielleicht eine Reizbarkeit.«

Kleinert mischte sich wieder ein. »Er war gegen sieben, Viertel nach sieben, so um die Zeit, bei mir. Er war schrecklich deprimiert.«

»Vielleicht hat er geahnt, was los war«, mutmaßte Fraker.

»Schade, daß er dann nicht darüber gesprochen hat, wenn das zutreffen sollte.«

Das Gemurmel zwischen ihnen hielt an, während ich die Folgerungen zu begreifen versuchte.

»Besteht die Möglichkeit, daß ein Anfall wie dieser von Drogen ausgelöst wird?« fragte ich.

»Sicher, das ist möglich. Die Toxikologieberichte sind nicht umfassend; die Ergebnisse der Analyse hängen davon ab, wonach gesucht wird. Es gibt einige hundert Drogen, die einen Menschen mit einer Prädisposition für Anfälle beeinflussen können. Realistisch betrachtet, ist es nicht möglich, nach allen zu suchen«, führte Fraker aus.

Kleinert bewegte sich unruhig. »Eigentlich ist es, gemessen an dem, was er durchgemacht hat, ein Wunder, daß er überhaupt so lange überlebt hat. Wir haben versucht, Glen zu schonen, aber ich glaube, wir hatten alle die Sorge, daß eines Tages so etwas passieren könnte.«

Mehr schien zu diesem Thema nicht zu sagen zu sein.

Kleinert wandte sich schließlich an Fraker. »Haben Sie schon gegessen? Ann und ich gehen nach dem Abendessen aus, wenn Nola und Sie vielleicht mitkommen möchten?«

Fraker lehnte die Einladung ab, aber sein Weinglas mußte nachgefüllt werden, und ich sah, wie er die Menge nach einem Zeichen von seiner Frau absuchte. Beide Doktoren entschuldigten sich.

Verwirrt stand ich da und rief mir die Fakten noch mal ins Gedächtnis. Theoretisch war Bobby Callahan eines natürlichen Todes gestorben, aber tatsächlich war sein Tod eine Folge der Verletzungen, die er sich bei dem Unfall vor neun Monaten zugezogen hatte, von dem zumindest er angenommen hatte, daß es ein Mordversuch gewesen war. Soweit ich mich erinnern konnte, schreibt das kalifornische Gesetzbuch vor, daß »ein Todesfall dann Mord oder Totschlag ist, wenn die betroffene Partei innerhalb von drei Jahren und einem Tag stirbt, nachdem der entscheidende Schlag erhalten oder die Todesursache festgestellt worden ist.« Deshalb war er in Wahrheit ermordet worden, und es machte überhaupt keinen Unterschied, ob er in derselben Nacht oder letzte Woche gestorben war. Im Moment hatte ich natürlich keinerlei Beweise. Ich hatte noch immer den Großteil des Geldes, das Bobby mir gezahlt hatte, und ein paar klare Anweisungen von ihm, also war ich nach wie vor unter Vertrag, wenn ich wollte. In Gedanken stand ich auf und schüttelte mich. Es war an der Zeit, den Kummer abzulegen und wieder an die Arbeit zu gehen. Ich setzte mein Weinglas ab und informierte Glen kurz darüber, wo ich sein würde. Dann ging ich hinauf und durchsuchte systematisch Bobbys Zimmer. Ich wollte dieses kleine rote Buch haben.

13

Natürlich ging ich in der Hoffnung vor, daß Bobby das Buch irgendwo im Haus versteckt hatte. Er hatte gesagt, er könne sich erinnern, das Buch jemandem gegeben zu haben, aber das mußte nicht stimmen. Ich hatte zwar nicht die Möglichkeit, das gesamte Haus zu durchkämmen, doch ich würde sicher ein paar der Räume absuchen können. Glens Studierzimmer, vielleicht Kittys Zimmer. Oben war es ruhig, und ich war froh, eine Weile allein zu sein. Eineinhalb Stunden lang suchte ich und fand überhaupt nichts. Ich war nicht entmutigt. Auf eine merkwürdige Art ermunterte es mich sogar. Vielleicht hatte Bobbys Gedächtnis doch noch richtig funktioniert.

Gegen sechs ging ich hinaus auf den Flur. Ich stützte meine Ellbogen auf das Geländer, das um den Treppenabsatz herumführte, und lauschte den von unten aufsteigenden Geräuschen. Offenbar war die Menge erheblich geschrumpft. Ich hörte Fetzen von Gelächter und das gelegentliche Anschwellen lockerer Unterhaltung, aber es klang, als seien die meisten Gäste gegangen. Ich ging denselben Weg zurück und klopfte an Kittys Tür.

Gedämpfte Reaktion. »Wer ist da?«

»Ich bin's, Kinsey«, antwortete ich der weißen Tür. Einen Moment darauf hörte ich, wie das Schloß geöffnet wurde, doch sie ließ mich nicht wirklich ein.

Statt dessen brüllte sie: »Herein!«

Gott, sie war wirklich langweilig. Ich trat ein.

Das Zimmer war aufgeräumt, das Bett gemacht, was sicher nicht die Folge ihres eigenen Bemühens war. Sie sah aus, als habe sie geweint. Ihre Nase war gerötet, ihr Make-up verschmiert. Sie war natürlich mit

Drogen beschäftigt. Sie hatte einen Spiegel und eine Rasierklinge hervorgeholt und legte sich ein paar Reihen Kokain. Ein halbvolles Weinglas stand auf dem Nachttisch.

»Ich fühl mich dermaßen beschissen«, meinte sie. Sie hatte ihre Zigeunerkleidung gegen einen sanftgrünen Kimono vertauscht, auf dessen Rücken und Ärmeln Schmetterlinge gestickt waren. Ihre Arme waren so dünn, daß sie mit ihren glitzernden Augen aussah wie eine Gottesanbeterin.

»Wann mußt du wieder im St. Terry sein?« fragte ich.

Sie hielt inne, um sich die Nase zu putzen, damit auch ja nichts von dem Stoff vergeudet würde. »Wer weiß?« erwiderte sie dann mürrisch. »Heute abend, nehme ich an. Zumindest habe ich die Gelegenheit, ein paar von meinen eigenen Klamotten mitzunehmen. Scheiße, ich bin mit rein *gar* nichts auf der Psychiatrischen gelandet.«

»Warum machst du diesen Blödsinn, Kitty? Damit gibst du dich geradewegs in Kleinerts Hand.«

»Super. Ich hätte nicht gedacht, daß du hochkommst, um mir Predigten zu halten.«

»Ich bin hochgekommen, um Bobbys Zimmer zu durchsuchen. Ich suche dieses kleine rote Adreßbuch, nach dem er dich letzten Dienstag gefragt hat. Ich vermute, du hast keine Ahnung, wo es sich befinden könnte.«

»Nee.« Sie beugte sich vor und benutzte eine zusammengerollte Dollarnote als Strohhalm und ihr Nasenloch als kleinen Staubsauger. Ich beobachtete, wie der Koks wie bei einem Zaubertrick in ihre Nase flog.

»Hast du eine Vorstellung, wem er es gegeben haben könnte?«

»Nee.« Sie setzte sich zurück und hielt sich die Nase zu. Dann befeuchtete sie ihren Zeigefinger, säuberte die Oberfläche des Spiegels und fuhr sich mit der Fingerspitze übers Zahnfleisch, als riebe sie ein Mittel gegen die Schmerzen beim Zahnen ein. Sie langte nach ihrem Weinglas, lehnte sich gegen die Kissen und zündete sich eine Zigarette an.

»Meine Güte, das ist echt toll«, stichelte ich. »Du gehst heute alles durch. Nimmst ein bißchen Koks, kippst dir den Wein rein, rauchst Zigaretten. Sie werden dich durch die Entgiftung schleusen müssen, ehe du wieder auf die Drei Süd kommst.« Ich wußte, daß ich sie reizte, aber sie ging mir auf die Nerven. Außerdem suchte ich Streit, weil ich annahm, er wäre besser zu ertragen als die Trauer.

»Leck mich am Arsch«, gab sie gelangweilt zurück.

»Was dagegen, wenn ich mich setze?« fragte ich.

Sie deutete ihre Erlaubnis an, und ich ließ mich auf dem Bettrand nieder und sah mich interessiert um.

»Was ist aus deinem Vorrat geworden?« wollte ich wissen.

»Was für ein Vorrat?«

»Den, den du hier drin aufbewahrt hast«, erklärte ich und wies auf die Nachttischschublade.

Sie starrte mich an. »Ich hab da drin nie einen *Vorrat* aufbewahrt.«

Ich mochte diesen Beiklang gerechten Zorns. »Das ist komisch«, behauptete ich. »Ich habe gesehen, wie Dr. Kleinert eine ganze Reißverschlußtasche voller Pillen rausnahm.«

»Wann?« fragte sie ungläubig.

»Am Montagabend, als sie dich abgeholt haben. Aufputschmittel, Antidepressiva, Tuinals, den ganzen Krempel.« Eigentlich glaubte ich nicht wirklich, daß die Pillen ihr gehört hatten, aber ich war neugierig, was sie dazu zu sagen hatte.

Sie starrte mich noch einen Moment länger an und blies dann einen Mundvoll Rauch aus, den sie ordentlich durch die Nase wieder einsog. »Die nehme ich nicht«, stellte sie fest.

»Was hattest du am Montagabend geschluckt?«

»Valium. Auf Rezept.«

»Dr. Kleinert hat dir ein Rezept für Valium ausgestellt?« fragte ich.

Ärgerlich sprang sie auf und begann das Zimmer abzuschreiten. »Ich bin nicht auf deine Scheiße angewiesen, Kinsey. Mein Stiefbruder wurde heute beerdigt, falls du das vergessen haben solltest. Ich habe andere Sachen im Kopf.«

»Hattest du näher mit Bobby zu tun?«

»Nein, ich hatte nicht ›näher‹ mit Bobby zu tun. Was meinst du damit, irgend etwas in sexueller Richtung? So was wie, ob ich eine *Beziehung* zu ihm hatte?«

»Ja, so etwas.«

»Gott, du bist so fantasievoll. Zu deiner Information, ich habe diesbezüglich nicht einmal an ihn gedacht.«

»Vielleicht hat er diesbezüglich an dich gedacht.«

Sie blieb stehen. »Wer sagt das?«

»Nur so eine Theorie von mir. Du weißt, daß er dich geliebt hat. Warum hätte er nicht genauso gut sexuelle Gefühle haben sollen?«

»Ach, hör auf. Hat Bobby das gesagt?«

»Nein, aber ich habe seine Reaktion beobachtet, an dem Abend, als du ins Krankenhaus kamst. Es kam mir nicht so vor, als ob das rein brüderliche Liebe war, die ich da sah. Offen gesagt, habe ich Glen damals danach gefragt, aber sie meinte, sie glaube nicht, daß da etwas wäre.«

»Nun, es war nichts.«

»Zu schade. Vielleicht hättet ihr einander retten können.«

Sie verdrehte die Augen und warf mir diesen Blick zu – Gott, Erwachsene sind solche Trottel! – aber sie war unruhig und erregt. Sie stellte den Aschenbecher auf die Kommode und drückte ihre Zigarette aus. Dann hob sie den Deckel einer Spieldose und ließ ein par Töne aus »Lara's Theme« entweichen, bevor sie sie wieder zuklappte. Als sie mich wieder ansah, hatte sie Tränen in den Augen und schien darüber verwirrt zu sein.

Sie stieß sich von der Kommode ab. »Ich muß meinen Kram zusammenpacken.«

Sie ging an den Schrank und zog einen Leinensack heraus. Dann öffnete sie die obere Schublade und packte einen Stapel Unterhosen, den sie in die Tasche steckte. Sie stieß die Schublade zu und öffnete die nächste, aus der sie T-Shirts, Jeans und Strümpfe nahm.

Ich stand auf und ging zur Tür, wo ich mich, die Hand auf dem Knopf, noch einmal umdrehte. »Nichts dauert ewig, weißt du. Nicht mal der Schmerz.«

»Ja, schon klar. Insbesondere nicht meiner. Wozu, glaubst du, ziehe ich mir die Drogen rein, für meine Gesundheit?«

»Du bist so cool, stimmt's?«

»Scheiße, fang doch in einer Fürsorgestation an! Du hast es doch raus.«

»Eines Tages wirst auch du glücklich sein. Du solltest dich am Leben halten, damit du es genießen kannst.«

»Tut mir leid. Ich kaufe nichts. Kein Interesse.«

Ich zuckte die Achseln. »Also stirb. So viel wird es nicht ausmachen. Sicher wäre es nicht der Verlust, den Bobbys Tod darstellt. Bisher hast du der Welt noch nichts gegeben.«

Ich öffnete die Tür.

Das Geräusch einer zugestoßenen Schublade. »He, Kinsey?«

Ich drehte mich um. Ihr Grinsen war beinahe selbstironisch, aber nicht ganz.

»Willst du 'ne Line Koks ziehen? Ich geb eine aus.«

Ich ging aus dem Zimmer und schloß leise die Tür. Vom Gefühl her hätte ich sie lieber zugeschlagen, aber wozu?

Ich ging ins Wohnzimmer hinab. Ich hatte Hunger und brauchte ein Glas Wein. Es waren nur noch fünf oder sechs Leute da. Sufi saß neben Glen auf einem der Sofas. Die anderen kannte ich nicht. Ich ging zum Buffet, das auf der gegenüberliegenden Seite des Raums aufgebaut worden war. Das Chicanomädchen, Alicia, war dabei, eine Platte Shrimps neu anzuordnen und die Hors d'æuvres zusammenzuschieben, damit die Teller nicht so schäbig und angefressen aussahen. Meine Güte, es gehörte doch eine Menge dazu, reich zu sein. Das war mir noch nie in den Sinn gekommen. Ich hatte geglaubt, man würde sich einfach ein paar Leute einladen und sie dann sich selbst überlassen, doch jetzt mußte ich erkennen, daß Gesellschaften dieser Art aller möglichen unauffälligen Aufmerksamkeiten bedurften.

Ich füllte mir einen Teller und nahm mir ein volles Glas Wein. Dann suchte ich mir einen Sessel, der zwar so nah bei den anderen stand, daß es nicht unhöflich wirkte, aber auch so weit entfernt, daß ich mich mit niemandem unterhalten mußte. Ich habe eine schüchterne Ader, die sich immer in Situationen wie dieser zeigt. Lieber hätte ich mit irgendeiner Nutte unten auf der State Street geplaudert, als mit dieser Bande Höflichkeiten auszutauschen. Worüber könnten wir uns schon unterhalten? Sie redeten über langfristig angelegte Wertpapiere. Ich nahm einen Happen Lachscreme und bemühte mich, einen interessierten Gesichtsausdruck zu machen, ungefähr so, als besäße ich eine Menge Wertpapiere und hoffte, sie abstoßen zu können. Was ist dieses Zeug doch für eine Plage, nicht wahr?

Ich fühlte eine leichte Berührung an meinem Arm, blickte mich um und sah, wie Sufi es sich im Sessel neben mir bequem machte.

»Glen hat mir erzählt, daß Bobby Sie sehr gern hatte«, begann sie.

»Das hoffe ich. Ich mochte ihn auch.«

Sufi starrte mich an. Ich aß weiter, weil mir nichts einfiel, was ich hätte sagen können. Sie war seltsam gekleidet: in ein langes schwarzes Kleid aus irgendeinem seidigen Material mit einer passenden Jacke darüber. Ich vermutete, es sollte ihre unförmige Gestalt mit dem leicht buckligen Rücken verbergen. Statt dessen sah sie aus, als bereite sie sich auf ein Konzert mit einem großen philharmonischen Orchester vor. Ihr Haar war in dem gleichen glatten, ausgeblichenen Zustand, in dem es gewesen war, als ich sie zum erstenmal gesehen hatte, und ihr Make-up war unvorteilhaft. Sie unterschied sich nicht mehr von Glen Callahan. Ihre Art wirkte ein wenig beschützend, als sei sie kurz davor, mir ein paar Scheine für meine Dienste zuzustecken. Vielleicht hätte ich sie abblitzen lassen, aber es bestand immer noch die Chance, daß sie Bobbys kleines rotes Buch hatte.

»Woher kennen Sie Glen?« fragte ich und nahm einen Schluck Wein. Ich stellte das Glas auf den Boden neben meinen Sessel und spießte ein paar kalte Shrimps in würziger Sauce auf. Sufis Blick schoß zu Glen hinüber, dann wieder zu mir.

»Wir haben uns in der Schule kennengelernt.«

»Sie sind also schon lange befreundet.«

»Ja.«

Ich nickte und schluckte. »Sie müssen dabeigewesen sein, als Bobby geboren wurde«, bemerkte ich, bloß um das Gespräch aufrechtzuhalten.

»Ja.«

Scheiße, was soll das Ganze, dachte ich. »Standen Sie ihm nahe?«

»Ich mochte ihn, aber ich kann nicht sagen, daß wir uns nahe standen. Warum?«

Ich nahm meinen Wein wieder und trank einen Schluck. »Er hat jemandem ein kleines rotes Buch gegeben. Ich versuche herauszufinden, wem.«

»Was für ein Buch?«

Ich zuckte die Achseln. »Adressen, Telefonnummern. Klein und, wie er sagte, in rotes Leder gebunden.«

Plötzlich sah sie mich erstaunt an. »Sie ermitteln doch nicht weiter«, sagte sie. Es war keine Frage. Es war eine mit Ungläubigkeit durchzogene Feststellung.

»Warum nicht?«

»Nun, der Junge ist tot. Was könnte daran noch irgend etwas ändern?«

»Wenn er ermordet wurde, ist das für mich eine Änderung«, entgegnete ich.

»Wenn er ermordet wurde, ist das eine Sache der Polizei.«

Ich lächelte. »Die Cops hier in der Gegend schätzen meine Hilfe.«

Sufi sah zu Glen hinüber und senkte ihre Stimme. »Ich bin sicher, sie würde keine weitere Untersuchung wollen.«

»Nicht sie hat mich beauftragt, sondern Bobby. Und überhaupt, warum interessiert Sie das?«

Sie schien die Schärfe in meiner Stimme zwar wahrzunehmen, aber sich nicht darum zu kümmern. Sie lächelte dünn, immer noch souverän.

»Natürlich. Ich wollte mich nicht einmischen«, murmelte sie. »Mir war bloß nicht klar, was Sie vorhaben, und ich wollte nicht, daß Glen sich aufregt.«

Nun wäre es an mir gewesen, ähnlich beruhigende Töne in ihre Richtung zu schicken, aber ich saß einfach da und starrte vor mich hin. Ihre Wangen überzogen sich mit einer leichten Färbung.

»Tja, es war nett, Sie wiederzusehen.« Sie stand auf und ging zu einem der übriggebliebenen Gäste. Mit einer deutlichen Rückendrehung begann sie ein Gespräch. Ich zuckte innerlich die Achseln. Ich war mir nicht sicher, worauf sie hinausgewollt hatte. Es war mir auch egal, solange es nicht den Fall betraf. Nachdenklich blickte ich zu ihr hinüber.

Kurz darauf begannen die Gäste fast wie auf ein Signal mit dem Abschiedsgetue. Glen stand im bogenförmigen Eingang zum Wohnzimmer, wurde umarmt, ließ sich voller Mitgefühl die Hände drücken. Jeder sagte das gleiche. »Du weißt ja, daß wir dich mögen, Liebes. Also laß es uns wissen, wenn wir etwas für dich tun können.«

Sie sagte: »Mach ich«, und wurde wieder umarmt.

Sufi war diejenige, die sie dann zur Tür brachte.

Ich wollte ihnen gerade folgen, als Glen mich ansah. »Ich würde gern noch mit Ihnen reden, wenn Sie noch eine Weile bleiben können.«

»Sicher«, meinte ich. Zum erstenmal wurde mir klar, daß ich Derek seit Stunden nicht mehr gesehen hatte. »Wo ist Derek?«

»Bringt Kitty ins St. Terry zurück.« Sie sank auf eines der Sofas nieder und rutschte soweit hinunter, daß sie ihren Kopf an die Rückenlehne legen konnte. »Möchten Sie einen Drink?«

»Ich könnte einen gebrauchen. Soll ich Ihnen auch einen machen, wenn ich schon dabei bin?«

»Das wäre wundervoll. In meiner Stube ist ein Barfach, falls wir hier knapp dran sind. Für mich einen Scotch. Mit viel Eis, bitte.«

Ich ging durch die Halle in ihr Studierzimmer, nahm ein altmodisches Glas und die Flasche Cutty Sark. Als ich ins Wohnzimmer zurückkam, war Sufi wieder da. Das Haus war in jene dumpfe Stille gehüllt, die auf zu viel Lärm folgt.

Am Ende des Buffets stand ein Eiskübel, und ich ließ mit einer dieser Eiszangen aus Sterlingsilber, die einen immer an Dinosaurierkrallen denken lassen, ein paar Würfel in das Glas fallen. Dabei kam ich mir sehr kultiviert vor, als agiere ich in einem Film aus den vierziger Jahren, bekleidet mit einem Kostüm mit Schulterpolstern und Nahtstrümpfen.

»Du mußt erschöpft sein«, murmelte Sufi. »Soll ich dich nicht zu Bett bringen, ehe ich fahre?«

Glen lächelte matt. »Nein, das geht schon in Ordnung. Fahr ruhig.«

Sufi blieb keine andere Wahl, als sich hinunterzubeugen, Glen einen Kuß zu geben und dann ihre Tasche zu suchen. Ich reichte Glen das Glas mit dem Eis und goß ihr Scotch dazu. Sufi verabschiedete sich endgültig und verließ dann mit einem warnenden Blick in meine Richtung den Raum. Einige Momente später hörte ich die Eingangstür gehen.

Ich zog einen Sessel heran und setzte mich. Die Füße auf der Couch, überdachte ich meinen momentanen Zustand. Mein Kreuz schmerzte, mein linker Arm schmerzte. Ich trank den Wein in meinem Glas aus und goß Cutty Sark nach.

Glen nahm einen großen Schluck aus ihrem Glas. »Ich habe gesehen, wie Sie mit Jim gesprochen haben. Was hatte er zu sagen?«

»Er glaubt, Bobby habe einen Anfall gehabt und sei deshalb von der Straße abgekommen. Eine Form von Epilepsie durch die Kopfverletzungen von seinem ersten Unfall.«

»Und das heißt?«

»Nun, was mich angeht, so heißt das, wenn *jener* Unfall wirklich ein Mordversuch war, dann war er schließlich erfolgreich.«

Ihre Miene war ausdruckslos. Sie senkte den Blick. »Was werden Sie nun tun?«

»Passen Sie auf. Ich habe immer noch Geld von dem Vorschuß übrig, den Bobby mir gegeben hat. Ich werde arbeiten, bis ich herausgefunden habe, wer ihn umgebracht hat.«

Sie sah mich an, und in ihrem Blick lag Verwunderung. »Warum wollen Sie das tun?«

»Um abzurechnen. Ich mag ausgeglichene Konten, Sie nicht?«

»O doch«, gab sie zurück.

Wir starrten uns einen Moment lang an, dann hob sie ihr Glas. Ich nahm meines hoch, und wir tranken.

Als Derek kam, gingen die beiden hinauf, und ich verbrachte mit Glens Erlaubnis die nächsten drei Stunden mit der erfolglosen Durchsuchung ihrer Stube und Kittys Zimmer. Dann ging ich hinaus und fuhr nach Hause.

14

Am Montagmorgen um acht Uhr war ich wieder zum Training in der Halle. Ich hatte das Gefühl, eine Reise zum Mond und zurück hinter mir zu haben. Unwillkürlich sah ich mich nach Bobby um. Eine Tausendstelsekunde später wurde mir klar, daß er fort war und nie wieder hier sein würde. Das gefiel mir nicht besonders. Jemanden zu vermissen, ist eine vage, unangenehme Empfindung, wie eine nagende Furcht. Sie ist nicht so konkret wie richtiges Leid, aber genauso beherrschend und ausweglos. Ich bewegte mich ständig und trainierte hart, als könne der körperliche Schmerz sein emotionales Gegenstück vernichten. Jede einzelne Minute mußte aus Aktivität bestehen, und vermutlich hat es funktioniert. In gewisser Beziehung ist das wie Sportgel bei Muskelkater. Man will daran glauben, daß es einem gut tut, aber es fällt einem kein Grund ein, warum es so sein sollte. Es ist besser als gar nichts, doch es ist auch keine Heilung.

Ich duschte, zog mich an und fuhr zum Büro. Seit Mittwochnachmittag war ich nicht mehr da gewesen. Die Post mehrerer Tage hatte sich gestapelt, und ich warf sie auf den Schreibtisch. Am Anrufbeantworter blinkte das Nachrichtenlicht, doch ich hatte erst ein paar andere Dinge zu erledigen. Ich öffnete die Schiebetüren, um ein bißchen Frischluft hereinzulassen, und machte mir eine Kanne Kaffee. Dann sah ich nach der halbfetten Milch in dem kleinen Kühlschrank und schnüffelte am Pappausguß. Genau an der Grenze. Ich würde bald neue kaufen müssen. Als der Kaffee fertig war, suchte ich mir einen sauberen Becher und füllte ihn. Die Milch bildete ein bedenkliches Muster auf der Oberfläche, aber sie schmeckte noch okay. Manchmal trinke ich meinen Kaffee schwarz, manchmal mit Milch, aus Gründen der Bekömmlichkeit. Ich setzte mich in meinen Schaukelstuhl und legte die Füße hoch. Dann drückte ich den Rücklaufknopf am Anrufbeantworter.

Das Band spulte sich zurück, und Bobbys Stimme erklang. Ich fühlte, wie ein eisiger Finger mich im Nacken berührte, als ich erkannte, wer da sprach.

»Hallo Kinsey. Hier ist Bobby. Tut mir leid, daß ich mich vorhin so idiotisch benommen habe. Ich weiß, daß du mich nur aufheitern wolltest. Mir ist etwas eingefallen. Ich weiß, daß es nicht viel Sinn ergibt, aber ich dachte, ich geb's dir trotzdem mal durch. Ich glaube, der Name Blackman hat etwas mit der Sache zu tun. Sowieso Blackman. Ich weiß nicht, ob das der ist, dem ich das kleine rote Buch gegeben habe, oder der Typ, der mich verfolgt hat. Vielleicht hat es auch gar nichts zu bedeuten, so wie mein Hirn die Sachen durcheinander bringt. Jedenfalls können wir uns später die Köpfe darüber zerbrechen und sehen, was dabei herauskommt. Ich muß noch ein paar Dinge erledigen und dann zu Kleinert. Ich werde es nachher noch mal bei dir versuchen. Vielleicht können wir später am Abend noch ein Bier trinken gehen oder sowas. Jetzt erstmal Tschüß, Kleines. Paß gut auf dich auf.«

Ich schaltete das Gerät ab und starrte es an.

Ich langte nach dem Telefonbuch in der obersten Schublade und zog es hervor. Ein Blackman war aufgeführt, ein S. Keine Adresse. Wahrscheinlich eine Frau, die auf diese Art obszöne Anrufe zu verhindern suchte. Meine Methode ist es, die naheliegendsten Dinge zuerst zu versuchen. Ich meine, warum auch nicht? Vielleicht hatte Sarah, Susan oder Sandra Blackman Bobby gekannt und war im Besitz seines kleinen roten Buches, oder vielleicht hatte er ihr genau erzählt, was vor sich ging, und ich würde die ganze Geschichte mit einem Telefongespräch aufdecken können. Kein Anschluß unter dieser Nummer. Ich versuchte es noch einmal, um ganz sicherzugehen. Dieselbe Bandstimme schaltete sich wieder ein. Ich machte mir eine Notiz. Die Nummer konnte immer noch stimmen. Vielleicht hatte S. Blackman die Stadt verlassen oder war unter mysteriösen Umständen gestorben.

Ich drückte den Rücklaufknopf, bloß um Bobbys Stimme noch mal zu hören. Unruhe ergriff mich, und ich überlegte, wie ich der Sache auf den Grund gehen konnte. Noch einmal sah ich Bobbys Akte durch. Ich hatte noch nicht mit seiner ehemaligen Freundin, Carrie St. Cloud, gesprochen, und das schien eine vernünftige Möglichkeit zu sein. Glen hatte mir zwar gesagt, sie sei nach dem Unfall von der Bildfläche verschwunden, doch vielleicht konnte sie sich an etwas aus der Zeit vorher erinnern. Ich versuchte es mit der Nummer, die Glen mir gegeben hatte, und führte ein kurzes Gespräch mit Carries Mutter, der ich erläuterte, wer ich war und warum ich mit ihrer Tochter sprechen wollte. Carrie war offensichtlich vor einem Jahr aus dem elterlichen Haus ausgezogen und wohnte nun in einem kleinen Appartement, das sie mit einer Zimmergenossin teilte. Sie arbeitete jetzt als festangestellte Aerobic-Lehrerin in einem Studio an der Chapel. Ich notierte mir die beiden Adressen von Arbeitsstelle und Wohnung und dankte der Frau. Dann stellte ich den Becher weg, schaltete die Kaffeemaschine aus, verschloß das Büro und lief die Hintertreppe hinunter.

Es war ein bewölkter Tag mit einem Himmel wie eine niedrige weiße Zimmerdecke. Hellgrauer Dunst schien die Straßen mit kühler Luft zu füllen. Nach der unerträglichen Hitze der letzten Wochen wirkte das merkwürdig. In letzter Zeit war das Wetter in Santa Teresa von der Norm abgewichen. Früher konnte man auf klare, sonnige Himmel und ein ruhiges, wohl temperiertes Meer zählen. Hinter den Bergen zogen sich vielleicht mal ein paar Wolken zusammen, aber mehr wegen des schönen Anblicks als aus anderen Gründen. Der Regen kam pflichtbewußt im Januar – zwei Wochen permanentes Schütten. Danach verwandelte sich die Landschaft in ein Smaragdgrün, und Bougainvillea und Geißblatt explodierten gegenüber der Stadt wie grelles Make-up. Heutzutage gibt es unerklärlichen Regen im April und im Oktober und kühle Tage wie diesen im August, wenn die Temperatur dreißig Grad betragen sollte. Der Wandel ist auffällig, es ist eine Art von klimatischer Veränderung, die in Verbindung gebracht wird mit Ausbrüchen von Vulkanen in der Südsee und Gerüchten über die durch Haarspray zerstörte Ozonschicht.

Das Studio war nur einen halben Block entfernt in einem ehemaligen Squashcenter untergebracht, das pleite gemacht hatte, als das Interesse an Squash verflogen war. Da Aerobic im Kommen war, verwandelte man logischerweise all diese leeren, schmalen Räume mit Hartholzböden in kleine, fettverbrennende Öfen für Frauen, die sich danach sehnten, dünn und fit zu sein. Ich fragte, ob Carrie Unterricht gebe, und die Frau am Eingang wies stumm auf die Quelle der ohrenbetäubenden Musik, die eine weitere Unterhaltung bestenfalls aussichtslos erscheinen ließ. Ich folgte dem Ende ihres Fingers und ging um die Ecke. Zu meiner Rechten befand sich ein hüfthohes Geländer, das den Blick auf eine Aerobic-Gruppe freigab – ein Stockwerk tiefer, in voller Aktion.

Die Akustik war schrecklich. Von der Beobachtungsgalerie aus sah ich ihnen zu, während die Musik dröhnte. Carrie brüllte Ermutigendes, und fünfzehn der bestaussehenden Frauenkörper dieser Stadt trainierten mit einem Fanatismus, wie ich ihn selten gesehen habe. Offenbar hatte ich die Gruppe beim Höhepunkt erwischt. Sie übten obszön aussehende Schwünge mit dem Hintern: Frauen in metallicfarbenen, hautengen Gymnastikanzügen, die auf dem Boden lagen und stöhnten, während sie Hüftstöße und Beckenquetschungen machten, als mühten sich mehrere unsichtbare Partner gleichzeitig auf ihnen ab.

Carrie St. Cloud war eine Überraschung. Vom Namen her hatte ich mir eine zweite Siegerin beim Teenie-Schönheitswettbewerb vorgestellt, oder vielleicht eine angehende Schauspielerin, die in Wirklichkeit Wanda Maxine Smith hieß. Ich hatte an eine durchschnittliche kalifornische Schönheit gedacht – der zurechtgemachte Körper einer Surferin, blonde Haare, blendend weiße Zähne, vielleicht eine Vorliebe für Steptanz. Sie hatte nichts von alledem.

Sie war höchstens zweiundzwanzig, hatte die Muskulatur eines Bodybuilders und taillenlange schwarze Haare. Ihr Gesicht war ausgeprägt wie das einer griechischen Statue, mit einem vollen Mund und einem runden Kinn. Ihr Anzug war aus hellgelbem, elastischen Stoff, der die breiten Schultern und die schmalen Hüften einer Sportlerin hervortreten ließ. Wenn sie auch nur ein Gramm Fett an sich hatte, so konnte ich es nirgendwo entdecken. Sie hatte zwar keine nennenswerten Brüste, aber das Gesamtbild war trotzdem ausgesprochen weiblich. Das war kein Strandhäschen. Die nahm sich selbst ernst, und sie wußte, was Fitness wirklich heißt – durch die Übungen zu fliegen, ohne auch nur schwer zu atmen. Jede andere Frau hier quälte sich. Es machte mich dankbar, daß mir meine drei Meilen Jogging pro Tag reichten. Ich würde niemals so gut aussehen wie sie, aber so schlecht war der Tausch auch nicht.

Carrie ließ die Gruppe abkühlen, ein langsames Dehnen und ein paar Yogabewegungen, worauf sie sich auf dem Boden ausbreiteten wie Verwundete auf einem Schlachtfeld. Sie drehte die Musik ab, schnappte sich ein Handtuch und verbarg ihr Gesicht darin. So ging sie aus dem Raum durch eine Tür, die genau unter mir war. Ich suchte die Treppe und lief hinunter. An der Trinkwasserfontäne direkt vor den Umkleideräumen holte ich sie ein. Ihre Haare fielen über die Schultern wie der Schleier einer Nonne, und sie mußte sie zu einem Knoten zusammenfassen und an einer Seite hochhalten, um trinken zu können, ohne daß sie naß wurden.

»Carrie?«

Sie kam hoch und tupfte sich mit dem Ärmel ihres Anzugs ein paar Schweißtropfen ab. Sie hatte das Handtuch jetzt um den Hals gelegt wie ein Boxer, der gerade aus dem Ring kommt. »Ja, die bin ich.«

Ich sagte ihr, wer ich war und was ich machte, und fragte sie dann, ob wir über Bobby Callahan sprechen könnten.

»In Ordnung, aber das müssen wir tun, während ich mich zurechtmache. Ich muß um zwölf hier weg.«

Ich folgte ihr durch die Tür in die Umkleidekabinen. Der Grundriß war klar gegliedert und wies auf der rechten Seite eine Art Tresen auf, der den halben Raum umgab; ferner gab es mehrere Reihen Metallspinde und einige an die Wand montierte Haartrockner. Die Kacheln waren von einem reinen Weiß, wie überhaupt der ganze Raum makellos war, mit im Boden verankerten Bänken und rundum Spiegeln. Irgendwo zur Linken, außerhalb meiner Sicht, hörte ich Duschen laufen. Nach und nach kamen die Frauen aus der Gruppe herein, und der Pegel des Gelächters würde, wie ich wußte, ansteigen, je mehr sich der Raum füllte.

Carrie trat sich die Schuhe von den Füßen und pellte sich den Gymnastikanzug wie eine Bananenschale vom Leib. Ich beschäftigte mich damit, mir einen Sitzplatz zu suchen. Normalerweise ist es nicht meine Art, nackte Damen in einem Raum voll schnatternder Stripperinnen zu befragen. Ich bemerkte, daß sie genauso rochen wie die Typen im Santa Teresa Fitness Center, und fand das schön.

Ich wartete, während sie ihr Haar unter einer Plastikhaube verstaute und in den Duschraum ging. In der Zwischenzeit stolzierten Frauen in den verschiedensten Stadien der Nacktheit an mir vorüber. Ein beruhigender Anblick. So viele verschiedene Versionen weiblicher Brüste, Hintern, Bäuche und Schamhaarnester, endlose Wiederholungen der gleichen Formen. Diese Frauen schienen sich in ihrer Haut wohl zu fühlen, und es gab eine Kameradschaftlichkeit unter ihnen, die ich genoß.

In ein Handtuch gehüllt kam Carrie vom Duschen zurück. Sie nahm die Haube ab und gab ihrer dunklen Mähne einen Stoß. Dann begann sie sich abzutrocknen und redete dabei über die Schulter hinweg zu mir.

»Ich habe daran gedacht, zur Beerdigung zu kommen, doch ich hab's einfach nicht geschafft. Waren Sie da?«

»Ja. Ich kannte Bobby noch nicht sehr lange, aber es war hart. Sie sind mit ihm gegangen, als er den Unfall hatte, nicht wahr?«

»Eigentlich hatten wir gerade Schluß gemacht. Wir waren zwei Jahre lang zusammen, und dann lief's nicht mehr richtig. Unter anderem wurde ich schwanger, und das war dann das Ende. Er zahlte die Abtreibung zwar noch, aber zu dem Zeitpunkt hatten wir nicht mehr viel miteinander zu tun. Ich habe mich schrecklich gefühlt, als er so verletzt worden war, aber ich bin nicht zu ihm gegangen. Ich weiß, daß man mich deshalb für abgebrüht hielt, aber was hätte ich tun sollen? Es war vorbei. Warum hätte ich mich treuherzig in seiner Nähe aufhalten sollen, nur, um eine gute Figur abzugeben?«

»Haben Sie irgend etwas über den Unfall gehört?«

»Nur, daß ihn jemand von der Straße abgedrängt hat.«

»Haben Sie eine Ahnung, wer das gewesen sein könnte, oder warum es geschah?«

Sie setzte sich auf eine Bank, zog einen Fuß hoch und trocknete sich sorgfältig zwischen den Zehen ab. »Nun, ja und nein. Nicht, wer es genau war, aber ich wußte, daß irgend etwas mit ihm nicht stimmte. Damals hat er mir nicht mehr viel anvertraut, aber er ist mit mir zu der Abtreibung gegangen, und wir hatten ein paar Tage lang engen Kontakt.« Sie wechselte die Füße und beugte sich vor, um ihre Zehen zu untersuchen. »Ich habe Angst vor Fußpilz«, murmelte sie. »Tut mir leid.«

Sie warf das Handtuch zur Seite, stand auf und ging zu einem Spind hinüber, um Sachen herauszunehmen. Sie sah mich an. »Ich versuche mich bloß genau auszudrücken, weil ich wirklich überhaupt keine Einzelheiten weiß. Das ist nur so ein Eindruck. Ich erinnere mich, wie er sagte, ein Freund von ihm sei in Schwierigkeiten, und ich hatte das Gefühl, es handele sich um Erpressung.«

»Erpressung?«

»Nun, ja, doch nicht im üblichen Sinn. Ich meine, ich glaube nicht, daß dabei Geld den Besitzer wechselte oder so was. Es war nicht so eine finstere Verschwörungs- und Intrigengeschichte. Jemand hatte etwas über jemand anderen in der Hand, und es war ziemlich ernst. Ich glaube, daß er versucht hat zu helfen und gerade herausgefunden hatte, wie er das tun könnte ...« Sie zog ihre Unterhose und dann ein Unterhemd an. Vermutlich glaubte sie, ihre Brüste seien nicht so groß, daß sie sich auch noch mit einem BH abgeben müßte.

»Wann war das?« fragte ich. »Erinnern Sie sich an das Datum?«

»Tja, ich weiß, daß ich den Abbruch am sechzehnten November hatte, und in der Nacht ist er bei mir geblieben. Der Unfall war wohl einen Tag danach, in der Nacht des Siebzehnten, also war alles in derselben Woche.«

»Ich habe angefangen, die Zeitungen ab September durchzugehen. In der Hoffnung, daß er vielleicht in eine Sache von öffentlichem Interesse verwickelt war. Haben Sie *irgendeine* Vorstellung von dem Schauplatz, auf dem sich alles abspielte? Ich meine, ich weiß ja nicht einmal, wonach ich suchen soll.«

Sie schüttelte den Kopf. »Ich habe keine Ahnung. Wirklich nicht, tut mir leid, aber ich kann nicht mal eine Vermutung äußern.«

»Glauben Sie, Rick Bergen könnte der Freund in Schwierigkeiten gewesen sein?«

»Das bezweifle ich. Ich kannte Rick. Ich glaube, Bobby hätte mir gesagt, wenn es sich um Rick gehandelt hätte.«

»Jemand, den er von der Arbeit her kannte?«

»Hören Sie, ich kann Ihnen da einfach nicht weiterhelfen«, sagte sie ungeduldig. »Er war sehr zugeknöpft, und ich war nicht in der Laune nachzubohren. Ich war bloß froh, die Abtreibung hinter mir zu haben. Ich mußte sowieso Schmerzmittel schlucken, also schlief ich eine Menge, und der Rest ist verschwommen. Er redete nur mir zuliebe, um meine Gedanken abzulenken, und vielleicht ein bißchen aus Nervosität.«

»Sagt Ihnen der Name Blackman was?«

»Ich glaube nicht.«

Sie zog eine Trainingshose an und schlüpfte in ein Paar Sandalen. Dann beugte sie sich vornüber, warf sich die Haare über die Schulter und gab ihnen mit der Haarbürste ein paar Hiebe. Schließlich schnappte sie ihre Schultertasche und ging zur Tür. Nur mit einem schnellen Doppelschritt konnte ich sie einholen. Ich hatte nicht angenommen, daß sie mit dem Ankleiden bereits fertig sei, doch jetzt sah ich, daß sie das, was sie trug, offenbar als Kleidung betrachtete. Eine Trainingshose und ein Unterhemd? Sie würde frieren, wenn sie nach draußen kam. Ich hastete hinter ihr her und erreichte die Tür, als sie gerade auf den Flur hinaus ging.

»Mit wem hatte er damals sonst noch zu tun?« fragte ich, während ich mit ihr die Stufen zum Haupteingang hochtrabte. »Geben Sie mir bloß ein paar Namen. Ich brauche etwas, wo ich ansetzen kann.«

Sie blieb stehen und sah sich um. »Versuchen Sie es mit einem Typen namens Gus. Ich kenne seinen Nachnamen nicht, aber er arbeitet bei dem Rollschuhverleih unten am Strand. Er ist ein alter Kumpel aus der High-School, und ich glaube, Bobby hatte Vertrauen zu ihm. Vielleicht weiß er, was das alles zu bedeuten hatte.«

»Was waren die anderen Dinge? Sie sagten vorhin, sie wurden ›unter anderem‹ schwanger.«

Ihr Lächeln war angespannt. »Meine Güte, sind Sie hartnäckig. Er war in jemand anders verliebt. Ich habe keine Ahnung in wen, also sparen Sie sich die Frage. Wenn ich von der anderen Frau gewußt hätte, hätte ich unsere Beziehung schon viel eher beendet. Wie die Dinge lagen, hörte ich nichts von ihr, bis ich ihm sagte, daß ich schwanger wäre. Zuerst glaubte ich noch, er würde mich vielleicht heiraten, aber als er mir sagte, daß er ernsthaft in eine andere verliebt wäre, wußte ich, was ich zu tun hatte. Zu seinen Gunsten muß ich sagen, daß er sich schrecklich fühlte angesichts der Zwickmühle, in die er mich gebracht hatte, und so viel wie möglich für mich tat. Bobby hatte nichts Gemeines an sich, er war im Grundes seines Herzens ein wirklich lieber Kerl.«

Sie machte sich wieder auf den Weg. Ich hielt sie am Arm fest und überlegte blitzschnell. »Carrie, besteht die Möglichkeit, daß der Freund in Schwierigkeiten und die Frau, mit der er zu tun hatte, ein und dieselbe Person waren?«

»Woher soll ich das wissen?«

»Er hat nicht zufällig ein kleines rotes Adreßbuch bei Ihnen hinterlassen?«

»Alles, was er mir hinterlassen hat, ist ein gebrochenes Herz«, gab sie zurück und ging davon, ohne sich noch einmal umzusehen.

15

Der Schuppen des Rollschuhverleihs ist ein dunkelgrüner Stand gleich hinter einem Parkplatz in der Nähe des Kais. Für drei Dollar kann man sich eine Stunde lang ein Paar Rollschuhe leihen. Knieschoner, Ellbogenschoner und Gelenkstützen bekommt man umsonst dazu, damit niemand hinterher den Verleih verklagen kann, wenn er sich verletzt.

Bobbys Geschmack in bezug auf Freunde war schwer einzuschätzen. Gus sah aus wie einer der Typen, bei denen man, wenn man sie an der Straßenecke sieht, automatisch kontrolliert, ob die Wagentüren verschlossen sind. Er mußte in Bobbys Alter sein, doch er wirkte zart und hatte einen eingefallenen Brustkorb und eine kranke Gesichtsfarbe. Seine Haare waren dunkelbraun, und er bemühte sich um einen Schnurrbart, der ihn allerdings nur noch mehr wie einen Ausbrecher aussehen ließ. Ich hatte in der Kartei Fotos von Verbrechern gesehen, denen ich eher als ihm getraut hätte.

Ich hatte mich vorgestellt und vergewissert, daß er tatsächlich Bobbys Freund gewesen ist, als eine Blondine mit flatternden Haaren und langen, braungebrannten Beinen hereinkam, um ein Paar Rollschuhe zurückzugeben. Ich beobachtete den Austausch. Im Gegensatz zu meinem ersten Eindruck hatte Gus etwas Nettes an sich. Er gab sich ein wenig schäkernd und blickte ab und zu in meine Richtung, vermutlich um anzugeben. Ich wartete und sah zu, wie er ausrechnete, wieviel sie ihm schuldig war. Er gab ihr die Straßenschuhe und ihre Papiere zurück, und sie hüpfte zu einer Bank, um sich die Turnschuhe anzuziehen. Gus wartete, bis sie gegangen war, bevor er weitersprach.

»Ich habe Sie auf der Beerdigung gesehen«, begann er schüchtern, als er sich mir wieder zuwandte. »Sie saßen in der Nähe von Mrs. Callahan.«

»Ich erinnere mich gar nicht an Sie«, erwiderte ich. »Waren Sie anschließend noch bei der Feier?«

Er schüttelte den Kopf und wurde etwas rot. »Ich fühlte mich nicht allzu gut.«

»Ich glaube kaum, daß man sich dabei überhaupt gut fühlen kann.«

»Nicht, wenn einem der Kumpel gestorben ist«, bestätigte er. Seine Stimme verriet ein kaum wahrnehmbares Zittern. Er drehte sich um und machte ein großes Theater mit den Rollschuhen, die er wieder an ihren richtigen Platz im Regal zurückstellte.

»Waren Sie krank?« fragte ich.

Einen winzigen Moment lang schien er mit sich zu kämpfen, dann sagte er: »Ich habe die Crohn'sche Krankheit. Wissen Sie, was das ist?«

»Nein.«

»Eine infektiöse Darmkrankheit. Alles geht sofort durch. Ich kann kein Gewicht halten. Hab die meiste Zeit Fieber. Magenschmerzen. ›Ätiologie unbekannt‹, das heißt, sie wissen nicht, wodurch das hervorgerufen wird oder woher es kommt. Ich habe das jetzt seit fast zwei Jahren, und es macht mich fertig. Ich kann keinen richtigen Job behalten, also mache ich das hier.«

»Ist es heilbar?«

»Ich glaube ja. Irgendwann. Das sagen zumindest die Ärzte.«

»Nun, tut mir leid, daß Sie so leiden müssen. Hört sich schrecklich an.«

»Und das ist noch lange nicht alles. Egal, jedenfalls munterte Bobby mich immer auf. Er war selbst in einer solch schlechten Verfassung, daß wir manchmal lachen mußten. Ich vermisse ihn. Als ich hörte, daß er gestorben war, hätte ich fast aufgegeben, aber dann sagte so eine leise Stimme: ›Komm Gus, erhebe dich von deinem müden Arsch und mach weiter ... dies ist kein Weltuntergang, also sei kein Narr.‹« Er schüttelte den Kopf. »Das war Bobby, ich schwör's. Hörte sich genauso an. Also erhob ich mich von meinem müden Arsch. Untersuchen Sie seinen Tod?«

Ich nickte und sah auf, weil ein paar Kinder näherkamen, um Rollschuhe auszuleihen.

Gus erledigte seine Aufgabe und kam wieder zu mir. Er entschuldigte sich für die Unterbrechung. Es war Sommer, und ungeachtet des ungewöhnlich kühlen Wetters überschwemmten die Touristen die Strände. Ich fragte ihn, ob er eine Ahnung davon habe, worin Bobby verwickelt war. Er bewegte sich unbehaglich und sah die Straße hinunter.

»Ich habe eine Ahnung, aber ich weiß nicht, ob ich sie Ihnen mitteilen soll. Ich meine, wenn Bobby Ihnen nichts erzählt hat, warum sollte ich es tun?«

»Er konnte sich nicht erinnern. Deshalb hat er mich engagiert. Er glaubte, er sei in Gefahr, und er wollte, daß ich herausfinde, was los ist.«

»Also ist es vielleicht das Beste, alles auf sich beruhen zu lassen.«

»Was auf sich beruhen zu lassen?«

»Hören Sie, ich weiß überhaupt nichts Genaues. Nur, was Bobby mir erzählt hat.«

»Wovor haben Sie Angst?«

Er blickte zur Seite. »Ich weiß nicht. Lassen Sie mich ein wenig darüber nachdenken. Ehrlich, ich weiß nicht viel, aber ich will nicht darüber reden, ehe ich nicht das Gefühl habe, daß es richtig ist. Verstehen Sie, wie ich das meine?«

Ich gab in diesem Punkt nach. Man kann die Leute immer schikanieren, aber es ist nicht die beste Methode. Besser ist es, sie die Informationen freiwillig preisgeben zu lassen, aus eigenen Beweggründen. Auf diese Art bekommt man mehr.

»Ich hoffe, Sie rufen mich an«, lenkte ich ein. »Wenn ich nichts von Ihnen höre, könnte ich wiederkommen und zur Nervensäge werden.« Ich zog eine Karte hervor und legte sie auf die Theke.

Er lächelte und fühlte sich offensichtlich schuldig, weil er mich hinhielt. »Sie können umsonst Rollschuh laufen, wenn Sie möchten. Es ist ein gutes Training.«

»Ein anderes Mal«, lächelte ich. »Danke.«

Er beobachtete mich, bis ich vom Parkplatz heruntergefahren und links abgebogen war. Im Rückspiegel sah ich, wie er sich mit der Ecke meiner Visitenkarte seinen Schnurrbart kratzte. Hoffentlich ließ er von sich hören.

In der Zwischenzeit, so beschloß ich, würde ich versuchen, den Pappkarton in die Finger zu bekommen, den das Labor nach Bobbys Unfall zusammengepackt hatte. Ich fuhr zum Haus. Glen war offensichtlich für einen Tag nach San Francisco geflogen, aber Derek war zu Hause, und ich teilte ihm mit, was ich haben wollte.

Sein Blick war skeptisch. »Ich erinnere mich an den Karton, aber ich bin nicht sicher, wo er gelandet ist. Vielleicht draußen in der Garage, wenn Sie da mal schauen wollen.«

Er schloß die Eingangstür hinter sich, und wir beide gingen über den Hof zu der Garage, die sich an einem Ende des Hauses erstreckte und drei Wagen Platz bot. An der hinteren Wand befanden sich einige Verschläge. Keiner von ihnen war verschlossen, aber die meisten waren bis obenhin vollgepackt mit Kisten, die aussahen, als seien sie seit Ewigkeiten an Ort und Stelle.

Ich erspähte einen Karton, der mir lohnenswert zu sein schien. Er war unter einer Werkbank gegen die hintere Wand geschoben. »Einwegspritzen« stand darauf und der Name des Lieferanten für medizinischen Bedarf. Außerdem hing ein zerrissenes Adressenetikett mit der Anschrift der Pathologischen Abteilung des Santa-Teresa-Krankenhauses dran. Wir zogen ihn hervor und öffneten ihn. Der Inhalt sah aus wie von Bobby, bestand jedoch aus enttäuschenden Nichtigkeiten. Kein kleines rotes Buch, kein Bezug zu jemandem namens Blackman, keine Zeitungsausschnitte, keine mysteriösen Notizen, keine persönliche Korrespondenz. Statt dessen ein paar medizinische Bücher, zwei Gebrauchsanleitungen für Röntgengeräte und Büroartikel der harmlosesten Art. Was sollte ich mit einer Schachtel Büroklammern und zwei Filzschreibern anfangen?

»Scheint nicht sehr viel zu sein«, bemerkte Derek.

»Scheint überhaupt *nichts* zu sein«, entgegnete ich. »Haben Sie etwas dagegen, wenn ich die Kiste trotzdem mitnehme? Möglicherweise sehe ich sie noch mal genauer durch.«

»Nein, bedienen Sie sich. Warten Sie, ich mach das schon.« Zuvorkommenend trat ich zurück und ließ ihn die Kiste vom Boden hochwuchten und zu meinem Wagen tragen. Ich hätte das auch machen können, aber es schien ihm wichtig zu sein. Warum sollte ich mich also darum schlagen? Er schob ein paar Klamotten zur Seite, und wir schafften die Kiste mühsam auf den Rücksitz. Ich sagte ihm, ich würde mich wieder mal melden, und machte mich auf den Weg.

Ich fuhr nach Hause und zog mich zum Joggen um. Als ich gerade dabei war, meine Tür abzuschließen, kam Henry mit Lila Sams um die Ecke. Sie gingen Hüfte an Hüfte mit umeinander geschlungenen Armen. Er war gut einen Kopf größer als sie und an all den Stellen schlank, an denen sie mollig war. Er wirkte geradezu liebestrunken mit dieser besonderen Ausstrahlung von Menschen, die frisch verknallt sind. Er trug eine hellblau verwaschene Baumwollhose und ein hellblaues Hemd, das seine blauen Augen beinahe strahlend wirken ließ. Seine Haare sahen frisch geschnitten aus, und meiner Vermutung nach hatte er sie dieses Mal tatsächlich »stylen« lassen. Lilas Lächeln gefror leicht, als sie mich sah, aber sie gewann schnell ihre Haltung zurück und lachte mädchenhaft.

»Oh, Kinsey, nun schau bloß, was er wieder angestellt hat«, zwitscherte sie und streckte ihre Hand aus. Dort prunkte ein großer, viereckig geschliffener Diamant, der hoffentlich eine geschmacklose Imitation war.

»Mein Gott, ist der wunderbar. Was ist der Anlaß dafür?« fragte ich mit verzagendem Herzen. Sie hatten sich doch bestimmt nicht verlobt. Sie paßte so gar nicht zu ihm, albern und falsch wie sie war, während er doch ein so aufrichtiger Mensch war.

»Nur um die Tatsache zu feiern, daß wir uns begegnet sind«, erwiderte Henry mit einem Blick auf sie. »Wann war das, vor einem Monat? Sechs Wochen?«

»Ach, du böser Junge«, schimpfte sie und stampfte spielerisch mit ihrem kleinen Fuß auf. »Ich bin fast gewillt, dich das hier gleich zurückbringen zu lassen. Wir haben uns am zwölften Juni kennengelernt. Das war Mozas Geburtstag, und ich war gerade eingezogen. Du hast die Teegesellschaft ausgestattet, die sie gegeben hat, und mir seitdem den Kopf verdreht.« Dann senkte sie ihre Stimme zu einem höchst vertraulichen Ton. »Ist er nicht schrecklich?«

Ich kann so nicht mit Leuten reden, nicht solch sinnlose Albernheiten austauschen. Ich fühlte, wie mein Lächeln unsicher wurde, aber ich konnte nichts dagegen tun. »Ich finde, daß er großartig ist«, entgegnete ich, was irgendwie lahm und unpassend klang.

»Nun, selbstverständlich ist er großartig«, kam es prompt. »Warum sollte er es nicht sein? Er ist so ein unschuldiger Mensch. Jeder kann ihn ausnutzen.«

Ihre Stimme war plötzlich zänkisch, als hätte ich ihn beleidigt. Ich hörte die Warnsignale wie irre klingeln, doch ich konnte mir immer noch nicht vorstellen, was nun kommen würde. Sie drohte mir mit einem Finger. Rote Fingernägel durchschnitten vor meinem Gesicht die Luft. »Sie zum Beispiel, Sie böses Mädchen. Ich habe es Henry gesagt, und ich werde es Ihnen ins Gesicht sagen, daß die Miete, die Sie zahlen, ein Skandal ist. Und Sie wissen nur zu gut, wie sehr Sie ihn ausnehmen.«

»Was?«

Ihre Augen verengten sich, und sie schob ihr Gesicht näher an meines. »Spielen Sie jetzt bloß nicht die Ahnungslose. Zweihundert Dollar im Monat! Meine Güte. Wissen Sie, für wieviel die Studio-Appartements hier in der Gegend vermietet werden? Dreihundert. Das sind hundert Dollar, die Sie ihm jedesmal wegnehmen, wenn Sie ihm einen Scheck ausstellen. Das ist eine Schande. Es ist einfach eine Schande!«

»Ach, bitte, Lila«, unterbrach Henry. Er schien zwar verlegen darüber, daß sie das Thema angeschnitten hatte, doch war es eindeutig etwas, das sie bereits besprochen hatten. »Laß uns jetzt nicht damit anfangen. Sie wollte gerade gehen.«

»Sie kann ein paar Minuten erübrigen, da bin ich sicher«, funkelte sie mich an.

»Sicher«, stimmte ich schwach zu und sah ihn dann an. »Warst du unzufrieden mit mir?« Ich fühlte, wie mir heiß und kalt und übel wurde. Hatte er wirklich das Gefühl, von mir betrogen zu werden?

Lila fiel wieder ein und antwortete, bevor er auch nur den Mund öffnen konnte. »Wir wollen Henry nicht in Verlegenheit bringen«, meinte sie. »Er hält so große Stücke auf Sie, deshalb hat er es ja bisher nicht übers Herz gebracht, sich zu beschweren. Sie sind diejenige, der ich am liebsten den Hintern versohlen möchte. Wie konnten Sie nur einen alten Softie wie Henry dermaßen um den Finger wickeln? Sie sollten sich schämen!«

»Ich würde Henry nicht ausnutzen!«

»Aber das haben Sie schon. Seit wann wohnen Sie hier für diese lächerliche Miete? Ein Jahr? Fünfzehn Monate? Erzählen Sie mir nicht, es ist Ihnen nie in den Sinn gekommen, daß Sie diese Wohnung für einen Spottpreis bekommen! Denn wenn Sie das behaupten, muß ich Sie offen eine Lügnerin nennen und uns beide in eine peinliche Lage bringen.«

Ich fühlte, wie sich mein Mund öffnete, aber ich konnte keinen Ton herausbringen.

»Wir können das später besprechen«, murmelte Henry und faßte sie am Arm. Er steuerte sie um mich herum, doch ihre Augen waren immer noch auf meine geheftet, und ihr Nacken und die Wangen waren inzwischen fleckig vor Wut. Ich drehte mich um und sah ihnen nach, während Henry sie in Richtung Hintertreppe brachte. Sie begann bereits im gleichen unwirklichen Tonfall zu protestieren, wie ich ihn neulich abends gehört hatte. War diese Frau verrückt?

Als sich die Tür hinter ihnen geschlossen hatte, fing mein Herz an zu klopfen, und ich spürte, daß ich schweißgebadet war. Ich band den

Schlüssel an meine Schnürsenkel und lief los. Lange bevor ich Gelegenheit hatte, mich aufzuwärmen, verfiel ich bereits in Trab. Ich rannte, um mich von ihr zu entfernen.

Ich lief drei Meilen, ging dann zu meiner Wohnung zurück und schloß auf. Henrys Jalousien waren heruntergelassen und die Fenster geschlossen. Die Rückseite seines Hauses wirkte leer und abweisend wie ein geschlossenes Strandbad.

Ich duschte, warf mir ein paar Sachen über und ging dann hinaus, um diesem Ort zu entfliehen. Ich fühlte mich immer noch getroffen, doch langsam stieg auch eine gewisse Wut in mir auf. Was ging sie das überhaupt an? Und warum war Henry mir nicht zu Hilfe gekommen?

Als ich Rosies Restaurant betrat, war es Nachmittag und keine Menschenseele in Sicht. Das Lokal war düster und stank nach dem Zigarettenrauch des vergangenen Abends. Der Fernsehapparat auf der Theke war ausgeschaltet, und die Stühle standen noch umgedreht auf den Tischflächen wie eine Artistentruppe, die ihre Kunststückchen vorführt. Ich ging nach hinten und öffnete die Schwingtür zur Küche. Überrascht sah Rosie auf. Sie saß auf einem hohen Holzhocker und hatte ein Hackmesser in der Hand, mit dem sie Lauch hackte. Sie haßte es, wenn jemand in ihre Küche eindrang, wahrscheinlich weil sie gesetzliche Hygienevorschriften verletzte.

»Was ist passiert?« fragte sie nach einem Blick auf mich.

»Ich hatte eine Begegnung mit Henrys Freundin«, erwiderte ich.

»Aha«, nickte sie. Sie hackte eine Stange Lauch mit dem Hackmesser, daß die Stücke nur so flogen. »Sie kommt nicht hierher. Sie weiß warum.«

»Rosie, diese Frau ist reif fürs Irrenhaus. Sie hätten sie hören sollen, neulich abends, nachdem sie sich mit Ihnen angelegt hatte. Stundenlang hat sie getobt und geschäumt. Jetzt beschuldigt sie mich, Henry mit der Miete zu betrügen.«

»Setz dich. Ich hab hier irgendwo Wodka.« Sie ging an den Schrank über dem Spülbecken und zog auf Zehenspitzen eine Wodkaflasche heraus. Dann brach sie das Siegel auf und goß mir einen Schluck in eine Kaffeetasse. Nach einem Achselzucken goß sie sich selbst auch einen ein. Als wir ihn getrunken hatten, konnte ich das Blut in mein Gesicht zurückschießen spüren.

Unwillkürlich entfuhr mir ein »Puh!« Meine Speiseröhre brannte, und ich fühlte, wie sich die Konturen meines Magens mit Hilfe des Alkohols abzeichneten. Ich hatte mir meinen Magen immer viel weiter unten vorgestellt. Verrückt. Rosie gab die geschnittenen Lauchstücke in eine Schüssel und spülte das Hackmesser unter Wasser ab, bevor sie sich mir wieder mir zuwandte.

»Hast du zwanzig Cents? Gib mir zwei Zehner«, forderte sie mit ausgestreckter Hand. Ich suchte in meiner Handtasche herum und förderte etwas Kleingeld zutage. Rosie nahm es und ging zum Münztelefon an der Wand. Jeder mußte dieses Münztelefon benutzen, sogar sie selbst.

»Wen rufen Sie an? Doch nicht etwa Henry«, rief ich erschrokken.

»Schsch!« Sie hielt eine Hand hoch, um mich zum Schweigen zu bringen. Ihr Blick war konzentriert, wie man es macht, wenn jemand am anderen Ende den Hörer abnimmt. Ihre Stimme wurde säuselnd und klebrig.

»Hallo Liebes. Hier ist Rosie. Was machst du gerade? Nein, nein, aber ich glaube, du solltest besser mal rüberkommen. Wir haben da eine Kleinigkeit zu besprechen.«

Sie warf den Hörer auf die Gabel, ohne eine Antwort abzuwarten, und starrte mich dann befriedigt an. »Mrs. Lowenstein kommt auf einen Plausch rüber.«

Moza Lowenstein saß auf dem Stuhl aus Chrom und Plastik, den ich ihr von der Theke geholt hatte. Sie ist eine große Frau, deren Haare die Farbe einer gußeisernen Bratpfanne haben. Sie trägt sie in Zöpfen, die um den Kopf gewunden sind, und Silbersträhnen durchziehen sie wie Lametta. Ihr Gesicht mit dem blassen Puder hat das weiche Aussehen eines Marshmallow. Normalerweise hält sie sich gern an etwas fest, wenn sie mit Rosie spricht: einen Bund Bleistifte, einen Holzlöffel – irgendeinen Talisman, um sich vor Angriffen zu schützen. Heute war es das Geschirrtuch, das sie mitgebracht hatte. Offensichtlich hatte Rosie sie mitten in der Hausarbeit unterbrochen, und sie war, wie befohlen, gleich herüber geeilt. Sie fürchtet Rosie, wie jeder mit ein bißchen gesundem Menschenverstand. Rosie schoß sofort los und verzichtete auf Höflichkeiten jeder Art.

»Wer ist diese Lila Sams?« fragte sie. Dabei nahm sie das Hackmesser und begann auf ein Stück Kalbfleisch zu klopfen, worauf Moza zurückschreckte.

Als sie ihre Stimme wiedergefunden hatte, war sie ängstlich und weich. »Ich weiß nicht genau. Sie stand vor meiner Tür und sagte, sie komme auf die Anzeige in der Zeitung hin, aber das war alles ein Irrtum. Ich hatte gar kein Zimmer zu vermieten, und das sagte ich ihr auch. Nun, die Arme brach in Tränen aus – was sollte ich tun? Ich mußte sie auf eine Tasse Tee hereinbitten.«

Rosie hielt inne, um sie ungläubig anzustarren. »Und dann hast du ihr ein Zimmer vermietet?«

Moza faltete das Geschirrtuch und formte eine Figur damit, wie bei den Servietten in schicken Restaurants. »Eigentlich nicht. Ich sagte ihr, sie könne bei mir wohnen, bis sie etwas gefunden hätte, aber sie bestand darauf, dafür zu bezahlen. Sie wollte niemandem etwas schuldig bleiben, sagte sie.«

»So was nennt man Zimmervermietung. Das ist es nämlich«, schnauzte Rosie.

»Tja, sicher. Wenn du es *so* ausdrücken willst.«

»Wo kommt diese Frau her?«

Moza schlug das Handtuch wieder auf und tupfte es an ihrer Oberlippe, um sich den Schweiß abzuwischen. Dann breitete sie es im Schoß aus und bügelte es mit der Hand, wobei sie die Finger keilförmig wie ein Bügeleisen zusammenpreßte. Ich sah, wie Rosies harter Blick jeder ihrer Bewegungen folgte, und dachte, gleich würde sie Mozas Hand einen Schlag mit dem Hackmesser versetzen. Moza mußte das gleiche gedacht haben, denn sie hörte auf, mit dem Handtuch herumzuspielen, und sah schuldbewußt zu Rosie auf. »Was?«

Langsam und deutlich, als spräche sie mit einem Ausländer, fragte Rosie: »Wo kommt Lila Sams her?«

»Aus einer kleinen Stadt in Idaho.«

»*Welcher* kleinen Stadt?«

»Nun, ich weiß nicht«, wehrte Moza ab.

»Du läßt eine Frau in deinem Haus wohnen, und du weißt nicht, aus welcher Stadt sie stammt?«

»Was macht das schon?«

»Und du weißt nicht, was das ausmacht?« Rosie starrte sie mit übertriebenem Erstaunen an. Moza sah weg und faltete das Handtuch zu einer Bischofsmütze.

»Du wirst mir einen Gefallen tun und es herausfinden«, bestimmte Rosie. »Bringst du das fertig?«

»Ich werd's versuchen«, erwiderte Moza. »Aber sie hat es nicht gern, wenn man sich in ihre Angelegenheiten mischt. Das hat sie mir gesagt, und es war ihr ziemlich ernst.«

»Mir ist es auch sehr ernst. Mir ist es ernst damit, daß ich diese Lady nicht leiden kann, und ich will wissen, was sie vorhat. Du findest heraus, wo sie herkommt, und Kinsey kann sich um den Rest kümmern.

Und ich brauche dir wohl nicht zu sagen, Moza, daß ich nicht will, daß Lila Sams davon erfährt. Verstanden?«

Moza wirkte in die Ecke getrieben. Ich konnte sie mit sich kämpfen sehen. Sie versuchte zu entscheiden, was schlimmer war: Rosie in Wut zu bringen oder von Lila Sams beim Schnüffeln erwischt zu werden. Es sah nach einem Kopf-an-Kopf-Rennen aus, doch ich wußte bereits, auf wen ich setzte.

16

Später am Tag fuhr ich ins Büro zurück und listete meine Notizen auf. Es waren zwar nicht viele, aber ich gerate nicht gern ins Hintertreffen. Auch wenn Bobby tot war wollte ich normale Berichte schreiben und gelegentlich ausführliche Rechnungen hinzufügen, selbst wenn es nur für mich war. Ich hatte seine Akte in die Schublade zurückgelegt und war gerade dabei, meinen Schreibtisch aufzuräumen, als es an der Tür klopfte und Derek Wenner hereinspähte.

»Oh, hallo. Ich hatte gehofft, Sie hier anzutreffen.«

»Hallo Derek. Kommen Sie rein«, erwiderte ich.

Einen Moment lang stand er unentschlossen da und ließ seinen Blick einmal über mein kleines Büro schweifen. »Irgendwie hatte ich es mir nicht so vorgestellt«, gestand er. »Hübsch. Ich meine, es ist zwar klein, aber praktisch. Ach ja, wie hat es mit Bobbys Kiste geklappt? Erfolg gehabt?«

»Ich hatte noch keine Gelegenheit, sie mir genauer anzusehen. Ich war mit anderen Dingen beschäftigt. Setzen Sie sich.«

Während er sich weiter umschaute, zog er einen Stuhl heran und setzte sich. Er trug ein Polohemd, eine weiße Hose und zweifarbige Schuhe. »So sieht es also aus, nicht?«

Das war wohl seine Art von Smalltalk, nahm ich an. Ich setzte mich und ließ ihn ein wenig plappern. Er wirkte nervös, und ich konnte mir nicht vorstellen, was ihn hergeführt hatte. Wir schwätzten dummes Zeug und demonstrierten Wohlwollen. Ich hatte ihn erst ein paar Stunden vorher gesehen, und so viel Gesprächsstoff hatten wir auch nicht.

»Wie geht es Glen?« fragte ich.

»Gut«, nickte er. »Es geht ihr ganz prima. Mein Gott, ich weiß nicht, wie sie das überstanden hat, aber, wissen Sie, sie hat eine zähe Natur.« Er sprach in einem leicht zweifelnden Tonfall, als sei er sich nicht wirklich sicher, ob er die Wahrheit sagte.

Dann räusperte er sich, und die Klangfarbe seiner Stimme änderte sich.

»Okay, ich werde Ihnen sagen, warum ich vorbeigekommen bin«, meinte er. »Bobbys Anwalt hat mich vorhin angerufen, um mit mir über die Bedingungen von Bobbys Testament zu reden. Kennen Sie Varden Talbot?«

»Nicht persönlich. Er sandte mir die Kopien des Berichts über Bobbys Unfall zu, aber das ist auch schon alles.«

»Ein cleverer Bursche«, fand Derek. Er wich aus. Ich dachte, es könnte besser sein, ihn ein bißchen zu schubsen, sonst würde er den ganzen Tag brauchen.

»Was hatte er zu sagen?«

Dereks Gesichtsausdruck bestand aus einer wundervollen Mischung aus Unbehaglichkeit und Ungläubigkeit. »Tja, das ist eben das Erstaunliche«, druckste er herum. »Aus seinen Andeutungen schließe ich, daß meine Tochter den Großteil von Bobbys Geld erbt.«

Ich brauchte ein paar Minuten, um mir klarzumachen, daß die Tochter, auf die er sich bezog, Kitty Wenner war – Kokserin, zur Zeit wohnhaft in der Psychoabteilung im St. Terry. »Kitty?« staunte ich.

Er rutschte auf seinem Sitz herum. »Ich war selbstverständlich ebenfalls überrascht. Wie ich Varden verstanden habe, hat Bobby ein Testament aufgesetzt, als er vor drei Jahren über sein Geld verfügen konnte. Damals hatte er alles Kitty überlassen wollen. Dann, einige Zeit nach dem Unfall, fügte er einen Nachtrag hinzu, damit ein bißchen von dem Geld an Ricks Eltern geht.«

Ich war kurz davor, zu fragen: »Ricks Eltern?«, als litte ich unter Echolalie, doch ich klappte meinen Mund wieder zu und ließ ihn fortfahren.

»Glen wird nicht vor dem späten Abend zurück sein, also weiß sie noch nichts davon. Ich nehme an, sie wird morgen früh mit Varden reden wollen. Er sagte, daß er eine Kopie des Testaments anfertigen und uns zusenden werde. Er wird weitermachen und die Testamentseröffnung anmelden.«

»Und Sie sind der erste, der etwas davon erfahren hat?«

»Soweit ich weiß, ja.« Er fuhr fort zu reden, während ich herauszufinden versuchte, was das zu bedeuten hatte. Geld als Motiv scheint immer der direkteste Weg zu sein. Finde heraus, wer finanziell profitiert, und fang da an. Kitty Wenner. Phil und Reva Bergen.

»Entschuldigung«, unterbrach ich ihn. »Nur, über wieviel Geld sprechen wir hier eigentlich?«

Derek hielt inne, um sich mit der Hand übers Kinn zu fahren, als wollte er prüfen, ob eine Rasur fällig sei. »Nun, hundert Riesen für Ricks Eltern, und, tja, ich weiß nicht. Kitty wird wahrscheinlich ein paar Millionen bekommen. Davon muß man natürlich die Erbschaftssteuer abziehen . . .«

All die kleinen Nullen begannen in meinem Kopf herumzutanzen wie Zuckererbsen. »Hundert Riesen« und »ein paar Millionen« wie bei einhunderttausend Dollar und noch mal zwei Millionen. Ich saß nur da und starrte ihn an. Warum war er hergekommen, um mir den Quatsch zu erzählen?

»Wo liegt der Haken?« fragte ich.

»Wie?«

»Ich frage mich bloß gerade, warum Sie mir das alles erzählen. Gibt es dabei ein Problem?«

»Vermutlich mache ich mir Sorgen um Glens Reaktion. Sie wissen ja, wie sie über Kitty denkt.«

Ich zuckte die Achseln. »Es war Bobbys Geld, mit dem er machen konnte, was er wollte. Wie könnte sie etwas dagegen haben?«

»Glauben Sie nicht, daß sie es anfechten wird?«

»Derek, ich kann nicht darüber spekulieren, was Glen tun könnte. Sprechen Sie mit ihr.«

»Ja, ich nehme an, das werde ich tun, wenn sie zurück ist.«

»Ich vermute, das Geld soll in eine Art Treuhandfonds geleitet werden, da Kitty erst siebzehn ist. Wer ist zum Verwalter bestimmt? Sie?«

»Nein, nein. Die Bank. Ich glaube, daß Bobby keine besonders hohe Meinung von mir hatte. Um die Wahrheit zu sagen, ich bin ein wenig besorgt darüber, wie das alles aussehen wird. Bobby behauptet, jemand versucht, ihn umzubringen, und dann stellt sich heraus, daß Kitty sein ganzes Geld erbt, wenn er stirbt.«

»Ich bin sicher, daß die Polizei sich mit ihr unterhalten wird.«

»Aber Sie glauben nicht, daß sie etwas mit Bobbys Unfall zu tun haben könnte, nicht wahr?«

Aha, der Grund seines Besuches.

»Ehrlich gesagt, kann ich es mir nicht vorstellen, aber das Morddezernat könnte das anders sehen. Möglicherweise werden Sie auch unter die Lupe genommen, wenn sie einmal dabei sind.«

»Ich?!« Er brachte es wirklich fertig, eine Menge Betonung in eine einzige Silbe zu legen.

»Was wäre, wenn Kitty etwas zustößt? Wer bekommt dann das Geld? Sie ist nicht gerade in bester gesundheitlicher Verfassung.«

Unbehaglich sah er mich an und wünschte wahrscheinlich, niemals hergekommen zu sein. Er muß die vage Hoffnung gehegt haben, daß ich ihn beruhigen könnte. Statt dessen hatte ich die Grundlage seiner Befürchtungen noch erweitert. Kurz darauf beendete er das Gespräch, stand auf und sagte, er würde sich wieder melden. Als er sich zum Gehen wandte, sah ich, daß ihm das Polohemd am Rücken klebte, und ich konnte die Anspannung in seinem Schweiß riechen.

»Ach, Derek«, rief ich ihm hinterher. »Sagt Ihnen der Name Blackman etwas?«

»Nicht, daß ich wüßte. Warum?«

»Nur so 'ne Frage. Ich danke Ihnen, daß Sie reingeschaut haben«, fügte ich hinzu. »Wenn Sie etwas Neues rausfinden, lassen Sie es mich bitte wissen.«

»Mach ich.«

Nachdem er gegangen war, rief ich kurz einen Freund von mir an, der bei der Telefongesellschaft arbeitet, und fragte ihn nach S. Blackman. Er sagte, er werde das nachprüfen und mich zurückrufen. Ich ging zum Parkplatz hinunter und zog den Pappkarton hervor, den ich aus Bobbys Garage mitgenommen hatte. Dann ging ich wieder ins Büro und sah mir den Inhalt an, indem ich ein Teil nach dem anderen herausnahm. Es war genauso, wie ich es in Erinnerung hatte: zwei Röntgenanleitungen, einige medizinische Texte, Büroklammern, Filzstifte, Notizblöcke. Nichts von Bedeutung, soweit ich das sehen konnte. Ich schleppte die Kiste wieder runter und schob sie mit dem Vorsatz auf den Rücksitz zurück, sie bei nächster Gelegenheit wieder Bobbys Familie zu übergeben.

Und der nächste Versuch? Mir fiel rein gar nichts ein.

Ich fuhr nach Hause.

Als ich vor dem Haus einparkte, ertappte ich mich dabei, wie ich den Weg nach Anzeichen von Lila Sams absuchte. Für eine Frau, die ich erst drei- oder viermal im Leben gesehen hatte, schien sie eine etwas zu große Bedeutung anzunehmen. Sie verdarb jedes Gefühl von Gemütlichkeit, das ich mit der Vorstellung von »zu Hause« verband. Ich verschloß meinen Wagen, ging ums Haus herum auf den Hof und warf einen schnellen Blick zur Rückseite von Henrys Haus, um zu sehen, ob er da war. Die Hintertür stand offen, und ich roch den würzigen Duft von Hefe und Zimt durch die Gittertür. Ich schaute hinein und erblickte Henry, der mit einem Becher Kaffee und der Nachmittagszeitung vor ihm am Tisch stand.

»Henry?«

Er schaute hoch. »Ach, Kinsey. Da bist du ja.« Er kam herüber, klinkte die Tür auf und hielt sie offen. »Komm rein, komm rein. Möchtest du einen Kaffee? Ich habe grade ein Blech süßer Brötchen im Ofen, die jeden Moment fertig sein müßten.«

Zögernd trat ich ein, immer noch halb in der Erwartung, Lila Sams wie von der Tarantel gestochen aufspringen zu sehen. »Ich wollte nicht stören«, meinte ich. »Ist Lila da?«

»Nein, nein. Sie hatte ein paar Dinge zu erledigen, aber sie wird gegen sechs zurück sein. Ich habe sie für heute abend zum Essen eingeladen. Wir haben eine Reservierung im Crystal Palace.«

»Oh, wie beeindruckend«, bemerkte ich. Henry zog einen Stuhl für mich heran und goß mir Kaffee ein, während ich mich umsah. Lila hatte offensichtlich ihre zarte Hand an die Wohnung gelegt. Die Vorhänge waren neu: avocadogrüne Baumwolle, bedruckt mit Salz- und Pfefferstreuern, Gemüsebüscheln und Holzlöffeln. Sie wurden von grünen Schleifen zurückgehalten. Passend dazu gab es Tischdeckchen und Servietten mit Accessoires in einem kontrastierenden Kürbisfarbton. Auf dem Schrank stand ein neuer Untersatz mit einem häuslichen Spruch in schmiedeeisernen Schnörkeln. Ich glaubte zu lesen »Gott segne unsere Kekse«, aber das wird wohl ein Irrtum gewesen sein.

»Du hast die Wohnung aufgemöbelt«, staunte ich.

Sein Gesicht erhellte sich, und er sah sich um. »Gefällt's dir? Es war Lilas Idee. Ich sage dir, die Frau hat mein Leben dermaßen verändert.«

»Nun, das ist schön. Ich freue mich, das zu hören«, lächelte ich.

»Sie gab mir ein Gefühl von ... ich weiß nicht, *Vitalität* ist wohl das richtige Wort. Bereit, noch mal ganz von vorn anzufangen.«

Ich überlegte, ob er direkt auf ihre Anschuldigung zu sprechen kommen würde, daß ich ihn ausnutze. Er stand auf, öffnete die Haustür und prüfte die süßen Brötchen. Offenbar entschied er, daß sie noch nicht ganz fertig waren. Er schob sie zurück und schloß den Ofen. Den kürbisfarbenen Handschuh ließ er wie ein Boxer über die rechte Hand gestreift.

Unbehaglich rutschte ich auf meinem Stuhl herum. »Ich dachte, daß du und ich uns vielleicht mal unterhalten sollten, nach Lilas Anschuldigungen wegen der Miete.«

»Ach, mach dir darüber keine Sorgen«, winkte er ab. »Das war bloß eine ihrer Launen.«

»Aber Henry, ich möchte nicht, daß du das Gefühl hast, ich wollte dich betrügen. Glaubst du nicht, daß wir die Sache bereinigen sollten?«

»Nein. Quatsch. Ich habe nicht das Gefühl, daß du mich betrügst.«

»Aber sie hat es.«

»Nein, nein, überhaupt nicht. Du hast das falsch verstanden.«

»Falsch verstanden?« fragte ich ungläubig.

»Schau, das Ganze ist mein Fehler, und es tut mir leid, daß ich das nicht rechtzeitig geradegerückt habe. Lila ist aufgebraust, und das weiß sie. Tatsächlich bin ich davon überzeugt, daß sie vorhat, sich zu entschuldigen. Sie und ich haben hinterher noch lange darüber geredet, und ich weiß, daß sie sich mies fühlt. Es hatte nichts mit dir persönlich zu tun. Sie ist ein wenig überempfindlich, aber sie ist wirklich die liebste Frau, die du je getroffen hast. Wenn du sie erst mal kennengelernt hast, wirst du sehen, was für ein wunderbarer Mensch sie ist.«

»Das hoffe ich«, erwiderte ich. »Was mich beunruhigt, ist, daß sie erst mit Rosie diese Reiberei hatte und dann auf mich losging. Ich war mir nicht sicher, was da los war.«

Henry lachte. »Nun, ich würde das nicht zu ernst nehmen. Du kennst doch Rosie. Sie bekommt mit jedem Streit. Lila ist nett. Sie hat ein Herz aus Gold, und sie ist so treu wie ein kleines Hündchen.«

»Ich möchte bloß nicht zusehen, wie du dich aufs Glatteis begibst«, meinte ich. Das war einer dieser Sprüche, die eigentlich nicht viel bedeuten, aber irgendwie schien er hier zu passen.

»Kein Grund zur Sorge«, erwiderte er sanft. »Ich lebe schon eine ganze Weile, weißt du, und bin bisher nie auf dem Glatteis gelandet.«

Er sah noch mal nach den süßen Brötchen, und dieses Mal nahm er sie heraus und stellte das Blech zum Abkühlen auf den Untersatz. Er schaute zu mir. »Ich hatte noch keine Gelegenheit, es dir zu erzählen. Sie und ich werden zusammen in eine Grundstücksspekulation einsteigen.«

»Ach ja?«

»Weshalb das Thema mit deiner Miete überhaupt erst aufkam. Das Mieteinkommen bestimmt den Gesamtwert des Grundstücks, und das war ihr Hauptanliegen. Sie meinte, sie habe keineswegs unsere Beziehung stören wollen. Sie ist dickköpfig, wenn's ums Geschäft geht, aber sie wollte nicht, daß es so aussieht, als wolle sie sich einmischen.«

»Was für eine Art Grundstücklsspekulation?«

»Ja, sie besitzt einiges an Vermögen, das sie zusätzlich zur Verfügung stellt, und mit diesem Haus dazu haben wir fast soviel zusammen, daß wir das Grundstück, das wir haben möchten, bar bezahlen können.«

»Ist es hier in der Stadt?«

»Das sage ich dir besser nicht. Sie hat mich zum Schweigen verpflichtet. Ich meine, es ist sowieso noch nicht sicher, aber ich werde dir mehr erzählen, wenn der Handel unter Dach und Fach ist. Das wird wohl in den nächsten paar Tagen der Fall sein. Ich mußte ihr schwören, den Mund zu halten.«

»Ich verstehe noch nicht«, stotterte ich. »Verkaufst du dein Haus?«

»Ich habe noch nicht einmal angefangen, die Details zu begreifen. Das ist mir zu kompliziert«, gab er zurück.

»Ich wußte nicht, daß sie etwas mit Grundstücken zu tun hat.«

»Oh, solche Sachen hat sie jahrelang gemacht. Sie war mit irgendeinem großen Geschäftsmann in Mexiko verheiratet, und als er starb, hinterließ er ihr einiges. Sie hat 'nen ordentlichen Batzen. Grundstücksinvestitionen sind sozusagen ihr Hobby, sagt sie.«

»Und sie ist aus New Mexico? Ich dachte, jemand hätte mir erzählt, sie kommt aus Idaho.«

»Oh, sie hat überall gelebt. In ihrem Herzen ist sie eine Zigeunerin. Sie ist dabei, sogar mich zu überreden. Weißt du, einfach in den Sonnenuntergang fahren. 'n großes Wohnmobil und eine Karte der Staaten. Fahren, wohin die Straße uns bringt. Ich fühle mich, als hätte sie mir zwanzig Jahre meines Lebens geschenkt.«

Ich hätte ihn gern genauer befragt, aber ich hörte Lilas »juhuu« an der Gittertür. Ihr Gesicht erschien, von feschen Locken eingerahmt. Sie legte eine Hand an die Wange, als sie mich sah, und wurde ganz schüchtern und verlegen.

»O Kinsey. Ich wette, ich weiß, warum Sie hier sind«, sagte sie. Sie kam in die Küche und blieb einen Moment lang stehen, die Hände vor der Brust gefaltet, als wolle sie im nächsten Moment zum Gebet auf die Knie fallen. »Sagen Sie jetzt bitte nichts, bis ich das los bin«, fuhr sie fort. Sie hielt inne, um Henry anzuschauen. »O Henry, du hast ihr doch gesagt, wie sehr es mir leid tut, daß ich so ein Theater gemacht habe.« Sie benutzte eine besonders mädchenhafte Stimme.

Henry legte einen Arm um sie und drückte sie kurz. »Ich habe schon alles erklärt, und ich bin sicher, daß sie es versteht«, versicherte er. »Ich möchte nicht, daß du dir noch weiter Sorgen darüber machst.«

»Aber ich mache mir Sorgen, Puddy, und ich werde mich nicht wohlfühlen, bevor ich es nicht selbst gesagt habe.«

Puddy?

Sie kam zu dem Stuhl, auf dem ich saß, und ergriff meine rechte Hand, die sie zwischen ihren Händen drückte.

»Es tut mir so leid. Ich muß mich wirklich entschuldigen, daß ich Ihnen so etwas gesagt habe, und ich bitte Sie um Vergebung.« Ihre Stimme klang zerknirscht, und ich dachte, Puddy müßte den Tränen nahe sein. Sie sah mir tief in die Augen, und ein paar ihrer Ringe gruben sich ziemlich schmerzhaft in meine Finger. Offenbar hatte sie die Ringe herumgedreht, so daß die Steine sich auf der Handinnenfläche befanden und jetzt einen maximalen Effekt erzielten, als sie ihren Griff verstärkte. »Ach, das geht schon in Ordnung«, meinte ich. »Denken Sie nicht weiter darüber nach. Ich werde es sicher auch nicht mehr tun.«

Um ihr zu beweisen, was für ein feiner Mensch ich war, stand ich auf und legte meinen linken Arm um sie, genau wie Henry es getan hatte. Dann drückte ich sie ebenfalls ganz leicht, wobei ich meinen Fuß auf die Spitze ihres rechten Schuhs stellte und mich etwas vorbeugte. Sie zog ihren Oberkörper zurück, aber ich schaffte es, meinen Fuß an der Stelle zu halten, wo er war, so daß wir nun Hüfte an Hüfte standen. Einen Moment lang starrten wir uns an. Dann lächelte sie schmierig und lockerte ihren Griff. Ich verlagerte das Gewicht von meinem Fuß, aber erst, nachdem sich hoch oben auf ihren Wangen zwei Farbflecken gebildet hatten wie bei einem Nymphensittich.

Puddy schien erfreut, daß wir zu diesem neuen Verständnis füreinander gefunden hatten, und ich war es auch. Ich entschuldigte mich und ging kurz darauf. Bis dahin hatte Lila mich nicht mehr angesehen, und ich stellte fest, daß sie sich abrupt hingesetzt und einen Schuh ausgezogen hatte.

17

Ich ging in mein Appartement, goß mir ein Glas Wein ein und machte mir dann ein Sandwich mit Schmelzkäse, dünn geschnittenen Gurken und Zwiebeln auf Vollkornbrot. Ich schnitt es halb durch, benützte ein Stück Küchenkrepp als Kombination aus Serviette und Teller und transportierte Sandwich und Weinglas ins Badezimmer. Dann öffnete ich das Badezimmerfenster einen Spalt breit und aß stehend in der Badewanne. Hin und wieder spähte ich hinaus, um zu sehen, ob Henry und Lila zu ihrer Dinnerverabredung fuhren. Um Viertel vor sieben kamen sie um die Hausecke. Henry schloß den Wagen auf und öffnete ihr die Beifahrertür. Ich begab mich vorsichtig in eine aufrechte Haltung und duckte mich dann außer Sicht, bis ich hörte, wie er den Wagen anließ und losfuhr.

Bis dahin hatte ich mein Abendessen beendet und brauchte hinsichtlich des Geschirrspülens lediglich mein Papiertuch zusammenzurollen und in den Abfall zu werfen, wobei ich außerordentlich zufrieden mit mir war. Ich vertauschte meine Sandalen mit Turnschuhen, schnappte mir meinen Hauptschlüssel, die Dietriche, das Taschenmesser und eine Taschenlampe und ging dann den Block hinunter zu Moza Lowensteins Haus. Ich klingelte. Verwirrt sah sie mich aus dem Seitenfenster heraus an und öffnete dann die Tür.

»Ich konnte mir nicht vorstellen, wer das um diese Zeit noch sein könnte«, erklärte sie. »Ich dachte, Lila käme zurück, weil sie etwas vergessen hat.«

Gewöhnlich statte ich Moza keine Besuche ab, und es war klar, daß sie sich wunderte, was ich an ihrer Türschwelle suchte. Sie trat zurück und ließ mich schüchtern lächelnd ein. Im Fernsehen lief eine Wiederholung von »M.A.S.H.«; die Hubschrauber wirbelten gerade eine Staubwolke auf.

»Ich dachte daran, mir Lila Sams mal etwas genauer anzusehen«, meinte ich, während im Fernsehen die Filmmusik »Suicide Is Painless« fröhlich lief.

»Oh, aber sie ist gerade ausgegangen«, beeilte sich Moza zu sagen. Sie merkte bereits, daß ich nichts Gutes im Schilde führte, und dachte wahrscheinlich, sie könnte mich davon abhalten.

»Ist das hier hinten ihr Zimmer?« fragte ich und ging in den Flur. Ich wußte, daß Mozas Schlafzimmer am Ende des Korridors auf der linken Seite lag. Demzufolge mußte Lilas Zimmer der früher »freie« Raum sein.

Moza kam schwerfällig hinter mir her. Sie ist eine große Frau, die an einer Krankheit leidet, bei der die Füße anschwellen. Ihr Gesichtsausdruck war eine Mischung aus Schmerz und Bestürzung.

Ich versuchte es mit dem Türknopf. Lilas Tür war verschlossen.

»Sie können da nicht reingehen.«

»Nein?«

Sie sah jetzt ängstlich aus und ließ sich auch nicht durch den Anblick des Generalschlüssels beruhigen, den ich jetzt in das Schlüsselloch führte. Hier handelte es sich um ein einfaches Hausschloß, das nur einen Nachschlüssel erforderte, von dem ich verschiedene Modelle an einem Ring dabei hatte.

»Sie haben mich nicht verstanden«, wiederholte sie. »Das Zimmer ist abgeschlossen.«

»Nein, ist es nicht. Sehen Sie?« Ich öffnete die Tür, und Moza legte sich eine Hand ans Herz.

»Sie wird zurückkommen.« Ihre Stimme bebte.

»Moza, ich werde nichts mitnehmen«, erklärte ich. »Ich werde mit großer Sorgfalt arbeiten, und sie wird nie merken, daß ich hier war. Warum setzen Sie sich nicht nach vorn ins Wohnzimmer und halten die Augen offen, vorsichtshalber? In Ordnung?«

»Sie wird so wütend werden, wenn sie herausfindet, daß ich Sie hereingelassen habe«, flehte sie mich an. Ihre Augen waren jetzt so traurig wie die eines Bassethunds.

»Aber sie wird es nicht herausfinden, also brauchen Sie sich keine Sorgen zu machen. Übrigens, haben Sie herausbekommen, aus welcher kleinen Stadt in Idaho sie stammt?«

»Dickey, hat sie mir gesagt.«

»Oh, gut. Schönen Dank. Sie hat nie erwähnt, daß sie mal in New Mexiko gewohnt hat, oder?«

Moza schüttelte den Kopf und begann, sich auf die Brust zu klopfen, wie man es bei einem Baby macht, das aufstoßen soll. »Bitte beeilen Sie sich«, beschwor sie mich. »Ich weiß nicht, was ich machen soll, wenn sie zurückkommt.«

Da war ich mir selbst nicht sicher.

Ich schlüpfte in das Zimmer, schloß die Tür und schaltete das Licht ein. Auf der anderen Seite der Tür hörte ich Moza murmelnd in den vorderen Teil des Hauses schlurfen.

Der Raum war mit einer alten, mit Holzfurnier versehenen Schlafzimmergarnitur möbliert; ich bezweifelte, daß man sie »antik« nennen konnte. Die Teile sahen aus wie Möbel, die ich mal vor Billigläden im Zentrum von Los Angeles stehen sehen hatte: knarrend, unförmig und mit einem merkwürdigen Geruch nach feuchter Asche behaftet. Hier standen eine Kommode, passende Nachttische, ein Frisiertisch mit einem runden Spiegel zwischen Schubladenreihen. Das Bettgestell war aus schieferweiß gestrichenem Metall, und ein altrosafarbener Chenillestoff mit Fransen an den Seiten bildete die Tagesdecke. Die

Tapete zeigte ein Wirrwarr aus malven- und blaßrosafarbenen Blumensträußen auf grauem Hintergrund. Es gab mehrere Sepiafotografien eines Mannes, den ich für Mr. Lowenstein hielt; auf jeden Fall war es jemand, dem es gefallen hatte, sich das Haar mit Wasser anzuklatschen und eine Brille mit runden Gläsern und Goldrand zu tragen. Er schien Mitte Zwanzig zu sein und wirkte mit einem ernsten Mund über leicht hervorstehenden Zähnen hübsch und elegant. Der Fotograf hatte seine Wangen in einem rosaroten Ton gefärbt, der nicht ganz zum Rest des Bildes paßte, aber einen hübschen Effekt hervorrief. Ich hatte gehört, daß Moza 1945 Witwe geworden war. Ich hätte liebend gern ein Foto von ihr aus jener Zeit gesehen. Beinahe widerstrebend kam ich auf meine eigentliche Aufgabe zurück.

Es gab drei schmale Fenster mit heruntergelassenen Rollos, die von innen verschlossen waren. Ich ging hin und warf einen Blick nach draußen. Durch ein Gitter, das in den alten Holzrahmen hineingerostet war, erblickte ich ein Stück des hinteres Hofes. Ich sah auf die Uhr. Es war erst sieben. Sie würden mindestens eine Stunde fort sein, so daß ich mich nicht um einen Notausgang kümmern mußte. Andererseits hatte es keinen Sinn, in dieser Beziehung nachlässig zu sein. Ich ging wieder zur Tür, öffnete sie und ließ sie angelehnt. Moza hatte den Fernsehapparat ausgeschaltet, und ich stellte mir vor, wie sie durch die vorderen Vorhänge spähte, das Herz in der Hose, also ungefähr da, wo sich meines befand.

Es war immer noch hell draußen, doch das Zimmer wirkte trotz der eingeschalteten Deckenlampe düster. Ich fing mit der Kommode an. Erst verschaffte ich mir vorsorglich einen Überblick, um eventuelle simple Sicherheitsvorkehrungen aufzuspüren. Selbstverständlich hatte Lila ein paar Schubladen mit Fallen versehen, indem sie heimlich eine Haarsträhne über dem Spalt angebracht hatte. Ich entfernte die schönen Stücke und legte sie vorsichtig auf den handgestickten Läufer obenauf.

Die erste Schublade enthielt ein Durcheinander aus Schmuck, verschiedenen zusammengerollten Gürteln, gestickten Taschentüchern, einem Uhrenetui, Haarnadeln, ein paar einzelnen Knöpfen und zwei Paar weißen Baumwollhandschuhen. Ohne etwas zu berühren, starrte ich lange darauf und fragte mich, warum irgend etwas darin eine schützende Haarsträhne erforderlich machte. Sicher, wahrscheinlich würde jeder, der in Lilas Sachen herumschnüffelte, hier anfangen und sich runterarbeiten, so daß sie ihr vielleicht bloß als ständiger Hinweis diente – eine Art Sofortkontrolle, die sie jedes Mal, wenn sie nach

Hause kam, schnell inspizierte. Ich versuchte es mit der nächsten Schublade, die mit ordentlichen Stapeln von Nylonunterhosen gefüllt war. Ziemlich großen, wie sie alte Damen tragen. Versuchsweise fuhr ich mit dem Finger zwischen die Stapel, wobei ich darauf achtgab, die Ordnung nicht zu zerstören. Ich konnte nichts Besonderes ertasten, keine Waffe, keine nicht identifzierbaren Schachteln, keine Unebenheiten.

Einer plötzlichen Eingebung folgend öffnete ich die erste Schublade noch einmal und schaute auf die untere Seite. Es war nichts darunter festgeklebt. Ich zog die ganze Schublade heraus und untersuchte die hintere Seite. Hallo! Eins zu null für mich. Ein Briefumschlag, der in einer Plastikhülle steckte, war am hinteren Brett der Schublade befestigt und an allen vier Seiten mit Kreppband gesichert. Ich nahm mein Taschenmesser, schob die kleine Klinge unter eine Ecke des Klebebands und zog es ab, so daß ich den Briefumschlag aus seiner Plastikhülle nehmen konnte. Darin steckte ein Führerschein aus Idaho, ausgestellt auf den Namen Delilah Sampson. Diese Frau hatte geradezu einen biblischen Sinn für Humor. Ich notierte mir Adresse, Geburtsdatum, Größe, Gewicht, Haar- und Augenfarbe, von dem das meiste auf die Frau zuzutreffen schien, die ich als Lila Sams kannte. Da hatte ich einen wirklich großen Wurf getan. Ich steckte den Führerschein in den Umschlag zurück, brachte den Umschlag an sein Versteck und drückte das Kreppband fest gegen das Holz. Kritisch warf ich einen Blick auf mein Werk. Sah in meinen Augen unberührt aus, es sei denn, sie hätte alles mit irgendeinem Zauberstaub gepudert, der meine Hände knallrot färbte, sobald ich sie das nächste Mal wusch. Der Hexe wäre das zuzutrauen!

Die Rückseite der zweiten Schublade wurde ebenfalls als kleiner Safe benutzt und enthielt einen Stapel Kreditkarten und noch einen weiteren Führerschein. Der Name lautete dieses Mal Delia Sims, mit einer Adresse in Las Cruces, New Mexico, und demselben Geburtsdatum wie auf dem ersten. Wieder schrieb ich mir die Einzelheiten auf und brachte das Dokument vorsichtig in sein Versteck zurück. Dann setzte ich die Schublade wieder ein und sah schnell auf die Uhr. Sieben Uhr zweiunddreißig. Das war noch okay, aber ich hatte nach wie vor eine Menge zu tun. Ich setzte meine Suche fort, arbeitete mit viel Feingefühl und ließ den Inhalt der jeweiligen Schublade unangetastet. Als ich mit der Kommode fertig war, nahm ich die beiden Haare wieder an mich und befestigte sie erneut über den Schubladenöffnungen.

Der Frisiertisch brachte gar nichts, und die Nachttische waren ebenfalls sauber. Ich ging den Schrank durch und suchte in Manteltaschen, Koffern, Handtaschen und Schuhkartons. Einer von denen enthielt die Rechnung für die roten Schuhe, die sie bei unserer ersten Begegnung getragen hatte. Der Kontrollabschnitt einer Kreditkarte lag auf der Quittung, und ich steckte beide zwecks späterer Inspektion in meine Tasche. Unter dem Bett lag nichts, und auch hinter der Kommode war nichts versteckt. Ich sah mich noch mal um, ob ich nichts ausgelassen hatte, als ich ein merkwürdiges Trillern aus dem Wohnzimmer hörte.

»Kinsey, sie sind zurück«, winselte Moza. Ihre Stimme war heiser vor Furcht. Von der Straße her hörte ich den gedämpften Schlag einer zugeworfenen Wagentür.

»Danke«, erwiderte ich. Adrenalin durchflutete meinen Körper wie Wasser eine Regenrinne, und ich hätte schwören können, daß mein Herz wie im Comic gegen mein T-Shirt klopfte. Hastig sah ich mich noch mal um. Es sah alles normal aus. Ich erreichte die Tür zum Flur, schlüpfte hinaus und zog sie hinter mir zu. Dabei griff ich nach dem Ring mit den Nachschlüsseln, den ich in der Jeanstasche hatte. Die Taschenlampe. Scheiße! Ich hatte sie auf dem Frisiertisch liegen lassen.

Stimmen an der Eingangstür. Lila und Henry. Moza machte ihre Sache gut, fragte nach dem Abendessen. Heftig zog ich die Tür auf, rannte auf Zehenspitzen zum Frisiertisch, packte die Taschenlampe und lief, lautlos wie eine Gazelle, zur Tür zurück. Dort steckte ich mir die Lampe unter den Arm und betete, daß ich den passenden Schlüssel ins Schloß schob. Eine Drehung nach links, und ich hörte den Riegel in das Loch gleiten. Leise drehte ich den Schlüssel wieder zurück und zog ihn mit zitternden Händen heraus, wobei ich darauf achtete, daß die Schlüssel nicht aneinander klimperten. Über die Schulter hinweg sah ich mich nach hinten um und suchte gleichzeitig einen Fluchtweg.

Der Flur erstreckte sich ungefähr einen Meter weit nach rechts, von wo aus der Bogengang zum Wohnzimmer abging. Auf der entgegengesetzten Seite des Korridors befand sich Mozas Schlafzimmer. Zu meiner Linken lag eine Nische für das Telefon, eine Kammer, das Bad und die Küche, hinter der ein weiterer Bogengang zum Eßzimmer sichtbar war. Das Eßzimmer führte seinerseits wieder in das Wohnzimmer. Wenn sie also nach hinten kamen, gingen sie vermutlich direkt durch den Bogengang zu meiner Rechten. Ich machte zwei Riesenschritte nach links und schlüpfte in das Badezimmer. Im selben

Moment wußte ich, daß es ein Fehler gewesen war. Ich hätte es mit der Küche versuchen sollen, die einen Ausgang nach draußen hatte. Dies hier war eine Sackgasse.

Zu meiner Linken befand sich eine einzelne Dusche mit einer undurchsichtigen Glastür, an die sich die Badewanne anschloß. Zu meiner Rechten war ein Waschbecken und daneben die Toilette. Das einzige Fenster im Raum war klein und wahrscheinlich seit Jahren nicht mehr geöffnet worden. Inzwischen hörte ich die Stimmen lauter werden, als Lila in den Flur trat. Also tat ich einen Schritt in die abgeschlossene Dusche und zog die Tür zu. Ich traute mich nicht, sie einzuklinken, denn ich war sicher, daß dieses metallische Klicken sie auf meine Anwesenheit aufmerksam machen würde. Ich stellte die Taschenlampe hin, hielt von innen die Tür fest und klammerte meine Finger um die Kacheln. Dann kauerte ich mich nieder, in der Hoffnung, so weniger aufzufallen, falls jemand hereinkam. Die Stimmen im Flur näherten sich, und ich hörte, wie Lila ihre Schlafzimmertür aufschloß.

Die Dusche war wohl kurz vorher noch benutzt worden, denn sie war feucht und roch nach Zest-Seife. Ein Waschlappen hing vom Kaltwasserhahn herab und ließ in regelmäßigen Abständen Wasser auf meine Schulter tropfen. Gespannt lauschte ich, konnte aber nicht viel hören. In Situationen wie dieser muß man das Zen des Versteckens beherrschen. Andernfalls schmerzen einem die Knie, man bekommt Krämpfe in den Beinmuskeln und verliert ziemlich bald jegliches Gefühl für Vorsicht, weil man nur noch schreiend aufspringen will, ungeachtet der möglichen Konsequenzen. Ich legte den Kopf auf meinen rechten Arm und konzentrierte mich auf mein Innenleben. Ich hatte immer noch den Zwiebelgeschmack von meinem Sandwich im Mund, und ich sehnte mich nach einem Räuspern. Außerdem mußte ich pinkeln. Hoffentlich würden sie mich nicht erwischen – ich käme mir so beschissen vor, wenn Lila oder Henry die Tür zur Dusche aufreißen und mich da hocken sehen würden. Ich machte mir nicht einmal die Mühe, mir eine Erklärung auszudenken. Es gab keine.

Ich hob den Kopf. Stimmen im Flur. Lila war aus ihrem Zimmer gekommen und schloß es jetzt ab. Vielleicht war sie hineingegangen, um sich zu vergewissern, daß die Haare an ihrem Platz waren. Ich überlegte, ob ich die beiden Führerscheine besser an mich genommen hätte, als ich die Gelegenheit dazu hatte. Nein, es war gut, daß ich sie an ihrem Platz gelassen hatte.

Plötzlich flog die Badezimmertür auf, und Lilas Stimme hallte wie ein Nebelhorn in den gekachelten Raum. Mein Herz machte einen so heftigen Sprung, als sei ich in einen eiskalten Swimmingpool gefallen. Sie stand direkt auf der anderen Seite der Duschtür, und ihre plumpe Gestalt zeichnete sich verschwommen durch das Milchglas ab. Wie ein Kind schloß ich die Augen und wünschte mir, unsichtbar zu sein.

»Ich bin gleich wieder da, Herzallerliebster«, sang sie aus einem halben Meter Entfernung.

Dann ging sie zum Klo hinüber. Ich hörte das Rascheln ihres Polyesterkleids und das schnappende Geräusch ihres Hüfthalters, als sie sich mit ihm abmühte.

Bitte, Gott, dachte ich, mach, daß sie sich nicht zu einer plötzlichen Dusche entschließt. Meine Anspannung war so groß, daß ich kurz davor war, zu niesen oder zu husten oder zu stöhnen oder wie irre zu gakkern. Ich versuchte mich in eine Art Hypnosezustand zu versetzen und fühlte meine Achseln schweißnaß werden.

Die Toilette wurde gezogen. Lila brauchte ewig, um sich wieder herzurichten. Rascheln, Knacken, Klicken. Ich hörte, wie sie an dem Griff rüttelte, weil das Wasser nicht zu laufen aufhörte. Sie wusch sich die Hände, der Hahn quietschte, als sie ihn abdrehte. Wie lange konnte sie das noch hinauszögern? Schließlich ging sie zur Badezimmertür, öffnete sie. Und dann war sie weg, ihre Schritte verschwanden Richtung Wohnzimmer. Wischiwaschi, Blabla, leises Gelächter, Abschiedsgeräusche, dann wurde die Eingangstür geschlossen.

Ich blieb genau da, wo ich war, bis ich Moza im Flur hörte.

»Kinsey? Sie sind weg. Sind Sie noch hier?«

Ich ließ den Atem heraus, den ich angehalten hatte, stand auf und schob mir die Taschenlampe in meine hintere Jeanstasche. Dies ist keine würdevolle Art, sein Geld zu verdienen, dachte ich. Zum Teufel, für das hier wurde ich nicht einmal bezahlt. Ich lugte aus der Duschtür heraus und vergewisserte mich, daß ich nicht auf einen ausgefeilten Trick hereingefallen war. Das Haus war ruhig, mit Ausnahme von Moza, die gerade die Besenschranktür öffnete und, immer noch flüsternd, »Kinsey?« rief.

»Ich bin hier drin«, meinte ich mit dröhnender Stimme.

Ich ging in den Flur hinaus. Moza war so begeistert, nicht erwischt worden zu sein, daß sie nicht einmal sauer auf mich war. Sie lehnte sich gegen die Wand und fächelte sich Luft zu. Ich dachte, es sei besser, hier herauszukommen, bevor sie wegen irgend etwas anderem zurückkehrten und mir zehn weitere Jahre meiner normalen Lebenserwartung nahmen.

»Sie waren super«, murmelte ich. »Ich bin Ihnen mein Leben lang zu Dank verpflichtet. Ich werde Ihnen ein Dinner bei Rosie spendieren.«

Ich ging durch die Küche und spähte erst aus der Hintertür, bevor ich hinausging. Inzwischen war es vollkommen dunkel, doch ich versicherte mich, daß niemand auf der Straße war, ehe ich aus dem Schatten von Mozas Haus heraustrat. Dann ging ich den halben Block nach Hause und lachte vor mich hin. Tatsächlich macht es Spaß, mit dem Feuer zu spielen. Es macht Spaß, in fremden Schubladen herumzuschnüffeln. Vielleicht wäre ich ins Einbrechergewerbe eingestiegen, wenn mich die Gesetzeshüterei nicht zuerst gelockt hätte. Was die Sache mit Lila anging, so bekam ich endlich Kontrolle über eine Situation, die mir nicht gefallen hatte, und diese Welle von Macht ließ mich vor Erleichterung fast schwindeln. Ich war mir nicht sicher, was sie vorhatte, doch ich hatte vor, es herauszufinden.

18

Als ich mich wieder sicher in meinem Appartement befand, holte ich die Kreditkartenquittung hervor, die ich aus Lilas Schuhkarton entfernt hatte. Sie trug als Datum den 25. Mai und eine Geschäftsadresse in Las Cruces. Der Aufdruck auf der Kreditkarte besagte »Delia Sims«. In der Spalte »Telefonnummer« hatte jemand zuvorkommend eine Telefonnummer eingetragen. Ich holte mein Telefonbuch und suchte die Vorwahl von Las Cruces. Fünf-null-fünf. Ich nahm den Hörer auf und wählte die Nummer. Als ich es am anderen Ende klingeln hörte, fragte ich mich, was ich eigentlich sagen sollte.

»Hallo?« Eine Männerstimme mittleren Alters, kein Akzent.

»Oh, hallo«, sagte ich sanft. »Ob ich wohl mit Delia Sims sprechen könnte?«

Ein Moment Schweigen. »Warten Sie.«

Eine Hand wurde über die Sprechmuschel gelegt, und ich hörte eine gedämpfte Unterhaltung im Hintergrund.

Offenbar wurde der Hörer von jemandem übernommen, denn eine andere Stimme fragte: »Sie wünschen?«

Dieses Mal war sie weiblich und vom Alter her nicht einzuordnen.

»Delia?« fragte ich zurück.

»Wer ist da bitte?« Die Stimme klang alarmiert, als sei dies ein obszöner Anruf.

»Oh, Entschuldigung«, meinte ich. »Hier spricht Lucy Stansbury. Das bist aber nicht du, oder, Delia? Es klingt nicht wie deine Stimme.«

»Hier spricht eine Freundin von Delia. Sie ist im Moment nicht da. Kann ich etwas für Sie tun?«

»Tja, das hoffe ich.« Meine Gedanken überschlugen sich. »Es ist nämlich so, daß ich aus Kalifornien anrufe. Ich habe Delia kürzlich kennengelernt, und sie hat ein paar Sachen auf dem Rücksitz meines Wagens vergessen. Mir fiel keine andere Möglichkeit ein, sie zu erreichen, als es mit dieser Telefonnummer zu versuchen, die auf einer Kreditkartenquittung für einen Einkauf in Las Cruces stand. Ist sie noch in Kalifornien oder schon wieder zu Hause?«

»Einen Moment.«

Erneut eine Hand über der Muschel und das Summen eines Gesprächs im Hintergrund. Die Frau kam wieder ans Telefon.

»Vielleicht geben Sie mir einfach Ihren Namen und Ihre Telefonnummer, dann werde ich ihr ausrichten, sie möchte Sie zurückrufen.«

»Ach ja, das ist prima«, stimmte ich zu. Ich nannte ihr noch mal meinen Namen und buchstabierte ihn umständlich. Dann erfand ich eine Telefonnummer mit der Vorwahl von Los Angeles. »Soll ich ihr das Zeug denn jetzt zurückschicken oder soll ich es erst mal hier behalten? Ich will nur nicht, daß sie nicht weiß, wo es abgeblieben ist.«

»Was genau hat sie denn vergessen?«

»Nun, das meiste sind Kleidungsstücke. Ein Sommerkleid, von dem ich weiß, daß sie es mag, aber das wird wohl nicht so wichtig sein. Und ich habe diesen Ring von ihr, den mit dem eckig geschliffenen Smaragden und den kleinen Diamanten«, erklärte ich, indem ich den Ring beschrieb, den ich Lila an jenem ersten Nachmittag in Henrys Garten hatte tragen sehen. »Erwarten Sie sie bald zurück?«

Fast ohne Zögern kam die kühle Erwiderung der Frau: »Wer spricht dort?«

Ich legte auf. Soviel also zu dem Versuch, die Leute von Las Cruces zu verarschen. Ich konnte mir immer noch nicht vorstellen, was sie im Schilde führte, aber auf jeden Fall gefiel mir der Gedanke an diese Grundstücksspekulation nicht, die sie Henry vorgeschlagen hatte. Er war so verknallt, daß sie ihn wahrscheinlich zu allem Möglichen überreden konnte. Außerdem ging sie sehr zielstrebig vor, deshalb sollte ich besser einige Antworten herausfinden, bevor sie ihn mit Haut und Haaren verspeist hatte. Ich langte nach einem Stapel leerer Karteikarten in meiner oberen Schreibtischschublade. Als einen Moment später das Telefon klingelte, zuckte ich zusammen. Mist, hatte jemand denn so schnell eine Fangschaltung arrangiert? Sicher nicht.

Vorsichtig hob ich den Hörer auf und lauschte nach dem blassen Geräusch einer Ferngesprächsverbindung. Es gab keines.

»Hallo?«

»Miss Millhone?« Männlich. Die Stimme klang vertraut, obwohl ich im Moment nicht ausmachen konnte, wer es war. Dröhnende Musik im Hintergrund zwang ihn zu brüllen, und auch mir blieb nichts anderes übrig.

»Am Apparat.«

»Hier ist Gus«, schrie er, »Bobbys Freund vom Rollschuhverleih.«

»Ach, Sie sind's. Hallo. Schön, daß Sie anrufen. Ich hoffe, Sie haben ein paar Informationen für mich. Ich könnte wirklich Hilfe gebrauchen.«

»Nun, ich habe über Bobby nachgedacht und glaube jetzt, daß ich ihm das schuldig bin. Ich hätte schon heute nachmittag reden sollen.«

»Machen Sie sich darüber keine Sorgen. Ich danke Ihnen, daß Sie sich überhaupt noch mal melden. Sollen wir uns treffen oder einfach am Telefon darüber reden?«

»Mir ist beides recht. Etwas möchte ich noch erwähnen – ich weiß nicht, ob Ihnen das eine Hilfe ist oder nicht – aber Bobby hat mir so ein Adreßbuch gegeben, in das Sie vielleicht mal einen Blick werfen könnten. Hat er jemals darüber gesprochen?«

»Aber natürlich. Ich habe auf der Suche nach diesem Ding die ganze Stadt auf den Kopf gestellt«, lachte ich. »Wo sind Sie?«

»Er gab mir eine Adresse in der Granizo, und ich sagte, daß ich gleich da sei. Dann legte ich auf und schnappte mir Handtasche und Autoschlüssel.

Die Gegend, in der Gus wohnte, war spärlich beleuchtet. Die Vorgärten waren nichts als Schmutzflecken, die gelegentlich mit Palmen verziert waren. An den Bordsteinen parkten Autos – gespachtelte und neu lackierte Kleinwagen mit abgefahrenen Reifen und bedenklichen Beulen. Da paßte mein VW genau hin. Ungefähr jedes dritte Grundstück protzte mit einem nagelneuen Maschendrahtzaun, errichtet, um Gott weiß was für Bestien einzusperren. Als ich an einem Haus vorbeiging, hörte ich, wie etwas häßlich und bissig Klingendes bis zum

Ende seiner Würgekette vorschoß und heiser winselte, als es nicht ganz an mich herankam. Ich beschleunigte meinen Schritt.

Gus wohnte in einem winzigen Holzhäuschen, das in einem U-förmigen, von Einfamilienhäusern umgebenen Hof lag. Ich ging durch einen verzierten Eingang, über den sich in Regenbogenform die schmiedeeiserne Hausnummer wölbte. Zusammen gab es dort acht Wohneinheiten, drei auf jeder Seite des Mittelwegs und zwei an seinem Ende. Alle waren cremefarben und sahen sogar im Dunkeln rußverschmiert aus. Ich erkannte das Haus von Gus an der Musik, die dort herausdröhnte und sich genauso anhörte wie die am Telefon. Aus der Nähe klang sie nicht annähernd so gut. Als Eingangsvorhang hatte er ein Bettlaken über eine Gardinenstange geschlungen, und den Türknauf bildete eine leere Holzspule auf einem Nagel. Ich mußte auf eine kurze Pause zwischen zwei Stücken warten, bis ich an den Türrahmen klopfen konnte. Die Musik donnerte wieder los, aber er hatte offenbar mein Klopfen gehört.

»Jaaa«, rief er. Dann öffnete er die Tür und hielt den Vorhang zurück. Ich trat in das Zimmer, erschlagen von Hitze, lautem Rock und dem strengen Geruch nach Katzenklo.

»Kannst du diesen Mist leiser drehen?« brüllte ich.

Er nickte, ging zur Stereoanlage und stellte sie ab. »Tut mir leid«, meinte er verlegen. »Setzen Sie sich.«

Seine Wohnung war ungefähr halb so groß wie meine, aber mit doppelt so vielen Möbeln vollgestopft. Ein französisches Bett, eine große Kommode, die mit Pekanholz imitierender Plastikfolie überzogen war, zwei Polstersessel mit zerschlissenen Seiten, ein Radiator, eines dieser Anbaumöbel in der Größe einer Fernsehtruhe, ein Abwaschbecken, ein Herd und ein Kühlschrank. Das Badezimmer war vom Hauptzimmer abgeteilt durch Stoffbahnen, die von einer Art Wäscheleine herabhingen. Die beiden Lampen im Zimmer waren mit roten Frotteehandtüchern verdeckt, die ihre Zweihundertfünfzig-Watt-Glühbirnen zu einem rosigen Schein dämpften. Beide Sessel waren mit Katzen belegt, die er im selben Moment wie ich wahrzunehmen schien.

Er packte sie sich auf den Arm, als wären sie alte Lumpen, und ich setzte mich auf den freigewordenen Platz. Sobald er die Katzen aufs Bett geworfen hatte, machten sie sich auf den Weg zurück zu ihren ursprünglichen Plätzen. Eine von ihnen knetete meinen Schoß, als handele es sich um Brotteig und rollte sich dann zusammen, als sie mit ihrer Arbeit zufrieden war. Eine andere drängte sich neben mich, und eine dritte ließ sich auf der Sessellehne nieder. Sie schienen einander zu beäugen, um herauszufinden, wer von ihnen den besten Fang gemacht hatte. Alle wirkten ausgewachsen und entstammten wahrscheinlich demselben Wurf, denn alle trugen dicke Schildpattfelle zur Schau und hatten Köpfe von der Größe eines Softballs. Zwei weitere erwachsene Katzen lagen zusammengerollt in dem anderen Sessel, eine braune und eine schwarze, die wie vertauschte Socken ineinander verknäult waren. Eine sechste Katze kam unter dem Bett hervor und blieb stehen, abwechselnd beide Hinterpfoten streckend. Gus beobachtete diese Katzenbewegungen mit einem schüchternen Lächeln und einem vor Stolz geröteten Gesicht.

»Sind sie nicht großartig?« freute er sich. »Ich bekomme einfach nie zuviel von diesen kleinen Scheißerchen. Nachts stapeln sie sich auf meinem Bett wie eine Decke. Eine schläft immer auf dem Kopfkissen, die Pfoten in meinen Haaren. Ich kann jederzeit ihre kleinen Köpfe küssen, wenn ich will.« Er schnappte sich eine und schaukelte sie wie ein Baby, eine Entwürdigung, die die Katze mit überraschender Passivität ertrug.

»Wieviele hast du?«

»Im Moment sechs, aber Luci Baines und Lynda Bird sind schwanger. Ich weiß nicht, was ich da machen soll.«

»Vielleicht könntest du sie sterilisieren lassen«, schlug ich vor.

»Ja, wenn dieser Wurf geboren ist, sollte ich es wohl machen lassen. Obwohl ich wirklich gut darin bin, die kleinen Kätzchen unterzubringen, und sie sind immer so süß.«

Beinahe hätte ich hinzugefügt, daß sie ja auch so gut rochen, aber ich hatte nicht den Mut zu Sarkasmus, wo er doch so eindeutig vernarrt in diese Brut war. Da saß er nun, sah aus wie der Entwurf eines Polizeizeichners, der einen Sexkiller darstellt, und machte sich mit seiner Kollektion gezähmter Pelze lächerlich.

»Ich denke, ich hätte schon früher über all das reden sollen«, sagte er jetzt. »Ich weiß nicht, was in mich gefahren ist.« Er ging zum Bücherregal und wühlte das Chaos darauf durch. Er förderte ein spielkartengroßes Adreßbuch zutage, das er mir reichte.

Ich nahm es und blätterte es durch. »Was ist daran besonders? Hat Bobby dich darüber aufgeklärt?«

»Nein. Er sagte mir, ich sollte es aufbewahren, und meinte, es sei wichtig, aber er erklärte nichts. Ich nahm einfach an, es müsse sich um eine Liste oder einen Code handeln, *irgendeine* Information, über die er verfügte, aber ich weiß nicht, was für eine.«

»Wann hat er es dir gegeben?«

»Ich kann mich nicht genau erinnern. Es war einige Zeit vor dem Unfall. Er kam eines Tages vorbei, gab es mir und fragte, ob ich es einfach für ihn aufbewahren könnte, also sagte ich, klar. Ich hatte es total vergessen, bis Sie es erwähnten.«

Ich sah kurz unter *B* nach. Dort war kein Blackman aufgeführt, aber ich fand den Namen dann auf die hintere Umschlagseite geschrieben, mit einer siebenstelligen Ziffer daneben. Es war keine Vorwahlnummer angegeben, also handelte es sich wahrscheinlich um eine Nummer des hiesigen Ortsnetzes. Allerdings schien sie nicht mit der Nummer von S. Blackman übereinzustimmen, die ich im Telefonbuch gefunden hatte.

»Was hat er damals im einzelnen gesagt?« fragte ich. Ich wußte, daß ich mich wiederholte, aber ich hoffte weiterhin, einen Hinweis auf Bobbys Pläne hervorzukitzeln.

»Eigentlich nichts. Er wollte nur, daß ich es für ihn aufbewahre. Ihnen hat er es auch nicht gesagt, hm?«

Ich schüttelte den Kopf. »Er konnte sich nicht erinnern. Er wußte noch, daß es wichtig gewesen war, aber er hatte keine Ahnung warum. Hast du jemals den Namen Blackman gehört? S. Blackman? Sonst irgendeinen Blackman?«

»Nee.« Die Katze wand sich, und er ließ sie runter.

»Ich hörte, daß Bobby sich in jemanden verliebt hatte. Ich frage mich, ob das diese S. Blackman sein könnte.«

»Wenn es der Fall war, so hat er es mir nicht gesagt. Er hat sich allerdings ein paarmal mit einer Frau unten am Strand getroffen. Genau auf dem Parkplatz am Rollschuhverleih.«

»Vor dem Unfall oder danach?«

»Vorher. Er saß in seinem Porsche und wartete, und dann kam sie angefahren, und sie unterhielten sich.«

»Er hat sie dir nie vorgestellt oder erwähnt, wer sie war?«

»Ich weiß, wie sie ausgesehen hat, aber ich kenne ihren Namen nicht. Ich sah einmal, wie sie in den Coffeeshop gingen, und sie war etwas merkwürdig gebaut, verstehen Sie? So'n bißchen verorgelt. Ich konnte das gar nicht verstehen. Bobby war ein gutaussehender Typ, und er war immer mit diesen echt scharfen Mädels zusammen gewesen, aber sie war ein häßliches Entlein.«

»Blonde wuschelige Haare? Ungefähr fünfundvierzig?«

»Ich hab sie nie aus der Nähe gesehen, deshalb kann ich ihr Alter nicht einschätzen. Aber das mit den Haaren kommt wohl hin. Sie fährt diesen Mercedes, den ich ab und zu hier sehe. Außen dunkelgrün, innen beige. Sieht aus wie ein fünfundfünfziger oder fünfundsechziger, aber er ist sehr gut in Schuß.«

Ich sah das Adreßbuch noch einmal durch. Sufis Name und Telefonnummer waren unter *D* eingetragen.

Hatte er mit *ihr* eine Affäre gehabt? Es schien so unwahrscheinlich. Bobby war dreiundzwanzig Jahre alt gewesen und, wie Gus bemerkt hatte, ein gutaussehender Typ. Carrie St. Cloud hatte eine Erpressungsgeschichte erwähnt, doch wenn Sufi von jemandem erpreßt worden war, warum hätte sie sich hilfesuchend an ihn wenden sollen? Es war mit Sicherheit nicht so gewesen, daß sie *ihn* erpreßt hatte. Was immer es war, ich hatte immerhin eine Spur, und dafür war ich dankbar. Ich steckte das Buch in die Hosentasche und sah auf. Gus beobachtete mich amüsiert.

»Mensch, Sie hätten Ihr Gesicht sehen sollen. Ich konnte förmlich zusehen, wie die alten Räder sich drehten«, lachte er.

»Es passiert etwas, und das gefällt mir«, erwiderte ich. »Hör zu, du warst mir eine große Hilfe. Ich weiß zwar noch nicht, was das zu bedeuten hat, aber glaube mir, ich werde es herausfinden.«

»Hoffentlich. Es tut mir nur leid, daß ich nichts davon gesagt habe, als Sie mich fragten. Wenn ich noch irgend etwas für Sie tun kann, lassen Sie es mich wissen.«

»Danke«, nickte ich. Dann schob ich die Katze von meinem Schoß, stand auf und gab ihm die Hand.

Ich ging zu meinem Wagen. Unterwegs klopfte ich meine Jeans ab und zog mir ein Katzenhaar aus dem Mund. Es war jetzt zehn Uhr abends, und ich hätte nach Hause fahren sollen, doch ich fühlte mich aufgedreht. Die Episode bei Moza und das plötzliche Auftauchen von Bobbys Adreßbuch wirkten stimulierend auf mich. Ich wollte mit Sufi sprechen. Vielleicht sollte ich bei ihr vorbeifahren. Wenn sie noch wach war, könnten wir einen kleinen Plausch halten. Sie hatte einmal versucht, mich von dieser Untersuchung abzulenken, und ich fragte mich jetzt, was das wohl zu bedeuten hatte.

19

Ich parkte im Schatten auf der anderen Straßenseite vor Sufis Haus in der Haughland Road im Herzen von Santa Teresa. Zum größten Teil waren die Häuser, an denen ich vorbeigekommen war, zweistökkige Kombinationen aus Holz und Stein und befanden sich auf großen, mit Zedernzypressen und Eichen geschmückten Grundstücken. Viele Grünflächen protzten mit der allgegenwärtigen kalifornischen Feldfrucht Marke Wachschutzgesellschaft-Schilder, die vor heimlicher Überwachung und bewaffneten Patrouillen warnen.

Sufis Hof wurde von den verschlungenen Ästen darüber verdunkelt. Nach hinten erstreckte sich das Grundstück in einem Durcheinander von Büschen, umgeben von einem Lattenzaun mit weißen Pfählen. Die Wände des Hauses waren mit dunklen Schindeln verkleidet, die wahrscheinlich einen gedämpften Braun- oder Grünton hatten, obwohl das zu dieser Tageszeit schlecht zu beurteilen war. Die Seitenterrasse war niedrig und weit zurückgelegen. Eine Außenbeleuchtung war nicht zu sehen. In der Einfahrt zur Linken parkte ein dunkelgrüner Mercedes.

Es war eine ruhige Gegend. Die Bürgersteige waren wie ausgestorben, und es gab keinen Verkehr. Ich stieg aus dem Wagen und ging zur Vorderseite des Hauses hinüber. Aus der Nähe konnte ich erkennen, daß das Gebäude massiv war, eines der Sorte, die jetzt zunehmend zu Bed-and-Breakfast-Unternehmen mit seltsamen Namen umgewandelt werden: Zur Eselsmütze, Die Blaue Schwalbe, Zur Quacksalberei. Es gibt sie heutzutage in der ganzen Stadt: renovierte viktorianische Villen, unglaublich malerisch, in denen man für neunzig Dollar die Nacht in einem Bett mit unechtem Messingrahmen schlafen kann. Und am nächsten Morgen darf man dann mit einem frisch gebackenen Croissant kämpfen, das einem die Blätterteigkrümel wie Schuppen auf dem Schoß verteilt.

Vom Aussehen her schien Sufis Haus noch ein Einfamilienhaus zu sein, und es hatte etwas Schäbiges. Vielleicht hatte sie, wie viele Frauen in ihrem Alter, den Punkt erreicht, an dem das Nichtvorhandensein eines Mannes sich in tropfenden Wasserhähnen und reparaturbedürftigen Regenrinnen ausdrückt. Eine alleinstehende Frau in meinem Alter würde noch eine kräftige halbe Drehung ausführen oder zur Dachrinne hochklettern und dabei die seltsame Freude verspüren, die Unabhängigkeit mit sich bringen kann. Sufi hatte ihr Eigentum in einen fortschreitend baufälligen Zustand verkommen lassen, was mich auf die Frage brachte, was sie mit ihrem Gehalt anfing. Ich dachte immer, Operationsschwestern verdienten nicht schlecht.

Auf der hinteren Seite des Hauses befand sich eine mit Glas eingefaßte Terrasse. Die Fenster flackerten in den blaugrauen Spiegelungen eines Fernsehapparates. Ich tastete mich mehrere bröckelnde Betonstufen hinauf und klopfte an die Tür. Einen Moment später wurde das Verandalicht eingeschaltet, und Sufi sah durch den Vorhang.

»Hallo, ich bin's«, rief ich. »Kann ich mit Ihnen sprechen?«

Sie ging noch näher an die Scheibe heran und spähte hinaus. Wahrscheinlich wollte sie sichergehen, daß ich nicht von einer herumziehenden Schlägerbande begleitet war.

In Morgenmantel und Hausschuhen öffnete sie mir die Tür. Mit einer Hand schlug sie das Revers zum Hals hoch, den anderen Arm hatte sie um die Taille gelegt. »Mein Gott, Sie haben mich zu Tode erschreckt«, stöhnte sie. »Was machen Sie hier um diese Zeit noch? Ist etwas passiert?«

»Nein, nein. Tut mir leid, daß ich Sie beunruhigt habe. Ich war gerade hier in der Gegend, und ich muß mit Ihnen reden. Kann ich hereinkommen?«

»Ich war auf dem Weg ins Bett.«

»Dann können wir uns auch hier auf der Terrasse unterhalten.«

Widerwillig sah sie mich an und trat dann zögernd zurück, um mich einzulassen. Sie war einen halben Kopf kleiner als ich, und ihre blonden Haare waren so dünn, daß ich streckenweise die Kopfhaut darunter erkennen konnte. Ich hatte sie nicht als den Typ Frau eingeschätzt, der zum Faulenzen einen hautengen, pfirsichfarbenen Satinmorgenmantel und dazu passende Pantöffelchen mit Pompons obendrauf trägt. So ein Flitterzeug. Beinahe wäre mir ein »Echt geil« herausgerutscht, aber ich hatte Angst, sie könnte mir das übelnehmen.

Nachdem ich eingetreten war, machte ich mit meiner geistigen Sofortbildkamera ein schnelles Foto, das ich zur späteren Beurteilung abheftete. Das Zimmer war vollgestopft, unordentlich und vermutlich unsauber, gemessen an den Stapeln benutzten Geschirrs hier und da, den verwelkten Blumen in der Vase und dem überquellenden Abfallkorb. Das Wasser auf dem Grund der Vase war trübe vor Bakterien und roch wahrscheinlich wie die letzten Stadien irgendeiner ansteckenden Krankheit. Auf der Lehne eines Fernsehsessels stand ein knitteriges Zellophanpäckchen, an dem ich erkannte, daß sie *Dings-Dongs* genascht hatte. Eine *Reader's Digest*-Ausgabe gekürzter Romane lag aufgeschlagen und mit der bedruckten Seite nach unten auf dem Sofa. Der Raum roch nach Pepperonipizza, von der ich tatsächlich ein Stück erspähte – in einer

Schachtel, die auf dem Fernsehapparat stand. Aufgeheizt durch die Betriebswärme des Gerätes, mischte sich der Duft von Oregano und Mozzarellakäse mit dem Geruch nach heißer Pappe. Meine Güte, dachte ich, wann habe ich eigentlich das letzte Mal gegessen?

»Wohnen Sie allein?« fragte ich.

Sie sah mich an, als wollte ich die Örtlichkeiten ausspionieren. »Na und?«

»Ich dachte mir, daß Sie alleinstehend sind. Mir fiel nur gerade auf, daß mir das nie jemand ausdrücklich gesagt hat.«

»Es ist reichlich spät für Untersuchungen dieser Art«, kam es scharf zurück. »Was wollen Sie?«

Ich finde es so befreiend, wenn andere Menschen grob werden. Dadurch fühle ich mich sanft und träge und böse. Ich lächelte sie an. »Ich habe Bobbys Adreßbuch gefunden.«

»Was geht mich das an?«

»Ich bin an Ihrer Beziehung zu ihm interessiert.«

»Ich hatte keine Beziehung zu ihm.«

»Da habe ich etwas anderes gehört.«

»Nun, dann haben Sie sich eben verhört. Natürlich *kannte* ich ihn. Er war Glens einziges Kind, und ich bin ihre beste Freundin, und das seit Jahren. Abgesehen davon hatten Bobby und ich uns nicht viel zu sagen.«

»Warum mußten Sie sich dann unten am Strand mit ihm treffen?«

»Ich habe mich nie mit Bobby am Strand ›getroffen‹«, fuhr sie mich an.

»Jemand hat Sie mehr als einmal mit ihm gesehen.«

Sie zögerte. »Vielleicht bin ich ihm ein- oder zweimal zufällig über den Weg gelaufen. Warum auch nicht? Ich habe ihn auch im Krankenhaus gesehen.«

»Ich habe mich gefragt, worüber Sie sich unterhalten haben, das ist alles.«

»Ich bin sicher, daß wir über viele Dinge geredet haben«, meinte sie. Ich konnte förmlich sehen, wie sie die Gangart wechselte und es mit einem anderen Kurs versuchte. Ihre Gereiztheit ließ ein wenig nach. Augenscheinlich entschloß sie sich, ihren Charme spielen zu lassen. »Herrje, ich weiß gar nicht, was mit mir los ist. Es tut mir leid, wenn ich unhöflich gewirkt habe. Da Sie schon einmal hier sind, können Sie auch Platz nehmen. Ich habe Wein kalt stehen, falls Sie welchen möchten.«

»Sehr gern, vielen Dank.«

Sie ging aus dem Zimmer. Wahrscheinlich war sie dankbar für die Gelegenheit, Zeit zu schinden, um sich zu überlegen, wie sie ihre Spur verwischen könnte. Ich wiederum war höchst erfreut über die Möglichkeit herumzuschnüffeln. Schnell ging ich zu dem Lehnstuhl hinüber und sah mir den Tisch daneben genauer an. Die Platte war voller Sachen, die ich nicht berühren wollte. Sachte zog ich die Schublade auf. Ihr Inneres sah aus wie ein Krimskramsbehälter für Haushaltabfall. Batterien, Kerzen, eine Verlängerungsschnur, Gebrauchsanweisungen, Gummibänder, Streichholzschachteln, zwei Knöpfe, Nähzeug, Stifte, Werbepost, eine Kuchengabel, eine Heftmaschine – und alles umgeben von angehäuftem Schmutz. Mit der Hand fuhr ich hinter dem Sesselpolster entlang und fand eine Münze, die ich dort steckenließ. Ich hörte das Zwitschern eines Weinkorkens in der Küche und das Klingeln von Weingläsern, die sie aus dem Schrank nahm. Auf dem Weg zurück zum Fernsehzimmer stießen die Glasränder aneinander. Ich gab die Suche auf und setzte mich beiläufig auf die Couchlehne.

Ich versuche, mir eine nette Bemerkung zu ihrem Haus einfallen zu lassen, doch ich war ernsthaft besorgt, daß meine Tetanusschutzimpfung nicht mehr wirksam sein könnte. Dies war eine Art von Wohnung, in der man, wenn man das Klo benutzen muß, lieber vorher Papier auf den Toilettensitz legt. »Ein hübsches Haus«, bemerkte ich.

Sufi verzog das Gesicht. »Die Reinigungsfrau kommt morgen«, erwiderte sie. »Obwohl die auch nicht viel macht. Sie hat jahrelang für meine Eltern gearbeitet, und ich habe nicht das Herz, sie fortzuschicken.«

»Wohnen Ihre Eltern bei Ihnen?«

Sie schüttelte den Kopf. »Sie sind tot. Krebs.«

»Beide?«

»So kann's kommen«, meinte sie mit einem Achselzucken.

Soviel zum Thema Familiensinn.

Sie goß ein Glas Wein ein und reichte es mir. Am Etikett erkannte ich, daß es das gleiche ultra-miserable Zeugs war, das ich getrunken hatte, bevor ich zu der Marke der Pappe übergegangen war, auf der vorn das Bild eines unecht wirkenden Weinberges zu sehen ist. Zweifellos hatte keine von uns Geld oder Geschmack zu etwas Anständigem.

Sie setzte sich in den Lehnstuhl, das Weinglas in der Hand. Die

Veränderung in ihrem Wesen war verdächtig. Ihr mußte etwas Gutes eingefallen sein, während sie fort war.

Sie nahm einen Schluck Wein und starrte mich über den Rand ihres Glases hinweg an. »Haben Sie in letzter Zeit mit Derek gesprochen?« fragte sie.

»Er kam heute nachmittag bei mir im Büro vorbei.«

»Er ist ausgezogen. Als Glen heute abend aus San Francisco zurückkam, ließ sie das Mädchen seine Sachen packen und in die Einfahrt stellen. Dann hat sie die Schlösser austauschen lassen.«

»Oje«, bemerkte ich. »Wie konnte es denn dazu kommen?«

»Sie täten gut daran, sich erst mal mit ihm zu unterhalten, bevor Sie sich um mich Gedanken machen.«

»Warum sollte ich?«

»Er hatte ein Motiv, Bobby umzubringen. Ich nicht, wenn es das war, worauf sie hinauswollten.«

»Auf was für ein Motiv beziehen Sie sich?«

»Glen fand heraus, daß er vor achtzehn Monaten eine dicke Lebensversicherung auf Bobbys Namen abgeschlossen hat.«

»Was?« Mein Weinglas kippte, und mir schwappte Wein über die Hand. Ich konnte die Tatsache nicht verbergen, daß ich sehr überrascht war, doch ich mochte diesen selbstgefälligen Ausdruck nicht, der als Reaktion darauf ihr Gesicht überzog.

»O ja. Die Versicherungsgesellschaft hat sich an Glen gewandt und um eine Kopie des Totenscheins gebeten. Ich nehme an, der Versicherungsagent hat in der Zeitung von Bobbys Tod gelesen und sich an den Namen erinnert. So hat Glen es herausgefunden.«

»Ich dachte, man könne keine Police ohne die Unterschrift des Betreffenden auf jemand anders abschließen.«

»Theoretisch stimmt das, aber manchmal wird es gemacht.« Ich beschäftigte mich damit, den vergossenen Wein mit einem Papiertuch aufzuwischen. Mitten in dieser Reinigungsprozedur ging mir, wie in einem Comic, ein Lämpchen im Kopf an, und mir wurde klar, daß sie eine ausgesprochene Abneigung gegen Derek hatte. »Was soll das heißen?« fragte ich.

»Wir haben Derek ertappt«, erwiderte sie. »Er behauptet, er habe die Police bereits vor Jahren abgeschlossen, nachdem Bobby einige Male seinen Wagen zu Schrott gefahren hatte. Er glaubte, Bobby würde sich umbringen. Man kennt ja diese Typen – einen Unfall nach dem anderen, bis der Junge zu guter Letzt dabei umkommt. Das wird langsam eine gesellschaftlich akzeptierte Form von Selbstmord. Ich persönlich bin mir nicht sicher, ob Derek damit so verkehrt gelegen hat. Bobby hat gesoffen wie ein Fisch, und sicherlich hat er auch Drogen genommen. Er und Kitty waren völlig verkommen. Reich und eingebildet und zügellos –«

»Seien Sie vorsichtig mit dem, was Sie sagen, Sufi. Ich mochte Bobby Callahan. Ich glaube, daß eine Menge in ihm steckte.«

»Darüber sind wir uns alle im klaren«, gab sie zurück. Sie hatte so einen überlegenen Ton in der Stimme, der mich verrückt machte, doch ich konnte mir in diesem Moment noch keine passende Erwiderung leisten. Sie schlug die Beine übereinander und schaukelte mit einem Fuß. Der Pompon auf ihrem Pantöffelchen bewegte sich wellenförmig im Luftstrom. »Auch wenn es Ihnen nicht gefällt, es *ist* die Wahrheit. Und noch nicht mal die ganze. Es scheint, daß Derek auf Kitty ebenfalls eine Versicherung abgeschlossen hat.«

»In welcher Höhe?«

»Eine halbe Million Dollar auf jeden.«

»Ich bitte Sie, Sufi. Das ergibt keinen Sinn. Derek würde wohl kaum seine eigene Tochter umbringen.«

»Kitty ist ja auch nicht tot, oder?«

»Aber warum sollte er Bobby umbringen? Er müßte verrückt sein. Das erste, was die Cops machen werden, ist, sich ihn genau anzusehen.«

»Kinsey«, kam es geduldig. »Niemand hat je behauptet, Derek hätte Köpfchen. Er ist ein Idiot. Ein Narr.«

»So ein großer Narr ist er nicht«, beharrte ich. »Wie hätte er hoffen können, damit durchzukommen?«

»Niemand hat einen Beweis dafür, daß er etwas getan hat. Aus dem ersten Unfall ergaben sich keinerlei Beweise, und Jim Fraker scheint anzunehmen, daß der Unfall jetzt geschah, weil Bobby vorher einen Anfall hatte. Wie wollen sie das Derek anhängen?«

»Aber warum sollte er das tun? Er hat doch Geld.«

»*Glen* hat das Geld. Derek hat keinen Pfennig. Er würde alles tun, um ihrer Fuchtel zu entkommen. Wissen Sie das denn nicht?«

Ich konnte sie nur noch anstarren und die Informationen in meinen geistigen Computer eingeben. Sie nahm noch einen Schluck Wein, lächelte mich an und genoß den Effekt, den sie hervorgerufen hatte.

»Ich glaube es einfach nicht«, sagte ich schließlich.

»Sie können glauben, was Sie wollen. Ich sage ja nur, daß Sie besser erst ihn überprüfen sollten, bevor Sie etwas anderes unternehmen.«

»Sie mögen Derek nicht, stimmt's?«

»Natürlich nicht. Meiner Meinung nach ist er das größte Arschloch unter der Sonne. Ich weiß nicht, was Glen in ihm gesehen hat, als sie ihn kennenlernte. Er ist arm. Er ist dumm. Er ist blasiert. Und das sind noch seine *guten* Eigenschaften«, sagte sie mit Nachdruck. »Abgesehen davon ist er skrupellos.«

»Mir kam er nicht so skrupellos vor«, entgegnete ich.

»Sie kennen ihn auch nicht so lange wie ich. Er ist ein Mann, der für Geld alles tut, und ich vermute, es gibt eine Menge Dinge, über die er nicht gern spricht. Macht er auf Sie nicht den Eindruck eines Mannes mit Vergangenheit?«

»Wie zum Beispiel?«

»Ich bin mir nicht sicher. Aber ich bin bereit, mit Ihnen zu wetten, daß seine Possen nur ein Deckmantel für etwas anderes sind.«

»Wollen Sie damit sagen, Glen sei reingelegt worden? Sie scheint mir zu klug dafür zu sein.«

»Sie ist klug, in jeder Beziehung, nur nicht bei Männern. Dies ist ihr dritter Versuch, verstehen Sie, und Bobbys Vater war grauenvoll. Über Ehemann Nummer zwei weiß ich nichts. Als sie ihn geheiratet hat, lebte sie in Europa, aber es hat nicht lange gehalten.«

»Kommen wir doch noch mal auf Sie zurück. Am Tag von Bobbys Beerdigung bekam ich den Eindruck, Sie versuchten mich von einer weiteren Untersuchung abzubringen. Jetzt liefern Sie mir Spuren. Warum dieser Sinneswandel?«

Sie mußte innehalten und ihre Aufmerksamkeit dem Gürtel ihres Morgenmantels zuwenden, sprach jedoch ununterbrochen weiter. »Wahrscheinlich dachte ich, Sie könnten Glens Kummer und Schmerz unnötig verlängern», erwiderte sie und sah mich wieder an. »Inzwischen ist ja klar, daß nichts von dem, was ich sage, Sie von irgend etwas abhalten kann, also kann ich Ihnen auch erzählen, was ich weiß.«

»Warum haben Sie sich mit Bobby am Strand getroffen? Was war los?«

»Ach, hm. Gar nichts«, stotterte sie. »Ich traf ihn ein paarmal zufällig, und er wollte über Derek herziehen. Bobby konnte ihn ebenfalls nicht ausstehen, und er wußte, daß er in mir eine bereitwillige Zuhörerin fand. Das ist alles, was dahintersteckte.«

»Warum haben Sie das nicht gleich gesagt?«

»Ich bin Ihnen keine Rechenschaft schuldig. Sie standen ungebeten an meiner Tür und haben mich nach all diesem Mist ausgefragt. Es geht Sie nichts an, also warum hätte ich Ihnen antworten sollen? Ich glaube, Sie wissen gar nicht, wie Sie manchmal wirken können.«

Ich fühlte, wie ich bei dieser geschickt plazierten Beleidigung rot wurde. Ich trank den letzten Schluck Wein. Die Geschichte über ihre Treffen mit Bobby nahm ich ihr nicht so recht ab, doch es war offensichtlich, daß ich nicht viel mehr aus ihr herausbekommen würde. Ich beschloß, es im Moment dabei zu belassen, doch irgendwie paßte mir das Ganze nicht besonders. Wenn sie nur seinen Klagen gelauscht hatte, warum hatte sie das nicht gleich zu Anfang gesagt?

Ein Blick auf die Uhr zeigte mir, daß es kurz nach elf war, und ich entschied mich, es noch mal bei Glen zu Hause zu versuchen. Abrupt entschuldigte ich mich und ging. Ich bin sicher, daß die Eile meines Aufbruchs für sie keinen Verlust bedeutete.

Es gibt Momente, in denen gewisse Dinge durch reinen Zufall plötzlich in Bewegung geraten. Ich erdreiste mich nicht, mir als Verdienst anzurechnen, was dann geschah. Als ich bei meinem kleinen VW angekommen war, merkte ich, wie kühl es war. Ich sprang in den Wagen, zog die Tür zu und schloß sie gewohnheitsmäßig ab. Dann drehte ich mich um und begann auf meinem vollgekramten Rücksitz nach einem Sweatshirt zu suchen, daß ich einst dazugeworfen hatte. Gerade als ich es ertastet hatte und dabei war, es unter einem Stapel Bücher herauszuziehen, hörte ich, wie ein Auto gestartet wurde. Ich sah nach rechts. Sufis Mercedes wurde rückwärts aus der Einfahrt gelenkt. Schnell tauchte ich unter und verschwand so aus ihrer Sicht. Ich war mir nicht sicher, ob sie meinen Wagen kannte oder nicht, doch sie muß angenommen haben, ich sei bereits weggefahren, denn sie fuhr zielstrebig los. Sobald sie das getan hatte, rollte ich mich auf den Fahrersitz und suchte nach meinem Schlüssel. Dann ließ ich den Wagen an, machte eine schnelle Kehrtwende und sah noch kurz ihre Schlußlichter, als sie nach rechts Richtung State Street abbog.

Sie hatte nicht einmal Zeit gehabt, sich umzuziehen. Bestenfalls konnte sie sich einen Mantel über ihre Satin-Hauskleidung geworfen haben. Wen kannte sie gut genug, um ihn zu dieser Nachtstunde im Jean-Harlow-Aufzug unangemeldet zu besuchen? Ich konnte kaum abwarten, das zu erfahren.

20

In Santa Teresa teilen sich die Reichen in zwei Cliquen auf: Eine Hälfte wohnt in Montebello, die andere in Horton Ravine. Montebello steht für das alte Geld, Horton Ravine für das neue. Beide Gemeinden verfügen über große Flächen alter Bäume, Reitwege und Country Clubs, die passende Geldgeber und Aufnahmegebühren in Höhe von fünfundzwanzig Riesen erforderlich machen. Beide Gemeinden mißbilligen fundamentalistische Kirchen, ordinären Gartenschmuck und Hausierer. Sufi war Richtung Horton Ravine gefahren.

Als sie das Haupttor auf der Los Piratas passierte, bremste sie auf dreißig Meilen in der Stunde ab. Vielleicht mochte sie nicht wegen Geschwindigkeitsübertretung angehalten werden, solange sie gekleidet war wie ein Callgirl auf dem Weg zu einem Freier. Ich paßte mich ihrer Geschwindigkeit an und blieb so weit wie möglich zurück. Ich hatte schon Angst, sie jetzt meilenweit auf kurvigen Straßen verfolgen zu müssen, doch sie überraschte mich und bog in eine der ersten Einfahrten auf der rechten Seite ab. Das Haus lag ungefähr einhundert Meter zurück, ein einstöckiger kalifornischer »Bungalow«: zirka fünf Schlafzimmer, vierhundert Quadratmeter, äußerlich nicht besonders bemerkenswert, aber nichtsdestoweniger teuer. Das Grundstück war wahrscheinlich alles in allem fünf Morgen groß und von einem Ziergitter umgeben, an dem üppig rankende Rosen hochkletterten. Als Sufis Mercedes vor dem Haus hielt, wurden die Außenleuchten eingeschaltet. In einer Wolke aus pfirsichfarbenem Satin und Nerz stieg sie aus dem Wagen und ging auf die Eingangstür zu, die sich öffnete und sie verschluckte.

Inzwischen war ich an dem Haus vorbeigefahren. An der nächsten Straße rechts drehte ich und rollte mit ausgeschalteten Scheinwerfern zurück. Ich parkte auf dem Bankett zu meiner Linken und knautschte dabei ein paar Büsche. Die Umgebung war in Dunkelheit gehüllt, es gab keine einzige Laterne. Mir gegenüber war das letzte Stückchen des Golfplatzes mit dem schmalen künstlichen See zu sehen, der als Wasserbarriere diente. Der Mondschein glitzerte auf der Wasserfläche und verwandelte sie in einen Fetzen glänzenden, grauen Seidenstoffs.

Ich nahm die Taschenlampe aus dem Handschuhfach und stieg aus dem Wagen. Vorsichtig suchte ich mir einen Weg durch das hohe Gras am Straßenrand. Es war dicht und feucht und durchnäßte meine Turnschuhe und die Hosenbeine meiner Jeans.

Ich kam zu der Einfahrt. Auf dem Briefkasten stand ein Name, aber ich notierte mir die Hausnummer. Ich konnte jederzeit bei meinem Büro vorbeifahren und in meinem großen Adreßbuch nachschlagen, wenn es nötig wäre. Als ich die Einfahrt ungefähr bis zur Hälfte hinaufgegangen war, hörte ich am Haus einen Hund bellen. Ich hatte keine Ahnung, um was für eine Sorte es sich handelte, doch er klang groß, wie einer von den Hunden, die wissen, wie man sich die Seele aus dem Leib bellt. Das tiefe, geschäftsmäßige Kläffen ließ einen an scharfe Zähne und schlechtes Benehmen denken. Im übrigen hatte der Idiot jetzt meinen Geruch in der Nase und war wild darauf, auch Fühlung aufzunehmen. Es gab keine Möglichkeit, näher an das Haus heranzukommen, ohne dessen Bewohner zu alarmieren. Wahrscheinlich wunderten sie sich jetzt schon, was den guten alten Wauwau dazu brachte, sich vor Aufregung naß zu machen. Wie ich solche Leute kannte, würden sie ihn von seiner Elefanten-Kette befreien und ihn mit auf dem Asphalt kratzenden Krallen die Einfahrt hinunter hinter mir her hetzen. Ich bin schon einmal von Hunden gejagt worden, und das war kein besonderes Vergnügen.

Ich drehte mich um und ging zum Wagen zurück. Gesunder Menschenverstand ist im Detektivgeschäft keine Schande. Eine Stunde lang beobachtete ich das Haus, doch es gab keine Anzeichen irgendwelcher Aktivitäten. Langsam wurde ich müde, und das Ganze kam mir immer mehr wie Zeitverschwendung vor. Schließlich ließ ich den Motor an und legte den Gang ein. Die Scheinwerfer schaltete ich erst ein, als ich wieder durch das Haupttor gefahren war.

Als ich zu Hause ankam, war ich erschöpft. Schnell machte ich mir ein paar Notizen und hörte dann für diesen Tag auf. Es war fast ein Uhr, als ich endlich das Licht ausknipste.

Um sechs stand ich auf und absolvierte einen drei Meilen langen Lauf, einfach um den Kopf klar zu bekommen. Dann erledigte ich schnell den morgendlichen Waschvorgang, schnappte mir einen Apfel und erreichte gegen sieben das Büro. Es war Dienstag, und ich war dankbar, daß ich an diesem Tag keinen Termin für die Krankengymnastik hatte. Als ich jetzt daran dachte, fiel mir auf, daß es meinem Arm ganz gut ging. Vielleicht wurde ich durch meine Beschäftigung mit den Ermittlungen von möglicherweise zurückgebliebenen Schmerzen oder Unbeweglichkeiten einfach abgelenkt.

Auf dem Band meines Anrufbeantworters befanden sich keine Nachrichten, und es gab auch keine Post vom Vortag, die erledigt werden mußte. Ich zog mein großes Adreßbuch hervor und sah die Hausnummern auf der Los Piratas durch. Ja, ja, das hätte ich mir denken können. Fraker, James und Nola. Ich fragte mich, wen von beiden Sufi aufgesucht hatte und warum sie es so eilig gehabt hatte.

Es war natürlich möglich, daß sie sich mit beiden beraten hatte, doch das konnte ich mir nicht so recht vorstellen. Könnte Nola die Frau gewesen sein, in die Bobby sich verliebt hatte? Mir war nicht klar, was Dr. Fraker damit zu tun hatte, aber irgend etwas war hier auf jeden Fall faul.

Ich nahm Bobbys Adreßbuch und versuchte es mit der Nummer von Blackman. Die Antwort war die Tonbandstimme dieser Frau, die sich anhört wie eine gute Fee in einem Zeichentrickfilm von Walt Disney. »Zu unserem Bedauern gibt es unter der von Ihnen gewählten Telefonnummer im Bereich der Vorwahl acht-null-fünf keinen Anschluß. Bitte überprüfen Sie die Nummer und wählen Sie noch einmal. Danke.« Ich probierte andere Vorwahlnummern der Umgebung aus. Kein Erfolg. Ich verbrachte eine ganze Weile damit, die anderen Eintragungen in dem Buch durchzusehen. Wenn alles fehlschlug, würde ich hier sitzen bleiben und mich mit jeder einzelnen Person der Reihe nach in Verbindung setzen müssen. Doch das schien eine etwas langweilige Aussicht und nicht unbedingt produktiv zu sein. Und in der Zwischenzeit?

Es war noch zu früh am Morgen, um irgendwo zu Hause anzurufen, aber mir fiel ein, daß ein Besuch bei Kitty möglich sein müßte. Sie lag immer noch im St. Terry und war wahrscheinlich in Anbetracht der Krankenhausroutine schon bei Morgengrauen aus dem Schlaf gerüttelt worden. Ich hatte sie sowieso schon seit Tagen nicht mehr gesehen, und vielleicht konnte sie mir weiterhelfen.

Die Kühle des Vortages war verschwunden. Die Luft war rein und die Sonne bereits warm. Ich bugsierte meinen VW in die letzte freie Lücke auf dem Besucherparkplatz und ging um das Gebäude herum zum Vordereingang. Der Informationsschalter in der Vorhalle war nicht besetzt, aber das Krankenhaus selbst befand sich in vollem Betrieb. Die Caféteria war überfüllt, und ein Geruch nach Cholesterin und Koffein waberte unwiderstehlich durch die offene Tür. Im Geschenkladen brannte Licht. An der Kasse herrschte reger Betrieb – junge weibliche Angestellte bereiteten Endabrechnungen vor, als sei dies ein Grand Hotel kurz vor dem Abreisetermin. Es herrschte eine aufgeregte Atmosphäre. Das medizinische Personal beschleunigte seinen Rhythmus für all die Geburten und Todesfälle und komplizierten Operationen, die gebrochenen Knochen und Nervenzusammenbrüche und Drogenmißbräuche ... hundert lebensgefährliche Ereignisse an jedem einzelnen Wochentag. Und über allem hing dieses Flair heimlicher Sexualität, das den Stoff für Schundfilme liefert.

Ich fuhr zur dritten Etage hinauf und wandte mich nach links, als ich bei der Drei Süd den Fahrstuhl verließ. Die großen Doppeltüren waren wie gewöhnlich verschlossen. Ich klingelte, und einen Moment später klapperte eine stabile schwarze Frau in Jeans und einem königsblauen T-Shirt mit ein paar Schlüsseln und öffnete die Tür einen Spaltbreit. Sie trug eine dieser gewichtigen Krankenschwesteruhren und Schuhe mit fünf Zentimeter hohen Kreppsohlen gegen Senkfüße und Krampfadern. Ihre Augen waren auffallend haselnußbraun, und ihr Gesicht strahlte Kompetenz aus. Das weiße Plastikschild auf ihrer Brust gab ihren Namen mit Natalie Jacks, LVN, an. Ich zeigte Miss Jacks die Fotokopie meiner Lizenz, fragte, ob ich mit Kitty Wenner sprechen könne, und erklärte, ich sei eine Freundin der Familie.

Sorgfältig sah sie sich meine Papiere an und trat schließlich zurück, um mich einzulassen.

Sie schloß die Tür hinter mir und führte mich den Flur hinunter zu einem Zimmer fast am Ende. Auf dem Weg erhaschte ich kurze Blicke in die Räume. Ich weiß nicht, was ich erwartet hatte – zuckende und lallende Frauen, Männer, die frühere Präsidenten oder Dschungeltiere imitierten. Oder daß sich alle in einer von Medikamenten hervorgerufenen Benommenheit befänden, mit geschwollenen Zungen und rollenden Augen. Statt dessen sah ich im Vorbeigehen aus jeder einzelnen Tür neugierig auf mich gerichtete Blicke, als sei ich ein Neuzugang, der grelle Schreie oder Vogelrufe ausstoßen und sich die Kleider vom Leibe reißen könnte. Ich stellte keinerlei Unterschiede zwischen ihnen und mir fest, was ich beunruhigend fand.

Kitty war wach und angezogen, die Haare noch feucht vom Duschen. Ausgestreckt lag sie auf ihrem Bett, mit stützenden Kissen im Rücken und einem Frühstückstablett auf dem Nachttisch neben ihr. Sie trug einen Seidenkaftan, der an ihren Knochen schlaff wie an einem Kleiderständer herunterhing. Ihre Brüste waren nicht größer als die Knöpfe auf einem Polstersessel, und ihre Arme glichen nackten Knochen, die mit einer Haut so dünn wie Seidenpapier überzogen waren. Ihre Augen wirkten riesengroß und gequält, und die Schädelform war so scharf ausgeprägt, daß sie aussah wie siebzig. Die Caritas hätte ihr Foto gut in einer Anzeige für Pflegeeltern verwenden können.

»Du hast Besuch«, sagte Natalie.

Kittys Blick huschte in meine Richtung, und einen Moment lang konnte ich sehen, wie verängstigt sie war. Sie starb. Sie mußte das wissen. Die Energie sickerte ihr aus den Poren wie Schweiß.

Natalie untersuchte das Frühstückstablett. »Du weißt ja, daß sie dich künstlich ernähren werden, wenn das nicht besser wird. Ich dachte, du hättest einen Vertrag mit Dr. Kleinert.«

»Ich *habe* etwas gegessen«, erklärte Kitty.

»Nun ja, es ist nicht meine Aufgabe, dich zu nerven, aber er wird bald zur Visite kommen. Versuch noch ein paar Happen davon zu essen, während du dich mit ihr unterhältst, okay? Wir sind doch auf deiner Seite, Baby. Ehrlich.«

Natalie lächelte uns beide kurz an, verließ dann den Raum und ging ins Zimmer nebenan, wo wir sie mit jemand anderem sprechen hörten.

Kittys Gesicht war von einem rosa Farbton überzogen, und sie kämpfte mit den Tränen. Sie langte nach einer Zigarette, zündete sie an und hustete etwas gegen ihren knochigen Handrücken. Dann schüttelte sie den Kopf und zauberte ein Lächeln hervor, das eine gewisse Liebenswürdigkeit an sich hatte. »Gott, ich kann kaum glauben, daß ich mich in diese Situation gebracht habe«, meinte sie und fragte dann versonnen: »Glaubst du, Glen wird mich vielleicht besuchen kommen?«

»Ich weiß nicht. Eventuell fahre ich nach unserem Gespräch zu ihr. Wenn du möchtest, kann ich es ihr gegenüber erwähnen.«

»Sie hat Daddy rausgeschmissen.«

»Das habe ich gehört.«

»Wahrscheinlich schmeißt sie mich als nächste raus.«

Ich konnte sie nicht länger anschauen. Ihre Sehnsucht nach Glen war so deutlich, daß es mir weh tat, sie zu sehen. Ich betrachtete das Frühstückstablett: eine Schale mit frischem Obst, ein Blaubeerkuchen, ein Becher Erdbeerjoghurt, Granola, Orangensaft, Tee. Es gab kein Anzeichen dafür, daß sie irgend etwas davon gegessen hatte.

»Möchtest du etwas davon?« fragte sie.

»Auf keinen Fall. Du wirst Kleinert erzählen, daß du es gegessen hast.«

Kitty hatte den Anstand, rot zu werden, wobei sie unbehaglich lachte.

»Ich versteh nicht, warum du nichts ißt«, meinte ich.

Sie verzog das Gesicht. »Es sieht einfach alles so mächtig aus. Da ist so ein Mädchen zwei Türen weiter, die hatte auch Magersucht, verstehst du? Also brachte man sie hierher, und schließlich begann sie wieder zu essen. Jetzt sieht sie aus, als sei sie schwanger. Sie ist immer noch dünn. Sie hat bloß einen halben Basketball als Bauch. Das ist ekelhaft.«

»Na und? Sie lebt, oder?«

»Ich möchte nicht so aussehen. Mir schmeckt sowieso nichts, ich muß bloß davon kotzen.«

Es hatte keinen Sinn, das Thema weiter zu verfolgen, also beließ ich es dabei und ging statt dessen zu etwas anderem über. »Hast du mit deinem Vater gesprochen, nachdem Glen ihn rausgeschmissen hat?«

Kitty zuckte die Achseln. »Er ist jeden Nachmittag hier. Er wohnt im Edgewater Hotel, bis er eine Wohnung gefunden hat.«

»Hat er dir von Bobbys Testament erzählt?«

»Ein bißchen. Er sagt, Bobby hat mir all sein Geld hinterlassen. Stimmt das?« Mehr als alles andere hörte man Bestürzung in ihrer Stimme.

»Soweit ich weiß, ja.«

»Aber warum sollte er das getan haben?«

»Vielleicht hatte er das Gefühl, dein Leben verpfuscht zu haben, und wollte das wiedergutmachen. Derek sagte mir, er habe auch Ricks Eltern etwas Geld hinterlassen. Oder vielleicht betrachtete er es als kleinen Ansporn für dich, zur Abwechslung mal deinen Kram, allein geregelt zu bekommen.«

»Ich habe nie Geschäfte mit ihm gemacht.«

»Ich meine nicht, daß er ein ›Geschäft‹ vorhatte.«

»Nun, ich mag es nicht, mich kontrolliert zu fühlen.«

»Kitty, ich glaube, du hast ausreichend demonstriert, daß man dich nicht kontrollieren kann. Wir alle haben diese Botschaft laut und deutlich vernommen. Bobby hat dich geliebt.«

»Wer hat ihn darum gebeten? Manchmal war ich nicht mal nett zu ihm. Und ich hatte nicht gerade immer sein Bestes im Sinn.«

»Und das bedeutet?«

»Nichts. Vergiß es. Ich wünschte, er hätte mir überhaupt nichts hinterlassen. Das gibt mir so ein mieses Gefühl.«

»Ich weiß nicht, was ich dir sagen soll«, erwiderte ich.

»Ja, ich habe ihn nie um etwas gebeten.« Ihr Tonfall war streitlustig, doch ich konnte ihren Standpunkt nicht verstehen.

»Was stört dich?«

»Nichts.«

»Wozu dann die ganze Aufregung?«

»Ich bin nicht aufgeregt! Mein Gott. Warum sollte ich mich aufregen? Er hat es getan, damit er sich gut fühlte, stimmt's? Es hatte nichts mit mir zu tun.«

»Irgend etwas *hatte* es mit dir zu tun, sonst hätte er das Geld jemand anders hinterlassen.«

Sie begann an ihrem Daumennagel zu knabbern. Gelegentlich legte sie ihre Zigarette ab, die dann vom Rand des Aschenbechers aus zarte Rauchfahnen aufsteigen ließ wie ein Indianersignal auf einer fernen Bergspitze. Ihre Miene verfinsterte sich. Ich war mir nicht sicher, warum sie sich angesichts der Vorstellung, zwei Millionen Dollar in den Schoß geworfen zu bekommen, so aufregte, aber ich wollte sie nicht vor den Kopf stoßen. Ich wollte Informationen. Wieder wechselte ich das Thema. »Was ist mit der Versicherung, die dein Vater auf Bobby abgeschlossen hatte? Hat er das erwähnt?«

»Ja. Das ist verrückt. Erst macht er so 'nen Mist, und dann wundert er sich, daß sich die Leute darüber aufregen. Er sieht überhaupt nicht ein, was daran verkehrt gewesen sein soll. Ihm erscheint das nur logisch. Bobby hatte ein- oder zweimal seinen Wagen zu Schrott gefahren, also dachte sich Daddy einfach, wenn er schon stirbt, könnte genausogut jemand davon profitieren. Vermutlich hat Glen ihn deshalb rausgeschmissen, hm?«

»Ich glaube, mit dem Tip liegst du richtig. Sie hätte nie zugelassen, daß er aus Bobbys Tod noch Kapital schlägt. Meine Güte, es war der denkbar schlechteste Schritt, den er unternehmen konnte. Im übrigen gerät er damit unter Mordverdacht.«

»Mein Vater würde nie jemanden töten!«

»Das gleiche sagt er von dir.«

»Nun, es stimmt ja auch. Ich hatte keinen Grund, Bobbys Tod zu wollen. Keiner von uns hatte einen. Ich wußte nicht einmal etwas von dem Geld, und ich will es sowieso nicht.«

»Geld muß nicht das Motiv sein«, entgegnete ich. »Es ist ein naheliegender Ausgangspunkt, aber der muß nicht notwendigerweise zu etwas führen.«

»Aber du glaubst nicht, daß es mein Vater war, oder?«

»Ich bin noch zu keinem Schluß gekommen. Ich versuche nach wie vor herauszufinden, was Bobby vorhatte, und ich muß noch einige Lücken füllen. Etwas ging damals vor sich, doch ich kann es nicht miteinander in Einklang bringen. Was für eine Beziehung hatte er zu Sufi? Hast du eine Ahnung?«

Kitty griff nach ihrer Zigarette und wandte dabei den Blick ab. Sie brauchte einen Moment, um die Asche abzuklopfen, dann einen letzten tiefen Zug zu nehmen und sie auszudrücken. Ihre Nägel waren so weit abgekaut, daß die äußersten Fingerspitzen aussahen wie kleine runde Bälle.

Sie überlegte sich etwas. Ich hielt den Mund und gab ihr etwas Zeit. »Sie war die Kontaktfrau«, antwortete sie schließlich mit leiser Stimme. »Bobby führte eine Ermittlung oder etwas Ähnliches für jemanden durch.«

»Für wen?«

»Ich weiß es nicht.«

»Es müssen die Frakers gewesen sein, stimmt's? Ich habe gestern abend mit Sufi gesprochen, und kaum war ich weg, raste sie zu Frakers Wohnung. Sie blieb so lange da, daß ich schließlich nach Hause fahren mußte.«

Unsere Blicke trafen sich. »Ich weiß nicht genau worum es sich handelte.«

»Aber du weißt, wie er da hineingeraten ist? Worum ging es?«

»Alles, was ich weiß, ist, daß er mir erzählt hat, er suche etwas, und er habe diesen Job draußen am Leichenschauhaus, so daß er abends suchen könne.«

»Medizinische Berichte? Etwas, was dort gelagert wird?«

Ihr Gesicht verschloß sich wieder, und sie zuckte die Achseln.

»Aber Kitty, als dir klar wurde, daß jemand ihn umzubringen versuchte, hast du das nicht miteinander in Verbindung gebracht?«

Sie kaute jetzt ernsthaft auf ihrem Daumennagel. Ich sah ihren Blick flackern und drehte mich um. Dr. Kleinert stand in der Tür und starrte sie an. Als er merkte, daß ich ihn gesehen hatte, schaute er zu mir herüber. Sein Lächeln wirkte gezwungen und war nicht gerade von Fröhlichkeit gekennzeichnet.

»Tja, ich wußte ja gar nicht, daß du heute morgen einen Gast hast«, sagte er zu ihr. Dann kurz zu mir herüber: »Was führt Sie in aller Frühe hierher?«

»Ich war auf dem Weg zu Glen und wollte nur kurz mal reinschauen. Ich habe versucht, Kitty zum Essen zu übereden«, erwiderte ich.

»Dazu besteht kein Anlaß«, entgegnete er leichthin. »Diese junge Dame hat eine Abmachung mit mir.« Geübten Blickes sah er auf seine Armbanduhr, wobei er ihr Zifferblatt auf sein Handgelenk schob, bevor er sie wieder unter der Manschette verschwinden ließ. »Ich hoffe, Sie werden uns entschuldigen. Ich habe noch andere Patienten, und meine Zeit ist begrenzt.«

»Ich bin schon auf dem Weg«, nickte ich. Ich sah Kitty an. »Vielleicht rufe ich dich bald mal an. Ich werde sehen, ob Glen zu einem Besuch bei dir vorbeikommen kann.«

»Großartig«, stimmte sie zu. »Danke.«

Ich winkte und verließ den Raum. Dabei überlegte ich, wie lange er wohl schon in der Tür gestanden und wieviel er gehört hatte. Ich versuchte, mich daran zu erinnern, was Carrie St. Cloud gesagt hatte. Sie hatte mir erzählt, daß Bobby in einer Art Erpressungsgeschichte verwickelt gewesen war, doch nicht die normale Tour mit Geldübergabe und so. Etwas anderes. »Jemand hatte etwas gegen einen Freund von ihm in der Hand, und er versuchte ihm zu helfen«, war die Art, wie sie sich ausgedrückt hatte, soweit ich mich erinnern konnte. Wenn es sich um Erpressung gehandelt hatte, warum war er dann nicht zur Polizei gegangen? Und warum mußte gerade er etwas unternehmen?

Ich ging zurück zu meinem Wagen und fuhr zu Glens Haus.

21

Es war kurz nach neun, als ich in Glens Einfahrt einbog. Der Hof war verlassen. Am Springbrunnen schoß eine fünf Meter hohe Wassersäule empor, um in einem Wirrwarr aus Hellgrün und Weiß zurückzuregnen. Von einer der Terrassen im Hintergrund aus hörte ich einen elektrischen Rasenmäher jaulen, und Wassersprenger spritzten einen feinen Sprühnebel in den sonnengesprenkelten Riesenfarn, der die Kieswege säumte. Die Luft wirkte tropisch und wie mit Jasminduft parfümiert.

Ich läutete, und eines der Mädchen ließ mich ein. Als ich sie nach Glen fragte, hob sie den Blick zur zweiten Etage und murmelte etwas auf spanisch. Daraus schloß ich, daß sich Glen oben befand.

Die Tür zu Bobbys Zimmer stand offen, und sie saß in einem seiner Sessel, die Hände im Schoß, das Gesicht ausdruckslos. Als sie mich erblickte, lächelte sie kaum wahrnehmbar. Sie sah mitgenommen aus, dunkle Ringe hatten sich unter ihren Augen tief eingegraben. Ihr Make-up war dezent, schien aber die Blässe ihrer Wangen nur noch zu betonen. Sie trut ein Strickkleid in einem Rotton, der zu grell für sie war. »Hallo Kinsey. Kommen Sie, setzen Sie sich«, begrüßte sie mich.

Ich setzte mich in den karierten Sessel. »Wie geht es Ihnen?«

»Nicht so gut. Ich ertappe mich dabei, den größten Teil des Tages hier oben zu verbringen. Einfach dazusitzen. Auf Bobby zu warten.«

Ihr Blick streifte meinen. »Ich meine das natürlich nicht wörtlich. Ich bin ein viel zu rationaler Mensch, um daran zu glauben, daß die Toten zurückkehren. Ich denke bloß immer, daß es da noch irgend etwas geben muß, daß es noch nicht vorbei sein kann. Verstehen Sie, was ich meine?«

»Nein, nicht ganz.«

Sie starrte auf den Boden und versuchte offenbar einer inneren Stimme zu lauschen. »Zum Teil ist es wohl ein Gefühl von Verrat, glaube ich. Ich war tapfer, und ich habe alles getan, was man von mir erwartete. Ich war Mitglied dieser Schauspieltruppe, und jetzt möchte ich meine Bezahlung. Doch der einzige Lohn, der mich interessiert, ist, Bobby zurückzubekommen. Also warte ich.« Ihr Blick wanderte im Raum herum, als ob sie eine Fotoserie anfertigte. Ihr Verhalten erschien mir so hohl, trotz des emotionalen Inhalts ihrer Worte. Es war merkwürdig, als redete man mit einem Roboter. Sie sagte Menschliches, tat es aber mechanisch. »Sehen Sie das?«

Ich folgte ihrem Blick. Auf dem weißen Teppichboden waren immer noch Bobbys Fußabdrücke zu erkennen.

»Ich werde diesen Raum nicht staubsaugen lassen«, meinte sie. »Ich weiß, daß das dumm ist. Ich will mich nicht in eine dieser schrecklichen Frauen verwandeln, die Totenschreine errichten und alles genauso lassen, wie es war. Aber ich will nicht, daß er ausradiert wird. Ich will nicht, daß er einfach so weggewischt wird. Ich will nicht einmal seine Sachen aussortieren.«

»Es ist doch auch nicht unbedingt nötig, schon etwas zu unternehmen, oder?«

»Nein, ich glaube nicht. Ich weiß sowieso nicht, was ich mit diesem Zimmer machen soll. Ich habe Dutzende, und alle sind leer. Es ist nicht so, daß ich es in ein Nähzimmer oder ein Atelier umwandeln müßte.«

»Achten Sie denn sonst auf sich?«

»O ja. Ich bin zu klug, es nicht zu tun. Ich habe das Gefühl, als sei der Kummer eine Krankheit, von der ich mich nicht erholen kann. Was mich beunruhigt, ist, daß ich einen gewissen Reiz an diesem Vorgang bemerke, der schwer aufzugeben ist. Es ist schmerzhaft, aber so kann ich mich zumindest ihm nahe fühlen. Hin und wieder ertappe ich mich dabei, daß ich an etwas anderes denke, und dann habe ich ein schlechtes Gewissen. Es kommt mir treulos vor, wenn es mal nicht schmerzt, treulos, auch nur einen Moment lang zu vergessen, daß er nicht mehr da ist.«

»Werden Sie nicht zu streng mit sich, so daß Sie mehr als nötig leiden«, entgegnete ich.

»Ja, ich weiß. Ich versuche mich schon davon abzubringen. Jeden Tag trauere ich ein bißchen weniger. Als würde ich aufhören zu rauchen. In der Zwischenzeit gebe ich vor, ein starker Mensch zu sein, doch ich bin es nicht. Ich wünschte, mir fiele etwas ein, das mich heilen könnte. O Gott, ich sollte nicht ständig darüber reden. Das ist wie mit jemandem, der einen Herzinfarkt oder eine schwere Operation hatte. Ich kann nur darüber sprechen. So egozentrisch.«

Wieder hielt sie inne, dann schien sie sich plötzlich ihrer höflichen Umgangsformen zu besinnen. Sie blickte mich an. »Was haben Sie gemacht?«

»Ich war heute morgen im St. Terry, um Kitty zu besuchen.«

»Ja?« Glens Miene zeigte keinerlei Interesse.

»Können Sie vielleicht mal bei ihr vorbeischauen?«

»Ganz bestimmt nicht. Erstens bin ich wütend, daß sie lebt und Bobby nicht. Ich hasse es, daß er ihr sein ganzes Geld hinterlassen hat. Wenn Sie mich fragen, ist sie habgierig, selbstzerstörerisch, manipuliert andere –« Sie brach ab und schloß den Mund. Einen Moment lang schwieg sie. »Tut mir leid. Ich wollte nicht so heftig werden. Ich habe sie nie gemocht. Die bloße Tatsache, daß sie jetzt in Schwierigkeiten ist, ändert daran gar nichts. Das hat sie sich selbst angetan. Sie hat geglaubt, es gäbe immer jemanden, der sie da herausboxt, aber das werde nicht ich sein. Und Derek ist dazu nicht in der Lage.«

»Ich habe gehört, er ist ausgezogen.«

Sie bewegte sich unruhig. »Wir hatten einen fürchterlichen Streit. Ich dachte schon, ich würde ihn nie hier rausbekommen. Schließlich mußte ich einen der Gärtner rufen. Ich verachte ihn. Aufrichtig. Es macht mich krank, daran zu denken, daß er jemals in meinem Bett gelegen hat. Ich weiß nicht, was schlimmer ist ... die Tatsache, daß er diese abscheuliche Versicherung auf Bobbys Leben abgeschlossen hat, oder die Tatsache, daß er nicht das geringste Gefühl dafür hatte, wie verachtenswert das war.«

»Kann er kassieren?«

»Er glaubt es offenbar, aber ich habe vor, ihm jeden einzelnen Schritt so schwer wie möglich zu machen. Ich habe die Versicherungsgesellschaft benachrichtigt, und ich habe Kontakt zu einem Anwaltsbüro in L.A. aufgenommen. Ich will, daß er aus meinem Leben verschwindet. Mir ist ziemlich egal, was das kostet, obwohl – je weniger ich bekomme, desto besser steht er da. Glücklicherweise haben wir einen Ehevertrag unterzeichnet, auch wenn er schwört, daß er den anfechten wird, wenn ich ihm seinen Versicherungsanspruch vermiese.«

»Herrje, Sie haben die Fronten aber wirklich abgesteckt.«

Erschöpft rieb sie sich die Stirn. »Mein Gott, es war grauenvoll. Ich habe Varden angerufen, um eine einstweilige Verfügung gegen ihn zu erwirken. Glücklicherweise befand sich im Haus keine Waffe, sonst wäre jetzt einer von uns tot.«

Ich schwieg.

Nach einem Moment schien sie sich gefangen zu haben. »Ich wollte nicht so verrückt klingen. Irgendwie kommt alles, was ich sage, so wahnsinnig heraus. Egal. Genug davon. Ich bin sicher, daß Sie nicht gekommen sind, um meinen irren Reden zu lauschen. Möchten Sie einen Kaffee?«

»Nein, danke. Ich wollte bloß den Kontakt zu Ihnen aufrechterhalten und Sie auf den neuesten Stand bringen. Das meiste davon hat mit Bobby zu tun. Sollten Sie im Moment nicht darüber sprechen wollen, kann ich ein anderes Mal vorbeikommen.«

»Nein, nein. Das geht schon. Vielleicht komme ich dadurch auf andere Gedanken. Ich will wirklich wissen, wer ihn umgebracht hat. Das könnte die einzige Art von Erleichterung sein, die ich erwarten kann. Was haben Sie bisher herausgefunden?«

»Nicht viel. Ich setzte Stück für Stück zusammen, und ich bin meiner Fakten nicht wirklich gewiß. Es könnte ja sein, daß man mich anlügt, doch solange ich die Wahrheit nicht kenne, kann ich nicht sicher sein«, erklärte ich.

»Ich verstehe.«

Ich zögerte, seltsam widerwillig, meine Mutmaßungen weiter auszuführen. Es kam mir aufdringlich vor, über seine Vergangenheit zu spekulieren. Es schien irgendwie geschmacklos, die intimen Details seines Lebens mit der Frau zu diskutieren, die so sehr versuchte, mit seinem Tod fertig zu werden. »Ich glaube, Bobby hatte ein Verhältnis.«

»Das ist keine Überraschung. Ich dachte, ich hätte erwähnt, daß er sich mit einem Mädchen traf.«

»Nicht sie. Nola.«

Sie starrte mich an, als wartete sie auf die Pointe. »Das kann nicht Ihr Ernst sein«, meinte sie schließlich.

»Soweit ich gehört habe, hatte Bobby ein Verhältnis mit jemandem und verliebte sich. Deshalb hatte er überhaupt erst die Beziehung zu Carrie St. Cloud beendet. Ich habe Gründe anzunehmen, daß es sich um Nola Fraker handelte, obwohl ich bisher noch keine Bestätigung dafür habe.«

»Das gefällt mir gar nicht. Ich hoffe, daß es nicht wahr ist.«

»Ich weiß nicht, was ich Ihnen sagen soll. Es scheint den Tatsachen zu entsprechen.«

»Ich dachte, Sie hätten gesagt, er sei in Kitty verliebt gewesen.«

»Vielleicht nicht gerade ›verliebt‹. Ich glaube, er hat sie sehr geliebt. Das heißt nicht, daß er auch entsprechend gehandelt hat. Sie behauptet, es sei nichts zwischen ihnen gewesen, und ich neige dazu, ihr zu glauben. Wenn sie eine sexuelle Beziehung zueinander gehabt hätten, wären Sie sicher die erste gewesen, die es erfahren hätte – und sei es nur wegen des Schockeffekts. Sie wissen ja, wie sie ist. Sie ist offensichtlich unreif und durcheinander, und er war sich gewiß Ihrer Haltung zu Kitty bewußt. Egal, was er für sie gefühlt hat, es hätte ihn jedenfalls nicht von einem Verhältnis zu einer anderen abgehalten.«

»Aber Nola ist glücklich verheiratet. Jim und sie waren tausendmal hier. Es gab nie auch nur die geringste Andeutung, daß etwas zwischen ihr und Bobby sein könnte.«

»Ich verstehe, was Sie sagen, Glen, doch so wird das Spiel nun einmal gespielt. Sie haben ein heimliches Verhältnis. Sie und Ihr Geliebter befinden sich auf demselben gesellschaftlichen Ereignis und gehen umher, höflich plaudernd und einander ignorierend . . . aber nicht zu auffällig, weil das verdächtig wäre. Verstohlene kleine Handberührungen über der Bowle, heimliche Blicke durch den Raum. Es ist ein großer, aufregender Spaß, und später im Bett kichert man darüber wie ein paar Kinder, die die Erwachsenen hinters Licht geführt haben.«

»Aber warum Nola? Die ganze Idee ist absurd.«

»Überhaupt nicht. Sie ist eine schöne Frau. Vielleicht haben sie sich mal zufällig getroffen, und plötzlich funkte es zwischen ihnen. Oder vielleicht haben sie sich schon seit Jahren beobachtet. Eigentlich muß es im letzten Sommer begonnen haben, weil ich glaube, daß seine Beziehung zu ihr sich nicht lange mit der zu Carrie überschnitten haben kann. Er schien mir nicht der Typ zu sein, der zwei Verhältnisse zur gleichen Zeit laufen hat.«

Glens Miene veränderte sich, und mit sichtbarem Unbehagen sah sie mich an.

»Was ist?«

»Ich dachte gerade zurück. Derek und ich waren im vergangenen Sommer zwei Monate lang in Europa. Als wir zurückkamen fiel mir auf, daß wir die Frakers plötzlich öfter bei uns sahen, aber ich habe mir nichts dabei gedacht. Sie wissen ja, wie das ist. In manchen Zeiten sieht man ein anderes Paar recht häufig, und dann verschwindet es für eine Weile wieder. Ich kann einfach nicht glauben, daß sie mir oder Jim das angetan hat. Ich komme mir vor wie ein eifersüchtiger Ehegatte, als wäre ich betrogen worden.«

»Aber Glen, ich bitte Sie. Vielleicht war es das Beste, was er je erlebt hat. Vielleicht hat es ihm geholfen, ein wenig erwachsen zu werden. Wer weiß? Bobby war ein guter Junge. Und überhaupt, was macht das jetzt noch für einen Unterschied?« fragte ich. Ich kam mir gemein vor, doch ich wollte nicht, daß sie mit diesem Mist anfing – die Verleugnung dessen, wer er gewesen war und was er getan hatte.

Ihre Wangen hatten einen feinen Rosaton angenommen, und sie warf mir einen kühlen Blick zu. »Ich habe verstanden. Allerdings begreife ich immer noch nicht, warum sie mir das alles erzählen.«

»Weil es nicht meine Aufgabe ist, Sie vor der Wahrheit zu schützen.«

»Es ist auch nicht Ihre Aufgabe, Märchen zu erzählen.«

»Ja. Okay. Damit haben Sie recht. Ich klatsche nicht des Klatsches wegen. Es besteht die Möglichkeit, daß dies alles mit Bobbys Tod zusammenhängt.«

»Wie?«

»Dazu komme ich noch, aber ich brauche zuerst Ihre Zusicherung, daß es unter uns bleibt.«

»Wo liegt der Zusammenhang?«

»Glen, Sie hören nicht zu. Ich werde Ihnen soviel erzählen, wie ich kann, doch ich kann Ihnen nicht alles sagen, und ich will nicht, daß Sie wütend werden. Wenn Sie hingehen und dies an irgend jemanden weitergeben, können Sie uns beide in Gefahr bringen.«

Ihre Augen wurden klarer, und ich merkte, daß sie endlich aufnahm, was ich da sagte. »Es tut mir leid. Natürlich. Ich werde keinem was sagen.«

Ich erzählte ihr kurz von Bobbys letzter Nachricht auf meinem Anrufbeantworter und von der Erpressungsgeschichte, die ich selbst noch nicht verstand. Ich verzichtete darauf, Sufis Rolle in all dem zu erwähnen, weil ich nach wie vor Angst hatte, Glen könnte die Sache selbst in die Hand nehmen und eine Dummheit begehen. Sie schien im Moment so labil zu sein, unzuverlässig, wie ein Fläschchen Nitroglyzerin. Ein winziger Stoß, und sie konnte explodieren.

»Ich brauche Ihre Hilfe«, erklärte ich, als ich fertig war.

»Wobei?«

»Ich möchte mit Nola sprechen. Bisher habe ich noch keine Bestätigung für all dies, und wenn ich sie aus heiterem Himmel anrufe oder bei ihr vorbeigehe, könnte sie sich vor Angst in die Hosen machen. Ich möchte, daß Sie sie anrufen und versuchen, eine Verabredung für mich zu treffen.«

»Für wann?«

»Heute morgen noch, wenn's geht.«

»Was soll ich ihr sagen?«

»Sagen Sie ihr die Wahrheit. Erzählen Sie ihr, daß ich Bobbys Tod untersuche, daß wir glauben, er könnte im vergangenen Sommer ein Verhältnis gehabt haben, und da Sie verreist waren, dachten Sie, vielleicht könnte sie ihn ja mit jemandem zusammen gesehen haben. Fragen Sie sie, ob sie etwas dagegen hätte, mit mir zu sprechen.«

»Wird sie keinen Verdacht schöpfen? Bestimmt wird sie sich denken können, daß wir auf sie aus sind.«

»Nun, ich könnte immerhin noch falsch liegen. Vielleicht ist sie es gar nicht. Das versuche ich ja gerade festzustellen. Wenn sie unschuldig ist, wird es ihr gleichgültig sein. Und wenn sie es nicht ist, soll sie sich doch eine Tarngeschichte ausdenken, damit sie sich sicher fühlt. Mir macht das nichts aus. Der Punkt ist, sie wird nicht den Mumm haben, mir die Tür vor der Nase zuzuschlagen, was sie wahrscheinlich tut, wenn ich unangemeldet dort auftauche.«

Sie dachte kurz darüber nach. »In Ordnung.«

Sie stand auf, ging zum Telefon, das auf dem Nachttisch stand, und tippte Nolas Nummer auswendig ein. Nie hatte ich jemanden so geschickt ein Ersuchen vorbringen sehen wie sie jetzt, und mir leuchtete ihr Talent für Spendensammlungen ein. Nola hätte nicht netter oder hilfsbereiter sein können, und fünfzehn Minuten später war ich auf dem Weg zurück nach Horton Ravine.

Am Tage sah ich, daß das Haus der Frakers blaßgelb war und ein erdbebensicheres Dach hatte. Ich fuhr die Einfahrt hinauf auf eine kleine Parkfläche zur Linken des Hauses, auf der bereits ein dunkelbrauner BMW und ein silberner Mercedes parkten. Da ich keine selbstmörderischen Absichten hegte, lehnte ich mich erst einmal aus dem Fenster und sah mich nach dem Hund um. Rover oder Fido, wie er auch heißen mochte, entpuppte sich als eine große dänische Dogge mit gummiartigen, schwarz geränderten Lippen, einschließlich herabhängender Speichelfetzen. Aus dieser Entfernung hätte ich schwören können, daß das Halsband stachelgespickt war. Als Futternapf diente eine große Aluminiumschüssel mit Bißmalen am Rand.

Vorsichtig stieg ich aus dem Wagen. Der Hund sprang am Zaun hoch und begann, mir seinen schlechten Atem entgegenzubellen. Er stand auf den Hinterbeinen, die Vorderpfoten über das Tor gelegt. Sein Glied sah aus wie ein Hot Dog in einem langen, pelzigen Brötchen, und er streckte es mir wedelnd entgegen, wie ein Typ, der gerade aus der Telefonzelle gekommen ist, um seinen Regenmantel zu öffnen.

Ich war gerade kurz davor, ihn zu beleidigen, als ich merkte, daß Nola aus dem Haus gekommen war und auf der Terrasse hinter mir stand.

»Beachten Sie ihn gar nicht«, meinte sie. Sie trug wieder einen Overall, diesmal in Schwarz, und Pfennigabsätze, die sie einen halben Kopf größer als mich machten.

»Nettes Hündchen«, bemerkte ich. Die Leute mögen es immer sehr, wenn man sagt, ihr Hund sei nett. Beweist nur, wie weltfremd sie sind.

»Danke. Kommen Sie herein. Ich habe erst noch etwas zu erledigen, aber Sie können im Studierzimmer warten.«

22

Das Innere des Hauses war kühl und spärlich ausgestattet: schimmernde, dunkle Holzfußböden, nackte Fenster, frische Blumen. Die Sitzmöbel waren mit weißem Leinenstoff überzogen, und das Studierzimmer, in das mich Nola führte, war von Büchern gesäumt. Sie entschuldigte sich, und ich hörte, wie ihre hohen Absätze – klick, klack – den Flur hinab klapperten.

Es ist nie eine gute Idee, mich allein in einem Raum zu lassen. Ich bin eine unheilbare Schnüfflerin, und ich fange automatisch an zu suchen. Da ich seit meinem fünften Lebensjahr von einer unverheirateten Tante großgezogen wurde, verbrachte ich als Kind viel Zeit bei ihren Freunden zu Hause, die zum größten Teil keine eigenen Kinder hatten. Mir wurde befohlen, ruhig zu sein und mich selbst zu beschäftigen, was ich in den ersten fünf Minuten mit Hilfe der jeweils neuen Ausgabe einer endlosen Serie von Malbüchern schaffte, die wir zu den

Besuchen mitbrachten. Das Problem war, daß ich sehr schlecht im Einhalten der Ränder war und mir die Bilder immer blöd vorkamen – kleine Kinder, die mit Hunden herumtobten und Farmen besichtigten. Ich wollte keine Schweine oder Hühner ausmalen, also lernte ich das Durchsuchen. Auf diese Art entdeckte ich das versteckte Leben der Menschen, die Arzneien in den Medizinschränkchen, die Tuben mit Gel in den Nachttischschubladen, Bargeldreserven im hinteren Kleiderschrank, überraschende Sexanleitungen und Ehewerkzeuge zwischen Matratze und Sprungfedern. Natürlich konnte ich anschließend nie meine Tante nach diesen außergewöhnlich aussehenden Objekten befragen, die mir begegnet waren, da ich überhaupt nichts von ihnen wissen durfte. Fasziniert schlenderte ich dann in die Küche, wo sich die Erwachsenen zu jener Zeit zu versammeln schienen, um Highballs zu trinken und so schmerzhaft langweilige Dinge wie Politik und Sport zu diskutieren, und dann starrte ich Frauen namens Bernice und Mildred an, deren Ehemänner Stanley und Edgar hießen, und ich fragte mich, wer wohl was mit diesem langen Apparat mit der Batterie auf der einen Seite machte. Das war keine Taschenlampe. Soviel wußte ich. Frühzeitig erkannte ich den manchmal bemerkenswerten Unterschied zwischen dem öffentlichen Auftreten und den privaten Neigungen. Dies waren die Leute, vor denen zu fluchen meine Tante mir verboten hatte, unbhängig davon, wie wir zu Hause redeten. Einige der Begriffe, die sie immer benutzte, hätten vielleicht hier Anwendung finden können, doch ich wage nicht, sie zu wiederholen. Der gesamte Erziehungsprozeß bedeutete für mich, die richtigen Wörter den Dingen zuzuordnen, die ich bereits kannte.

Das Studierzimmer der Frakers wies einen unerhörten Mangel an Verstecken auf. Keine Schubladen, keinen Sekretär, keine Sofatischchen mit Schränken darunter. Die beiden Sessel waren aus Chrom mit Lederstreifen. Der gläserne Kaffeetisch hatte schmale Chrombeine und stellte eine Karaffe mit Brandy und zwei Cognacschwenker auf einem Tablett zur Schau. Es gab nicht einmal einen Teppich, unter den man einen Blick hätte werfen können. Meine Güte, was waren das für Menschen? Ich war gezwungen, die Bücherregale abzugehen und zu versuchen, anhand der zur Verfügung stehenden Exemplare ihre Hobbys und Beschäftigungen zu erraten.

Die Menschen neigten nach wir vor mehr zu gebundenen Büchern, und ich konnte feststellen, daß Nola Interesse an Innenarchitektur, Feinschmeckerküche, Gärtnerei, Handarbeiten und Schönheitstips hatte. Was jedoch meine Aufmerksamkeit erregte, waren zwei Regale voller Bücher über Architektur. Was hatte das zu bedeuten? Sicher waren weder sie noch Dr. Fraker damit beauftragt, in großer Freiheit Gebäude zu entwerfen. Ich nahm eine übergroße Ausgabe mit dem Titel »Richtlinien der Architekturzeichnung« hervor und sah mir die Umschlagseiten an. Das eingeprägte Exlibris zeigte die Lithographie einer sitzenden Katze, die auf einen Fisch im Glas starrt. Drunter stand in maskuliner Handschrift der Name Dwight Costigan. Ein Erinnerungslämpchen leuchtete hinten in meinem Kopf auf. Das war doch der Architekt, der Glens Haus entworfen hatte. Ein geliehenes Buch? Ich sah in schneller Reihenfolge drei weitere Bände durch. Sie alle waren »aus der Bibliothek von« Dwight Costigan. Das war seltsam. Warum befanden sie sich hier?

Ich hörte Nola in meine Richtung klappern und stellte das Buch an seinen Platz zurück. Dann bewegte ich mich leise ans Fenster und verhielt mich, als hätte ich mir die Zeit mit der Aussicht vertrieben. Sie kam mit einem Lächeln ins Zimmer, das auftauchte und wieder verschwand, als habe es einen Wackelkontakt. »Tut mir leid, daß ich Sie warten lassen mußte. Setzen Sie sich doch.«

Ich hatte mir noch nicht besonders viele Gedanken darüber gemacht, wie ich nun vorgehen würde. Jedesmal, wenn ich eines dieser Schauspielstückchen vorher probe, bin ich geradezu brillant, und die anderen Personen sagen immer genau das, was ich hören will. In Wirklichkeit macht es dann keiner richtig, mich eingeschlossen, warum sich also im voraus den Kopf zu zerbrechen?

Ich setzte mich in einen dieser Chrom-Leder-Sessel und hoffte, ich würde mich nicht in einem der Streifen verfangen. Sie ließ sich auf dem Rand eines zweisitzigen, mit weißem Leinen bezogenen Sofas nieder und legte anmutig eine Hand auf die gläserne Fläche des Kaffeetischchens – eine Haltung, die Gelassenheit demonstriert hätte, wären da nicht die kleinen Schweißperlen an ihren Fingerspitzen gewesen. Mit einem kurzen Blick nahm ich ihr Bild in mir auf. Schlank, langbeinig, perfekte apfelgroße Brüste. Ihre Haare, in einem künstlichen Rotton, rahmten das Gesicht in ein Wirrwarr sanfter Locken. Blaue Augen, makellose Haut. Sie hatte dieses reine, zeitlose Aussehen, das man durch erstklassige kosmetische Chirurgie erhält, und der schwarze Overall, den sie trug, betonte ihren sinnlichen Körper ohne vulgär oder derb zu erscheinen. Ihre Haltung war ernst und aufrichtig – und sie kam mir aufgesetzt vor.

»Womit kann ich Ihnen behilflich sein?« fragte sie.

Im Bruchteil einer Sekunde mußte ich ein Urteil fällen. Könnte

Bobby Callahan sich *wirklich* mit so einer falschen Schlange eingelassen haben? O verdammt, wem wollte ich denn damit was vormachen? Natürlich!

Ich schenkte ihr ein Fünfzehn-Watt-Lächeln, das Kinn auf die Faust gestützt. »Tja, ich habe da ein kleines Problem, Nola. Darf ich Sie Nola nennen?«

»Sicher. Glen erwähnte, daß Sie Bobbys Tod untersuchen.«

»Genau. Eigentlich hat Bobby mich erst vor einer Woche engagiert, und deshalb habe ich das Gefühl, das ich ihm für sein Geld noch etwas schuldig bin.«

»Ach so. Ich dachte, daß vielleicht etwas daran nicht stimmen könnte und sie deshalb Untersuchungen anstellen.«

»Das könnte sein. Ich weiß es noch nicht.«

»Aber ist das nicht die Aufgabe der Polizei?«

»Ich bin sicher, sie erfüllt sie auch. Ich führe eine ... Hilfsuntersuchung durch, verstehen Sie, nur für den Fall, daß die Polizei auf der falschen Spur ist.«

»Nun, ich hoffe, jemand findet es heraus. Armer Junge. Es tut uns allen so leid für Glen. Haben Sie denn Erfolg?«

»Um die Wahrheit zu sagen, ja. Jemand hat mir die Hälfte der Geschichte erzählt, und ich muß jetzt nur noch den Rest herausfinden.«

»Das klingt ja, als kämen Sie gut voran.« Sie zögerte gekonnt. »Was für eine Geschichte?«

Ich vermute, daß sie nicht wirklich danach fragen wollte, doch die Natur dieses Gesprächs diktierte es. Sie gab vor, hilfsbereit zu sein, also mußte sie natürlich Interesse an einem Thema heucheln, das sie wahrscheinlich lieber ignoriert hätte.

Ich ließ einen Moment vergehen, während ich auf den Tisch starrte. Ich dachte, das verliehe der Lüge, die ich im Begriff war zu erzählen, einen Hauch mehr Glaubwürdigkeit. Mit einem vielsagenden Blick schaute ich sie wieder an. »Bobby hat mir gesagt, daß er in Sie verliebt war.«

»In mich?«

»Das hat er gesagt.«

Die Augen zwinkerten. Das Lächeln tauchte auf und verschwand. »Nun, das erstaunt mich. Ich meine, es ist sehr schmeichelhaft, und ich hielt ihn immer für einen süßen Jungen, aber wirklich!«

»Ich finde es nicht so erstaunlich.«

Ihr Lachen drückte eine wunderbare Mischung aus Unschuld und

Ungläubigkeit aus. »Ach, um Himmels willen. Ich bin verheiratet. Und ich bin zwölf Jahre älter als er.«

Mist, sie war schlagfertig – blitzschnell hatte sie Jahre von ihrem Alter abgezogen, ohne einen Moment zu zögern, um sie an den Fingern abzuzählen oder so etwas. Ich bin im Subtrahieren nicht so schnell, also ist es wahrscheinlich besser für mich, keine Lügen über mein Alter zu verbreiten.

Ich lächelte ein wenig. Sie machte mich langsam wütend, und ich hörte mich mit einer sanften Grabesstimme sagen: »Das Alter spielt keine Rolle. Bobby ist jetzt tot. Er ist älter als Gott. Er ist so alt, wie man nur werden kann.«

Sie starrte mich an und zog offenbar die Möglichkeit in Betracht, daß ich verrückt sein könnte. »Sie müssen das nicht gleich übelnehmen. Ich kann nichts dazu, wenn Bobby Callahan sich entschieden hatte, in mich verliebt zu sein. Dann hatte der Junge sich eben in mich verknallt. Was soll's?«

»Also hatte der Junge eben ein Verhältnis mit Ihnen, Nola. Das soll's. Sie steckten bis zum Hals in der Scheiße, und der Junge hat Ihnen herausgeholfen. Der *Junge* ist wegen Ihnen umgebracht worden, Sie Miststück. So, sollen wir jetzt aufhören, uns gegenseitig vollzuquatschen und zur Sache kommen, oder soll ich Lieutenant Dolan vom Morddezernat anrufen und ihn darum bitten, ein wenig mit Ihnen zu plaudern?«

»Ich weiß nicht, wovon Sie sprechen«, schnauzte sie. Als sie aufstand, war ich bereits auf den Beinen und klammerte so schnell eine Hand um ihr zartes Handgelenk, daß sie nach Luft schnappte. Sie zog ein wenig, und ich ließ sie los, doch ich fühlte, wie ich vor Wut anschwoll wie ein Heißluftballon.

»Ich sag's Ihnen noch einmal, Nola. Sie haben die Wahl. Entweder erzählen Sie mir, was los war, oder ich werde anfangen, mich auf Sie zu stürzen. Eigentlich könnte ich das ohnehin tun. Ich werde zur Gemeindeverwaltung laufen und sämtliche standesamtliche Eintragungen und Zeitungsberichte und Polizeiakten durchgehen, bis ich ein paar Hintergrundinformationen über Sie habe. Und dann werde ich herausfinden, was Sie verheimlichen, und *dann* werde ich einen Weg finden, Ihnen die Sache dermaßen anzuhängen, daß Sie bereuen werden, die ganze Geschichte nicht gleich hier und jetzt ausgespuckt zu haben.«

In diesem Moment bekam ich den Stoß. Im hinteren Teil meines Hirns hörte ich ein Geräusch, wie wenn ein Fallschirm die Luft auffängt. Peng... er öffnete sich. Das war einer dieser außergewöhnlichen Momente, in denen sich die automatische Erinnerung einschaltet und eine Information herausspringt wie bei der Wertungstafel eines Preisrichters. Es muß am Adrenalin gelegen haben, das durch meinen Kopf gepumpt wurde, denn plötzlich wurden meiner Gedächtnisdatenbank ein paar Einzelheiten entrissen, die in perfekter Klarheit auf meinem geistigen Bildschirm erschienen... nicht alles, aber genug. »Warten Sie einen Moment. Ich weiß, wer Sie sind. Sie waren mit Dwight Costigan verheiratet. Ich wußte doch, daß ich Sie schon mal gesehen hatte. Ihr Foto war in allen Zeitungen.«

Die Farbe verschwand aus ihrem Gesicht. »Das hat damit nichts zu tun«, behauptete sie.

Ich lachte, vor allem über meine plötzliche Erinnerung. Gedankenblitze müssen irgendein kleines chemisches Element an sich haben, das solche schnellen Vorstöße bewirkt.

»Ach, hören Sie auf«, entgegnete ich. »Natürlich hat es etwas damit zu tun. Ich weiß zwar noch nicht was, aber es ist ein- und dieselbe Geschichte, oder?«

Sie sank auf das Sofa zurück und tastete mit einer Hand nach dem Glastisch, um sich abzustützen. Sie atmete tief durch und versuchte, sich zu entspannen. »Sie täten gut daran, die ganze Sache fallenzulassen«, meinte sie dann, ohne mich anzusehen.

»Spinnen Sie?« fragte ich. »Hat Sie Ihr bißchen Verstand jetzt völlig verlassen? Bobby Callahan beauftragte mich, weil er glaubte, daß jemand ihn umzubringen versuchte, und er hatte recht. Jetzt ist er tot und hat keine Möglichkeit mehr, die Sache aufzuklären, aber *ich* habe sie, und wenn Sie glauben, daß ich vor diesem Arschloch kneife, dann kennen Sie mich schlecht.«

Sie schüttelte den Kopf. Alle ihre Schönheit war verschwunden, und was übrig war schien fade. Sie sah jetzt aus wie jeder von uns im Neonlicht aussah – müde, verbraucht. Ihre Stimme war leise. »Ich werde Ihnen sagen, soviel ich kann. Und dann bitte ich Sie darum, die Untersuchung aufzugeben. Das meine ich ernst. Zu Ihrem eigenen Besten. Ich hatte tatsächlich ein Verhältnis mit Bobby.« Sie hielt inne und suchte nach dem Weg, den sie einschlagen wollte. »Er war ein wunderbarer Mensch. Das war er wirklich. Ich war vernarrt in ihn. Er war so unkompliziert, und er hatte keine Vergangenheit. Er war einfach nur jung und kräftig, vital. Mein Gott. Er war dreiundzwanzig. Allein der Anblick seiner *Haut*. Er war wie ein –« Ihr Blick traf meinen, und verlegen brach sie ab. Ein Lächeln bildete sich und schwankte, diesmal aus irgendeinem Gefühl heraus, das ich nicht interpretieren konnte... Schmerz oder Zärtlichkeit vielleicht.

In der Hoffnung, die Stimmung nicht zu verderben, setzte ich mich vorsichtig nieder.

»Wenn man in seinem Alter ist«, fuhr sie fort, »glaubt man doch, daß sich alles regeln läßt. Man glaubt noch daran, daß man alles haben kann, was man will. Man glaubt, das Leben sei einfach, und daß man nur ein oder zwei Kleinigkeiten verändern muß, damit alles anders wird. Ich habe ihm gesagt, daß es für mich nicht so sei, doch er hatte so einen ritterlichen Zug an sich. Süßer Narr.«

Sie schwieg für eine lange Zeit.

»›Süßer Narr‹ – warum?« fragte ich ruhig.

»Nun, weil er natürlich dafür sterben mußte. Ich kann Ihnen die Schuldgefühle nicht beschreiben, die ich hatte...« Ihre Stimme verlor sich, und sie wandte sich ab.

»Erzählen Sie mir den vorderen Teil. Was hatte Dwight damit zu tun? Er wurde doch erschossen, nicht?«

»Dwight war viel älter als ich. Fünfundvierzig, als wir heirateten. Ich war zweiundzwanzig. Es war eine gute Ehe... zumindest bis zu einem gewissen Punkt. Er betete mich an. Ich bewunderte ihn. Er hat Unglaubliches für diese Stadt getan.«

»Er hat Glens Haus entworfen, nicht wahr?«

»Nicht ganz. Sein Vater war ursprünglich der Architekt, als das Haus in den zwanziger Jahren erbaut wurde. Dwight führte die Restaurierungen durch«, korrigierte sie. »Ich glaube, ich brauche einen Drink. Möchten Sie auch einen?«

»Sicher, gern«, stimmte ich zu.

Sie griff nach der Brandykaraffe und nahm den schweren Glasstöpsel ab. Dann legte sie den Hals der Karaffe an den Rand eines Cognacschwenkers, aber ihre Hände zitterten so stark, daß ich befürchtete, sie könnte das Glas zerbrechen. Ich langte hinüber, nahm ihr die Flasche ab und goß ihr einen guten Schluck ein. Dann machte ich mir selbst einen, obwohl das um zehn Uhr morgens so ziemlich das letzte war, worauf ich Lust hatte. Flüchtig schwenkte sie ihr Glas, und wir tranken beide. Ich schluckte, und automatisch öffnete sich mein Mund, als sei ich gerade in einem Swimmingpool zur Wasseroberfläche aufgetaucht. Dies hier war eindeutig gutes Zeug, aber ich hatte eigentlich nicht vorgehabt, meine Zähne gleich für ein ganzes *Jahr* reinigen zu lassen. Ich beobachtete, wie sie sich beruhigte, indem sie ein- oder zweimal tief durchatmete.

Verzweifelt versuchte ich mir die Berichte in Erinnerung zu rufen, die ich über den Vorfall gelesen hatte, bei dem Costigan getötet wurde. Es mußte vor fünf oder sechs Jahren gewesen sein. Soweit ich mich erinnern konnte, war jemand eines Nachts in sein Haus in Montebello eingedrungen und hatte Dwight nach einem Kampf im Schlafzimmer erschossen. Ich war damals für einen Klienten in Houston, deshalb hatte ich die Ereignisse nicht so genau verfolgt, doch soviel ich wußte, lag die Sache noch immer als nicht aufgeklärter Mordfall bei den Akten.

»Was war geschehen?« fragte ich.

»Fragen Sie nicht, und mischen Sie sich nicht ein. Ich hatte Bobby angefleht, die Finger davon zu lassen, aber er wollte nicht hören, und das hat ihn sein Leben gekostet. Vergangenheit ist Vergangenheit. Es ist vorbei und erledigt und ich bin die einzige, die jetzt dafür bezahlt. Vergessen Sie's. Ich kümmere mich nicht mehr darum, und wenn Sie klug sind, tun Sie's auch nicht.«

»Sie wissen doch, daß ich das nicht machen kann. Erzählen Sie mir, was weiter geschah.«

»Wozu? Es wird nichts mehr ändern.«

»Nola, ich werde es herausfinden, ob Sie es mir sagen oder nicht. Wenn Sie mir jetzt alles offen erzählen, muß ich vielleicht gar nicht mehr weiter gehen. Vielleicht werde ich Sie verstehen und darin einwilligen, die ganze Sache fallenzulassen. Ich bin nicht unvernünftig, aber Sie müssen fair sein.«

Die Unschlüssigkeit stand ihr ins Gesicht geschrieben. »Oh, mein Gott«, stöhnte sie und senkte den Kopf einen Moment lang. Dann sah sie mich furchterfüllt an. »Wir sprechen hier über einen Wahnsinnigen. Jemand total Verrückten. Sie müssen schwören ... Sie müssen versprechen, sich rauszuhalten.«

»Ich kann Ihnen kein solches Versprechen geben, und das wissen Sie. Erzählen Sie mir die Geschichte, und dann werden wir überlegen, was zu tun ist.«

»Ich habe nie jemandem außer Bobby davon erzählt, und Sie sehen ja, was ihm widerfuhr.«

»Was ist mit Sufi? Sie weiß Bescheid, oder?«

Erstaunt und für einen Moment bestürzt über die Erwähnung von Sufis Namen sah sie mich an, dann wandte sie den Blick ab. »Nein, gar nichts. Ich bin sicher, daß sie nicht weiß, was vor sich geht. Warum sollte sie?« Die Antwort war zu zögernd gekommen, um überzeugend zu wirken, doch ich beließ es für den Augenblick dabei. Hatte Sufi sie erpreßt?

»Nun, *irgend*jemand weiß es«, beharrte ich. »Nach meinen Schlußfolgerungen wurden Sie erpreßt, und Bobby hat das zu beenden versucht. Was ist das für ein Handel? Was hat die Person gegen Sie in der Hand? Worin besteht ihre Macht über Sie?«

Ich ließ sie das Schweigen ausdehnen und beobachtete dabei, wie sie mit ihrem Bedürfnis nach verbaler Erleichterung kämpfte.

Schließlich begann sie mit einer so leisen Stimme zu sprechen, daß ich gezwungen war, mich vorzubeugen, um sie verstehen zu können. »Wir waren fast fünfzehn Jahre lang verheiratet. Dwight nahm Medikamente gegen zu hohen Blutdruck, und die machten ihn impotent. Wir hatten ohnehin nie ein besonders ausgefülltes Geschlechtsleben geführt. Ich wurde unruhig und suchte mir einen . . . jemand anders.«

»Einen Liebhaber.«

Sie nickte, die Augen geschlossen, als schmerze sie die Erinnerung. »Dwight überraschte uns eines Nachts im Bett. Er drehte durch. Er holte eine Waffe aus der Bibliothek und kehrte zurück, und dann kam es zum Kampf.«

Ich schnappte das Geräusch von Schritten auf, die den Flur herunter kamen. Gleichzeitig mit ihr sah ich zur Tür, und ihre Stimme wurde dringlich.

»Kein Sterbenswörtchen darüber. Bitte.«

»Nein, vertrauen Sie mir. Was ist der Rest der Geschichte?«

Sie zögerte. »Ich habe Dwight erschossen. Es war ein Unfall, aber jemand hat die Waffe mit meinen Fingerabdrücken darauf.«

»Und das war es, wonach Bobby gesucht hat?«

Sie nickte kaum wahrnehmbar.

»Aber wer hat sie? Ihr Exliebhaber?«

Nola legte einen Finger an die Lippen. Es klopfte an der Tür, und Dr. Fraker steckte den Kopf ins Zimmer, offenbar überrascht, mich dort sitzen zu sehen. »Oh, hallo Kinsey. Ist das Ihr Wagen, der in der Einfahrt steht? Ich wollte gerade wegfahren, und ich konnte mir einfach nicht vorstellen, wer hier sein könnte.«

»Ich bin vorbeigekommen, um mit Nola über Glen zu sprechen«, erklärte ich. »Ich glaube, es geht ihr nicht besonders gut, und da habe ich mir überlegt, wir könnten vielleicht Abmachungen treffen, um uns abwechselnd um sie zu kümmern, da Derek nicht mehr da ist.«

Bedauernd schüttelte er den Kopf. »Dr. Kleinert hat mir berichtet, daß sie ihn hinausgeworfen hat. Verdammt schade. Nicht, daß ich besonders viel für ihn übrig gehabt hätte, doch sie hat zur Zeit bereits genug Schwierigkeiten. Ich sehe es gar nicht gern, daß sie sich noch mehr aufbürdet.«

»Ich auch nicht«, stimmte ich zu. »Brauchen Sie mich, um meinen Wagen wegzusetzen?«

»Nein, das geht schon«, erwiderte er und sah zu Nola. »Ich habe zwar noch einige Arbeit im Krankenhaus, aber wahrscheinlich werde ich nicht allzu spät zurück sein. Haben wir Pläne fürs Abendessen?«

Sie lächelte liebenswürdig, obwohl sie sich erst räuspern mußte, bevor sie sprechen konnte. »Ich dachte, wir könnten hier essen, wenn du einverstanden bist.«

»Sicher, das ist prima. Gut. Dann werde ich euch beide mal eure kleinen Pläne aushecken lassen. War nett, Sie zu sehen, Kinsey.«

»Eigentlich waren wir gerade fertig«, sagte Nola und erhob sich.

»Oh, na schön«, meinte er. »Ich bringe Sie hinaus.«

Ich wußte, daß sie sein Erscheinen nur als Vorwand benutzte, um das Gespräch zu beenden, doch mir fiel im Moment keine Verzögerungstaktik ein, erst recht nicht, solange die beiden da standen und mich ansahen.

Wir verabschiedeten uns kurz voneinander. Dann hielt Dr. Fraker mir die Tür auf, und ich verließ das Zimmer. Als ich mich umschaute, sah ich, daß Nolas Gesichtsausdruck von Furcht durchdrungen war. Vermutlich wünschte sie jetzt, ihr Geheimnis für sich behalten zu haben. Es stand eine Menge für sie auf dem Spiel: Freiheit, Geld, Status, Ansehen. Sie war von jedem angreifbar, der wußte, was ich jetzt wußte. Ich fragte mich, wie verzweifelt sie an dem festhielt, das sie besaß, und was für eine Art von Bezahlung als Konsequenz daraus aus ihr herausgeholt worden war.

23

Ich fuhr ins Büro. Ein Haufen Post stapelte sich auf dem Boden unter dem Briefschlitz der Tür. Ich sammelte sie auf und warf sie auf den Schreibtisch, dann öffnete ich die Glastüren, um ein wenig frische Luft hereinzulassen. Die Signallampe an meinem Anrufbeantworter leuchtete auf. Ich setzte mich und drückte den Rücklaufknopf.

Die Nachricht kam von meinem Freund bei der Telefongesellschaft und bestand aus einem Bericht über den stillgelegten Anschluß von S. Blackman. Sein voller Name war Sebastian S. männlich, sechsundsechzig Jahre, und er hatte eine Nachsendeadresse in Tempe, Arizona. Tja, das klang nicht sehr vielversprechend. Wenn alles andere schiefging, konnte ich darauf zurückkommen und der Sache nachgehen, um herauszufinden, ob es eine Verbindung zu Bobby gab. Irgendwie bezweifelte ich es. Ich machte mir eine Notiz für seine Akte. Es lag eine gewisse Sicherheit darin, all das zu Papier gebracht zu haben. Falls mir etwas zustoßen sollte, konnte auf diese Weise zumindest jemand anschließend den Faden wiederaufnehmen – eine schreckliche Vorstellung, doch angesichts von Bobbys Schicksal durchaus realistisch.

Die nächsten anderthalb Stunden verbrachte ich damit, meine Post durchzusehen und meine Buchhaltung auf den neuesten Stand zu bringen. Ein paar Schecks waren eingetroffen. Ich trug sie als Eingänge in meine Bücher ein und füllte ein entsprechendes Bankformular aus. Eine Abrechnung war ungeöffnet an mich zurückgesendet worden. Der Brief trug den Vermerk »Adressat unbekannt. Zurück an Absender«, und ein großer lilafarbener Finger zeigte direkt auf mich. Herrje, ein Schnorrer. Ich haßte es, um mein Geld für geleistete Dienste geprellt zu werden. Und ich hatte reichlich für den Typen gearbeitet. Mir war bekannt gewesen, daß er ein zögernder Zahler war, aber ich hatte nicht geglaubt, daß er mich tatsächlich um mein Honorar betrügen würde. Ich legte die Sache beiseite, in der Absicht, ihn aufzuspüren, sobald ich ein wenig Zeit hatte.

Inzwischen war es fast Mittag, und ich sah das Telefon an. Ich wußte, daß es da einen Anruf gab, den ich erledigen sollte. Rasch nahm ich den Hörer ab und tippte die Nummer ein, bevor mich der Mut wieder verlassen konnte.

»Santa Teresa Police Department, Deputy Collins.«

»Ich hätte gern Sergeant Robb aus der Vermißtenabteilung gesprochen.«

»Einen Moment, bitte. Ich verbinde.«

Mein Herz klopfte auf eine Art, die meine Achseln feucht werden ließ.

Ich hatte Jonah kennengelernt, als ich das Verschwinden einer Frau namens Elaine Boldt untersucht hatte. Er war ein netter Typ mit einem sanften Gesicht und vielleicht zwanzig Pfund Übergewicht; außerdem war er amüsant und offen. Er hatte etwas von einem Rebellen an sich – hatte mir entgegen allen Vorschriften Schwarzkopien von Mordberichten gemacht. Er war jahrelang mit seiner alten Jugendliebe verheiratet gewesen, die ihn vor einem Jahr verlassen hatte, zusammen mit seinen beiden Töchtern. Sie hatte ihm eine Gefriertruhe voll mistiger, selbstgemachter Mahlzeiten hinterlassen. Er war nicht besonders auffällig, aber darauf achte ich ohnehin nicht, und ich mochte ihn sehr.

Wir hatten kein Verhältnis miteinander gehabt, aber er hatte ein Stück gesunden männlichen Interesses an den Tag gelegt, und ich hatte es ziemlich bedauert, daß er zu seiner Frau zurückgegangen war. Ehrlich gesagt, ich war verletzt gewesen, und hatte seitdem Abstand gehalten.

»Robb.«

»Mein Gott«, begann ich. »Ich habe noch gar nicht mit dir gesprochen und bin schon wieder sauer.«

Ich hörte, wie er zögerte. »Kinsey, bist du das?«

Ich lachte. »Ja, ich bin's, und ich habe gerade festgestellt, wie geladen ich bin.«

Er wußte genau, worüber ich sprach. »Herrje. Ich weiß ja, Kleines. Das war aber auch ein Haufen Bockmist. Ich habe so oft an dich gedacht.«

Ich machte »hmm, hmm« in einer Art, von der ich hoffte, daß sie möglichst skeptisch klang. »Wie geht's Camilla?«

Er seufzte, und ich konnte förmlich sehen, wir er sich mit der Hand durchs Haar fuhr. »Ungefähr genauso. Sie behandelt mich wie Dreck. Ich weiß nicht, warum ich sie überhaupt wieder in mein Leben gelassen habe.«

»Obwohl es bestimmt schön ist, daß die Mädchen wieder zu Hause sind, oder?«

»O ja, das ist es natürlich«, bestätigte er. »Und wir gehen jetzt zur Beratung. Nicht die Mädchen. Sie und ich.«

»Vielleicht hilft das.«

»Vielleicht auch nicht.« Er nahm sich zusammen und änderte seinen Tonfall. »Nun ja. Ich sollte mich nicht beschweren. Wahrscheinlich habe ich mir das alles selbst zuzuschreiben. Es tut mir nur leid, daß du letztendlich auch noch davon betroffen warst.«

»Keine Sorge. Ich bin schon ein großes Mädchen. Übrigens weiß ich eine Möglichkeit, wie du alles wiedergutmachen kannst. Ich dachte, vielleicht könnte ich dich gleich zum Mittagessen einladen und dir ein paar Würmer aus der Nase ziehen.«

»Klar, schrecklich gern, bloß, daß das Essen auf meine Kosten geht. Das wird mir helfen, meine Schuldgefühle ein bißchen zu dezimieren. Wie gefällt dir dieser Quatsch mit dem ›dezimieren‹? Das ist das Wort des Tages in meinem Wortschatzkalender. Gestern war es ›integrierend‹. Mir ist bis jetzt nicht eingefallen, wo man das hineinschmuggeln könnte. Wo möchtest du hingehen? Schlag etwas vor.«

»Ach, etwas Einfaches. Ich möchte nicht noch viel Zeit für gesellschaftliche Feinheiten aufwenden.«

»Wie wär's mit dem Gerichtsgebäude? Ich hol uns ein paar Sandwiches, und wir können auf dem Rasen essen.«

»Mein Gott, mitten in der Öffentlichkeit. Wird da nicht deine ganze Abteilung klatschen?«

»Das will ich hoffen. Vielleicht bekommt Camilla Wind davon und verläßt mich wieder.«

»Also dann bis halb eins.«

»Soll ich in der Zwischenzeit noch irgendwelche Nachforschungen für dich anstellen?«

»Oh, genau. Gute Idee.« Ich gab ihm einen kurzen Abriß des Costigan-Mordes, ohne Nola Fraker dabei zu erwähnen. Ich wollte später entscheiden, wieviel von der Geschichte ich ihm anvertrauen konnte. Im Moment lieferte ich ihm die öffentlich bekannte Version und fragte, ob er einen Blick in die Akten werfen könne.

»Ich kann mich vage an diese Geschichte erinnern. Mal sehen, was ich dazu ausgraben kann.«

»Und noch eine andere Sache wenn's geht«, fügte ich hinzu. »Könntest du über NCIC eine Frau namens Lila Sams überprüfen?« Ich gab ihm ihre beiden anderen Namen, Delia Sims und Delilah Sampson, das Geburtsdatum aus dem Führerschein und die zusätzlichen Informationen, die ich in meinen Notizen hatte.

»Okay, ich hab's. Ich werde sehen, was ich tun kann. Bis bald«, erwiderte er und legte auf.

Mir war in den Sinn gekommen, daß Lila, wenn sie tatsächlich krumme Dinger mit Henry vorhatte, genausogut ein Vorstrafenregister haben könnte. Ich hatte keinerlei Zugangsmöglichkeit zum National Crime Information Center, es sei denn mit Hilfe einer amtlichen Bevollmächtigung. Jonah konnte den Namen in den Computer eingeben und Minuten später die Antwort bekommen. Dann wußte ich zumindest, ob meine Instinkte zutrafen.

Ich räumte das Büro auf, schnappte mir die Verrechnungsschecks und schloß ab. Erst ging ich noch auf ein paar Minuten nach nebenan, um ein Pläuschchen mit Vera Lipton zu halten, die dort als Bearbeiterin für Schadensfälle bei der California Fidelity-Versicherung arbeitet. Auf dem Weg zum Gericht machte ich noch einen Abstecher zur Bank und ließ den größten Teil des Geldes auf mein Sparbuch überweisen. Für das Girokonto ließ ich nur soviel übrig, daß meine laufenden Kosten gedeckt waren.

Der Tag, der schon mit einem Vorglühen begonnen hatte, hatte sich inzwischen auf Gluthitze hochgekurbelt. Die Bürgersteige flimmerten, und die Palmen sahen sonnengebleicht aus. Dort, wo vereinzelte Schlaglöcher in der Straße gefüllt worden waren, war der Asphalt weich und körnig wie Mürbeteig.

Das Gericht von Santa Teresa sieht aus wie ein Moorschloß: handgeschnitzte Holztüren, Türmchen und schmiedeeiserne Balkone. Im Inneren gibt es so viele Mosaikfliesen an den Wänden, so daß sie aussehen, als seien sie mit Patchworkdecken dekoriert. Einer der Gerichtssäle stellt ein fortlaufendes Wandgemälde zur Schau, das die Kolonialisierung Santa Teresas durch die frühen spanischen Missionare schildert. Es ist eine Art Walt Disney-Version von dem, was tatsächlich geschah, denn der Künstler unterschlägt die Einschleppung der Syphilis und die Bestechung der Indianer. Ich persönlich ziehe es vor, die Wahrheit zu verbreiten. Es könnte schwierig werden, sich auf Gerechtigkeit zu konzentrieren, wenn man dabei auf ein paar Haufen armer Indianer in den Endstadien der Parese starren müßte.

Ich ging unter dem großen Bogen hindurch zum vertieft angelegten Garten auf der Rückseite des Gebäudes. Ungefähr zwei Dutzend Menschen waren auf dem Rasen verteilt. Manche aßen zu Mittag, andere hielten ein Schläfchen oder nahmen ein Sonnenbad. Beiläufig registrierte ich die Vorzüge eines gutaussehenden Mannes in einem hellblauen, kurzärmeligen Hemd, der in meine Richtung kam. Ich nahm eine dieser visuellen Begutachtungen vor, indem ich unten anfing und mich dann hochmusterte. Hmm, schmale Hüften, ... hmm, flacher Bauch, kräftige Arme, dachte ich. Er stand schon fast vor mir, als ich sein Gesicht betrachtete und feststellte, daß es Jonah war.

Ich hatte ihn seit Juni nicht mehr gesehen. Offenbar hatte eine Diät oder eine gewichtsreduzierende Lebensweise wie ein Zauber gewirkt. Sein Gesicht, das ich in der Vergangenheit immer als »harmlos« bezeichnet hatte, war nun hübsch konturiert. Seine dunklen Haare waren gewaschen, und er konnte eine gewisse Sonnenbräune vorweisen, so daß seine blauen Augen jetzt in einem Gesicht in der Farbe von Ahornzucker strahlten.

»Mein Gott«, entfuhr es mir, die ich schlagartig in meinen Gedankengängen unterbrochen war. »Du siehst großartig aus.«

Erfreut schenkte er mir ein strahlendes Lächeln. »Findest du? Danke. Ich muß so um die zwanzig Pfund verloren haben, seit wir uns das letzte Mal gesehen haben.«

»Wie hast du das geschafft? Mit harter Arbeit?«

»Ja, ich habe ein bißchen daran gearbeitet.«

Er stand da und starrte mich an, und ich starrte zurück. Er strömte

Pheromone aus, vielleicht ein nach Moschus duftendes Aftershave, und ich fühlte, wie sich meine Körperchemikalien zu regen begannen. In Gedanken schüttelte ich mich. Das konnte ich nicht gebrauchen. Das einzige, was schlimmer ist als ein Mann, der gerade aus einer Ehe heraus ist, ist einer, der immer noch drin steckt.

»Ich habe gehört, daß man dich angeschossen hat«, meinte er.

»Bloß eine .22er, die zählt kaum. Außerdem wurde ich verprügelt, und das war es, was wirklich weh getan hat. Ich weiß nicht, wie Männer so'n Scheiß aushalten«, erwiderte ich. Wehmütig rieb ich mir den Nasenrücken. »Hab mir den Rüssel gebrochen.«

Spontan streckte er seine Hand aus und fuhr mir über die Nase. »Sieht aber ganz in Ordnung aus.«

»Danke«, gab ich zurück. »Sie schnauft auch noch ganz gut.«

Wieder trat eine peinliche Stille ein, von der unsere Beziehung schon immer gekennzeichnet gewesen war.

Ich verlagerte meine Tasche von einer Schulter zur anderen, um irgend etwas zu tun zu haben. »Was hast du uns mitgebracht?« fragte ich und zeigte auf die Papiertüte in seiner Hand.

Er blickte hinab. »Ach ja. Ganz vergessen. Hm, Sandwiches, Pepsis, und *Famous Amos*-Kekse.«

»Dann könnten wir ebensogut essen«, schlug ich vor.

Er bewegte sich nicht. Dann schüttelte er den Kopf. »Kinsey, ich kann mich nicht daran erinnern, so etwas schon einmal erlebt zu haben«, gestand er. »Warum können wir nicht auf das verdammte Essen verzichten, und hinter dem Busch verschwinden?«

Ich lachte, denn gerade war auch in mir etwas heiß und unanständig aufgeflammt, das ich hier lieber nicht wiedergeben möchte. Ich schob meine Hand unter seinen Arm. »Du bist süß.«

»Das wollte ich jetzt gar nicht hören.«

Wir gingen die breite Steintreppe hinab und zur gegenüberliegenden Seite des Gerichtsgartens, wo struppige immergrüne Pflanzen die Wiese beschatteten. Wir setzten uns und lenkten uns mit dem Drumherum des Mittagessens ab. Pepsis wurden geöffnet, Salatblätter fielen aus Sandwiches, und wir tauschten Papierservietten aus und murmelten etwas darüber, wie gut alles schmeckte. Als das Essen beendet war, hatten wir ein wenig von unserer professionellen Haltung wieder erlangt und führten den größten Teil des übrigen Gesprächs wie Erwachsene, statt wie sexhungrige Teenies.

Er warf seine leere Pepsidose in die Tüte. »Ich werde dir die Gerüchte über den Costigan-Mord erzählen. Der Typ, mit dem ich gesprochen habe, hat früher im Morddezernat gearbeitet, und er sagt, er habe immer geglaubt, daß es die Ehefrau war. Es war eine dieser Situationen, bei denen die ganze Geschichte irgendwie stinkt, verstehst du? Sie behauptete, jemand sei eingebrochen, ihr Mann holt 'ne Kanone, großer Kampf, peng! Die Knarre geht los und tot ist der Männe. Einbrecher haut ab, und sie ruft die Cops, ganz das erregte Opfer eines zufälligen Einbruchversuchs. Nur, daß es nicht ganz danach aussah, doch sie ließ sich nicht beirren. Bestellte prompt irgendeinen Staranwalt und sagte kein Wort mehr, bis er eintraf. Du weißt ja, wie das läuft. ›Tut mir leid, darauf werde ich keine Erwiderung zulassen.‹ Keiner glaubte ihr auch nur ein Wort, doch sie ist niemals umgefallen, und letztendlich gab es keine Gegenbeweise. Kein Beweisstück, keinen Informanten, keine Waffe, keinen Zeugen. Ende der Geschichte. Ich hoffe, du arbeitest nicht für sie, denn sollte das der Fall sein, wärst du angeschmiert.«

Ich schüttelte den Kopf. »Ich untersuche Bobby Callahans Tod«, erklärte ich. »Ich glaube, daß er umgebracht wurde, und ich glaube, daß das noch mit Dwight Costigan zusammenhängt.« Ich skizzierte ihm die ganze Geschichte, wobei ich seinem Blick auswich. Wir lagen inzwischen ausgestreckt im Gras, und ich hatte immer noch diese Bilder von sexuellen Unanständigkeiten im Kopf, die ich nicht gerade passend fand. Ich machte unverdrossen weiter und redete mehr als nötig, um einen gewissen Abstand zu schaffen.

»Also, wenn du tatsächlich etwas über den Costigan-Mord herausfindest, häkelt dir Lieutenant Dolan 'ne Mütze«, kommentierte er.

»Was ist mit Lila Sams?«

Er hielt einen Finger hoch. »Das Beste habe ich mir für zuletzt aufgespart«, lachte er. »Ich habe sie checken lassen und dabei einen Volltreffer gelandet. Diese Dame hat eine Latte von Vorladungen und Haftbefehlen so lang wie dein Arm. Die ersten gehen bis zum Jahre 1968 zurück.«

»Wofür?«

»Hochstapelei, Eigentumserschleichung, Trickbetrügereien. Außerdem hat sie auch Falschgeld in Umlauf gebracht. Gerade im Moment sind allein sechs Haftbefehle gegen sie offen. Ach, warte. Sieh es dir selbst an. Ich hab dir den Ausdruck mitgebracht.«

Er reichte mir den Computerausdruck. Warum fühlte ich keine freudige Erregung bei dem Gedanken, sie jetzt schnappen zu können? Weil es Henry das Herz brechen würde, und dafür wollte ich nicht die Verantwortung tragen. Ich überflog das Blatt. »Kann ich das behalten?«

»Sicher, aber laß doch diese Freudensprünge sein. Reg dich ab«, spottete er. »Ich wette, du weißt, wo sie sich aufhält.«

Mit einem schwachen Lächeln sah ich zu ihm hinüber. »Wahrscheinlich sitzt sie in einem Hinterhof und trinkt Eistee«, meinte ich. »Mein Vermieter ist bis über beide Ohren in sie verliebt, und ich vermute, sie ist kurz davor, ihn auszunehmen wie eine Weihnachtsgans.«

»Sprich mit Whiteside in der Betrugsabteilung, und er wird sie einbuchten lassen.«

»Ich glaube, ich sollte lieber erst mit Rosie sprechen.«

»Die alte Hexe, der die Spelunke bei dir um die Ecke gehört? Was hat die damit zu tun?«

»Ach, wir können Lila beide nicht ausstehen. Rosie wollte, daß ich ein paar Informationen über sie besorge, und sei es nur, damit sie sich ärgert. Wir mußten wissen, woher sie kommt.«

»Jetzt wißt ihr es also. Wo liegt das Problem?«

»Ich weiß nicht. Irgendwie habe ich ein mieses Gefühl dabei, doch ich werde mir das alles noch überlegen. Ich will nicht in etwas hineinrauschen, daß ich später bereuen könnte.«

Ein kurzes Schweigen trat ein. Dann zupfte Jonah mich am Ärmel. »Warst du in der letzten Zeit mal wieder auf dem Schießplatz?«

»Seitdem wir zusammen dort waren, nicht mehr«, erwiderte ich.

»Möchtest du mal wieder hin?«

»Jonah, das können wir nicht machen.«

»Warum nicht?«

»Weil es aussehen könnte wie ein Rendezvous und uns beide durcheinander brächte.«

»Ach, hör auf. Ich dachte, wir seien Freunde.«

»Sind wir auch. Wir können bloß nicht zusammensein.«

»Warum nicht?«

»Weil du zu gut aussiehst, und ich zu klug bin«, erklärte ich scharf.

»Womit wir wieder bei Camilla wären, stimmt's?«

»Stimmt. Ich werde mich da nicht einmischen. Du bist schon so lange mit ihr zusammen.«

»Ich werde dir mal etwas sagen. Ich könnte mich immer noch ohrfeigen. Ich hätte schließlich ebensogut die andere Junior-Highschool besuchen können, verstehst du? Siebte Klasse. Woher hätte ich wissen sollen, daß ich eine Entscheidung traf, die mich noch mein Leben lang verfolgt?«

Ich lachte. »Das Leben ist voll mit solchem Quatsch. Du mußtest dich zwischen Metall und Holz entscheiden, richtig? Du hättest genausogut Automechaniker werden können. Statt dessen bist du ein Cop. Weißt du, welche Wahl ich hatte? Kinderpsychologie oder Hauswirtschaftslehre. Beides interessierte mich einen Dreck.«

»Ich wollte, ich hätte dich nicht wiedergesehen.«

»Ich fühlte, wie mein Lächeln verschwand. »Tja, tut mir leid. Es war mein Fehler.« Mir war klar, daß wir uns schon viel zu lange angesehen hatten, also stand ich auf und klopfte mir das Gras von den Jeans. »Ich muß jetzt gehen.«

Er stand ebenfalls auf, und wir wechselten ein paar Abschiedsworte. Kurz darauf trennten wir uns. Ich ging einige Schritte zurück und beobachtete dann, wie er wieder zum Revier ging. Dann setzte ich meinen Weg in Richtung Büro fort und wandte meine Aufmerksamkeit wieder dem Thema Henry Pitts zu. Mir wurde klar, daß es keinen Sinn hatte, erst mit Rosie darüber zu sprechen. Natürlich mußte ich der Polizei mitteilen, wo sich Lila aufhielt. Sie war seit fast zwanzig Jahren eine Betrügerin und würde sich jetzt nicht mehr bessern und Henry auf seine alten Tage zu einem glücklichen Mann machen. Sie würde ihn total ausnehmen und ohnehin sein Herz brechen. Was machte es da noch für einen Unterschied, wie sie erwischt wurde, oder wer sie hochgehen ließ? Besser, es sofort zu tun, bevor sie ihn jeden Cents beraubt hatte, den er besaß.

Ich war schnell und mit gesenktem Kopf gegangen, doch als ich zur Ecke Floresta und Anaconda kam, drehte ich mich abrupt nach links und ging zum Polizeirevier.

24

Eine Stunde und fünfundvierzig Minuten lang war ich auf dem Polizeirevier. Glücklicherweise lagen die Vermißten- und die Betrugsabteilung nicht allzu nah beieinander, so daß ich nicht befürchten mußte, noch einmal auf Jonah zu treffen. Erst war Whiteside zum Essen weg, und dann mußte er an einem kurzen Meeting teilnehmen. Dann, nachdem ich ihm die Sachlage auseinandergelegt hatte, meldete er ein Ferngespräch zu einem Bezirk im nördlichen New Mexico an, wo drei der Haftbefehle ausgestellt worden waren. Während er auf die

Antwort auf seine Anfrage wartete, wandte er sich noch an den County Sheriff einer kleinen Stadt in der Nähe von San Francisco und versuchte, eine Bestätigung für einen Haftbefehl ohne Kautionsmöglichkeit zu erhalten, der aus Marin stammte. Der Vorwurf auf dem fünften Haftbefehl aus Boise, Idaho, stellte sich als ein minderes Delikt heraus, und der Detective aus der Betrugsabteilung sagte, er könne es sich ohnehin nicht leisten herzukommen, um sie abzuholen. Der sechste Haftbefehl aus Twin Falls war aus nicht näher angegebenen Gründen rückgängig gemacht worden. Bis jetzt befand sich Lila Sams immer noch auf freiem Fuß.

Um 15.20 Uhr reagierte Marin County schließlich auf den Anruf Whitesides. Man bestätigte den Haftbefehl ohne Kautionsmöglichkeit und deutete an, daß jemand zur Verfügung stehe, um sie mitzunehmen, sobald sie sich in Gewahrsam befand. Ihre Bereitschaft zur Zusammenarbeit mit uns war zum größten Teil dem Umstand zu verdanken, daß einer ihrer Deputys sich sowieso gerade auf Urlaub in Santa Teresa befand und sich bereit erklärt hatte, sie nach Marin zurück zu begleiten. Whiteside sagte, sobald eine Kopie des Haftbefehls über Telex hereingekommen sei, schicke er den Officer des Bezirkes herüber, um sie verhaften zu lassen. Er mußte nicht wirklich den Haftbefehl in den Händen halten, doch ich nehme an, daß er inzwischen ahnte, wie gerissen sie war. Ich gab ihm Mozas Adresse, meine Adresse und eine umfassende Beschreibung von Lila Sams.

Als ich heimkehrte, war es 15.40 Uhr. Henry saß auf einer Liege im Hof, umgeben von Büchern. Er sah von seinem Notizblock auf, als ich um die Ecke trat.

»Ach, du bist's«, bemerkte er. »Ich dachte, es sei vielleicht Lila. Sie sagte, sie käme noch mal vorbei, um sich zu verabschieden, bevor sie fährt.«

Mir blieb die Spucke weg. »Sie reist ab?«

»Nun, sie reist nicht eigentlich ab. Sie fährt für ein paar Tage nach Las Cruces, aber sie hofft, gegen Ende der Woche wieder zurückzusein. Ich glaube, es gibt da ein kleines Problem mit einem ihrer Grundstücke, und sie muß hin, um die Sache in Ordnung zu bringen. Ein verdammtes Ärgernis, aber was soll man machen?«

»Aber sie ist doch noch nicht gefahren, oder?«

Er schaute auf seine Uhr. »Kann ich mir nicht vorstellen. Ihr Flugzeug geht so gegen fünf. Sie sagte, sie müsse erst noch zur Grundstücksgesellschaft und dann wolle sie ein paar Sachen packen. Wolltest du sie sprechen?«

Ich schüttelte den Kopf, unfähig auszusprechen, was ausgesprochen werden mußte. Ich bemerkte, daß er dabei war, ein neues Kreuzworträtsel zu entwerfen und sich vorbereitende Notizen machte. Oben auf dem Blatt standen zwei Titel: »Ganz einfach, lieber Watson!« und »Home Sweet Holmes«.

Er lächelte verlegen, als er sah, daß ich es gelesen hatte. »Dies wird eins für die Sherlock-Fans im Publikum«, erklärte er. Er legte den Block beiseite, als sei es ihm peinlich, daß ihn jemand bei der Arbeit beobachtet hatte. »Na und, wie klappt es bei dir?«

Er schien so unschuldig zu sein und den Kopf nur mit seiner Leidenschaft für Wörter voll zu haben. Wie konnte sie sich so einen Mann aussuchen?

»Da ist etwas, das du, glaube ich, wissen solltest«, druckste ich. Dann faltete ich den Computerausdruck auseinander und reichte ihm das Papier.

Er sah darauf hinab. »Was ist das?«

Dann fiel sein Blick wohl auf Lilas Namen, denn er konzentrierte sich auf das Blatt. Seine Miene versteinerte, als er die Fakten aufnahm. Nachdem er alles gelesen hatte, gestikulierte er ziellos. Einen Moment lang schwieg er, dann sah er zu mir auf. »Tja. Läßt mich dastehen wie einen Narren, nicht wahr?«

»Hör auf, Henry. Sag so etwas nicht. Ich denke absolut nicht so. Du hast es gewagt, und sie hat dir ein wenig Glück gebracht. Na ja, und später stellt sich heraus, daß sie eine Betrügerin ist. Das ist nicht deine Schuld.«

Er starrte auf das Papier wie ein Kind, das gerade lernt, Wörter zu sondieren. »Wie bist du darauf gekommen, Nachforschungen anzustellen?«

Ich dachte über eine taktvolle Erklärung nach, doch mir fiel keine ein. »Ich mochte sie nicht besonders, um ehrlich zu sein. Wahrscheinlich hatte ich das Gefühl, dich schützen zu müssen, vor allem, als du von den geplanten Geschäften mit ihr erzählt hast. Ich konnte mir einfach nicht vorstellen, daß sie aufrichtig war, und wie sich herausstellte, war sie es nicht. Du hast ihr doch kein Geld gegeben, oder?«

Er faltete den Ausdruck zusammen. »Heute morgen habe ich eines meiner Konten aufgelöst.«

»Wieviel?«

»Zwanzigtausend in bar«, erwiderte er. »Lila sagte, sie wolle es bis zur Erfüllung der Vertragsbedingungen auf ein Konto der Grundstücksgesellschaften einzahlen. Der Filialleiter der Bank hat mich gedrängt, mir das noch mal zu überlegen, doch ich dachte, er sei einfach konservativ. Nun weiß ich, er war es nicht.« Er hatte einen sehr formellen Ton angeschlagen, und es brach mir beinahe das Herz.

»Ich gehe jetzt zu Moza und versuche sie aufzuhalten, bevor sie abfliegt. Willst du mitkommen?«

Er schüttelte den Kopf, seine Augen glänzten. Ich drehte mich auf dem Absatz um und entfernte mich schnellen Schrittes.

Ich ging den halben Block bis zu Moza. Ein Taxi fuhr langsam umher. Der Fahrer suchte die Hausnummern ab. Wir beide kamen ungefähr gleichzeitig vor Mozas Haus an, und er hielt am Gehsteig. Ich ging auf die Beifahrerseite und schaute durch das offene Fenster. Er hatte ein Gesicht wie ein Wasserball aus Fleisch.

»Haben Sie ein Taxi bestellt?«

»Hm, ja. Lila Sams?«

Er sah in seinem Fahrtenbuch nach. »Genau. Haben Sie Koffer, mit denen ich Ihnen behilflich sein kann?«

»Eigentlich brauche ich das Taxi nicht mehr. Eine Nachbarin hat sich angeboten, mich zum Flughafen zu bringen. Ich hatte noch mal angerufen, aber wahrscheinlich konnte die Zentrale Sie nicht mehr rechtzeitig aufhalten. Tut mir leid.«

Er warf mir einen furchterregenden Blick zu, stieß einen gereizten Seufzer aus und machte eine große Schau daraus, die Adresse aus seinem Buch zu streichen. Genervt hämmerte er den Gang rein und fuhr mit einem Kopfschütteln davon. Eine wirklich bühnenreife Vorstellung.

Ich ging quer durch Mozas Vorgarten und nahm die Treppe zur Veranda zwei Stufen auf einmal. Moza hielt die Tür auf und sah ängstlich dem abfahrenden Taxi nach. »Was haben Sie ihm gesagt? Das war Lilas Taxi. Sie muß zum Flughafen.«

»Wirklich? Er meinte, er sei an der falschen Adresse. Er suchte nach Zollinger, eine Straße weiter, glaube ich.«

»Vielleicht versuche ich es besser mit einem anderen Taxiunternehmen. Sie hat schon vor einer halben Stunde ein Taxi bestellt. Sie wird noch ihr Flugzeug verpassen.«

»Vielleicht kann ich ihr behilflich sein«, schlug ich vor. »Ist sie da drin?«

»Sie werden uns doch jetzt nicht noch in Schwierigkeiten bringen, Kinsey? Ich will das nicht.«

»Ich mache keine Schwierigkeiten«, beruhigte ich sie. Dann ging ich durchs Wohnzimmer in den Flur. Die Tür zu Lilas Zimmer stand offen.

Der Raum war aller persönlichen Habe beraubt. Eine der Schubladen, hinter denen sie die gefälschten Papiere versteckt hatte, stand mit leerer Rückseite auf der Kommode. Sie hatte das Klebeband zusammengerollt wie einen Klumpen Kaugummi. Ein Koffer stand fertig gepackt an der Tür, ein anderer lag auf dem Bett, halb voll. Daneben stand eine weiße Plastikhandtasche.

Lila stand mit dem Rücken zu mir und beugte sich vor, um einen Stapel zusammengefalteter Kleidung aus einer Schublade zu nehmen. Die Polyesterhose, die sie trug, schmeichelte nicht gerade ihrer Figur. Von hinten sah ihr Arsch aus wie zwei herabhängende Schaumgummischinken. Sie bemerkte mich erst, als sie sich umdrehte. »Oh! Sie haben mich aber erschreckt. Ich dachte, es sei Moza. Was kann ich für Sie tun?«

»Ich habe gehört, daß Sie abreisen wollen. Ich dachte, vielleicht könnte ich Ihnen behilflich sein.«

Unsicherheit flackerte in ihren Augen. Ihre plötzliche Abreise war wahrscheinlich auf das Drängen ihrer Komplizen in Las Cruces zurückzuführen, die durch meinen Anruf am vorherigen Abend alarmiert worden waren. Wahrscheinlich vermutete sie, daß ich dort angerufen hatte, aber sie konnte nicht sicher sein. Was mich anging, so hoffte ich lediglich, sie so lange aufzuhalten, bis die Cops auftauchten. Ich hatte nicht die Absicht, eine Konfrontation herbeizuführen. So wie ich sie einschätzte, könnte sie einen kleinen zweischüssigen Derringer zücken oder mit irgendwelchen Karategriffen für alte Damen über mich herfallen, die mich sofort niederstreckten.

Sie sah auf die Uhr. Es war jetzt fast vier. Man brauchte zwanzig Minuten zum Flughafen, und sie mußte um halb fünf dasein, wenn sie nicht riskieren wollte, ihren Platz zu verlieren. Also blieben ihr noch zehn Minuten. »Oje. Ja, ich weiß nicht, warum mein Taxi nicht kommt. Ich könnte jemanden gebrauchen, der mich zum Flughafen bringt, wenn Sie das machen könnten«, bat sie.

»Kein Problem«, erwiderte ich. »Mein Wagen steht gleich am Ende der Straße. Henry sagte, sie wollten ohnehin noch bei ihm reinschauen, um sich zu verabschieden.«

»Natürlich mache ich das, wenn ich noch Zeit habe. Er ist so ein Schatz.« Sie hatte den Stapel Kleidung eingepackt, und ich sah, wie sie sich im Zimmer umschaute, ob sie nichts vergessen hatte.

»Haben Sie noch irgend etwas im Badezimmer liegen? Shampoo? Handwäsche?«

»Oh, ich glaube ja. Ich bin gleich zurück.« Sie ging an mir vorbei Richtung Badezimmer.

Ich wartete, bis sie um die Ecke gegangen war. Dann langte ich zum Bett hinüber und öffnete ihre Handtasche. Darin befand sich ein dikker brauner Umschlag, auf dem Henrys Name stand. Ich nahm das Gummiband ab und prüfte den Inhalt. Bargeld. Ich schloß die Tasche wieder und steckte den Umschlag hinten unter den Bund meiner Jeans. Ich dachte mir, daß Henry niemals mit Nachdruck seine Ansprüche geltend machen würde, und haßte die Vorstellung, daß seine Ersparnisse konfisziert und als Polizeieigentum deklariert werden könnten. Mußte er ja keinem erzählen, wenn er es zurück hatte. Ich zog gerade mein T-Shirt über die Ausbuchtung, als Lila zurückkam, Shampoo, Duschhaube und Handlotion schleppend. Sie packte das Zeug an die Ränder um ihre gefaltete Kleidung herum, schloß den Koffer und ließ die Schlösser zuschnappen.

»Warten Sie, ich nehm das schon«, kam ich ihr zuvor. Ich zog den Koffer vom Bett und nahm auch den anderen hoch. Schwer beladen ging ich in den Flur. Dort stand Moza und wrang in ihrer Furcht ein imaginäres Geschirrtuch aus.

»Ich kann einen davon nehmen«, bot sie sich an.

»Es geht schon.«

Ich ging Richtung Tür, mit Moza und Lila im Gefolge. Ich hoffte inständig, die Cops würden jetzt kommen. Lila und Moza sagten einander nur ein paar Abschiedssprüche, wobei Lila die ganze Zeit über heuchelte. Sie war dabei, abzuhauen. Sie würde verschwinden. Sie hatte nicht die Absicht zurückzukommen.

Als wir am Eingang angekommen waren, ging Moza voraus, um mir die Tür aufzuhalten. Ein schwarzweißer Streifenwagen war gerade vorgefahren. Ich fürchtete, daß Lila sich, wenn sie die Polizei zu früh erspähte, durch den Hinterausgang aus dem Staub machen könnte.

»Haben Sie eigentlich die Schuhe, die unter dem Bett standen?« fragte ich über die Schulter hinweg. Ich blieb im Eingang stehen, um ihr die Sicht zu versperren.

»Ich weiß nicht. Ich habe mich gerade noch umgesehen und nichts mehr bemerkt.«

»Dann haben Sie sie wahrscheinlich«, meinte ich.

»Nein, nein. Ich sehe lieber noch einmal nach.« Sie lief zum Schlafzimmer, während ich die beiden Koffer auf der Veranda abstellte.

Inzwischen starrte Moza verwirrt zur Straße. Zwei uniformierte Polizisten kamen den Weg herauf, ein Mann und eine Frau, beide ohne Kopfbedeckung und in kurzärmeligen Hemden. In Santa Teresa gab es Bestrebungen, der Polizei das autoritäre Image zu nehmen, doch diese beiden schafften es trotzdem, bedrohlich zu erscheinen. Moza dachte wahrscheinlich, sie habe irgendwelche Gesetze verletzt – zu langes Gras, zu lautes Fernsehen.

Ich ließ sie da stehen, damit sie einen kleinen Plausch mit den Polizisten halten konnte, während ich Lila entgegenging, damit sie nicht doch noch die Cops sah und durch den Hinterausgang zu entwischen versuchte. »Lila, Ihr Taxi ist da«, rief ich.

»Ach, dem Himmel sei Dank«, seufzte sie, als sie durch das Wohnzimmer kam. »Unter dem Bett habe ich nichts mehr gefunden, aber ich hatte mein Ticket auf der Kommode liegenlassen. Gut, daß ich noch einmal zurückgegangen bin.«

Als sie sich der Eingangstür näherte, schlüpfte ich hinter sie. Sie blickte auf und sah die Polizisten.

Der Mann hieß seinem Namensschild zufolge G. Pettigrew. Er war schwarz, vielleicht Mitte Dreißig und hatte starke Arme und einen gewaltigen Brustkorb. Seine Kollegin, Mr. Gutierrez, wirkte fast genauso kräftig wie er.

Pettigrews Blick konzentrierte sich auf Lila. »Sind Sie Lila Sams?«

»Ja.« In diese eine Silbe legte sie ihre ganze Verwirrung, wobei sie ihn erstaunt ansah. Ihr Körper schien sich zu verändern, so daß sie jetzt älter und gedrungener wirkte.

»Würden Sie bitte auf die Veranda treten?«

»Natürlich, aber ich weiß nicht, was das alles soll.« Lila machte eine Bewegung zu ihrer Tasche hin, doch Gutierrez schnitt ihr den Weg ab und durchsuchte den Tascheninhalt schnell nach Waffen.

Pettigrew sagte Lila, sie sei verhaftet, und belehrte sie über ihre Rechte, die er von einer Karte ablas. Ich war sicher, daß er dies alles schon hundertmal getan hatte und die Hilfe nicht wirklich benötigte, er aber trotzdem ablas, damit es später keine weiteren Fragen gab.

»Würden Sie sich bitte mit dem Gesicht zur Wand drehen?«

Lila tat, was man ihr sagte, und Gutierrez tastete sie ab und legte ihr dann Handschellen an. Lila begann erbärmlich zu jammern. »Aber was hab ich denn getan? Ich habe doch nichts getan. Dies ist ein schrecklicher Irrtum.« Ihre Verzweiflung schien Moza in Bewegung zu setzen.

»Was geschieht hier eigentlich, Officer?« fragte sie. »Diese Frau ist meine Untermieterin. Sie hat nichts Unrechtes getan.«

»Ma'am, wir wären Ihnen sehr dankbar, wenn Sie bitte zur Seite gingen. Mrs. Sams ist berechtigt, sich mit einem Anwalt in Verbindung zu setzen, wenn wir in der Stadt angekommen sind.« Pettigrew faßte Lilas Ellbogen, doch sie zog ihn weg. Ihre Stimme stieg auf eine schrille Höhe an.

»Hilfe! O nein! Lassen Sie mich los! Hilfe!«

Die beiden Polizisten nahmen sie in die Mitte und schafften sie in geschäftsmäßigem Schritt die Terrasse hinunter. Lilas Kreischen brachte langsam neugierige Nachbarn vor die Häuser. Schlaff und schwer hing sie zwischen den Polizisten und drehte den Kopf mit einem herzzerreißenden Schreien zu Moza. Sie beförderten sie in den Streifenwagen und nahmen ihre Füße hoch, um sie hinter den Vordersitzen zu verstauen. Irgendwie vermittelte Lila den Eindruck, als handle es sich hier um eine Gefangennahme der Gestapo, als werde sie von Nazis verschleppt und man würde nie wieder von ihr hören. Kopfschüttelnd sammelte Officer Pettigrew ihre Sachen ein, die nun verstreut auf dem Weg lagen. Er packte ihre Taschen in den Kofferraum.

Der Mann von nebenan fühlte sich offenbar verpflichtet einzuschreiten, und ich sah ihn im Gespräch mit Pettigrew, während Gutierrez die Wache anrief und Lila um sich schlug und sich gegen den Maschendraht warf, der sie von Gutierrez auf dem Vordersitz trennte. Schließlich stieg Pettigrew auf der Fahrerseite in den Wagen, schlug die Tür zu und fuhr los.

Moza war leichenblaß und wandte sich mir mit einem verzweifelten Blick zu. »Das ist Ihr Werk! Warum in Gottes Namen haben Sie das getan? Die arme Frau.«

Ich erspähte Henry einen halben Block weiter. Selbst aus dieser Entfernung schien sein Gesichts ausdruckslos vor Ungläubigkeit und sein Körper angespannt. »Ich erklär' Ihnen das später, Moza«, erwiderte ich und machte mich auf den Weg zu ihm.

25

Als ich an meiner Wohnung ankam, war Henry nirgends zu sehen. Ich zog den Umschlag aus meinem Hosenbund und klopfte an seine Hintertür. Er öffnete. Ich hielt den Umschlag hoch, und er nahm ihn und sah sich den Inhalt an. Ein fragender Blick traf mich, aber ich erklärte nicht, wie ich daran gekommen war, und er fragte auch nicht.

»Danke.«

»Wir reden später«, versprach ich, und er schloß die Tür wieder. Vorher hatte ich allerdings noch einen Blick auf seinen Küchentisch erhascht. Er hatte den Zuckerkanister und einen neuen blau-weißen Mehlsack herausgeholt, um sich der Tätigkeit zuzuwenden, die er am besten beherrschte, während er seinen Schmerz zu verarbeiten versuchte. Er tat mir schrecklich leid, doch das mußte ich ihn mit sich selbst ausmachen lassen. O Gott, es war alles so unangenehm. Doch ich mußte zurück an die Arbeit.

Ich betrat mein Appartement und holte ein Telefonbuch hervor, in dem ich Kelly Borden suchte. Wenn Bobby im alten Landkrankenhaus nach der Waffe suchte, wollte ich es ebenfalls versuchen. Vielleicht konnte Kelly mir sagen, wo ich am besten anfing. Er stand nicht im Telefonbuch. Dann versuchte ich die Nummer der früheren medizinischen Einrichtung herauszufinden, doch sie war nicht aufgelistet. Die Dame von der Auskunft stellte sich begriffsstutzig und gab vor, keine Ahnung zu haben, wovon ich überhaupt sprach. Wenn er die Schicht von sieben bis drei Uhr gearbeitet habe, sei er ohnehin nicht mehr da. Mist. Ich suchte die Nummer des Santa-Teresa-Krankenhauses heraus, rief an und verlangte Dr. Fraker. Seine Sekretärin, Marcy, sagte, er sei »gerade nicht an seinem Schreibtisch« (gemeint war: auf der Toilette), werde aber gleich wieder zurück sein. Ich erzählte ihr, daß ich mit Kelly Borden sprechen müsse und bat sie um seine Adresse und Telefonnummer.

»Oje, ich weiß nicht«, zögerte sie. »Dr. Fraker hätte wahrscheinlich nichts dagegen, daß ich sie Ihnen gebe, aber es ist mir eigentlich nicht gestattet, es ohne seine Erlaubnis zu tun.«

»Okay, ich habe sowieso noch einige Erledigungen zu machen, also komme ich einfach vorbei. In zehn Minuten bin ich da«, schlug ich vor. »Passen Sie nur auf, daß er nicht nach Hause geht, bevor ich komme.«

Ich fuhr zum St. Terry hinüber. Die Parkplatzsuche stellte sich als kleines Kunststück heraus. Schließlich mußte ich meinen Wagen drei Blocks entfernt abstellen, was mir aber ganz recht war, weil ich noch an einem Drugstore vorbei wollte. Ich ging durch den Hintereingang hinein und folgte verschiedenfarbigen Linien auf dem Boden, als sei ich auf dem Wege nach Oz. Endlich kam ich zu den Aufzügen und nahm einen hinunter in den Keller.

Als ich schließlich in der Pathologie ankam, war Dr. Fraker schon wieder weg, doch Marcy hatte ihm mein Kommen angekündigt, und er hatte sie angewiesen, mich gewissermaßen wie ein Postpaket nachzusenden. Ich folgte ihr durch das Laboratorium und traf ihn dann, ganz in grüner OP-Kleidung. Er stand an einer Nirostaspüle mit einem Ausguß, einem Müllschlucker und Waagschalen. Offenbar war er gerade dabei, irgendeine Prozedur zu beginnen, und es tat mir leid, daß ich ihn unterbrechen mußte.

»Ich wollte Sie wirklich nicht stören«, entschuldigte ich mich. »Alles, was ich brauche, ist Kelly Bordens Adresse und seine Telefonnummer.«

»Nehmen Sie sich einen Stuhl«, sagte er und deutete auf einen Holzhocker am Ende der Theke. Und dann meinte er zu Marcy gewandt: »Suchen Sie doch die Informationen für Kinsey heraus, während ich sie derweil ein wenig unterhalte.«

Nachdem sie den Raum verlassen hatte, zog ich den Hocker heran und setzte mich.

Zum erstenmal bekam ich einen Einblick in Dr. Frakers eigentliche Tätigkeit. Er trug OP-Handschuhe und hielt ein Skalpell in der Hand. Auf der Theke stand ein weißer Plastikkarton in Halblitergröße, wie sie in der Fleischabteilung von Supermärkten für Hühnchenleber verwendet werden. Während ich zusah, schüttete er einen glänzenden Klumpen von Organen daraus aus, die er mit einer langen Pinzette zu sortieren begann. Gegen meinen Willen merkte ich, wie sich mein Blick auf diesen kleinen Haufen menschlichen Fleisches heftete. Unser gesamtes Gespräch wurde geführt, während er Stückchen der verschiedenen Organe zurechtschnitt.

Ich fühlte, wie sich meine Lippen vor Ekel zusammenzogen. »Was ist das?«

Sein Gesichtsausdruck war sanft, unpersönlich und amüsiert. Er benutzte die Pinzette als Zeigestock und berührte nacheinander die verschiedenen Brocken. Ich erwartete beinahe, daß sich die kleinen Happen seiner Berührung wie lebende Pistolenkugeln entziehen würden, doch keiner von ihnen rührte sich. »Wollen wir mal sehen. Dies ist ein Herz. Leber. Lunge. Milz. Gallenblase. Dieser Bursche starb plötzlich während einer Operation, und niemand kann herausfinden, woran es gelegen hat.«

»Und Sie können es? Nur aufgrund dieser Untersuchung?«

»Nun, nicht immer, doch in diesem Fall werden wir wohl ein Ergebnis bekommen.«

Ich glaube kaum, daß ich das Fleisch für ein Gulasch jemals in ähnlicher Weise angesehen habe. Ich konnte meinen Blick einfach nicht von diesem Prozeß des Würfelschneidens abwenden. Mir wollte nicht in den Kopf, daß dieses Zeug einmal funktionierende Teile eines Menschen gewesen waren. Wenn ihm meine Faszination bewußt war, so ließ er es sich nicht anmerken, und ich versuchte, mich der ganzen Sache gegenüber ebenso lässig wie er zu verhalten.

Er schaute zu mir herüber. »Wie paßt Kelly Borden in diese Geschichte?«

»Ich bin mir nicht sicher«, gab ich vor. »Manchmal muß ich Dinge untersuchen, von denen sich später herausstellt, daß sie nicht den geringsten Zusammenhang mit dem Fall haben. Vielleicht ist es das gleiche, was Sie tun – alle Teile eines Puzzles genau zu betrachten, bis Sie eine Theorie entwickelt haben.«

»Ich vermute, dies hier hat sehr viel mehr mit Wissenschaft zu tun als das, was Sie machen«, bemerkte er.

»Oh, zweifelsohne«, bestätigte ich. »Aber ich will Ihnen sagen, was ich für einen Vorteil habe.«

Er hielt inne und schaute wieder zu mir hinüber, doch dieses Mal mit dem ersten echten Interesse, das ich bei ihm wahrnahm.

Ich kenne den Mann, mit dessen Tod ich mich beschäftige, und ich habe ein persönliches Interesse an dem Ergebnis. Ich glaube, daß er ermordet wurde, und das macht mich verdammt sauer. Krankheit ist neutral. Mord nicht.«

»Ich glaube, Ihre Gefühle für Bobby beeinflussen Ihre Urteilsfähigkeit. Sein Tod war ein Unfall.«

»Vielleicht. Oder vielleicht kann ich das Morddezernat davon überzeugen, daß sein Tod die Folge eines Mordversuchs vor neun Monaten war.«

»Wenn Sie es beweisen können«, meinte er. »Bis jetzt, so schließe ich, haben Sie nicht viel in der Hand, um weiterzumachen, und in dieser Beziehung unterscheidet sich Ihre Arbeit von meiner. Wahrscheinlich werde ich hier ein abschließendes Ergebnis bekommen, ohne daß ich den Raum verlassen muß.«

»Darum beneide ich Sie wirklich«, erwiderte ich. »Ich meine, ich hege keine Zweifel daran, daß Bobby umgebracht wurde, doch ich habe keine Ahnung, wer es getan hat, und ich werde möglicherweise niemals einen Beweis dafür haben.«

»Dann habe ich es in jeder Beziehung besser als Sie«, erklärte er. »Zum größten Teil arbeite ich auf der Grundlage von Gewißheit. Dann und wann bleibe ich mal stecken, aber das geschieht nicht oft.«

»Da können Sie sich glücklich schätzen.«

Marcy kam mit Kellys Adresse und Telefonnummer auf einem Stückchen Papier zurück, das sie mir überreichte.

»Ich ziehe es vor, mich für talentiert zu halten«, sagte er sarkastisch. »Aber ich will Sie auf keinen Fall aufhalten. Lassen Sie mich wissen, was Sie herausfinden.«

»Das werde ich tun. Schönen Dank hierfür«, erwiderte ich und hielt das Stück Papier hoch.

Es war jetzt fünf Uhr. Im Abzweig von einem der Krankenhausflure fand ich ein Münztelefon und wählte Kellys Nummer.

Beim dritten Klingeln nahm er ab. Ich nannte meinen Namen und erinnerte ihn daran, wie Dr. Fraker mich ihm vorgestellt hatte.

»Ich weiß, wer Sie sind.«

»Hören Sie«, drängte ich, »ich würde gern vorbeikommen und mit Ihnen sprechen. Es gibt da etwas, das ich nachprüfen muß.«

Zuerst schien er zu zögern. »Natürlich, okay. Wissen Sie, wo ich wohne?«

Kellys Appartement befand sich im Westen der Stadt, nicht weit vom St. Terry. Ich lief zu meinem Wagen zurück und fuhr zu der angegebenen Adresse auf der Castle. Dann parkte ich vor einem hölzernen Doppelhaus und ging eine lange Einfahrt hinab zu einem kleinen, ebenfalls hölzernen Nebengebäude im hinteren Teil des Grundstücks. Wahrscheinlich war seine Wohnung, genau wie meine, früher einmal eine Garage gewesen.

Als ich um ein Gebüsch herumkam, erblickte ich ihn, wie er auf den Eingangsstufen saß und einen Joint rauchte. Er trug Jeans und eine Lederweste über einem großkarierten Hemd. Seine Füße waren nackt. Wieder hatte er seine Haare in einem ordentlichen Zopf nach hinten gebunden. Sein Schnurrbart und Bart wirkten irgendwie grauer, als ich sie in Erinnerung hatte. Er machte einen sehr weichen Eindruck, nur den Blick seiner aquamarinblauen Augen konnte ich nicht interpretieren. Er hielt mir den Joint hin, doch ich lehnte mit einem Kopfschütteln ab.

»Habe ich Sie nicht auf Bobbys Beerdigung gesehen?« fragte ich.

»Schon möglich. Ich habe Sie jedenfalls gesehen.« Seine Augen ruhten mit einem beruhigenden Blick auf mir. Wo hatte ich eine solche Farbe vorher schon einmal gesehen? In einem Swimmingpool, in dem ein toter Mann wie ein Seerosenblatt trieb. Dies war vor vier Jahren gewesen, eine der ersten Untersuchungen, die ich überhaupt angestellt hatte.

»Stuhl steht da vorn, wenn Sie Zeit haben, sich zu setzen.« Er brachte es fertig, diesen Satz mit angehaltenem Atem auszusprechen, um den Rauch des Dopes in der Lunge zu behalten.

Ich sah mich um und erspähte einen alten hölzernen Gartenstuhl, den ich zur Treppe hinüberzog. Dann nahm ich das Adreßbuch aus meiner Handtasche und reichte es ihm mit aufgeschlagener Rückseite. »Haben Sie 'ne Ahnung, wer das ist? Es ist jedenfalls keine Nummer aus diesem Ortsnetz.«

Er sah sich die mit Bleistift beschriebene Eintragung an und warf mir dann einen schnellen Blick zu. »Sie haben es mit einem Anruf versucht?«

»Natürlich. Ich habe außerdem versucht, den einzigen im Telefonbuch aufgeführten Blackman anzurufen. Aber der Anschluß existiert nicht mehr. Wieso? Wissen Sie, wer das ist?«

»Ich kenne die Zahlen, aber das ist keine Telefonnummer. Bobby hat den Bindestrich verschoben.«

»Wozu? Ich verstehe nicht, was Sie meinen.«

»Diese beiden ersten Ziffern stehen für das Santa-Teresa-Landkrankenhaus. Die letzten fünf gehören zum Code des Leichenschauhauses. Das ist die Identifikationsnummer einer Leiche aus unserem Kühlraum. Ich erzählte Ihnen doch, daß wir zwei schon seit Jahren da haben. Diese hier ist Franklin.«

»Aber warum sollte er unter Blackman aufgeführt sein?«

Kelly lächelte mich an und nahm einen tiefen Zug von seinem Joint, bevor er weitersprach. »Franklin ist schwarz. Er ist ein *black man*, ein schwarzer Mann. Vielleicht war es ein Scherz von Bobby.«

»Sind Sie sicher?«

»Ziemlich sicher. Sie können es selbst nachprüfen, wenn Sie mir nicht glauben.«

»Ich glaube, Bobby suchte da draußen nach einer Handfeuerwaffe. Haben Sie vielleicht eine Idee, wo er angefangen haben könnte?«

»Nee. Der Schuppen ist groß. Es gibt bestimmt achtzig, neunzig Räume dort, die seit Jahren nicht mehr benutzt worden sind. Kann überall sein. Bobby wollte seine Schicht immer allein arbeiten. Er hatte freien Zugang zum gesamten Gebäude, solange er nicht dabei erwischt wurde, nicht bei der Arbeit zu sein.«

»Nun ja. Schätze, ich muß einfach mal nachsehen. Schönen Dank für Ihre Hilfe.«

»Nichts zu danken.«

Ich fuhr wieder zum Büro. Kelly Borden hatte mir erzählt, daß ein

Junge namens Alfie Leadbetter die Schicht von drei bis elf im Leichenschauhaus hatte. Der Typ war ein Freund von ihm, und er wollte ihn anrufen, um ihm Bescheid zu sagen, daß ich kommen würde.

Ich zog noch einmal meine Schreibmaschine hervor und machte ein paar Notizen. Was sollte das? Was hatte die Leiche eines schwarzen Mannes mit dem Tod von Diwght Costigan und der Erpressung seiner früheren Ehefrau zu tun?

Das Telefon klingelte, und völlig automatisch nahm ich den Hörer ab, immer noch auf das Problem in meinem Kopf konzentriert. »Ja?«

»Kinsey?«

»Am Apparat.«

»Ich war mir nicht sicher, ob du es bist. Hier ist Jonah. Bist du am Telefon immer so höflich?«

Ich wachte auf. »Herrje, tut mir leid. Was kann ich für dich tun?«

»Ich habe etwas gehört, von dem ich glaube, daß es dich interessieren wird. Du weißt von dem Callahan-Unfall?

»Klar. Was ist damit?«

»Ich habe gerade den Typen getroffen, der in der Unfallabteilung arbeitet, und er sagt, die Jungs vom Labor haben heute nachmittag den Wagen untersucht. Die Bremsleitungen waren so sauber durchtrennt, wie man es sich nur vorstellen kann. Sie haben den ganzen Fall an das Morddezernat weitergegeben.«

Ich fühlte mich wieder diese Art von geistigem Salto vollführen, den ich Minuten vorher schon einmal gemacht hatte, als ich schließlich begriff, was der Name Blackman zu bedeuten hatte. »Was?«

»Dein Freund Bobby Callahan wurde umgebracht«, wiederholte Jonah geduldig. »Die Bremsleitungen seines Wagens waren durchtrennt, was bedeutet, daß er vor diesen Baum donnerte, weil er ohne eine Bremsmöglichkeit in die Kurve gefahren ist.«

»Ich dachte, die Autopsie hat ergeben, daß er einen Anfall hatte.«

»Vielleicht hatte er auch einen, als er bemerkte, was los war. Das widerspricht sich nicht, soweit ich das beurteilen kann.«

»Oh, da hast du recht.« Einen Moment lang atmete ich nur in Jonahs Ohr. »Wie lange dauert so etwas?«

»Was – die Bremsleitungen durchzuschneiden, oder bis die Flüssigkeit ausgelaufen ist?«

»Beides, jetzt, wo du's sagst.«

»Hm, wahrscheinlich fünf Minuten zum Durchtrennen der Leitungen. Das ist keine große Angelegenheit, wenn man weiß, wo man suchen muß. Und bei der anderen Sache ist es unterschiedlich. Wahrscheinlich konnte er noch ein Weilchen mit dem Wagen fahren und die Bremsen ein- oder zweimal betätigen. Im nächsten Moment wollte er wieder bremsen, und zack, nichts mehr.«

»Also geschah es am gleichen Abend? Das Durchtrennen der Leitungen, meine ich?«

»Ja. Der Junge kann noch nicht weit gefahren sein.«

Totenstille. Ich dachte an die Nachricht, die Bobby mir auf den Anrufbeantworter gesprochen hatte. Er war am Abend seines Todes bei Kleinert gewesen. Ich erinnerte mich, daß Kleinert es ebenfalls erwähnt hatte.

»Bist du noch dran?«

»Ich verstehe nicht, was das zu bedeuten hat, Jonah«, erklärte ich. »Dieser Fall bricht langsam auf, und ich kann mir einfach nicht erklären, was eigentlich vor sich geht.«

»Soll ich rüberkommen und es mit dir durchsprechen?«

»Nein, noch nicht. Ich muß jetzt allein sein. Ich ruf dich lieber später an, wenn ich mehr in der Hand habe.«

»Sicher. Du hast ja meine Privatnummer, oder?«

»Gib sie mir besser noch einmal«, meinte ich und notierte sie mir.

»Und jetzt hör mir mal zu«, begann er. »Schwör mir bitte, daß du keine Dummheiten machen wirst.«

»Wie könnte ich eine Dummheit machen? Ich weiß doch nicht einmal, was los ist«, erwiderte ich. »Im übrigen: ›Dumm‹ ist man immer erst hinterher. Ich komme mir immer sehr clever vor, wenn ich mir die Dinge zurechtlege.«

»Verdammt noch mal, du weißt genau, wovon ich spreche.«

Ich lachte. »Du hast ja recht, ich weiß. Und glaub mir, ich werde dich anrufen, sobald sich etwas Neues ergibt. Ganz ehrlich, mein einziges Bestreben im Leben ist, meinen Kopf zu retten.«

»Na ja«, knurrte er. »Schön, das zu hören, obwohl ich es bezweifle.«

Wir verabschiedeten uns, und er legte auf. Ich ließ die Hand auf dem Hörer liegen.

Ich wählte Glens Nummer. Ich dachte, sie sollte Bescheid wissen, und war mir nicht sicher, ob die Cops sie auf den neuesten Stand bringen würden. Zumal die Polizei wahrscheinlich zu diesem Zeitpunkt nicht mehr Antworten als ich hatte.

Sie nahm ab, und ich berichtete ihr, was vor sich ging, einschließlich dieser Sache über den Blackman, der in Bobbys Adreßbuch aufgeführt war. Zwangsläufig erzählte ich ihr alles, was ich über die Erpressungsgeschichte wußte. Verdammt, warum auch nicht? Dies war nicht der Zeitpunkt für Geheimnisse. Sie wußte bereits, daß Nola und Bobby ein Liebespaar gewesen waren. Also konnte sie vielleicht verstehen, was er in Nolas Interesse unternommen hatte. Ich nahm mir sogar die Freiheit, Sufis Beteiligung zu erwähnen, obwohl ich mir darüber noch gar nicht ganz sicher war. Ich vermutete, daß sie eine Zwischenträgerin gewesen war, die Nachrichten zwischen Nola und Bobby beförderte und Bobby vielleicht beriet, wenn seine Leidenschaft mit seiner jugendlichen Ungeduld zusammenprallte.

Glen war einen Moment lang still, genau wie ich es gewesen war. »Was geschieht jetzt?«

»Morgen werde ich mit dem Morddezernat sprechen und denen dort alles erzählen, was ich weiß. Danach werden sie die Sache schon in den Griff bekommen.«

»Seien Sie in der Zwischenzeit vorsichtig«, warnte sie.

»Keine Sorge.«

26

Es war etwa eineinhalb Stunden vor Einbruch der Dunkelheit, als ich am alten Gebäude des Kreiskrankenhauses ankam. Angesichts der vielen freien Parkplätze war es offensichtlich, daß die meisten Büros bereits geschlossen und die Angestellten Feierabend hatten. Kelly hatte mir erzählt, daß es hinter dem Gebäude noch einen zweiten Parkplatz für die Bediensteten der Nachtschicht gab. Ich hatte nicht vor, so weit entfernt zu parken. Ich stellte mich auf einen Platz so nahe am Eingang wie möglich, wobei ich mit Interesse ein Fahrrad bemerkte, das links neben mir an einen Ständer gekettet war. Es war ein altes, zerbeultes Schwinn-Rad mit breiten Reifen und einem nachgemachten Nummernschild, das mit Draht am hinteren Rahmen befestigt war und auf dem »Alfie« stand. Kelly hatte mir gesagt, daß das Gebäude normalerweise ab sieben geschlossen sei, daß ich jedoch klingeln könne und Alfie mich dann per Knopfdruck reinlassen würde.

Ich schnappte mir die Taschenlampe und den Bund mit den Nachschlüsseln, dann zog ich mir kurzentschlossen noch ein Sweatshirt über. Mir fiel nämlich ein, daß das Innere des Gebäudes recht kühl gewesen war, und daß es nach Sonnenuntergang bestimmt noch kälter sein würde. Schließlich schloß ich den Wagen ab und ging auf den Eingang zu.

Vor der doppelten Eingangstür blieb ich stehen und drückte auf den Klingelknopf zu meiner Rechten. Einen Augenblick später summte es, das Schloß wurde freigegeben, und ich ging hinein. Die Eingangshalle wurde bereits von Schatten durchzogen, und sie erinnerte mich vage an einen verlassenen Bahnhof in einem futuristischen Film. Sie hatte dasselbe Flair klassischer Eleganz an sich: eingelassene Fußböden aus Marmor, hohe Decken und wunderschöne Holzarbeiten aus eingefaßter Eiche. Das spärliche, übriggebliebene Inventar stammte wahrscheinlich noch aus den zwanziger Jahren, als das Gebäude errichtet worden war.

Ich durchquerte die Eingangshalle und blickte im Vorübergehen auf den Stummen Portier an der Wand. Fast unterbewußt fiel mir ein Name ins Auge. Ich blieb stehen und sah noch einmal hin. Leo Kleinert hatte hier draußen also auch eine Praxis; das war mir bisher nicht klar gewesen. War Bobby zu seinen wöchentlichen psychiatrischen Sitzungen jedesmal so weit rausgefahren? Das kam mir ein wenig abwegig vor. Ich stieg die Treppe hinunter, wobei meine Schuhe bei jedem Schritt über die Steinstufen kratzten. Wie bereits zuvor spürte ich den Temperaturrückgang, der an ein Hinabtauchen in die tieferen Wasserschichten eines Sees erinnerte. Hier unten war es schon düsterer; immerhin war die Glastür zur Leichenhalle erleuchtet, ein helles Rechteck in der allgemeinen Dunkelheit des Flures. Ich sah auf die Uhr. Es war noch nicht einmal Viertel nach sieben.

Der Höflichkeit halber klopfte ich erst an die Glasscheibe, ehe ich es mit der Tür probierte. Die Tür war unverschlossen. Ich öffnete sie und spähte in den Saal.

»Hallo?«

Offenbar war niemand da, aber so war es mir bereits ergangen, als Dr. Fraker mit mir hier gewesen war. Vielleicht war Alfie im Kühlraum, wo die Leichen aufbewahrt wurden.

»Haalloo!«

Keine Reaktion. Er hatte mir die Tür aufgedrückt, also mußte er hier irgendwo sein.

Ich schloß die Tür hinter mir. Das Neonlicht war furchtbar hell und erzeugte die Illusion von Sonnenstrahlen im Winter. Links von mir befand sich eine Tür. Ich ging hin und klopfte, bevor ich sie öffnete und dahinter ein leeres Büro mit einer dunkelbraunen Kunstledercouch vorfand. Vielleicht machte der Typ, der nachts die Totenwache schob, hier drin sein Nickerchen, wenn sonst nichts los war. Ansonsten waren da nur ein Schreibtisch und ein Drehstuhl. Das Fenster wurde von außen durch verzierte schmiedeeiserne Gitterstäbe geschützt, das Tageslicht durch eine Ansammlung buschiger Sträucher am Eindringen gehindert. Ich machte die Tür wieder zu, ging zurück zu dem Kühlraum für die Leichen und warf einen kurzen Blick hinein.

Kein Alfie weit und breit. Innen schimmerte das Licht beständig. Die Anwesenden waren auf blaue Fiberglasliegen gebettet, versunken in ewigem, regungslosem Schlaf. Einige von ihnen waren in Laken gehüllt, andere in Plastikfolien, Hals und Gelenke mit Streifen verbunden, die wie Kreppband aussahen. Die Szene erinnerte mich irgendwie an den Mittagsschlaf im Ferienlager.

Ich ging wieder in den Hauptsaal zurück, setzte mich erst einmal hin und starrte auf den Obduktionstisch. Meine übliche Vorgehensweise wäre gewesen, in jedem Schrank, jeder Schublade und jedem Behälter herumzustöbern, aber hier wäre mir das wie eine Respektlosigkeit vorgekommen. Vielleicht hatte ich auch einfach nur Angst, auf irgend etwas Groteskes zu stoßen: auf Tabletts voller Gebisse oder einen Steinkrug, randvoll mit kullernden Augäpfeln. Ich habe keine Ahnung, was ich mir alles vorstellte. Unruhig bewegte ich mich hin und her. Ich hatte den Eindruck, Zeit zu vergeuden. Dann ging ich zur Tür und sah auf den Flur, meinen Kopf leicht schief gelegt, um besser hören zu können. Stille.

»Alfie?« rief ich. Ich strengte mein Gehör noch mal an, zuckte die Achseln und machte die Tür wieder zu. Mir kam die Idee, daß ich, da ich nun schon mal hier war, zumindest überprüfen könnte, ob die Nummer, die Bobby aufgeschrieben hatte, mit der Nummer auf Franklins Zehanhänger übereinstimmte. Schaden könnte es jedenfalls nicht. Ich holte das Adreßbuch aus meiner Handtasche und schlug die Rückseite mit der mit Bleistift geschriebenen Eintragung auf. Noch einmal betrat ich den Kühlraum, ging von Leiche zu Leiche und verglich die Schilder mit den Identifikationsnummern. Ich kam mir fast vor wie bei einer Haushaltsauflösung, bloß, daß die Preise nicht heruntergesetzt waren.

Bei der dritten Leiche stimmten die Zahlen überein. Kelly hatte also recht gehabt. Bobby hatte den Bindestrich so gesetzt, daß die aus sieben Ziffern bestehende Zahl wie eine Telefonnummer aussah. Ich sah auf die Leiche, oder auf das, was ich von ihr erkennen konnte. Die Plastikfolie, in die Franklin eingewickelt war, war zwar durchsichtig, doch ein wenig vergilbt, als hätte sich Nikotin abgesetzt. Durch die

Folie konnte ich erkennen, daß es sich um einen mittelgroßen Schwarzen mittleren Alters handelte, mit schlanker Figur und einem Gesicht aus Stein. Was hatte diese Leiche nur für eine Bedeutung? Mich überkam ein Gefühl der Angst. Mir fiel ein, daß Alfie sicherlich bald auftauchen würde, und ich wollte nun wirklich nicht beim Herumschnüffeln in diesem Raum ertappt werden. Ich ging also wieder zu meinem Stuhl zurück.

Beim Hinausgehen hatte ich das Gefühl, ich verließe ein klimatisiertes Theater. Im Vergleich zum Kühlraum herrschte im Obduktionssaal eine geradezu milde Temperatur. Mir juckte es in den Fingern, herumzuschnüffeln. Ich konnte nichts dagegen machen. Es irritierte mich, daß niemand da war, um mir weiterzuhelfen. Außerdem machte mich diese Stille nervös. Dies war nun wirklich kein amüsanter Ort. Normalerweise treibe ich mich ja auch nicht in Leichenschauhäusern herum, daher wurde ich immer angespannter.

Nur zur Nervenberuhigung spähte ich in eine Schublade, um den Inhalt auf die von mir heraufbeschworenen Gruselbilder hin zu untersuchen. Sie enthielt nur Notizblöcke, Bestellformulare und anderen Papierkram. Ein wenig beruhigt, probierte ich es mit dem nächsten Schubfach: kleine Glasfläschchen mit unterschiedlichen Arzneien, deren Bezeichnungen mir nichts sagten. Ich fühlte mich allmählich sicherer und durchsuchte sie eine nach der anderen. Alles schien mit dem Gewerbe des Leichenöffners in Zusammenhang zu stehen. Angesichts der Örtlichkeit war das nicht sehr überraschend, allerdings auch nicht sehr aufschlußreich.

Ich richtete mich auf und schaute mich im Raum um. Wo befanden sich eigentlich die Akten? Führt denn hier unten niemand Buch? Irgendwer hatte doch erwähnt, daß hier draußen medizinische Berichte aufbewahrt wurden, aber wo? In diesem Stockwerk? Oder in einer der oberen Etagen? Der Gedanke, allein durch das leere Gebäude zu schleichen, gefiel mir nicht besonders. Ich hatte mir Alfie Leadbretter an meiner Seite vorgestellt, der mich darauf hinwies, wo ich Zutritt hatte und wo ich anfangen sollte. Ich hatte mich sogar schon gesehen, wie ich ihm einen Zwanzigdollarschein zuschob, falls das seine Hilfsbereitschaft förderte.

Ich sah auf meine Armbanduhr. Jetzt war ich bereits seit fünfundvierzig Minuten hier und wollte langsam Resultate sehen. Ich schnappte mir meine Handtasche und ging in den Flur hinaus, wo ich mich in beide Richtungen umsah. Es wurde allmählich dunkler hier unten, obwohl ich durch ein Fenster am Ende des Ganges erkennen konnte, daß es draußen noch hell war. Ich entdeckte schließlich einen Lichtschalter, schaltete die Lampen ein und ging langsam den Korridor entlang, wobei ich las, was auf den kleinen weißen Schildern stand, die über jeder Tür angebracht waren. Die Röntgenlabors befanden sich direkt neben der Leichenhalle. Dahinter waren Labors für Nuklearmedizin und Räume der Beschäftigten. Ich fragte mich, ob Sufi Daniels die Möglichkeit gehabt hatte, hier herauszufahren.

In meinem Hinterkopf begann etwas zu rotieren. Ich mußte an den Pappkarton mit Bobbys Sachen denken. Was war alles darin gewesen? Medizinische Schriften, Bürozubehör und zwei Röntgenanleitungen. Wozu hatte er die eigentlich gebraucht? Er war noch nicht einmal Medizinstudent gewesen, und ich konnte mir nicht vorstellen, wozu er Gebrauchsanleitungen für eine Anlage benötigte, die er in den kommenden Jahren wohl kaum benutzt hätte, wenn überhaupt jemals. Er hatte für Radiologie kein besonderes Interesse gezeigt.

Ich stieg die Treppe hinauf. Es konnte nicht schaden, sich das Zeug noch mal anzusehen. Als ich am Vordereingang ankam, zog ich das Sweatshirt aus und schob es in den Türspalt. Ich hätte die Tür problemlos aufdrücken können, aber ich wollte vermeiden, daß das Schloß laut hinter mir zuschnappte, wenn ich hinausging. Ich ging zum Wagen, schloß ihn auf und holte den Karton vom Rücksitz. Ich nahm die beiden Bücher über Radiologie heraus und blätterte sie flüchtig durch. Es handelte sich um Gebrauchsanleitungen für ganz bestimmte Geräte, mit Informationen über deren verschiedene Anzeigen, Skalen und Schalter und einer ganzen Menge abgehobenem Geschwätz über Bestrahlungsdosen, rad-Einheiten und Röntgenstrahlen. Am oberen Rand einer Seite befand sich eine mit Bleistift geschriebene Zahl, fast wie beiläufiges Gekritzel, mit lauter Schnörkeln drumherum. Wieder Franklins Nummer. Der Anblick der mir inzwischen wohl vertrauten siebenziffrigen Zahl war mir unheimlich, ähnlich wie Bobbys Stimme auf meinem Anrufbeantworter, nachdem er bereits fünf Tage tot war.

Ich klemmte mir die beiden Bücher unter den Arm, schloß den Wagen wieder ab, ließ aber die Kiste auf dem Fahrersitz stehen. Gemächlich ging ich wieder auf das Gebäude zu. Ich machte die Tür auf und zog mit das Sweatshirt über. In der ersten Etage angekommen, verschaffte ich mir einen groben Überblick. Ich hatte immer wieder die fixe Idee, nach dem Hausarchiv suchen zu müssen; daß die Tatwaffe irgendwo in eine Kiste mit Akten gestopft und mit alten Tabellen zugedeckt worden war. Das Krankenhaus hier war ein funktionierender

Betrieb gewesen, und es mußte auch irgendwo ein Archiv geben. Wo sollten die alten Berichte sonst aufbewahrt werden? Wenn ich mich recht erinnerte, war es im St. Terry so, daß das Krankenhausarchiv recht zentral gelegen war, damit Ärzte und anderes autorisiertes Personal leichten Zugriff hatten.

Nicht viele Büros in diesem Stockwerk schienen belegt zu sein. Ich drehte wahllos an ein paar Türgriffen. Die meisten waren abgeschlossen. Am Ende des Flures bog ich um die Ecke, und siehe da, da stand es, »Krankenhausarchiv«, ein verwaschener Schriftzug, der einmal über ein Paar Doppeltüren gepinselt worden war. Jetzt erst konnte ich erkennen, daß eine ganze Reihe der ehemaligen Stationen ähnlich gekennzeichnet waren: große Buchstaben mit übertriebenen Schnörkeln wie eine Proklamation der spanischen Konquistadoren.

In der Erwartung, mit meinen Dietrichen herumexperimentieren zu müssen, drehte ich am Türknauf. Doch mit einem leisen Quietschen, das von einem Erfinder von Spezialeffekten hätte stammen können, ging sie auf. Verblassendes Tageslicht fiel in den Raum, eine Leere gähnte mir entgegen, eine Öde, in der es nichts mehr gab. Keine Aktenschränke, kein Mobiliar, keine Einrichtungsgegenstände. Auf dem Boden verstreut lagen eine zerknüllte Zigarettenschachtel, einzelne Regalbretter und ein paar krumme Nägel. Diese Abteilung war ihm wahrsten Sinne des Wortes demontiert worden, und Gott allein wußte, wo die alten Unterlagen gelandet waren. Vielleicht befanden sie sich irgendwo in einem der leerstehenden Häuser weiter oben, aber ich hatte absolut keine Lust, auf eigene Faust dort hinauf zu gehen. Ich hatte Jonah nun mal versprochen, keine Dummheiten zu machen, und deshalb versuchte ich ein braves Mädchen zu sein. Außerdem wurmte mich etwas anderes.

Ich ging wieder zur Treppe zurück und stieg die Stufen hinab. Was murmelte die leise Stimme in meinem Hinterkopf? Sie klang, als käme sie aus einem Radio, das im Nebenraum stand. Ich konnte nur hin und wieder einige Brocken verstehen.

Im Keller angekommen, ging ich zum Büro der Röntgenabteilung und versuchte die Tür zu öffnen. Abgeschlossen. Ich holte meinen Dietrich heraus und spielte eine Weile damit. Es handelte sich um eines dieser »einbruchsicheren« Schlösser, die zwar geknackt werden *können*, aber eine saumäßige Anstrengung erfordern. Doch schließlich wollte ich wissen, was es da drinnen gab, also arbeitete ich geduldig weiter. Dazu nahm ich einen Satz sogenannter Kufendietriche mit willkürlich angeordneten Ritzen auf der Oberseite; die Unterseite war jeweils zu einem Oval geschliffen. Die zugrundeliegende Idee ist, daß mit Hilfe ständiger Schaukelbewegungen und der unterschiedlichen Einschnitttiefen an irgendeinem Punkt alle Arretierstifte durch Zufall gleichzeitig angehoben werden und das Schloß freigeben.

Wie beim Verstecken ist der einzige Weg zum Erfolg ein völliges Vertiefen in die Aufgabe. Ungefähr zwanzig Minuten lang stand ich da, führte den Dietrich sorgfältig ein, bewegte ihn hin und her und schob ihn mit leichtem Druck ein Stück vor, sobald sich etwas bewegt hatte. Zu guter Letzt gab das Mistding nach, und mir entfuhr ein kleiner Ausruf des Entzückens. »Hach, endlich. Mensch, toll.« Das sind genau die Dinge, die mir bei meinem Job Spaß machen. Zwar auch ungesetzlich, aber wer sollte mich schon verpfeifen?

Ich schlich mich also in das Büro und schaltete die Deckenbeleuchtung ein. Es sah aus wie ein ganz gewöhnlicher Büroraum: Schreibmaschinen, Telefone, Aktenschränke, Pflanzen auf den Schreibtischen und Bilder an den Wänden. Es gab auch einen kleinen Empfangsbereich, wo wahrscheinlich Patienten so lange Platz nehmen konnten, bis sie zur Röntgenaufnahme aufgerufen wurden. Ich spazierte durch einige der hinteren Räume und stellte mir das Verfahren bei Röntgenaufnahmen der Lunge und Mammographien vor. Ich stand vor den Geräten und schlug eine der Gebrauchsanleitungen auf, die ich aus dem Wagen geholt hatte.

Ich verglich die Schaubilder mit den verschiedenen Anzeigen und Schaltern an den Röntgengeräten selbst. Mehr oder weniger ähnelten sie sich. Es gab vielleicht Abweichungen bei Baujahr, Ausführung oder Modell des jeweiligen Gerätes. Einige von ihnen sahen aus wie Material aus einem Science-Fiction-Film: gewaltige Raketenspitzen an Schwenkarmen. Ich stand da, die aufgeschlagene Bedienungsanleitung auf den Armen, die Seiten an die Brust gedrückt, während ich den Tisch und die Bleischürze anstarrte, die wie der Sabberlatz eines Riesen aussah. Ich dachte darüber nach, wie man vor zwei Monaten meinen linken Arm geröntgt hatte, direkt nachdem ich angeschossen worden war.

Es war nicht so, als sei ich urplötzlich auf jenen Gedanken gekommen. Er formte sich eher um mich herum wie Feenstaub, der nach und nach Gestalt annimmt. Bobby war doch immer allein hier draußen gewesen, genau wie ich jetzt. Und das jeden Abend, auf der Suche nach der Waffe, auf der sich Nolas Fingerabdrücke befanden. Er hatte gewußt, wer sie versteckt hatte, also mußte er sich eine Theorie über das Versteck zurechtgelegt haben. Ich mußte also annehmen, daß er die

Tatwaffe gefunden hatte und deshalb umgebracht worden war. Vielleicht hatte er sie sogar in Sicherheit gebracht, aber das nahm ich eigentlich nicht an. Ich war von der Vermutung ausgegangen, daß sie noch immer irgendwo hier draußen versteckt war, und das schien mir nach wie vor durchaus plausibel. Immerhin hatte er sich einige Notizen gemacht; er hatte die Identifikationsnummer einer Leiche in sein kleines rotes Buch gekritzelt, ebenso auf ein paar Seiten eines Buches über Radiologie, das er sich besorgt hatte.

Die Gedanken, die mir durch den Kopf schossen, bildeten langsam einen Zusammenhang. Vielleicht sollte man eine Röntgenaufnahme von der Leiche machen, sagte ich zu mir selbst. Vielleicht hatte Bobby das getan, und vielleicht war das der Grund gewesen, warum er die Bleistifteintragungen in sein Röntgenbuch gemacht hatte. Vielleicht befindet sich die Waffe *in* der Leiche. Ich dachte noch kurz darüber nach, konnte jedoch nicht einsehen, warum ich es nicht einfach versuchen sollte. Das Schlimmste, was passieren konnte (abgesehen davon, erwischt zu werden), war, daß ich meine Zeit vergeudete und als kolossaler Trottel dastand. Das wäre ja nicht das erste Mal.

Ich ließ die Handtasche und die Bücher auf einem der Röntgentische liegen und ging nach nebenan in den Leichensaal. Im Kühlraum erblickte ich eine Liege an der Wand zu meiner Rechten. Inzwischen war ich auf Fernsteuerung geschaltet, ich tat einfach das, wovon ich wußte, daß es getan werden mußte. Es gab noch immer keine Spur von Alfie Leadbetter, niemand würde mir also helfen können. Vielleicht lag ich ja falsch, also war es um so besser, daß niemand wußte, was ich vorhatte. Das Gebäude wirkte menschenleer, und es war noch recht früh. Selbst wenn ich mich mit der Röntgenapparatur äußerst ungeschickt anstellte, konnte ich dem Toten keinen Schaden zufügen.

Ich rollte die Transportliege zu der Trage aus Fiberglas, auf der die Leiche lag. Ich tat einfach so, als sei ich eine Bedienstete des Leichenschauhauses. Ich tat so, als sei ich eine Röntgenexpertin oder Krankenschwester, eine durch und durch professionelle Person, die eine Aufgabe zu erledigen hatte.

»Ich will dich ja nicht stören, Frank«, meinte ich, »aber ich brauch' dich im Nebenraum für ein paar Tests. Du siehst nämlich nicht sehr gesund aus.«

Zögernd faßte ich die Leiche an, indem ich jeweils eine Hand unter den Nacken und die Kniegelenke legte und kräftig zog, um sie von ihrem Ruheplatz auf das Rollbett zu hieven. Zu meiner Überraschung war sie sehr leicht, und grausig kalt, ähnlich der Temperatur eines Paketes roher Hühnerbrust, das gerade aus der Tiefkühltruhe kommt. Du meine Güte, dachte ich, wieso muß ich mich ausgerechnet jetzt mit solchen Küchenvisionen rumschlagen? So würde das mit dem Kochenlernen nie etwas werden.

Es bedurfte einer unglaublichen Manövrierarbeit, um die Transportliege quer durch den Leichensaal in den Flur hinaus zu bekommen, und sie dann durch den Empfangsbereich der Röntgenabteilung und schließlich in eines der hinteren Röntgenzimmer zu schieben. Ich plazierte die Liege mit der Leiche parallel zum Röntgentisch und schob die Leiche auf den vorgesehenen Platz. Versuchsweise hob und senkte ich den Röntgenkopf ein paarmal und führte ihn dann in einer an der Decke befestigten Schiene, bis er sich genau über Franklins Bauch befand. Jetzt mußte ich nur noch herausbekommen, in welcher Entfernung vom Körper er sich befinden mußte. Derweil fiel mir ein, daß ich, da ich ein paar Aufnahmen machen wollte, mich besser auf die Suche nach irgendeiner Art von Film machen sollte.

Ich sah die vier Schränke im Raum durch und fand überhaupt nichts. Dann ging ich im Zimmer herum. An einer Stelle war ein an der Wand befestigter, schmaler Hängeschrank, der aussah wie ein Sicherungskasten mit Flügeltüren. An einer Seite klebte ein Streifen Krepppapier, auf dem mit Filzschrift geschrieben *belichtet* stand. Auf einem anderen Streifen stand *unbelichtet.* Diese Tür öffnete ich dann auch. Dahinter waren Filmkassetten verschiedener Größe wie Tablette übereinandergestapelt. Eine davon nahm ich heraus.

Dann ging ich zum Tisch und vertiefte mich in den Entwurf der Apparatur. Dummerweise entdeckte ich oberhalb des Tisches keinerlei Schlitz, in den ich die Kassette hätte einschieben können, fand jedoch eine Art Schublade am Tisch selbst, und zwar genau unterhalb der gepolsterten Seite. Ich zog sie heraus und legte die Kassette ein. Ich hoffte, daß meine Vermutung darüber, welche Seite nach oben mußte, stimmte. Mir erschien es jedenfalls richtig. Wer weiß, vielleicht könnte ich auf diese Art eine völlig neue Karriere beginnen.

Ich beschloß, daß Franklin keinen Schutz benötigte, deshalb schnappte ich mir die von Kopf bis Fuß reichende Bleischürze und legte sie mir an, wobei ich mir vorkam wie der Torwart bei einem Hokkeyspiel. Ich hatte in der Tat noch nie einen Röntgenspezialisten mit einem solchen Ding herumlaufen sehen, aber es gab mir ein Gefühl der Sicherheit. Ich führte den Röntgenkopf über Franklins Bauch, in einer Höhe von etwa einem knappen Meter, und begab mich hinter die Schutzwand in einer Ecke des Raumes.

Ich nahm mir noch einmal das Buch vor und blätterte so lange darin, bis ich die Schaubilder fand, die zutreffend schienen. Zahlreiche Meßgeräte mit kleinen, pfeilförmigen Zeigern waren bereit, in das grüne Feld auszuschlagen, oder in das gelbe oder das rote, sobald man einen Schalter betätigt hatte. Rechts war ein Hebel, auf dem »Stromzufuhr« stand und den ich auf »Ein« schaltete. Nichts geschah. Das war mir ein Rätsel. Ich schaltete wieder auf »Aus« und prüfte die Wand links von mir. Dort befanden sich zwei Unterbrecherkästen mit großen Schaltern, die ich beide betätigte. Das Geräusch von surrend erzeugter Elektrizität erklang. Dann schaltete ich den Stromzufuhrschalter wieder auf »Ein«. Das Gerät ging an. Und ich mußte grinsen. Das lief ja großartig.

Ich studierte die Instrumententafel vor mir. Da war einerseits ein Kurzzeitmesser, der offensichtlich auf einer Skala von $\frac{1}{120}$ einer Sekunde bis sechs Sekunden eingestellt werden konnte. Und ein Anzeiger für Kilovolt. Auf einem anderen stand »Milliampere«. Herrje, es standen drei Reihen grün erleuchteter Felder zur Auswahl. Ich begann, indem ich alle Zeiger auf Mittelwerte stellte, in der Absicht, ein Meßgerät zur Kontrolle zu benutzen und die anderen beiden nach einer Art Rotationsprinzip nachzustellen. Zwischendurch wollte ich dann das Resultat auf dem fertigen Film prüfen, um zu sehen, wie das Bild geworden war.

Ich spähte um die Schutzwand herum. »Okay, Frank, jetzt tief einatmen und Luft anhalten.«

Nun, immerhin machte er das »Luft anhalten« richtig.

Ich drückte auf den Knopf an dem Griff und vernahm ein Kurzes »bsst«. Mit aller Vorsicht kam ich hinter der Wand hervor, als könnten noch Röntgenstrahlen durch den Raum schwirren. Ich ging zum Tisch und holte die Kassette raus. Was jetzt? Es mußte ja so etwas wie ein Verfahren zur Entwicklung des Films geben, allerdings schien man das nicht in diesem Raum zu machen. Ich ließ das Gerät eingeschaltet, nahm die Kassette und sah mir die nebenan liegenden Räume an.

Zwei Türen weiter entdeckte ich etwas, das mir passend erschien. An der Wand hing ein Ablaufdiagramm, auf dem das Verfahren zur Entwicklung von Röntgenplatten schrittweise aufgeführt war. Wenn ich diesen Fall gelöst hätte, konnte ich hier bestimmt eine neue Karriere starten.

Wieder mußte der Strom eingeschaltet werden. Anschließend arbeitete ich in dem schwachroten Schein der Dunkelkammerlampen, wobei ich, immer ein Auge auf die Anleitung werfend, mit dem Entwikkeln des Films begann. Zunächst füllte ich einen an der Wand befestigten Behälter vorschriftsmäßig mit Wasser. Dann drehte ich die Kassette um, löste die Rückwand und holte den Film heraus, den ich dann vorsichtig in die Entwicklerschale bugsierte. Ohne einen Ton von sich zu geben, verschwand er in dem Gerät.

Verflixt, wo war er denn nun hin? Ich konnte in dem ganzen Zimmer nämlich nichts entdecken, das aussah, als würde es einen entwickelten Film ausspucken. Ich fühlte mich wie ein junger Hund, der lernt, was es heißt, wenn der Ball unters Sofa rollt. Ich verließ den Raum und ging in den nächsten. Darin befand sich das hintere Ende des automatischen Entwicklers, das aussah, wie ein großer Fotokopierer mit einem Schlitz. Ich wartete ab. Eineinhalb Minuten später glitt ein Stück fertig entwickelten Films heraus. Ich sah es mir an. Pechschwarz. Mist! Was hatte ich bloß falsch gemacht? Wieso war der Film überbelichtet, wo ich doch so behutsam vorgegangen war? Ich starrte den Entwickler an. Der Deckel war einen Spaltbreit geöffnet. Ich spähte hinein. Probehalber gab ich ihm einen Stoß. Mit einem Klicken fiel er zu. Vielleicht würde es jetzt klappen.

Ich ging wieder in den anderen Raum zurück, holte eine zweite Kassette und fing mit der ganzen Prozedur noch mal von vorn an. Zwei Durchgänge später entdeckte ich schließlich, was ich gesucht hatte. Die Gesamtqualität des Bildes ließ zwar zu wünschen übrig, das Motiv selbst war jedoch eindeutig erkennbar. Im Zentrum von Franklins Magen zeichnete sich die massive weiße Silhouette einer Handfeuerwaffe ab. Sie sah aus wie eine großkalibrige Automatik und war im Winkel plaziert, wahrscheinlich damit sie zwischen Knochenbau und inneren Organen Platz fand. Dieser Anblick hatte etwas Entmutigendes. Ich rollte die Röntgenaufnahme zusammen und wickelte ein Gummiband um sie herum. Es wurde Zeit, von hier zu verschwinden.

In aller Eile schaltete ich die Geräte ab und hob Franklin wieder auf die fahrbare Trage, um ihn zurück in den Leichensaal zu schieben. Dann schaltete ich die Lampen aus und schloß das Büro hinter mir ab.

Ich steuerte die Liege durch den Flur in die Leichenhalle zurück. Als ich gerade dabei war, Franklin auf seine frühere Ruhestätte zu heben, stach mir etwas ins Auge. Ich sah zu der nächstliegenden Reihe von Tragen hinüber. Die Hand eines Mannes ruhte ungefähr auf Augenhöhe zu mir, und etwas darin stimmte nicht. Die Leichen, die ich gesehen hatte, waren alle totenbleich gewesen, fleischfarben wie Puppenhaut, gummiartig und unecht. Diese Hand erschien mir zu rosafarben. Jetzt sah ich auch, daß die Leiche selbst nur locker mit einer Plastikplane bedeckt war. War sie überhaupt vorher schon dagewesen? Ich ging näher heran und streckte zögernd meine Hand aus. Ich glaube, ich gab dieses leicht summende Geräusch von mir, das man macht, wenn man nahe daran ist, zu schreien, sich aber noch nicht gehen lassen kann.

Zaghaft hob ich die Plastikfolie am Gesicht an. Männlich, weiß, Mitte Zwanzig. Ein Puls war nicht mehr fühlbar, was wahrscheinlich mit der Strangulationswunde zu tun hatte, die um seinen Hals herumführte. So fest war zugezogen worden, daß die Wunde fast vollständig im Fleischwulst verschwunden und die Zunge herausgequollen war. Die Leiche war zwar kühl, aber nicht kalt. Ich hielt den Atem an und dachte schon, mein Herz würde auch aufhören zu schlagen. Ich war mir ziemlich sicher, daß ich soeben die Bekanntschaft des kürzlich verstorbenen Alfie Leadbetter gemacht hatte. In diesem Augenblick machte ich mir weniger Gedanken darüber, wer ihn umgebracht haben könnte, als vielmehr, wer den Türöffner betätigt hatte, um mich reinzulassen. Ich glaubte nicht, daß es Alf gewesen war. Plötzlich kam mir der Verdacht, daß ich die ganze Zeit über in Begleitung eines Mörders durch das menschenleere Gebäude gegangen war. Zweifellos war er immer noch hier und wartete ab, um zu sehen, was ich vorhatte, wartete ab, um mir dasselbe anzutun, was er dem unglücklichen Angestellten des Leichenschauhauses, der ihm in die Quere gekommen war, angetan hatte.

So schnell ich konnte, verließ ich den Saal. Mein Herz klopfte wie verrückt und schickte üble Wellen der Angst durch meine elektrisierenden Knochen. Die Leichenhalle war zwar beruhigend hell, doch war es totenstill darin.

Im Geiste suchte ich bereits nach einem Fluchtweg und überlegte, welche Möglichkeiten ich hatte. Die Fenster hier unten waren von außen mit Gitterstäben gesichert, die zu eng waren, um sich durchzuquetschen. Die Außentüren waren aus dickem Glas, das mit Drähten durchzogen war. Vielleicht könnte ich da hindurchkommen, vielleicht aber auch nicht. Jedenfalls würde ich mich gewiß nicht davor werfen können, ohne Aufmerksamkeit auf mich zu lenken. Also mußte ich es mit der Treppe versuchen, um durch dieselben Doppeltüren zu verschwinden, durch die ich anfangs gekommen war, obwohl mir in diesem Augenblick allein schon der Gedanke, in den *Flur* hinauszugehen, unerträglich vorkam.

Irgendwo über mir wurde eine Tür zugeschlagen, und ich fuhr auf. Ich hörte, wie jemand zweifellos pfeifend die Treppe herunterkam. Vielleicht jemand vom Wachschutz? Oder jemand, der nach Feierabend noch einmal zurückgekommen war? Ich konnte mich nirgendwo verstecken. Wie angewachsen starrte ich auf die Tür, als die Schritte näher kamen. Jemand blieb im Korridor stehen und sang die ersten Takte von »Someone to Watch over Me«. Der Türknauf drehte sich und Dr. Fraker kam herein. Verwirrt sah er auf, als er mich erblickte.

»Oh, hallo! Ich hatte gar nicht damit gerechnet, Sie hier anzutreffen«, meinte er. »Ich dachte, Sie hätten sich auf den Weg gemacht, um mit Kelly zu reden.«

Ich atmete tief aus und fand meine Stimme wieder. »Das hab ich bereits getan. Vor einer Weile schon.«

»Jesses, was ist denn los mit Ihnen? Sie sind ja weiß wie ein Gespenst?«

Ich schüttelte den Kopf. »Ich war gerade auf dem Weg nach draußen, als ich eine Tür schlagen hörte. Sie haben mir eine Heidenangst eingejagt.« Mitten im Satz brach meine Stimme, als sei ich gerade in die Pubertät gekommen.

»Tut mir leid. Ich wollte Sie nicht erschrecken.« Er trug seine grüne OP-Kleidung. Ich sah zu, wie er zum Schrank ging und eine Schublade öffnete, aus der er Geräte herausnahm. Der Schublade darunter entnahm er eine Phiole und eine Einwegspritze.

»Hören Sie, Doktor, es gibt da ein Problem«, begann ich.

»Ach tatsächlich? Was denn für eins?« Dr. Fraker drehte sich um und lächelte mich an, als mir ein Satz von Nola durch den Kopf schoß. »Wir haben es mit einem Geistesgestörten zu tun, jemand, der völlig verrückt ist«, hatte sie mir leise gesagt. Dr. Frakers Blick lag auf mir, während er die Spritze aufzog. Endlich fiel der Groschen. Sie hatte die Ehe ja gar nicht führen wollen; sie hatte herausgewollt. In seiner Naivität hatte Bobby Callahan geglaubt, er könne ihr dabei behilflich sein.

Man konnte es an seinem Gesicht und den trägen Bewegungen ablesen: Dieser Mann hatte vor, mich umzubringen. Nach den Hilfsmitteln zu urteilen, die er sich zusammengesucht hatte, hatte er nun alles, was er dazu brauchte – einen aufgeräumten Arbeitstisch mit Abfluß, Sägen, Skalpellen und einem Abfalleimer direkt darunter. Außerdem kannte er sich mit Anatomie aus und wußte, wo die Sehnen und Bänder lagen. Ich stellte mir den Flügel eines Truthahns vor, wie man ihn zurückbiegen mußte, um mit der Klinge richtig ans Gelenk zu kommen.

Gewöhnlich weine ich, wenn ich Angst habe, und auch jetzt spürte ich Tränen aufkommen. Doch nicht vor Kummer, sondern vor Grauen. Da hatte ich schon so viele Lügen im Leben verbreitet, doch gerade in diesem Augenblick fiel mir keine einzige ein. In meinem Kopf herrschte völlige Leere. Ich stand einfach da, mit dem Röntgenbild in der Hand, und die Wahrheit, dessen bin ich mir sicher, stand mir ins Gesicht geschrieben. Meine einzige Hoffnung war, etwas zu unternehmen, bevor er es tun konnte, und zwar doppelt so schnell wie er.

Ich sprang auf die Tür zu und fingerte an dem Griff herum. Dann riß ich sie auf und rannte in Richtung Stufen, von denen ich erst zwei, dann drei auf einmal nahm. Dabei sah ich mich um und stöhnte vor schierer Furcht. Er kam gerade zur Tür heraus, die Spritze locker in der Hand. Was mir am meisten Angst einjagte, waren seine langsamen Bewegungen, als habe er alle Zeit der Welt. Er hatte an der Stelle des Liedtextes wieder eingesetzt, an der er zuvor abgebrochen hatte. Er sang eine etwas unmelodische Version, die der von Gershwin keineswegs gerecht wurde.

»Like a little lamb who's lost in the wood . . . I know I could always be good . . . to one who'll watch over me . . .« (Wie ein kleines Lamm, das sich im Wald verlaufen hat . . . weiß ich, daß ich immer gut sein werde . . . zu jemandem, der auf mich acht gibt . . .)

Schließlich erreichte ich den Treppenabsatz. Was konnte er wissen, was ich nicht wußte? Warum hielt er seine gemächlichen Bewegungen für angemessen, während ich im Fluge auf den Eingang zuschoß? Ich senkte eine Schulter und warf mich vor die Doppeltüren, doch keine von beiden gab nach. Ich rammte sie noch einmal. Da der Eingang jetzt versperrt war, bildete er eine kleine Sackgasse. Wenn ich ihm Zeit ließ, den Flur zu erreichen, gab es keinen Fluchtweg mehr für mich. Ich kam im gleichen Moment in der Halle an, in dem er die oberste Stufe erreichte.

Kratz, Kratz. Während er weitersang, konnte ich das Kratzen seiner Schritte auf den Fliesen hören.

»Although he may not be the man some girls think of as handsome, to my heart he'll carry the key . . .« (Und ist er auch kein Mann, auf den die Frauen fliegen, besitzt er doch den Schlüssel zu meinem Herzen . . .)

Er nahm sich noch immer Zeit. Ich wollte schreien, aber wozu? Das Gebäude war menschenleer. Es war gut verschlossen. Und dunkel, bis auf das Dämmerlicht, das vom Parkplatz hereinschien. Ich brauchte unbedingt eine Waffe. Dr. Fraker hatte immerhin seine kleine Spritze, gefüllt mit was weiß ich was für einem Zeug. Zudem war er auch noch ein kräftig gebauter Typ, und wenn er mich erst mal erwischt hätte, würde es ziemlich schlecht um mich stehen.

Ich hastete den Flur zum früheren Krankenhausarchiv hinunter und stieß mit voller Kraft die Tür auf. Dann schnappte ich mir eine Dachlatte, fast noch im Lauf, und rannte wieder auf den Flur hinaus, mit Ziel auf das Flurende. Da *mußte* ein Treppenhaus sein. Da *mußte* es doch einfach Fenster zum Einschlagen geben, *irgendeine* Möglichkeit, hier rauszukommen.

Von dem Mann, der hinter mir her war und nicht mal die Melodie halten konnte, hörte ich nur... »*Won't you tell him please to put on some speed, follow my lead, oh how I need someone to watch over me...*« (So sagt ihm doch, er möge sich eilen, meiner Spur folgen, oh, wie sehr ich jemanden brauche, um auf mich achtzugeben...)

Ich erreichte endlich das Treppenhaus, hastete nach oben und fing im Laufen an, mir meine Situation vor Augen zu führen. Unter den derzeitigen Umständen konnte er mich durchs ganze Gebäude jagen. Mir ginge bald die Puste aus, und ihm würde nicht mal der Schweiß auf die Stirn treten. Diese Form von Verfolgung war nicht besonders klug. Schließlich kam ich am Treppenabsatz an und griff nach der Türklinke. Abgeschlossen. Es gab nur noch ein weiteres Stockwerk. War ich ihm in die Falle gegangen oder in die Enge getrieben worden? In jedem Falle hatte ich den Eindruck, daß er am Drücker war, daß er dies alles von vornherein geplant hatte.

Er betrat gerade das Treppenhaus unterhalb von mir, als ich wieder zu den Stufen rannte, um in den dritten Stock hinaufzuhasten. Die Dachlatte hielt ich noch immer fest in meiner schweißnassen Hand. Mir gefiel die ganze Sache nicht. Die Tür im dritten Stock flog bei der ersten Berührung auf, und ich betrat den dunklen Flur. Ich flüchtete zur rechten Seite, wobei ich mich zwang, mein Tempo zu reduzieren. Vom Treppensteigen war ich völlig außer Atem und schweißgebadet. Ich erwägte kurz, mir ein Versteck zu suchen, doch es gab zu wenig Auswahl. Zwar gingen etliche Zimmer zu beiden Seiten ab, ich hegte jedoch die Befürchtung, dort in die Enge getrieben zu werden. Er hätte dann nur noch jeden Raum absuchen zu brauchen, bis er mich sehr bald gefunden hätte. Außerdem hasse ich es, mich zu verstecken. Das macht mich wieder zu einer Sechsjährigen, und davon habe ich die Schnauze voll. Ich wollte mit beiden Beinen fest auf dem Boden stehen, mich bewegen und reagieren können, statt mich in einer Ecke zu verkriechen, die Hände vor dem Gesicht, in der Hoffnung, Gott möge mich unsichtbar machen.

Ich bog noch mal rechts um die Ecke. Hinter mir hörte ich, wie die Tür zum dritten Stock zugeschlagen wurde. Plötzlich entdeckte ich in der Mitte des Flurs auf der rechten Seite einen Fahrstuhl. Ich sprintete hin und drückte, als ich ihn erreicht hatte, mit der ganzen Handfläche auf den »Ab«-Knopf.

Dr. Fraker hatte gerade ein neues Lied angestimmt, diesmal pfiff er die ersten Töne von »I Don't Stand a Ghost of a Chance with You« (Du läßt mir nicht die kleinste Hoffnung auf dich). War dieser Typ krank oder was?

Ich drückte noch einmal auf den Knopf und lauschte innigst dem leisen Surren des Aufzugskabels auf der anderen Seite der Tür. Ich sah nach rechts. Er kam auf mich zu, die grüne OP-Kleidung zeichnete sich im schattenhaften Flur als blasser Schimmer ab. Ich hörte, wie der Mechanismus anhielt. Er schien jetzt schneller zu gehen, war aber immer noch etwa zwanzig Meter von mir entfernt. Da gingen die Fahrstuhltüren auf. Oh, Mann!

Ich machte einen Schritt nach vorn und bemerkte im selben Moment, daß da nichts war außer einem klaffenden Schacht und einem kalten Luftzug, der von unten heraufwehte. Ich konnte mich im letzten Augenblick noch festhalten, um nicht in dieses pechschwarze Loch zu fallen. Ein unterdrückter Schrei entfuhr mir, als ich mich am Türrahmen festklammerte, aber noch einen Moment lang über dem Abgrund schwebte, bevor es mir gelang, mich wieder aufzurichten. Dann stolperte ich nach hinten in Sicherheit, hatte allerdings meine gute Position verloren. Ich ging zu Boden, die Dachlatte flog mir aus der Hand und rutschte weg. Ich schnellte vor und kroch auf Händen und Füßen über den Boden, um an das Ding zu kommen.

Inzwischen war er bis zu mir herangekommen. Er packte mich an den Haaren und zog mich im gleichen Augenblick hoch, in dem ich die Latte zu fassen kriegte. Ich holte aus und versetzte ihm damit einen Hieb. Ich traf ihn zwar, doch war der Winkel nicht gut gewählt gewesen, so daß keine Kraft hinter dem Schlag steckte. Da spürte ich, wie die Nadel in meinen linken Oberschenkel eindrang. Wir stießen beide gleichzeitig einen Schrei aus. Meiner war eher ein schrilles Kreischen, das von Schmerz und Überraschung zeugte, sein dumpfes Grunzen zeigte an, daß er die Wirkung des Schlages registriert hatte. Ich hatte einen Vorsprung von einem Bruchteil einer Sekunde und nutzte den

Augenblick, um ihm seitlich einen Tritt zu versetzen, der ihn am Schienbein traf. Nicht gut getroffen, zu tief. Die Kunst der Selbstverteidigung lehrt einen, daß es gar keinen Zweck hat, seinem Angreifer einfach nur Schmerzen zuzufügen. Das reizt ihn nur um so mehr. Wenn ich ihn nicht außer Gefecht setzen konnte, hatte ich keine Chance.

Daraufhin packte er mich von hinten. Ich stieß meinen linken Ellbogen zurück, verfehlte ihn aber wieder leicht. Ich stieß ihn und trat immer wieder vor sein Schienbein, bis er keuchend zurückwich. Dann verpaßte ich ihm mit der Dachlatte einen Schlag auf die Schulter und rannte los, den Flur entlang. Irgendwann stolperte ich kurz, blieb jedoch auf den Beinen und lief weiter. Ich hatte das Gefühl, in ein Loch getreten zu sein, und etwas verspätet wurde mir klar, daß das Zeug, das er mir injiziert hatte, Wirkung zeigte. Mein linkes Bein fühlte sich wacklig, die Kniescheibe locker an, und beide Füße wurden langsam taub. Dieselbe Angst, die zuvor das Adrenalin durch meinen Körper gejagt hatte, schickte jetzt irgendein Gift auf den Weg. Es war wie bei einem Schlangenbiß. Es heißt, man soll nicht rennen.

Unterdessen drehte ich mich um. Er hielt sich die Schulter und begann gerade, sich wieder langsam in meine Richtung aufzumachen. Er schien keine Befürchtungen zu haben, daß ich abhauen könnte, also mußte ich annehmen, daß er die Tür zum Treppenhaus blockiert hatte, als er heraufgekommen war. Entweder das, oder er hatte die Gewißheit, daß das Zeug, das er mir verpaßt hatte, mich sehr bald umhauen würde. Ich verlor allmählich das Gefühl in den Gliedern und spürte kaum noch meinen eigenen Griff um die Dachlatte. Ein Kälteschauer drang mir über die Haut durch Mark und Bein, als hätte man mich einem Schnell-Gefrierverfahren ausgesetzt, um mich Gott-weiß-wohin zu verfrachten. Mit aller Kraft kämpfte ich dagegen an, aber die Dunkelheit war gallertartig geworden, und ich fühlte mich zunehmend lahmer. Die Zeit verstrich auch immer langsamer, während meine körperlichen Abwehrmechanismen gegen die Droge kämpften. Mein Verstand arbeitete zwar noch, doch fühlte ich mich durch merkwürdige Empfindungen zunehmend abgelenkt.

Ach ja, und dann noch all diese unangenehmen Einzelheiten, die mit einem Mal Sinn ergaben, als spielte mir meine rechte Gehirnhälfte einen Streich. Blitzartig wurde mir alles klar, wie ein Brodeln ging es durch meine Adern, daß Fraker derjenige gewesen war, der Kitty die Drogen beschafft hatte, wahrscheinlich im Austausch für Informationen über Bobbys Fortschritte bei der Suche nach der Tatwaffe. Ihr

Vorrat in der Schublade des Nachttischchens war eine Finte gewesen. Er hatte sich an jenem Abend im Haus aufgehalten. Vielleicht war er der Ansicht gewesen, daß es an der Zeit war, sie aus dem Verkehr zu ziehen, damit sie nicht noch aufgrund von Schuldgefühlen Bobby gegenüber ihre Lügen zugab.

Die Entfernung zur Ecke des Flures schien sich immer mehr auszudehnen. Ich rannte doch schon eine Ewigkeit lang. Die Übermittlung der simplen Befehle, die ich meinen Gliedern noch erteilen konnte, dauerte zu lange. Mein Feedback-System, das die Reaktionen meldet, entglitt meiner Kontrolle. Rannte ich eigentlich wirklich? Kam ich überhaupt von der Stelle? Die Geräusche um mich herum klangen immer gedehnter, das Echo meiner eigenen Schritte ertönte mit zeitlicher Verzögerung. Ich hatte das Gefühl, als spränge ich einen Korridor hinunter, dessen Boden beschaffen war wie ein Trampolin. Gedankenblitz Nummer zwei. Fraker hatte den Autopsiebericht manipuliert. Es war gar kein Anfall gewesen. *Er* hatte die Bremsleitungen durchtrennt. Schade, daß ich nicht schon früher darauf gekommen war. Mein Gott, was war ich doch für ein Trottel.

Immer langsamer werdend, kam ich an dem Flurknick an und spürte, wie mein Körper in sich zusammensackte. Als ich um die Ecke gebogen war, mußte ich eine Pause einlegen. Ich lehnte mich gegen die Wand und schnappte nach Luft. Ich mußte einen klaren Kopf behalten. Und aufrecht stehenbleiben. Ich mußte die Arme anheben, wenn es noch ging. Die Zeit zog sich wie Karamell in langen klebrigen Strähnen, die man nicht mehr abbekommt.

Er sang jetzt wieder und servierte mir ein paar gar nicht so schlechte Oldies aus seiner persönlichen Hitparade. Er war jetzt bei »Accentuate the positive ... eliminate the negative« (Betone das Positive, beseitige das Negative) angekommen ... die Vokale klangen gedehnt wie bei einem Schallplattenapparat, den man bei laufender Platte abgestellt hatte.

Selbst die Stimme in meinem Hirn klang inzwischen hohl und weit entfernt.

Duck dich, Kinsey, sagte sie.

Ich dachte, ich könnte mich vielleicht ducken, aber ich konnte nicht mehr ausmachen, wo meine Beine waren oder die Hüfte oder der größte Teil des Rückgrats. Meine Arme fühlten sich schwer an, und ich fragte mich, ob meine Ellbogen eigentlich angewinkelt waren.

Schlag ihn zu Brei, sagte meine innere Stimme, und ich glaubte, ohne daß ich es hätte beschwören können, daß ich die Dachlatte in

Position brachte, und zwar mit angewinkeltem Arm, wie es mir meine Tante vor sehr langer Zeit mal beigebracht hatte.

Der Tag verwandelte sich in Nacht, das Leben in Tod.

Frakers Stimme leierte das Lied. *»Acceeennntuate the pooossitive, eeeellliiiiminaaate the neeegatiiiive ...«*

Als er um die Ecke bog, holte ich zum Schlag aus und zielte mit der Latte genau auf sein Gesicht. Ich beobachtete, wie das Holz seinen Weg durch Zeit und Raum antrat, ähnlich einer Reihe von Zeitrafferaufnahmen, hell vor dunkel, und ich sah, wie die Entfernung sich verringerte. Dann spürte ich, wie es mit einem lieblich klatschenden Geräusch sein Ziel erreichte.

Es klang wie bei einem Volltreffer im Baseballstadion: Das Tosen der Menschenmenge in den Ohren, ging ich zu Boden.

EPILOG

Später erzählte man mir, doch ich erinnere mich kaum daran, daß ich es noch fertigbrachte, zum Leichenschauhaus hinunterzukommen, wo ich 911 wählte und eine Nachricht murmelte, welche die Cops alarmierte. Was mir allerdings noch sehr genau im Gedächtnis ist, ist der Kater, den ich nach dem Cocktail aus Barbituraten, der mir injiziert worden war, durchzumachen hatte. Sterbenskrank war ich in einem Krankenhausbett aufgewacht. Doch selbst mit einem dröhnenden Schädel und in eine nierenförmige Plastikschale spuckend war ich froh, noch unter den Lebenden zu verweilen.

Glen verwöhnte mich wahnsinnig, und alle kamen mich besuchen, einschließlich Jonah, Rosie, Gus und Henry, der heiße, knusprige Brötchen mitbrachte. Lila habe ihm aus einem Gefängnis im Norden geschrieben, so berichtete er, doch er habe sich nicht die Mühe gemacht, zu antworten. Glen ließ sich in ihrem Entschluß nicht erweichen, sowohl Derek als auch Kitty weiterhin abzuweisen, aber ich machte Kitty Wenner mit Gus bekannt. Das letzte, was ich von ihnen hörte, war, daß sie miteinander gingen und Kitty gründlich mit ihrem Leben aufräumte. Beide hatten an Gewicht zugelegt.

Dr. Fraker ist zur Zeit gegen Kaution auf freiem Fuß. Ihn erwartet ein Verfahren wegen versuchten Mordes sowie vorsätzlichen Mordes in zwei Fällen. Nola bekannte sich der fahrlässigen Tötung schuldig, mußte aber nicht ins Gefängnis. Als ich in mein Büro zurückkam, tippte ich meinen Bericht und fügte eine Rechnung über dreiunddreißig

Arbeitsstunden und Kilometergeld hinzu. Die Summe rundete ich auf glatte tausend Dollar ab. Den Rest von Bobbys Vorschuß gab ich an Varden Talbots Anwaltsbüro weiter, damit er ihn in Bobbys Vermögen aufnehmen konnte. Der übrige Bericht ist ein persönlicher Brief. Vieles in meiner letzten Botschaft an Bobby ist der simplen Tatsache gewidmet, daß ich ihn vermisse. Ich hoffe, daß er, wo immer er auch ist, unter Engeln schwebt, ungehindert und in Frieden.

Ergebenst Ihre
Kinsey Millhone

Bitte beachten Sie
die folgenden Seiten

Ross Thomas

Schutzwall

Polit-Thriller

ein Ullstein Krimi

Der Schauplatz: Eine Stadt im Südwesten der USA, nicht korrupter, schmutziger und zerstörter als alle anderen großen Städte im Lande.
Das Klima: Mörderisch heiß, Brotmesserwetter, wie der Detective der Mordkommission meint, bevor er mit seinem Auto in die Luft fliegt.
Die Hauptpersonen: Zwei ehemalige CIA-Agenten, ein ehrgeiziger Senator und ein trauernder Regierungsangestellter.
Das Motiv: Der letzte Stein, der den Schutzwall unüberwindbar machen soll.

»Dieser Ross Thomas ist ein Muß.«

Frankfurter Neue Presse

Richard Hoyt

Trotzkis Rückkehr

Polit-Thriller

Ullstein Buch 10339

ein Ullstein Krimi

Kim Philbys Nachricht schlägt in der CIA-Zentrale wie eine Bombe ein. Immerhin bezichtigt der nach Moskau getürmte Meisterspion den US-Präsidentschafts-kandidaten, ein KGB-Agent zu sein.
Von diesem Moment an haben Abwehrchef Ara Schott und sein bester Mann, James Burlane, keine ruhige Minute mehr. Denn die Wahl steht vor der Tür.

»Richard Hoyt ist John le Carré mit einem Kichern.«
Minneapolis Star & Tribune

Ullstein Krimis

»Bestechen durch ihre Vielfalt«
(Westfälische Rundschau)

John P. Marquand
Ihr Zug, Mr. Moto (10488)

Albert Ashforth
Der lange Alptraum (10491)

Ted Allbeury
Unternehmen Sonderkollekte (10492)

Charles Willeford
Miami Blues (10493)

Michael Collins
Tochter des schwarzen Windes (10494)

D. McNutt Douglass
Rebeccas Stolz (10495)

Loren D. Estleman
Killers Sohn (10497)

Ed McBain
Acht schwarze Pferde (10498)

David Williams
Die unheilige Schrift (10499)

William Garner
Groß und schmutzig (10500)

James H. Chase
Dumme sterben nicht aus (10501)

.38 Special 2
Ein Kriminalmagazin (10502)

Charles Willeford
Auch die Toten dürfen hoffen (10504)

Teri White
Drahtseiltanz (10505)

Jim Thompson
Höllenweib (10506)

William Garner
Straße der Ratten (10507)

Michael Collins
Schach mit dem blauen Chinesen (10508)

John P. Marquand
Besten Dank, Mr. Moto (10509)

Peter Levi
Scherbengericht (10511)

Bill Granger
Ein Mord für die Schlagzeile (10512)

Sue Grafton
C wie Callahan (10513)

James Melville
Die Todeszeremonie (10514)

Dick Francis
Roßtausch (10515)

D. McNutt Douglass
Mann über Bord (10516)

Ed McBain
Alarm in Chinatown (10517)

David Williams
Treasure währt am längsten (10518)

William G. Tapply
Das Todeskliff (10519)

William Garner
Zonen des Schweigens (10520)

Ed McBain
Neugier macht Mörder (10521)

.38 Special 3
Ein Kriminalmagazin (10522)

ein Ullstein Buch